PIERRE SALES

MOINS FORT QUE L'AMOUR !

LES MAITRES DU ROMAN POPULAIRE

ARTHÈME FAYARD et Cⁱᵉ
Éditeurs
18-20, Rue du Saint-Gothard, PARIS

MOINS FORT QUE L'AMOUR

PREMIÈRE PARTIE

———

I

MICHEL THOMERAIN

Le jour était à peine levé, lorsque Mlle Suzanne de Saint-Ermond parut dans la grande cour, qui séparait la maison d'habitation du corps de la fabrique.

Le gardien de nuit, qui allait se reposer, la salua d'un air étonné.

— Comment ! déjà debout, mademoiselle ?

La jeune fille répondit en souriant :

— Vous savez bien que c'est mon habitude.

Puis elle continua son chemin, d'un pas plus lent, tournant un peu la tête et entr'ouvrant les lèvres, comme si elle avait quelque chose à dire.

Enfin, elle se décida :

— Dites-moi, mon ami ; mon père est-il rentré, cette nuit ?

— Ma foi, non, mademoiselle, il aura sans doute été retenu à Paris par les apprêts de la fête.

— En effet. Allez donc vous reposer, vous.

— Mademoiselle n'a besoin de rien ?

— Non, merci. Voici d'ailleurs M. Joseph Bernier.

Et le gardien de nuit s'en alla, tandis que Joseph Bernier, le contremaître de la fabrique, s'approchait en saluant la fille de son patron.

— Bonjour, mademoiselle.

— Bonjour, Bernier.

— Vous ne vous déferez donc jamais de cette habitude d'être levée avant tout le monde ?

— Que voulez-vous, Bernier : puisque mon père est sans cesse retenu à Paris, et que M. Michel est en voyage, il faut bien que les ouvriers voient quelqu'un de la famille. Cela leur donne toujours plus de cœur pour travailler.

Le contremaître se dirigea vers la porte de la fabrique et l'ouvrit en disant :

— Je viens simplement faire un tour, ce matin, puisque nous avons reçu l'ordre, hier, d'arrêter toutes les machines.

Suzanne entra avec lui sous le vaste hangar où s'alignaient les diverses machines de la grande fabrique de bois découpés, qui avait été fondée quarante ans auparavant par son grand-père maternel.

Elle s'arrêta devant une nouvelle machine, installée seulement depuis quelques mois, et qui avait donné les plus merveilleux résultats.

— Ah ! ah ! prononça Bernier, avec un bon sourire, vous examinez encore la dernière invention de M. Michel ?

— En êtes-vous toujours satisfait, Bernier ?

— Parbleu ! Économie de temps, de travail, de marchandise ! Le couteau au lieu de la scie ! Presque plus de sciure !... Ah ! il faut reconnaître que la fabrique d'aujourd'hui ne ressemble guère à celle d'autrefois. Si votre pauvre grand-père vivait encore, il ne reconnaîtrait plus son œuvre, tellement M. Michel l'a bouleversée... Savez-vous quand il revient, M. Michel ?

— Mais bientôt, je pense, mon bon Bernier. Vous auriez besoin de lui ?

— Ah ! dame, oui. Il m'a tracé de la besogne pour trois mois ; en voilà quatre qu'il est parti... Et, comme votre papa ne s'occupe pas beaucoup de la fabrique...

— Cependant, mon père a surveillé, lui-même, l'arrivage de tous ces bois que M. Michel a expédiés de Russie.

— Ça, oui. M. de Saint-Ermond a tout vu par lui-même ; c'est lui qui les a fait ranger, là-bas, derrière le hangar... Il y en a des tas et des tas...

— Oui, pour plusieurs millions, je l'ai entendu dire à père. C'est une grosse spéculation.

— Et, sans doute, on attendra le retour de M. Michel pour y toucher ?

— C'est probable, Bernier.

Tout en parlant, ils avaient fait le tour de l'immense atelier. Des voix retentirent auprès d'eux.

— Voici mes hommes qui arrivent, dit le contremaître. Nous allons commencer nos préparatif, pour installer ici la salle des rafraîchissements.

— Est-ce qu'un tapissier ne doit pas venir de Paris ?

— Si ; mais nous allons reculer les machines pour faire de la place.

La jeune fille jeta un dernier regard sur l'atelier, puis elle s'éloigna. Tous les ouvriers la saluèrent respectueusement quand elle traversa la cour.

Elle regarda, en passant, un petit pavillon sur la porte duquel étaient inscrits ces mots « Cabinet de l'ingénieur ».

Puis elle entra dans le magnifique chalet que son grand-père avait jadis fait construire lors du mariage de sa mère, et qu'elle habitait seule aujourd'hui avec son père. Elle traversa le grand salon et s'arrêta longuement devant un beau portrait de femme. Elle murmura d'une voix attendrie :

— Pauvre et chère mère ! Ah ! pourquoi es-tu morte !

Puis elle ajouta tristement :

— Oh ! je comprends, aujourd'hui, combien tu as dû souffrir !

Ensuite, elle remonta lourdement chez elle et alla s'accouder au rebord de la fenêtre.

Devant elle s'étendait la vaste plaine désolée qui sépare Paris de Saint-Denis. L'avenue, comme la plaine, était couverte d'un brouillard blanc, léger, qui rendait les choses incertaines. Suzanne distingua, d'une façon vague, à sa droite, l'énorme masse des talus des fortifications, les deux ponts du chemin de fer qui coupent la route, les cheminées des usines, puis des voitures qui passaient avec des formes indécises, le tramway qui commençait à marcher et dont on entendait de loin le sourd glapissement, les charrettes des maraîchers...

Tout à coup, en face d'elle, une longue bande de nuages s'éclaira ; leurs formes bizarres se dessinèrent en rouge sur l'horizon, des rayons immenses les dépassèrent en quelques minutes. Et aussitôt, tout le brouillard qui couvrait la plaine Saint-Denis s'évanouit comme par enchantement, laissant des gouttes de rosée sur les champs, sur les haies, même aux angles des toits. Enfin, le gros disque du soleil apparut, le jour se levait dans une gaîté sereine. Tout le soleil était bleu.

Suzanne se pencha davantage, comme si elle pouvait voir plus loin. Et, dès lors, elle examina toutes les voitures. Elle les prenait au moment où elles dépassaient les fortifications et les suivait jusqu'au moment où elles arrivaient devant elle, et alors, comme toutes continuaient leur chemin vers Saint-Denis, la jeune fille avait un petit mouvement de déception.

Puis elle regardait de nouveau vers Paris, et cherchait une nouvelle voiture.

Sa femme de chambre vint prendre ses ordres ; Suzanne répondit qu'elle n'en avait pas.

— Mademoiselle ne veut pas essayer sa robe pour le bal de ce soir ?

— Nous avons bien le temps. Laissez-moi.

Et elle revint se placer à cette fenêtre, où, presque tous les matins, elle guettait le retour de son père.

Ce fut seulement vers huit heures et demie qu'elle poussa un cri de joie :

— Ah ! le voici !

Elle se précipita dans l'escalier, traversa promptement la maison, puis le jardin qui la séparait de la route et vint se placer à la porte, fixant les yeux, à trois cents mètres devant elle, sur une victoria, dans laquelle était un homme à moitié endormi, qui tenait entre ses doigts un cigare éteint. Le cocher aperçut Suzanne, et, se retournant vers son maître, cria :

— Nous voici arrivés, monsieur !

M. de Saint-Ermond sursauta et regarda au dehors. Il vit aussi sa fille et eut un geste d'humeur.

— Ah çà, je ne pourrai donc pas mettre cette gamine à la raison ! La voilà qui espionne mon retour, comme faisait autrefois sa mère ! Cela commence à devenir insupportable.

La voiture pénétra dans la cour, dont Suzanne avait fait ouvrir la grille, et s'arrêta net devant le perron. Suzanne était là, les bras tendus, les lèvres souriantes.

— Bonjour, mon père.

— Tu sais, commença M. de Saint-Ermond, que je n'aime pas à te voir ainsi, à la porte quand j'arrive.

— Mais, père, c'est un hasard. Tu sais bien, toi aussi, que je me lève de bonne heure. Je... m'occupais de mes fleurs... J'ai entendu la voiture...

Et elle l'embrassait avec la plus vive tendresse. M. de Saint-Ermond se dégagea doucement.

— Bon, bon. Nous n'avons guère le temps de nous embrasser aujourd'hui.

Suzanne, un peu interdite, répliqua :

— Bernier a déjà commencé les préparatifs.

— Bien. Moi, j'ai été retenu, hier, pour prendre mes dernières dispositions avec le tapissier... J'ai été forcé de coucher au cercle... Et, ce matin, j'étais chez le tapissier à la première heure... On va apporter une tente toute prête pour couvrir la grande cour, qui servira de salon, avec un tapis... J'aime à croire que tu t'es déjà occupée de ta toilette ?

— Oui, mon père.

— Je tiens à ce que tu sois éblouissante. Allons, remonte vite chez toi... Et je vais m'occuper un peu de tout.

Il traversa la maison, tandis que Suzanne restait immobile, pouvant à peine étouffer ses larmes.

Elle se rendit dans le salon et tomba sur le divan qui se trouvait au-dessous du portrait de sa mère. Puis, levant les yeux vers cette douce figure, elle balbutia :

— Pauvre mère ! C'était ainsi chaque fois qu'il revenait après l'avoir abandonnée plusieurs jours... Je ne comprenais pas, alors, j'étais trop petite... Maintenant, je devine tout... Et j'ai peur de trop deviner...

Elle entendit son père qui donnait des ordres, brusquement, s'impatientant de ce que la voiture du tapissier ne fût pas encore arrivée. Et, quand cette voiture arriva, il reprocha aux hommes d'avoir perdu leur temps en route.

— Vous savez bien que nous n'avons qu'une seule journée pour tout préparer, pour transformer cette cour en salon, pour installer le buffet dans le premier vestibule de l'usine.

Et il était toujours là, le cigare à la bouche, le chapeau un peu en arrière, bousculant tout son monde... quand un fiacre s'arrêta devant la maison. Un jeune homme grand, sec et brun, en descendit et, faisant le tour du chalet, arriva dans la cour, où M. de Saint-Ermond criait au milieu des ouvriers.

Tout le monde cessa de travailler.

M. de Saint-Ermond devint très pâle.

Et Suzanne, qui regardait par une fenêtre du salon, murmura en tremblant :

— Michel Thomerain !

Déjà Joseph Bernier s'avançait, la main tendue ; et les ouvriers de la fabrique, venus ce matin-là, souriaient en envoyant un salut au jeune ingénieur.

Seul, M. de Saint-Ermond restait froid ; il fixait durement son regard sur Michel Thomerain, si durement que ce dernier s'arrêta et, à son tour, dévisagea son patron. Après quelques secondes, il prononça :

— On dirait que mon arrivée vous surprend, monsieur de Saint-Ermond ?

— En effet, balbutia celui-ci ; je... je ne... vous attendais pas ce matin.

— Je suis arrivé par le train de neuf heures quarante-trois ; j'ai pris une voiture, et je me suis immédiatement fait conduire ici.

— Sans voir votre mère ?

— Mon Dieu, oui, monsieur. J'avais hâte de vous rendre compte de ma mission.

Cependant, M. de Saint-Ermond revenait peu à peu à lui, reprenait son allure hautaine d'homme du monde. Il alluma un nouveau cigare, donna quelques ordres, puis, d'un ton glacial, s'adressa à Michel :

— Si vous voulez bien entrer dans le chalet, nous causerons plus à notre aise. Vous connaissez le chemin, n'est-ce pas ?

Michel s'inclina et gravit lentement les marches du perron, se demandant pourquoi on le traitait en étranger. M. de Saint-Ermond marchait auprès de lui.

Au moment où ils pénétrèrent dans le grand salon, le jeune ingénieur distingua un pan de robe qui disparut aussitôt derrière une porte.

Il murmura doucement : « Suzanne », puis, se tournant vers son patron :

— Permettez-moi, monsieur, de vous demander des nouvelles de Mlle Suzanne ?

— Mlle de Saint-Ermond est en parfaite santé, répliqua son père, du même ton glacial. Asseyez-vous donc, monsieur.

Michel s'assit, tout décontenancé.

— Je suis tout à vous, déclara Saint-Ermond ; mais permettez-moi d'ouvrir cette fenêtre, que je surveille un peu ce qu'on fait... Maintenant, je vous écoute.

L'ingénieur jeta un coup d'œil sur la cour, sur la tente qui commençait à s'élever, puis entama son récit.

— Ainsi que vous m'en avez donné l'ordre, il y a quatre mois, je suis parti pour visiter tous les chantiers des pays du Nord, afin d'examiner leurs approvisionnements, leurs méthodes d'exploitation, afin surtout de chercher des bois dans des conditions meilleures que celles qu'on nous faisait ici...

— Oui, passons, interrompit Saint-Ermond ; et je vous en prie, soyez bref : je n'ai que quelques instants à vous accorder aujourd'hui.

— Si vous désirez que nous remettions cette conversation à demain ? interrogea Michel, d'un ton légèrement irrité.

— Non, non. Continuez.

— J'ai donc traversé toute la Suède et toute la Nor-

sitant les moindres villes où existent des entrepôts de bois ou des scieries mécaniques. Ainsi que j'ai eu l'honneur de vous l'écrire à cette époque, nous n'avions rien de nouveau à apprendre de ces côtés-là ; nos machines sont bien plus perfectionnées, grâce surtout aux dernières modifications qui ont été introduites dans nos appareils...

— Modifications que je vous dois, je m'empresse de le reconnaître, et pour lesquelles vous avez refusé toute récompense...

— Si j'ai cherché à améliorer votre fabrication, monsieur, c'est simplement pour accomplir mon devoir. — En quittant la Norvège, je suis allé directement à Saint-Pétersbourg, où se trouve un marché important des bois qui s'expédient par le port de Riga ; et c'est là que j'ai pu effectuer les achats considérables dont vous m'aviez chargé. Comme je vous l'ai expliqué dans ma dernière lettre de Saint-Pétersbourg, les bois que j'ai achetés ont pu vous sembler d'un prix élevé ; mais leur qualité est absolument supérieure, nous n'aurons presque pas de déchet : en un mot, j'espère que l'affaire est excellente...

— Les bois sont arrivés depuis quelques jours ; je les ai vus moi-même, j'en suis enchanté.

— Ah ! ils sont... bien arrivés ?

— Mais oui. Cela vous étonne ?

— Non ; car c'est bien le délai que j'avais indiqué. Seulement, permettez-moi de vous le dire, je n'avais qu'une confiance très limitée dans le commissionnaire-expéditeur auquel vous m'aviez donné l'ordre de remettre nos marchandises.

— Vous me surprenez, monsieur Thomerain. Ne vous ai-je pas écrit que j'avais la plus entière confiance dans M. Pouschkoff.

— Si vous ne m'aviez pas écrit cela de la façon la plus catégorique, je vous avoue franchement que je n'aurais jamais confié trois millions de marchandises à ce gaillard-là.

— Que craigniez-vous donc ?

— Mais... un mauvais embarquement, ou bien que cet individu n'échangeât nos marchandises de qualité supérieure contre des marchandises avariées... Et comme, à ce moment-là, vous m'avez ordonné de poursuivre mon voyage, comme je n'ai pu assister au chargement des bateaux...

— Tranquillisez-vous, monsieur Thomerain : j'avais, sur ce Pouschkoff, les meilleurs renseignements ; et ce qui, d'ailleurs, rend votre défiance bien ridicule, c'est que les bois achetés par vous sont arrivés en parfait état : je les ai soigneusement examinés ; ils sont rangés dans notre chantier, derrière notre grand atelier de scierie ; ils sont même déjà assurés contre tous les risques d'incendie... Continuez, je vous prie.

— Le reste de mon voyage n'offre malheureusement aucun intérêt. Vous avez exigé que je pousse jusqu'au centre de la Russie, jusqu'au Volga ; tout est là, à l'état rudimentaire. Et je suis persuadé que, pendant plusieurs années, nos relations avec Riga et Saint-Pétersbourg nous suffiront amplement. Ces deux derniers mois de mon voyage ont donc été perdus.

Michel s'arrêta. Saint-Ermond prononça d'un ton indifférent :

— C'est... tout ce que vous aviez à me dire ?

— Oui, monsieur.

— Eh bien, allez passer la journée avec votre mère, c'est justement un dimanche ; et vous viendrez demain reprendre votre poste. A demain !

Et il se leva, envoyant un salut hautain à son ingénieur. Il allait sortir, quand Michel l'arrêta en disant :

— Pardon, monsieur. Est-ce bien tout ce que vous avez à me dire ?

— Sans doute !

— Vous savez que je suis franc, monsieur de Saint-Ermond. Voulez-vous me permettre de vous poser une question ?

— Faites, monsieur.

— Je viens d'accomplir, pour vous, un long et pénible voyage. En arrivant à Paris, je n'ai eu qu'une idée : courir ici, pour vous voir, pour me mettre à votre disposition, si cela était nécessaire, sans avoir pris une heure pour embrasser ma pauvre vieille mère... Et vous ne m'avez pas donné une poignée de main !

Saint-Ermond se redressa avec beaucoup de hauteur et dit :

— C'est la première fois, monsieur, qu'un de mes employés se permet de me parler ainsi.

— C'est parce que je crois en avoir le droit, monsieur, répliqua Michel fièrement.

Ces deux phrases avaient été prononcées de telle façon que tout le monde les entendit dans la cour. Joseph Bernier murmura :

— Ça ne va donc pas entre notre patron et notre ingénieur ?

L'industriel lançait des regards furieux à Michel.

— Cette fois, monsieur, est-ce bien tout ce que vous avez à me dire ? s'écria-t-il.

— Non, monsieur : j'ai encore une question à vous poser.

— Vous abusez singulièrement de mes instants, monsieur ! Vous savez très bien que je donne, ce soir, une grande fête, que je n'ai qu'une journée pour faire tous mes préparatifs...

— Oui, monsieur, je sais tout cela. Je sais que, le premier dimanche de mai, vous donnez toujours une grande fête. Et je ne vous cacherai pas que c'est pour être ici à cette date que j'ai voyagé jour et nuit.

— Je ne vous cacherai pas davantage que je ne vous attendais qu'au milieu de la semaine !

— Ainsi, quand vous m'avez dit : « A demain ! » cela signifiait bien que vous ne désiriez me revoir que... demain ?

— Sans doute, monsieur.

— Jusqu'ici, monsieur de Saint-Ermond, vous m'aviez fait l'honneur de m'inviter à votre grande soirée.

— C'est un tort que j'avais ; et il n'en sera plus désormais ainsi.

— C'est bien, monsieur : je n'ai qu'à m'incliner, et je le fais respectueusement...

— J'entends que tout rentre dans l'ordre ! Et je vous prie de savoir désormais vous mieux tenir à votre place.

— Je saurai m'y tenir, monsieur, soyez tranquille. Pardonnez-moi d'avoir provoqué cette explication ; elle était nécessaire. Je vous avoue que je ne me serais pas attendu à un tel revirement.

— Que signifient vos paroles, monsieur ?

— Elles signifient, monsieur, que, depuis dix ans que j'ai eu l'honneur d'entrer dans votre maison, j'ai réussi, par mon énergie, à soutenir une entreprise qui serait immanquablement tombée ; qu'au lieu d'exploiter pour mon compte les découvertes que j'ai faites, je les ai abandonnées à votre usine... En un mot, j'ai relevé votre fortune qui sombrait... Je considérais cette maison comme la mienne... Etais-je assez naïf ! Vous m'en chassez brutalement, lorsque je viens de vous donner une dernière preuve de mon dévouement !

— Eh ! Vous ai-je dit que je vous renvoyais, monsieur Thomerain...

— Oh ! ne craignez pas que je vous laisse cette peine. — J'ai l'honneur de vous donner ma démission.

— Vraiment, monsieur ; et pourquoi donc ?

Michel s'avança un peu et vint audacieusement se placer devant l'industriel.

— Je vous donne ma démission, déclara-t-il d'une voix forte, parce que j'aime Mlle Suzanne de Saint-Ermond.

— Vous... aimez ma fille, monsieur ?

— Vous le savez bien ! Et ce n'est que pour m'éloigner d'elle que vous m'avez expédié en Suède, en Norvège, en Russie... Si vous n'aviez craint quelque résistance de ma part, je crois bien que vous m'auriez expédié au fond de l'Asie ! Oui, je vous donne ma démission, parce qu'il ne me plaît pas d'être traité de la façon dont vous venez de me traiter à l'instant, dans la maison d'une jeune fille que je vénère et que j'aime peut-être plus que vous ne l'aimez et ne la vénérez...

— Assez, monsieur, vous vous oubliez !

Saint-Ermond étendit la main vers la porte du salon.

— Adieu ! s'écria Michel d'une voix farouche.

Et le jeune homme sortit brusquement du salon, tandis que l'industriel prononçait :

— Bon débarras !

Michel eut à peine quitté le chalet, que M. de Saint-Ermond revint dans la cour, affectant la plus grande insouciance, parlant avec désinvolture, faisant recommencer les plis des tentures, criant :

— Qu'on se dépêche ! qu'on se dépêche ! Les fleurs arriveront à midi. Il faut que tout soit prêt à midi, qu'il n'y ait plus qu'à disposer les guirlandes.

Il remarqua, cependant, que Joseph Bernier travaillait mollement, et restait des minutes entières, immobile, comme abîmé dans ses pensées, regardant dans le vague ; et il l'apostropha :

— Ah çà ! Bernier, à quoi pensez-vous donc ?

— A... à rien, monsieur.

— Pardon ! Je n'aime pas qu'on fasse des cachotteries devant moi. Il est bien facile, d'ailleurs, de savoir où vous avez la tête. Ce n'est pas à moi que vous pensez, ni à votre travail. Vous pensez à votre bon ami Michel Thomerain...

— S'il faut vous dire la vérité, monsieur, nous avons entendu, tout à l'heure, quand il vous a donné sa démission... Et dame ! on ne peut pas oublier que, depuis dix ans, on travaillait sous ses ordres ; et je crois bien qu'il n'y avait pas un seul ouvrier qui ne fût son ami. Je crois même qu'en dix ans, il n'a pas renvoyé un seul homme... C'est-y vrai, vous autres ?

Les ouvriers présents déclarèrent :

— Ah ! pour sûr !

M. de Saint-Ermond sourit ironiquement ; puis il prononça :

— Je suis d'une opinion diamétralement opposée à la vôtre, Bernier. Et il y avait longtemps que la conduite de M. Michel Thomerain me déplaisait. Ma parole ! on aurait cru qu'il était le maître !... Heureusement, c'est fini ! Nous n'entendrons plus parler de lui... Il ira jouer ses petites comédies de dévouement autre part... Allons ! au travail ! Ceux qui préféraient Michel Thomerain à moi, c'est-à-dire à leur vrai patron, n'ont qu'à le suivre !

Dès lors, personne ne dit plus que les paroles nécessaires à la besogne. Et vers midi les apprêts étaient presque terminés.

Une superbe tente, gris et bleu, reliait le chalet à la fabrique ; la grande porte de la fabrique était ouverte, et une lourde draperie rouge séparait le premier vestibule du reste des ateliers.

Le glacier arrivait pour installer son buffet ; le fleuriste disposait déjà des guirlandes de tous côtés.

A ce moment, un domestique vint prévenir M. de Saint-Ermond que sa fille l'attendait dans la salle à manger.

— Bien, bien, j'y vais, dit-il.

Mais, sur le perron, il hésita un peu.

— C'est que, murmura-t-il en lui-même, avec elle ce sera moins commode. Bah ! tant pis !

Et il se dirigea vers la salle à manger, où Suzanne, vêtue d'une simple robe noire, attendait, debout, le visage très pâle, les yeux un peu rouges.

— Tu as pleuré ? lui son père en s'asseyant.

— Je regrette que vous le voyiez, mon père, car j'ai fait ce que j'ai pu pour que mes yeux ne soient pas rouges.

— Tu sais bien que je vois tout, même quand on veut me le cacher.

— Je n'ai rien à cacher.

— Alors tu vas me dire pourquoi tu as pleuré ?

— Oui, mon père. J'étais dans le grand salon, lorsque vous y êtes entré avec M. Michel ; je l'ai quitté, mais seulement pour me rendre dans le petit salon qui est à côté. Et... j'ai entendu tout ce qui s'est passé entre vous et M. Michel.

— Tu écoutes donc aux portes ?

— C'est bien par hasard que je me trouvais là. D'ailleurs, on vous entendait de toute la maison.

— Voilà donc qui est parfait et qui rend inutile la communication que j'allais te faire. Puisque Michel nous quitte.

— C'est vous qui l'y avez forcé.

— Non. Il a simplement compris que sa place n'était plus ici.

— C'est-à-dire que, maintenant que vous n'avez plus besoin de lui, maintenant qu'il a refait votre fortune ébranlée, maintenant qu'il vous a abandonné ses inventions...

— Ta, ta, ta ! En voilà assez, mademoiselle ! Je ne puis admettre qu'une petite fille comme vous critique la conduite de son père. Qu'il ne soit plus question de ce Thomerain, un homme de rien qui a osé me dire qu'il aimait ma fille !... Assez sur ce sujet !... Déjeunons tranquillement, et songeons à la grande fête que nous donnons ce soir.

— Je ne vous répondrai qu'une chose, mon père, déclara Suzanne, d'une voix ferme. Nous ne parlerons plus de M. Thomerain puisque vous l'exigez ; mais je vous prie de ne plus me traiter en petite fille ; je ne le suis plus, et la preuve, c'est que je serai bientôt majeure.

— Nous n'en sommes pas encore là, Dieu merci ! s'écria Saint-Ermond, en se passant la main sur les yeux. Assez ! Mange et tais-toi ! Ce serait insensé que la fille recommençât les scènes de la mère...

— Ma mère était une sainte !

— Oui, oui, entendu ! Mais tais-toi !

Suzanne baissa les yeux et ne dit plus une parole jusqu'à la fin du repas.

Ce qu'elle n'avait pas raconté à son père, c'est que, lorsque Michel était parti, elle avait voulu courir pour le rejoindre, lui adresser une parole affectueuse.

Son émotion avait été trop forte : elle était tombée raide au milieu du salon et était restée là, à demi évanouie, jusqu'au moment où son père avait apostrophé le vieux Joseph Bernier.

Elle était remontée alors en sanglotant dans sa chambre, où elle s'était enfermée jusqu'à l'heure du déjeuner, pleurant lentement, toujours, souffrant affreusement, à la pensée que l'homme qu'elle aimait était détesté par son père.

Après le repas, M. de Saint-Ermond lui dit avec un ton d'insouciance :

— A propos, petite, soigne tout particulièrement ta toilette, ce soir. Tu verras plusieurs jeunes gens, tous plus séduisants les uns que les autres... Tu es très demandée... Et je le comprends, car je ne connais pas de plus jolie jeune fille que toi, orgueil paternel mis à part...

— Et, sans doute, parmi ces jeunes gens, vous avez déjà choisi votre gendre ?

— Ma foi, oui ; mais je ne t'en dirai rien, je veux d'abord connaître ton opinion... Je ne suis pas de ces pères barbares qui imposent le mari de leur choix à leur fille... J'aime mon indépendance, et je respecte celle des autres, que diable !

— Je puis vous déclarer d'avance, mon père, que l'homme que j'aime ne sera pas ici, ce soir.

— Comment ! encore ? s'écria M. de Saint-Ermond, en allumant son cigare. Toujours ce rêve de petite fille ? Paisambleu, ma fille, vous imaginez-vous qu'une Saint-Ermond puisse épouser un petit ingénieur...?

Suzanne n'attendit pas la fin de la phrase ; elle quitta rapidement la salle à manger, et remonta chez elle. Son père continua tranquillement d'allumer son cigare ; puis il alla s'étendre dans le fumoir, où, les yeux en l'air, il regarda les petits nuages que faisait la fumée de son cigare, et, peu à peu, il s'endormit.

Quand il s'éveilla, vers cinq heures, il eut un mouvement d'humeur :

— Hein ! je m'endors après mon déjeuner ! Voilà trois fois que cela m'arrive !

Une voix railleuse lui répondit :

— Prenez garde, mon cher ; c'est un symptôme de vieillesse.

— Oh ! comtesse, balbutia Saint-Ermond, vous êtes méchante aujourd'hui.

Et il se leva pour baiser la main de la belle comtesse Nina Carenitch.

— ...sez, qu'il n'y a pas longtemps que vous êtes ici ?

— Tout juste une demi-heure.

— Mais... c'est une trahison ! Comment ne m'a-t-on pas averti ?

— Je l'ai défendu. J'étais venue afin de voir si rien ne vous manque pour ce soir. J'ai demandé Mlle Suzanne : Mlle votre fille s'est, paraît-il, enfermée dans sa chambre. Alors, j'ai bien été obligée de vous demander, vous ; on m'a répondu que monsieur dormait dans son fumoir. C'eût été un péché que de vous réveiller. Vous dormiez si gentiment, avec un petit mouvement de haut en bas... On entendait votre respiration qui s'échappait par le nez...

— Comtesse, vous êtes abominablement méchante !

— Non ; mais il faut bien vous rappeler, de temps en temps, que vous n'êtes plus un jeune homme. Allons, offrez-moi votre bras, et faites-moi faire un tour dans vos ateliers.

Saint-Ermond offrit son bras à la comtesse russe, et ils quittèrent aussitôt le salon pour traverser la cour et examiner les apprêts de la fête.

— C'est charmant ! déclara Nina Carénitch, en adressant un sourire à Saint-Ermond. Vos invités seront ravis.

— Dès le moment que vous êtes satisfaite, répliqua galamment Saint-Ermond, je n'ai plus rien à désirer : mon but est atteint.

— Voulez-vous vous taire !... Si votre fille vous entendait !

— Oh ! ma fille !... prononça Saint-Ermond, avec un geste insouciant.

Ils traversèrent aussi le buffet, puis soulevèrent la tenture et gagnèrent le grand atelier, qui était absolument désert.

— Je crois qu'ici personne ne nous écoute, dit Nina.

— Non. Nous sommes bien seuls. Avez-vous quelque chose à m'annoncer ?

— De mon côté, tout va bien : mon frère, le prince Gérald Vérénine, m'accompagnera ce soir.

— Est-il toujours dans les mêmes dispositions ?

— Oui. Il a encore aperçu votre fille, l'autre soir, à l'Opéra, et il la trouve adorable. Mais Suzanne ne se doute-t-elle de rien ?

— De rien absolument. Je ne lui ai jamais parlé du prince, et, ce matin encore, je lui ai déclaré que je ne voulais même pas lui nommer le gendre que je rêvais.

— C'est parfait.

— Et, après cela, comtesse... nous songerons à nous, n'est-ce pas ?

— Oh ! marions d'abord ces enfants !... Vous savez que notre mariage dépend du leur... Mais n'ai-je pas entendu vos domestiques parler de Thomerain ?... Serait-il revenu ?

— Oui ; mais rassurez-vous. Je l'ai mis à la porte... ou plutôt, pour être plus adroit, je l'ai amené à m'offrir sa démission...

— Que vous avez acceptée ?

— Sans hésiter.

— C'est que... son retour ici pouvait tout perdre !

— Je l'ai bien pensé. Nous sommes débarrassés de lui pour toujours.

— Parfait ! Maintenant que je suis rassurée, je vous quitte.

— Quoi ! déjà ?

— Il faut bien que j'aille m'habiller. Ne voulez-vous pas que je sois belle ?

— Laissez-moi baiser vos mains, au moins.

— Ne les avez-vous pas assez embrassées, hier ?

— Je ne m'en lasse jamais.

— Adieu, mauvais sujet.

Saint-Ermond reconduisit la jolie Russe jusqu'à sa voiture, et resta sur la route tant que la voiture parut à l'horizon. Et il rentra chez lui en pensant :

— Quelle adorable femme !

Il s'installa alors devant sa table de toilette, et procéda ... ses cheveux qui s'obstinaient à passer du noir au blanc.

Cela fait, il descendit pour s'assurer qu'aucun détail n'avait été oublié, que le vestiaire et le buffet étaient prêts, que tous les meubles étaient bien rangés comme il le désirait.

Ensuite, il monta chez sa fille.

Suzanne, dès qu'elle vit son père, ferma un tiroir où étaient déposées de vieilles lettres qu'elle était en train de lire.

Saint-Ermond eut l'air de ne pas s'en apercevoir.

— Ma chère fille, je viens te demander s'il ne te manque rien.

— Non, merci, mon père... J'ai ma robe, mes fleurs, mes bijoux. J'ai donné les ordres nécessaires pour que votre dîner vous soit porté chez vous, puisque nous ne pouvons dîner dans la salle à manger.

— Bien, ma fille, merci. A ce soir.

Il revint dans sa chambre où il dîna en homme heureux ; puis, il commença sa toilette la plus délicate, la préparation de son visage, dont il corrigeait les rides par des pâtes, surtout les paupières et les coins des yeux, que de trop longues et trop nombreuses veilles avaient plissés avant l'âge. Enfin, à neuf heures du soir, élégant comme un jeune homme, le gardénia à la boutonnière, il descendait au rez-de-chaussée qui était éclatant de lumière.

Suzanne, aussi sérieuse qu'une femme, était debout au milieu du grand salon, donnant un dernier coup d'œil voyant tout, avec la sûreté, la précision d'une maîtresse de maison accomplie.

Saint-Ermond fit une pirouette ; puis, examinant la toilette de sa fille :

— Sais-tu que tu es adorable ? Ces dentelles blanches te vont à ravir.

— Ce sont des dentelles de ma mère.

— Mais tu n'as presque pas mis de bijoux !

— Cette broche de ma mère me suffit.

— Et pas d'aigrette, pas même une fleur dans les cheveux ?... Il est vrai que tes cheveux sont assez beaux pour n'avoir pas besoin d'ornements...

— Ma mère les portait ainsi.

Saint-Ermond fit une seconde pirouette et passa dans le vestibule, en murmurant :

— Ma fille devient insupportable avec sa mère. Je ne puis pourtant pas la pleurer éternellement. Voilà bien près de onze ans qu'elle est morte ! — Ah ! vous voici, comtesse ! Comme c'est aimable à vous d'arriver la première.

Nina Carénitch arrivait, au bras du prince Vérénine, long jeune homme blond, au regard trop clair, aux moustaches trop longues et tombantes.

— Je vous présente mon frère, monsieur de Saint-Ermond.

— Enchanté et très honoré de vous posséder chez moi, prince, dit Saint-Ermond, comme s'il voyait Gérald pour la première fois.

Ils pénétrèrent dans le salon ; et Nina Carénitch alla embrasser Suzanne. Suzanne l'accueillit très froidement ainsi que le prince. Et, comme de nouveaux invités arrivaient, elle quitta les deux Russes, pour faire son devoir de maîtresse de maison.

Deux heures après, les salons de M. de Saint-Ermond étaient pleins d'une foule élégante, mélangée de financiers, de gentilshommes et de beaucoup d'étrangers. Les gentilshommes étaient les anciens camarades de Saint-Ermond ; les financiers, les amis de la famille de sa femme, les relations forcées qu'entraînait sa situation d'industriel ; les étrangers étaient, en général, les amis de la comtesse Nina Carénitch, tous les habitués du salon de la jolie Russe, qu'elle faisait inviter partout où elle allait.

D'ailleurs, la plupart des invités, après avoir salué Suzanne, allaient présenter leurs compliments à Nina Carénitch, comme si elle aussi avait été la maîtresse de la maison.

Suzanne dansait correctement avec tous les jeunes hommes qu'elle connaissait, et avec tous ceux qui lui étaient présentés, sans jamais accorder plus d'une danse au même cavalier. C'est ainsi que, tout d'abord, elle avait dansé avec le prince Vérénine, mais sans attacher à lui

[...] l'importance qu'aux autres jeunes gens qui la courtisaient.

La fête était très brillante, très animée.

Et Saint-Ermond était ravi d'entendre tous les compliments qu'on lui adressait, et principalement ceux qu'on adressait à Nina Carenitch.

De tous côtés, on disait :

— Vraiment, c'est cette comtesse russe qui est la reine du bal.

Vers une heure du matin, le prince Véronine, qui se promenait au bras de Saint-Ermond, se trouva tout à coup en face de Suzanne.

— Mademoiselle, dit-il, monsieur votre père et moi, nous vous cherchions.

Suzanne salua et allait continuer son chemin ; mais son père l'arrêta :

— Mon enfant, le prince désirerait valser avec toi.

— Mais j'ai déjà eu l'honneur de danser avec monsieur...

— Oui, mademoiselle, mais pas une valse. Justement on en commence une...

— Je vous avoue, monsieur, que je suis un peu fatiguée...

— Et tu allais te reposer du côté du buffet ? demanda son père en riant. Allons, mon prince, offrez votre bras à ma fille, et allez vous reposer tous les deux en buvant du champagne.

Suzanne se trouvait prise. Elle n'osa pas résister à son père et accepta le bras du prince. Ils sortirent du chalet, traversèrent la cour transformée en salon et gagnèrent l'entrée de la fabrique.

Véronine fit asseoir Suzanne à droite du buffet, en disant :

— Je vais chercher des gâteaux et deux... coupes de champagne.

Machinalement, Suzanne cessa de regarder la fête et fixa ses yeux sur l'immense vide qui s'étendait derrière elle. Elle ne distinguait rien dans cette longue travée sombre de l'atelier de scierie ; mais elle le connaissait si bien qu'il lui sembla qu'elle voyait toutes les machines en place, les ouvriers à leur besogne, et, au milieu d'eux, la silhouette énergique de Michel Thomerain, dirigeant tout, animant tout, obéi par tous comme un maître adoré.

— Ah ! pourquoi n'est-il pas ici, ce soir ? murmura-t-elle sourdement.

Le prince était revenu, portant une assiette de gâteaux et les deux coupes de champagne.

— Comme cette usine doit être intéressante ! dit-il. Je serais vraiment curieux de la visiter.

— Cela vous sera facile, monsieur, dit froidement Mlle de Saint-Ermond.

Il continua de bavarder, disant des riens, essayant de faire causer Suzanne. La jeune fille ne répondait que par phrases courtes ou par monosyllabes. Sa pensée était bien, bien loin : elle s'en allait rue de la Chapelle, dans un modeste logement, occupé par une vieille femme et son fils : Mme veuve Thomerain et M. Michel Thomerain.

Brave garçon ! Comment avait-il supporté cette douleur inattendue ?...

Que faisait-il maintenant ?...

À quoi pensait-il ? Sa mère avait-elle réussi à le consoler ?...

Et toujours la jeune fille fixait ses yeux sur le trou noir de l'atelier, n'écoutant pas le prince russe, ne songeant qu'à Michel, comme si elle avait pu deviner que... là-bas, au fond de l'atelier, caché derrière une machine, le jeune ingénieur épiait, cherchant à distinguer le visage de Suzanne au milieu de la foule qui se pressait dans ce recoin.

Ah ! ce n'avait été qu'après une longue lutte contre lui-même, contre son amour, que Michel avait quitté sa mère, pour venir rôder autour de l'usine... Le matin, en se séparant de M. de Saint-Ermond, il s'était naturellement fait conduire chez sa mère. Et là, la première explosion de tendresse passée, il avait essayé de ne pas dire la vérité, pensant que ce serait bien assez tôt demain...

Mais sa mère, femme du peuple, disait et avait tout deviné.

— Tu es allé à la fabrique déjà ?

Il n'avait pas su mentir.

— Oui, ma mère.

— Et... ça n'a pas marché ?

— Non, hélas !... J'ai été forcé de donner ma démission.

— Tu n'as pas vu Suzanne ?

— Non ; je suis parti comme un fou !

— Cela vaut mieux. Oh ! je m'en doutais bien, d'après tout ce que m'avait dit Suzanne. Ah ! la brave fille !

— Elle venait donc te voir ?

— Toutes les semaines. Mais console-toi, mon pauvre enfant ! Elle sera majeure avant longtemps... Et ce ne sera pas ce viveur et cette comtesse russe qui pourront enlever son bonheur à mon enfant. Embrasse-moi, mon fils, et sois courageux.

Il l'avait embrassée longuement ; et, tout le jour, ils avaient parlé d'elle.

La veuve Thomerain avait pu croire que son fils résistait à la douleur ; mais, le soir venu, quand sa mère se fut couchée, Michel, après avoir tourné quelques instants dans sa chambre, sortit doucement, poussé par une force invincible.

Il descendit la rue de la Chapelle, franchit les fortifications et, aussitôt, aperçut la longue file de voitures qui s'allongeait devant la maison de M. de Saint-Ermond. Il souffrit horriblement quand il entendit l'orchestre et que, par les fenêtres à demi ouvertes, il distingua les groupes de danseurs.

Même des pensées jalouses lui serrèrent le cœur. Avec qui dansait Suzanne ?

Comme on le remarquait et qu'un cocher disait à haute voix : « Regardez donc ce bonhomme... Est-ce qu'il n'a pas bu un coup de trop ? »

Michel s'éloigna un peu. Puis il quitta la route, sauta en plein champ et se rapprocha de l'usine, qui était entièrement isolée des autres maisons.

Il resta près d'une heure, appuyé contre un arbre ; de là, il pouvait voir une partie de la fête. Enfin, comme Suzanne se dirigeait vers le buffet, il ne résista pas plus longtemps au désir de la voir de plus près.

Il courut jusqu'à l'autre bout de la fabrique où se trouvait une petite porte, dont il avait la clef sur lui, et il entra dans les chantiers.

C'est là que se trouvaient, en immenses monceaux, les bois qu'il avait achetés en Russie. Il les longea sans les regarder, puis s'engagea dans l'atelier...

Maintenant, il distinguait très bien le buffet et le salon installés sous la tente.

Plusieurs fois il avait aperçu Suzanne ; et, chaque fois, il avait éprouvé une impression heureuse, parce que la jeune fille regardait dans ce vide sombre, il devinait qu'elle pensait à lui.

Soudain, il lui sembla entendre des pas derrière lui. Il se retourna, sortit à demi de l'atelier, et, dans le chemin qu'il avait suivi pour venir des champs, aperçut un gros homme qui fuyait.

Il fut tellement stupéfait qu'il ne put ni marcher ni pousser un cri. Et sa première pensée fut qu'on l'avait suivi, et que sa folle tentative allait compromettre Mlle de Saint-Ermond.

Cependant personne ne revenait.

En voulant faire un pas, il heurta un petit objet. Se souvenant que, au moment où l'homme passait, il avait entendu tomber quelque chose, il se baissa et ramassa une petite boîte. Il la mit machinalement dans sa poche, sans l'ouvrir. Puis, il voulut encore revoir Suzanne, rentra dans l'atelier et resta près d'une demi-heure immobile, ne pouvant se décider à partir. Et peut-être serait-il resté là toute la nuit si une immense clameur ne s'était élevée soudain :

— Au feu ! Au feu !

Il porta les mains à ses yeux.

— Est-ce que je rêve ?

Monsieur... C'était bien vrai! Un terrible incendie venait de se déclarer dans les vastes chantiers de bois et
menaçait déjà l'atelier. De longues gerbes de feu s'élevaient en tourbillonnant déjà, et, par les baies vitrées,
éclairaient l'usine.

Michel frissonna.

— Mais on va me voir... On me voit !...

Il avait aperçu le jeune homme, qui était avec Suzanne, se pencher au-dessus de la tenture et regarder
vers le fond de l'atelier.

Il se couvrit le visage des deux mains, voulant surtout éviter d'être reconnu. Et il se précipita hors de
l'atelier.

Une fois dans la petite allée qui séparait l'usine des
chantiers, il eut une seconde d'épouvante.

Tout était en feu. Le bois, bien sec, bien rangé, flambait comme un tas d'allumettes.

Un vent doux, léger, portait les étincelles sur les tas
qui n'étaient pas encore embrasés.

— Comment m'échapper d'ici ?

Sans doute, il n'avait qu'à rebrousser chemin, traverser l'atelier et sortir par le buffet. Mais on pouvait le
surprendre. M. de Saint-Ermond pourrait l'apercevoir...
Et alors, quel scandale ce serait !

— Je ne puis m'en aller que par les chantiers !

Déjà, les flammes du brasier léchaient le haut de l'atelier. Il allait périr, s'il ne s'enfuyait rapidement.

Il connaissait exactement les tours et les détours du
chemin. Il ferma les yeux et courut devant lui. Par moment, la fumée le suffoquait. Il arriva enfin à une légère distance de la porte par laquelle il était entré ;
mais elle était encombrée par des matériaux en flammes
qui étaient tombés là. Il chercha une autre issue, et, au
fond d'une allée, qui n'était pas encore embrasée, aperçut la barrière.

Il monta sur un tas de planches et sauta en dehors.

— Enfin ! s'écria-t-il.

Mais, au moment où il allait continuer son chemin, il
sentit qu'on l'arrêtait ; et deux voix crièrent :

— Que faisiez-vous là-dedans ?

— Je... je...

Il ne put trouver une parole et, sans opposer la moindre
résistance, suivit deux hommes qui l'entraînaient. Ce fut
seulement en arrivant au bord de la route qu'il reconnut
des agents de police.

Il essaya alors de se dégager.

— Mais, que me voulez-vous, messieurs ?

— Ça, on vous le dira plus tard. Pour l'instant, sui-
vez-nous.

— Où donc me menez-vous ? Pourquoi m'arrêtez-vous ?

— Il est probable que vous le savez, puisque vous nous
avez suivis tout à l'heure sans la moindre difficulté. Allons, allons, pas de façons ou nous employons les grands
moyens.

Accablé, ne voulant pas comprendre, Michel ne résista
plus. Et quelques minutes après, il se trouvait au milieu
de la route, devant un officier de paix. De là, il pouvait
voir l'immense foyer d'incendie. Les flammes s'élevaient
à des hauteurs inouïes. L'atelier n'était pas encore atteint ; mais il semblait certain qu'il serait brûlé avant
l'arrivée des pompes à vapeur.

De Saint-Denis, de Paris, une énorme foule se dirigeait vers l'usine, courant avec les pompiers.

Les invités de M. de Saint-Ermond, groupés devant le
chalet, regardaient avec stupéfaction, osant à peine parler.

L'industriel restait là, comme épouvanté, tremblant.

Quand l'officier de paix, arrivé au galop, lui avait demandé des renseignements pour organiser des secours,
il avait répondu :

— Je ne sais pas... Il n'y a que du bois partout... ça
va flamber... c'est abominable...

Puis, avec un soupir de résignation :

— Tout ce que j'ai va être brûlé... Car je crains bien
qu'il n'y ait plus qu'à faire la part du feu.

Tandis qu'il était là, recevant des compliments de condoléance de ses invités, s'excusant auprès d'eux, un gardien de la paix vint lui dire :

— On a arrêté l'homme qui a mis le feu.

— Hein ?... Vous dites ?... On a mis le feu ?... Mais
c'est impossible !

Il faillit s'évanouir.

Cependant, soutenu par le prince Vérénine, il suivit
le gardien de la paix, qui le mena vers le groupe où se
trouvait Michel.

Alors l'officier déclara, furieux :

— Tenez, monsieur de Saint-Ermond, voici l'incendiaire !

III

LE FEU

Lorsque Michel entendit cette accusation, il s'arracha
des mains des agents, et cria avec indignation :

— Vous mentez, monsieur !

En même temps, il levait la main sur l'officier de paix ;
celui-ci se contenta de faire un signe à ses agents, et
répondit avec le plus grand calme :

— Prenez garde, monsieur, n'aggravez pas encore votre situation, en vous révoltant contre l'autorité publique.

Puis, s'adressant aux agents :

— Et vous, tenez-le donc solidement !

Les deux agents haussèrent les épaules, et l'un d'eux
murmura :

— Si vous croyez que c'est facile !

Michel comprit qu'il avait tort de s'emporter, et dit, en
martelant bien tous ses mots :

— Soit, messieurs ! Je ne bougerai pas ; ne craignez
rien de moi. Je saurai attendre que cette épouvantable
erreur s'éclaircisse !

Pendant cette rapide explication, les invités de M. de
Saint-Ermond étaient venus se grouper autour de lui.
La comtesse russe était parmi les premières, examinant
d'un œil méchant ce Michel Thomerain, qu'elle détestait
comme son plus violent ennemi. Le prince Vérénine le
dévisageait aussi, en souriant dans sa longue moustache blonde. Puis des ouvriers s'étaient glissés jusque-là,
et regardaient avec stupéfaction leur cher ingénieur, que
tous aimaient. Et tous se demandaient ce qu'il pouvait y
avoir de vrai dans cette horrible accusation.

M. de Saint-Ermond semblait le plus étonné de tous.
Toujours appuyé sur le bras de Vérénine, il attachait ses
yeux sur ceux de Michel, qui, lui, le dévisageait avec
dédain... Puis il regarda sa figure noircie, ses cheveux
et sa barbe à demi-brûlés, ses vêtements en lambeaux.
Enfin, il murmura, comme parlant pour lui seul :

— Mais c'est impossible !

Vérénine seul entendit ces paroles, et il se pencha à
l'oreille de Saint-Ermond :

— Faites donc attention à vos paroles. Est-ce à vous
de défendre ce gredin ?

L'officier de paix demanda :

— Vous connaissez cet homme ?

— C'était mon ingénieur en chef, répondit Saint-Ermond ; il ne l'est plus, heureusement.

— Il n'est plus attaché à votre maison ?

— Non, monsieur.

— Depuis quand ?

— Depuis... depuis ce matin. Il m'a donné sa démission, à la suite d'une violente discussion, que plusieurs
personnes ont entendue, du reste.

L'officier de paix se tourna vers Michel :

— Est-ce exact, monsieur ?

— Parfaitement exact, monsieur.

— Vous aviez donc des sentiments de haine contre la
famille de Saint-Ermond ?

— Contre M. de Saint-Ermond, oui, monsieur ; mais
pas contre sa famille, répondit Michel avec un bien mé-
lancolique sourire.

L'officier de paix allait encore lui poser quelques questions ; mais on entendit un cri déchirant, et on vit Suzanne de Saint-Ermond qui arrivait avec le vieux Bernier.

Depuis le début de l'incendie, la courageuse jeune fille était restée près du feu, essuyant de temps en temps ses larmes, pleurant cette belle usine, autant que ses vieux souvenirs d'enfance qui disparaissaient.

Bernier courait de tous côtés, essayant de sauver quelques machines ; mais déjà la situation était intenable dans l'atelier, où tombaient des planches enflammées, où l'incendie allait éclater tout à l'heure, malgré les efforts des premières pompes qui avaient été mises en batterie.

Alors, il était sorti et s'était trouvé en face de Suzanne, au moment même où un des invités disait près d'eux :

— On a arrêté le misérable qui a mis le feu ; il paraît que c'est un ingénieur que M. de Saint-Ermond avait renvoyé... C'est, sans doute, une vengeance...

Suzanne se retourna, aperçut, de l'autre côté de la route, le groupe formé par son père, ses amis, les agents de police et Michel. Elle y courut comme égarée, suivie par Bernier ; et voyant Michel entre deux agents, elle poussa un tel cri que tout le monde tressaillit. Puis elle se précipita vers Michel, les mains tendues.

M. de Saint-Ermond l'apostropha vivement.

— Es-tu folle, Suzanne ? Tu ne sais donc pas que c'est cet individu qui a mis le feu à nos chantiers ?

La jeune fille s'écria, avec un accent sublime :

— Ce n'est pas vrai !

En même temps, Bernier déclarait :

— Non, monsieur. C'est impossible !

— Taisez-vous, Bernier, répliqua sèchement l'industriel. Taisez-vous, ou on pourrait croire que vous êtes son complice !

Michel, l'âme remplie de reconnaissance, prononça :

— Ah ! merci, Suzanne, merci !

L'officier de paix crut devoir intervenir.

— Si douloureuse que vous semble la vérité, mademoiselle, je suis forcé de vous affirmer que nous avons des preuves de la culpabilité de cet homme.

— Et moi, je vous dis que c'est faux, reprit Suzanne fermement. C'est une indigne calomnie... Accuser M. Thomerain !...

Son père lui saisit les bras et l'entraîna à quelques pas en maugréant.

Et il allait lui adresser de nouveaux reproches, mais leur explication fut interrompue par un grand bruit.

— Voici les pompes à vapeur ! criait-on.

C'étaient deux pompes à vapeur qui arrivaient de Paris au galop.

L'officier de paix donna l'ordre de tenir Michel un peu en arrière ; puis il fit reculer toutes les personnes présentes, afin que les pompes à vapeur pussent manœuvrer plus facilement.

Presque aussitôt, le préfet de police arriva avec le colonel des pompiers ; et, toute l'attention étant concentrée sur l'incendie, on oublia momentanément l'incendiaire.

— Qu'on le garde à vue ! ordonna le préfet de police ; on l'interrogera tout à l'heure. En ce moment, le plus pressé est de combattre le feu.

Les soldats arrivaient, au pas de course, du poste-caserne de La Chapelle et de Saint-Denis. Les chaînes s'organisaient. On allait chercher de l'eau dans toutes les maisons environnantes ; des pompiers étaient partis avec de longs tuyaux pour relier la pompe à vapeur au petit canal qui se trouve à l'entrée de Saint-Denis.

Le colonel s'était rapidement rendu compte de la situation. Les chantiers étaient perdus : c'était un immense brasier, où personne ne pouvait plus pénétrer, et d'où s'échappaient de grosses étincelles, que le vent portait sur les fabriques environnantes.

De ce côté, il n'y avait rien à tenter ; on devrait s'estimer heureux si on pouvait préserver les maisons voisines. Des pompes à main baignaient d'eau les murs et les toits de toutes ces maisons.

Quant à la scierie, elle n'avait pas encore pris feu ; on voyait seulement des étincelles qui y tombaient, un coin qui s'enflammait, et aussitôt le jet des pompes, di-

rigé sur le point menacé, qui parvenait à éteindre ces petits brasiers...

Puis, tout d'un coup, malgré les jets des pompes, une immense flamme courut le long du toit qui était goudronné. Ce fut l'affaire de quelques minutes. Tous les bâtiments de l'usine étaient en feu.

Michel contemplait tout cela sans prononcer une parole ; mais, quand il vit la grande flamme qui léchait le toit de l'usine, quand il entendit craquer les vitres et alors les flammes s'engouffrer en épais tourbillons par les larges baies, il eut un cri de sourd découragement :

« Oh ! mes machines !... »

Toutes ces machines, dont il connaissait les moindres rouages : les anciennes machines achetées par le grand-père de Suzanne et qu'il avait améliorées peu à peu ; puis les machines qu'il avait inventées et dont pas un autre modèle n'existait, le fruit de ses longs travaux qu'il s'était imposés si courageusement, et d'une façon si désintéressée, pour que l'usine de Mlle de Saint-Ermond fût une usine modèle ; enfin les dispositions si ingénieuses qu'il avait établies, toutes ses épures, ses plans, ses dessins, ses projets d'avenir : tout cela allait être à jamais détruit... Détruite, cette légère galerie à jour, sur laquelle Suzanne venait tous les matins, pour jeter un coup d'œil dans l'usine. Détruit, ce petit cabinet où il passait quelquefois la nuit, travaillant, cherchant, ne ressentant aucune fatigue, parce que, tout auprès, une adorable jeune fille s'était endormie en pensant à lui.

Le colonel cria, d'une voix tonnante :

— Hé, là-bas, descendez donc du toit ! Vous voyez bien que l'usine est fichue !

Les braves pompiers luttaient vaillamment contre le feu, debout sur des poutres brûlantes, sublimes de courage tranquille, méprisant la mort qui les guettait.

— Voulez-vous descendre, sacrédieu ! répéta le colonel.

Les pompiers finirent par obéir.

Il était temps. Quelques minutes après, le toit de l'usine s'effondrait.

Michel baissa la tête, en murmurant :

— C'est fini !

Le colonel déclara avec humeur.

— Si on peut sauver la maison d'habitation, ce sera bien tout... et encore !

Des ouvriers avaient déménagé quelques meubles, mais on leur avait donné l'ordre de cesser, parce que cela gênait le service des pompes. On avait besoin de se camper dans le chalet, si on voulait le sauver.

Une angoisse terrible étreignait toutes les gorges ; car à une très légère distance, se trouvait une grande distillerie et une importante fabrique de bougies. Déjà, des flammèches avaient traversé la route ; et, comme le foyer de l'incendie se rapprochait, leur nombre était plus grand. Au moment où le toit de l'usine s'effondrait, un tourbillon de flammes s'éleva dans les airs, puis, poussé par le vent, vint tomber sur le toit de la distillerie. Le colonel vit aussitôt le danger. Faisant la part du feu, il ordonna à une des pompes à vapeur de se déplacer et de diriger son jet sur la distillerie.

Il y eut quelques minutes de confusion, pendant lesquelles on oublia presque le premier incendie.

Quand l'ordre fut entièrement rétabli, on s'aperçut que la tente, disposée sur la cour, était en feu, ainsi que les guirlandes de fleurs. Et, ces guirlandes faisant le tour du chalet, ce fut comme une traînée de poudre autour de l'habitation de la famille Saint-Ermond.

— O mon Dieu ! notre maison qui brûle ! murmura Suzanne.

En quelques secondes, la maison se vida, et quatre pompes se placèrent devant les quatre façades pour combattre le nouveau foyer d'incendie.

Le chalet était bâti sur pierres ; mais tout le premier étage et le comble étaient en briques et en bois. Bientôt, on le vit en flammes de tous côtés.

La comtesse Nina Garenitch dit à haute voix :

— Je pense que, maintenant, M. Michel Thomerain doit être satisfait.

— Le bandit, s'écria M. de Saint-Ermond : il mériterait qu'on le jetât au milieu des flammes !

Michel n'entendit pas ces paroles cruelles. Il contemplait cette maison qu'il avait tant aimée, il contemplait surtout cette grande fenêtre, à gauche, avec son balcon entouré de lierre et de glycine. Que de fois, lorsqu'il arrivait, le matin, il avait vu Suzanne à cette fenêtre! Elle lui envoyait un gai bonjour; lui, saluait de loin et passait sous ses yeux, la tête découverte. Puis, il se rendait, heureux, à sa besogne et confiant dans l'avenir.

Comme tout cela était loin!

Soudain il éprouva un tressaillement qui le secoua tout entier.

Était-ce une vision?...

— Est-ce que je perds la tête?...

Mais non; Suzanne avait paru à la fenêtre. Et une longue acclamation avait retenti.

Quand la jeune fille avait vu les flammes entourer le chalet, elle n'avait plus eu qu'une pensée: sauver quelques lettres, des souvenirs précieux, une miniature de sa mère, les portraits de son grand-père et de sa grand'mère.

Elle seule savait où se trouvait cela. Elle seule savait la façon d'ouvrir le tiroir où elle cachait ces chères reliques. Elle s'était donc glissée dans la maison, au milieu du trouble; elle avait gagné le premier étage; puis elle avait perdu du temps... Elle n'avait pas peur, elle était émue seulement. Lorsqu'elle était entrée dans sa chambre, elle avait dû chercher un moment, ne trouvant plus ses clefs au milieu du désordre que cause une toilette de bal. Ensuite elle avait eu de la peine à ouvrir son tiroir.

Quand elle eut pris enfin ce qu'elle voulait, elle retourna en arrière; mais, au moment où elle mettait la main sur la rampe de l'escalier, un jet de pompe traversa l'antichambre du premier étage et la renversa. Les pompiers envoyaient maintenant leurs jets par les fenêtres ouvertes, car le feu s'étendait au dedans comme au dehors.

Suzanne eut une minute d'évanouissement.

Quand elle se releva, une partie de l'escalier était en flammes. Alors, elle revint dans sa chambre et courut à la fenêtre.

Elle ne jeta qu'un cri:

— Michel!...

Et, dans toute cette foule, il y eut une hésitation. Les deux fenêtres qui entouraient celle de Suzanne étaient en feu; et celle-ci commençait à flamber au-dessus de la jeune fille. Nina murmura à l'oreille de son frère:

— Eh bien, tu hésites?

— C'est que... ça n'était pas dans le programme.

— Veux-tu perdre la partie?

— Non, non. En avant!...

Le prince russe s'élança et arriva devant la maison, au moment où deux pompiers voulaient aussi y pénétrer pour sauver la jeune fille. M. de Saint-Ermont criait:

— Mon enfant! ma pauvre enfant!

Il se remuait beaucoup, mais se laissa retenir par Nina qui lui disait:

— Laissez donc; mon frère y est allé.

L'incendie gagnait. A part la fenêtre de Suzanne, toute la façade était en flammes. Et son balcon commençait de brûler.

— Une échelle! une échelle! criait-on de tous côtés.

Des hommes cherchaient une échelle, car il semblait impossible qu'on pût grimper sur cette façade tout en feu. Gérald Vérénine, malgré le peu d'envie qu'il en avait, s'était précipité dans la maison avec un des pompiers; mais ils ressortirent presque aussitôt, aveuglés par la fumée, ne pouvant avancer au milieu de ce brasier.

Tout cela avait été si rapide qu'on n'avait fait aucune attention à un groupe de trois hommes qui se dirigeait, comme une masse confuse, vers l'incendie.

C'était Michel, qui, ne pouvant se dégager, traînait avec lui les deux agents chargés de le garder. Les agents s'accrochaient désespérément à lui, s'imaginant qu'il voulait profiter de cet incident pour s'échapper.

Lui hurlait de rage:

— Mais laissez-moi donc! laissez-moi donc... Vous voyez bien qu'elle m'appelle...

Ils arrivèrent ainsi devant la maison, au moment où Gérald Vérénine en était rejeté par les flammes.

— Tonnerre! s'écria Michel, en faisant un dernier effort.

Les deux agents roulèrent à terre; et, avant qu'ils pussent se relever, l'ingénieur était sous le balcon de Suzanne.

Gérald voulut l'arrêter.

— Monsieur, on apporte une échelle.

— Eh! il sera bien temps d'apporter une échelle lorsque la maison s'écroulera, répliqua Michel en écartant brusquement le prince.

Puis, il s'accrocha à une branche de lierre, dont les feuilles étaient déjà brûlées; et, avec une vigueur surprenante, il s'élança vers Suzanne.

— Mais c'est de la démence! s'écria M. de Saint-Ermond, furieux.

En même temps, de toutes les poitrines, sortait un cri d'admiration pour cet acte de courage.

Heureusement pour Michel, le lierre était vert; et, si les feuilles avaient été déjà desséchées, puis carbonisées, les branches, quoique très chaudes, résistaient encore au feu. En outre, l'ingénieur connaissait si bien toute cette partie de la façade, qu'il trouvait facilement des saillies de brique pour placer ses pieds.

Quand il arriva au balcon de bois qui se carbonisait déjà, il inclina vers la gauche, s'arc-bouta et donna un grand coup de pied dans les planches enflammées.

Gérald, qui était au-dessous et voulait absolument prendre sa part du sauvetage, criait:

— Attendez donc! On va arriver avec une échelle!

Mais Michel, comme s'il ne l'avait pas entendu, cria aux pompiers:

— Un jet d'eau sur le mur... là!...

Et, avec le plus grand calme, il indiquait un crochet de fer planté dans la muraille.

Les pompiers comprirent; ils baignèrent d'eau la partie que leur indiquait l'ingénieur, tandis que celui-ci sautait enfin dans la chambre.

— Ah! Michel! balbutia Suzanne, je vous aimerai toute ma vie!

La porte de la chambre était fendue par le feu; les flammes passaient par les fentes et allaient lécher les rideaux du lit.

Michel prit Suzanne sous son bras droit et s'avança vers le balcon.

Il donna encore un grand coup de pied dans la balustrade et renversa ce qui tenait encore.

Puis, se penchant en dehors, il saisit le crochet de fer de la main gauche.

Il y eut une minute d'anxiété suprême.

Au-dessus d'eux se balançait une solive enflammée qui menaçait de tomber.

Michel se laissa aller, suspendu par la main gauche et serrant toujours, la taille de Suzanne dans son bras droit.

— Lâchez-la! hurlait Gérald. Lâchez-la, nous la recevrons...

Mais Michel était bien trop jaloux de son précieux fardeau: il entendait sauver à lui seul sa chère bien-aimée. Il prit lentement son élan et alla tomber sur une plate-bande, au milieu des fleurs écrasées.

Il plia sur ses genoux et faillit perdre connaissance; mais Suzanne était debout, sauvée, sans qu'une seule étincelle eût touché sa robe blanche.

— Sauvée!

Ce cri éclata avec des applaudissements enthousiastes. Et comme dans la foule on ignorait le nom de la personnalité qui avait accompli cet acte d'héroïsme, rien ne put arrêter cet enthousiasme. Et, lorsque les ouvriers arrivèrent enfin avec une échelle, un immense éclat de rire retentit. La solive se détacha à ce moment; et, presque aussitôt, la fenêtre de Suzanne fut tout en feu.

La jeune fille s'était penchée sur Michel qui avait une sorte d'évanouissement. Il était oppressé, ne pouvait parler.

— Êtes-vous blessé, Michel? je vous en supplie... répondez-moi!

Il finit par dire, fixant ses yeux pleins d'amour sur la jeune fille :

— Non... ce n'est rien... un peu d'étourdissement... cela va passer... Mais vous ?

— Oh ! moi... je suis bien heureuse !

Et, soudain, elle se jeta dans ses bras et l'étreignit avec passion.

Un des pompiers dit en souriant :

— Ah ! oui, vous pouvez bien l'embrasser ; car vous lui devez une fameuse chandelle !

M. de Saint-Ermond était resté d'abord cloué sur place, se sentant vaincu, baissant la tête, humilié. Il fallut que la comtesse le poussât vers sa fille en lui soufflant :

— Surveillez-vous donc ! On vous regarde.

Il arriva pour séparer Suzanne de Michel, qui s'oubliaient dans les bras l'un de l'autre.

— Ah ! ma chère enfant ! s'écria-t-il, en embrassant Suzanne, quelle horrible minute tu nous as fait passer !... Enfin, te voilà sauvée !...

Michel se reculait peu à peu, les yeux hagards, revenant tout à coup à la réalité... Tout à l'heure, en sauvant Suzanne, il avait oublié l'épouvantable accusation dirigée contre lui. Et il s'éveillait encore plus malheureux : il voyait auprès de lui les deux sergents de ville, qui n'osaient plus le toucher, mais qui ne le quittaient pas et semblaient se défier de lui. M. de Saint-Ermond lui dit, d'un ton dédaigneux :

— J'espère, monsieur, que cet acte de courage vous servira de circonstance atténuante. Quant à moi, quels que puissent être vos torts envers moi, je n'oublierai pas que je vous dois la vie de mon enfant.

Michel lui répondit fièrement :

— Si j'ai fait mon devoir, monsieur, ce n'est nullement pour acquérir des droits à votre reconnaissance ni à votre protection. Les remerciements de Mlle Suzanne me suffisent amplement.

IV

LA LOGIQUE D'UN PROCUREUR

L'intensité de l'incendie diminuait peu à peu. Le toit du chalet s'était effondré comme celui de l'usine. Et maintenant que le spectacle n'offrait plus le même attrait, la foule commençait à se retirer. La plupart des invités de M. de Saint-Ermond, qui étaient restés par curiosité, allaient lui serrer la main. Il acceptait gravement tous les compliments de condoléance, disant d'une voix navrée :

— C'est une perte épouvantable !

— Mais vous êtes assuré, cher ami ?

— Eh ! oui, je suis assuré ; mais l'assurance ne me paiera que la valeur intrinsèque de mon usine, de mes machines ; elle ne pourra me rendre les bénéfices que cela me produisait tous les ans... Sans compter mes approvisionnements, qui étaient considérables... J'avais fait une superbe spéculation...

Déjà, Nina Carénitch avait voulu partir, en disant :

— Je vous emmène, Suzanne. Votre père vous confie à moi.

Mais Suzanne avait répondu :

— Non, madame, je vous remercie. Je ne quitte pas mon père... Et d'ailleurs, je veux rester ici jusqu'à la fin.

Les flammes devenaient courtes, plus noires, et se perdaient dans la fumée. Puis, le jour se levait. Et tout le foyer de l'incendie prenait un aspect désolé. On voyait cette immense étendue, noire de décombres, avec les jets des pompes qui se croisaient en tous sens. Vers six heures du matin, une voiture arriva de Paris au galop.

— Voici le chef de la Sûreté, dit l'officier de paix.

C'était non seulement le chef de la Sûreté, mais le procureur de la République et un greffier. Quelques personnes dirent en souriant :

— Cette fois, on n'accusera pas la justice de commencer son instruction trop tard.

Et un malin fit cette remarque :

— Pourvu qu'elle ne se trompe pas, comme dans l'affaire de la « Mèche d'or » !

En apprenant que le procureur de la République arrivait, la plupart des gens qui partaient s'arrêtèrent. Et une foule énorme se massa sur la route, du côté de Paris et du côté de Saint-Denis, maintenue par deux cordons de sergents de ville.

Les magistrats et les fonctionnaires se saluèrent ; et le procureur et son compagnon furent mis au courant de tout ce qui s'était passé depuis le commencement de l'incendie.

Lorsqu'on leur raconta l'acte de courage accompli par Michel Thomerain, tous les deux eurent un sourire narquois.

Le procureur déclara même :

— C'est très adroit.

— Préféreriez-vous revenir au poste de police de La Chapelle, pour l'interroger ? demanda l'officier de paix.

— Non, non, dit le procureur, j'aime bien mieux rester ici : rien ne vaut ces premières enquêtes faites soudainement et sur place. Seulement, il nous faudrait un local pour nous installer.

— J'y ai pensé, dit l'officier de paix ; on nous prépare une pièce dans la distillerie, là, en face.

On avait en effet préparé une grande table dans le bureau de la distillerie ; et ce fut là que les magistrats s'assirent, enchantés d'avoir enfin pincé un coupable.

— D'abord, qu'on me fasse venir les deux agents qui l'ont arrêté, dit le procureur.

Les deux agents furent introduits ; et, après les formalités d'usage, un d'eux commença :

— Voici ce qui est arrivé... Pour lors, nous étions de service, depuis...

— Faites bien attention à ce que vous allez dire, prononça le procureur. Votre déposition est d'une gravité exceptionnelle.

— Oh ! monsieur, c'est bien simple. Nous étions à la porte de La Chapelle, à faire notre service, quand tout d'un coup, une immense lueur s'élève dans la direction de la plaine...

— Une seule lueur ?

— D'abord une seule ; et, une minute après, une seconde lueur, un peu plus loin ; puis une troisième. Bref, trois lueurs bien distinctes. Tous les gens de l'octroi les ont vues comme nous. Et, en même temps, on criait : « Au feu ! » Moi, je dis à mon camarade « As-tu remarqué que le feu a pris en trois endroits différents ? » Il me répond : « C'est vrai ; donc on doit l'avoir mis. Ça ne prend pas tout seul en tant d'endroits à la fois. » Alors, nous parlons au pas de course, et nous filons vers l'incendie, pendant que des gens de l'octroi allaient prévenir le poste. Nous arrivons devant la maison, qui nous cachait un peu l'incendie, et nous sautons dans le champ qui est à droite de l'usine, avec l'intention d'empoigner tout individu de mine suspecte. Nous nous arrêtons bientôt devant l'endroit qui flambait le plus fort ; nous apercevons même une petite porte ouverte dans la barrière du chantier ; et nous y serions entrés si l'allée, qui se trouve devant cette porte, n'avait été en flammes. Seulement, nous nous disons que, s'il y a un incendiaire, et s'il ne s'est pas encore échappé, il va essayer de filer par là. En effet, au bout d'un moment, nous distinguons un individu qui essayait de se diriger vers la porte ; mais c'était une chose impossible. Il rebrousse chemin ; nous le suivons des yeux, et nous le voyons s'engager dans une autre allée, qui n'était pas encore en feu ; nous nous mettons de chaque côté de l'allée, en dehors ; et, une minute après, il arrive en courant, il monte sur un tas de planches, et il saute dans le champ...

— Avait-il quelque chose dans la main ?

— Non, rien. Nous lui mettons la main au collet...

— Il fait de la résistance ?...

— Non, pas sur le moment. Il s'est laissé emmener

...ns rien dire. Sans doute, le désespoir, l'émotion d'être pris ! Ce n'est qu'en arrivant à la route qu'il a voulu nous échapper. Et, depuis ce moment, il n'a cessé de protester de son innocence. Enfin, quand la jeune fille s'est trouvée dans les flammes, il a prétendu qu'elle l'appelait, il nous a demandé de le lâcher : nous, nous le tenions bien ; alors, il nous a traînés avec lui... Il a une poigne !... Et, arrivés devant la maison en feu, il nous a envoyés rouler à quatre pas... Ça, il faut reconnaître qu'il a sauvé la jeune fille avec une crânerie !...

— Bon, bon. Gardez vos appréciations pour vous. Vous a-t-il dit quelque chose ?

— Rien de spécial... que c'était une erreur, et que ça allait s'expliquer...

— Oui, oui, fit le procureur. Toutes les fois qu'on pince un bonhomme, c'est une erreur, et ça va s'expliquer... Mais, pincé sur le fait, il faut avoir du toupet pour oser nier !... Comment était-il, au moment de l'arrestation ?

— Oh ! comme vous allez le voir : les vêtements déchirés, les cheveux et la barbe à moitié brûlés... Il s'est encore un peu plus brûlé en opérant son sauvetage...

— C'est bon. Restez là, au fond de la salle... Maintenant, je désire interroger M. de Saint-Ermond.

L'industriel arriva aussitôt et salua correctement les magistrats.

Il répondit aux premières questions :

— Je m'appelle Gustave de Saint-Ermond ; je suis veuf ; j'ai cinquante ans ; et je dirigeais l'usine qui vient d'être brûlée.

— Est-ce vous qui l'avez fondée ?

— Non ; elle appartenait à ma femme.

— Racontez-nous ce que vous savez.

— Mon Dieu, fort peu de chose. — Tous les ans, je donne une grande fête, le premier dimanche de mai ; cette fête avait donc lieu aujourd'hui...

— Dans votre usine ?

— Non ; le buffet seulement était installé dans le vestibule de l'usine ; la cour, qui sépare ma maison de l'usine, était transformée en salon de réception ; et on dansait dans le grand salon. Je me trouvais dans le salon de réception, lorsque j'ai entendu crier : « Au feu ! » Aussitôt tous mes invités se sont précipités au dehors ; on a heureusement pu leur porter leurs manteaux. Moi, je suis resté sur la route, afin de donner les indications nécessaires aux pompiers et aux soldats qui accouraient.

— C'est bien dans le chantier que le feu a été mis ?

— Oui, puisque l'usine n'a brûlé que longtemps après.

— Que renfermaient vos chantiers ?

— Des bois de construction et des bois de découpage.

— Pour quelle somme ?

— Environ trois millions.

— Étiez-vous assuré ?

— J'ai toujours été assuré ; et la valeur de mon assurance augmentait ou diminuait, suivant les quantités de marchandises que j'emmagasinais.

— De telle sorte que vous ne perdez rien ?

— Je perds mon usine, qui était admirablement installée, des machines uniques que jamais je ne pourrai remplacer...

— Pourquoi cela ?

— Parce que... parce qu'elles avaient été inventées... par... inventées chez moi enfin...

— Inventées... par qui ?

— Par... par ce malheureux qui a mis le feu chez moi.

— C'était donc votre employé ?

— Oh ! il ne l'était plus. Hier matin, il m'a donné sa démission.

— Pour quel motif ?

— Pour... un motif tout intime, sur lequel je vous serais reconnaissant de ne pas m'interroger plus longuement.

— Oui, je comprends, dit le procureur. — Une dernière question : croyez-vous ce Michel Thomerain capable d'avoir commis un pareil crime ?

— Votre question m'embarrasse au plus haut point... Je ne voudrais pas charger ce malheureux, qui a racheté son crime en sauvant mon enfant d'une mort presque certaine...

— Cependant... vous pourriez nous dire s'il avait un caractère violent, passionné ?...

M. de Saint-Ermond eut l'air de réfléchir ; puis il répondit :

— Michel Thomerain était un rêveur, toujours en quête d'une invention — ingénieur très remarquable, d'ailleurs, — dont le caractère est resté pour moi une énigme. Ce qui est bien certain, c'est que, peu à peu, il avait entièrement pris la direction de l'usine, cherchant à m'annihiler. Pour remettre les choses dans l'ordre naturel, je l'avais envoyé en Suède, en Norvège, en Russie ! Je ne voulais pas me séparer de lui : je désirais simplement reprendre entièrement la direction de ma maison, pour la passer plus tard à mon gendre. Michel Thomerain l'a bien senti ; et, quand il est revenu, hier matin, il a encore voulu parler en maître : il s'est emporté contre moi, avec la plus grande violence, surtout quand il a vu que je ne l'invitais pas à ma soirée annuelle... Il m'a reproché de ne pas le traiter comme il le méritait, après les diverses inventions qu'il m'avait abandonnées...

— Connaissait-il la valeur de vos approvisionnements ?

— Naturellement, puisque c'est lui qui avait fait les achats en Russie.

— Vous aviez donc confiance en lui ?

— La plus grande ; seulement, je vous le répète, je voulais qu'il restât à sa place d'ingénieur...

— Et qu'il n'aspirât pas à monter plus haut !... Bon. Aviez-vous examiné ces achats de bois ?

— Oui ; ils étaient remarquablement faits.

— Et, depuis hier matin, avez-vous revu ce Michel Thomerain ?

— Je l'ai seulement revu, quand les agents l'ont arrêté.

— Hier, étiez-vous allé dans vos chantiers ?

— Je n'y avais pas mis les pieds depuis trois ou quatre jours.

— Quelqu'un a-t-il pu s'y rendre ?

— Je l'ignore... Peut-être mon vieux contremaître y aura-t-il fait un tour.

— Eh bien, qu'on le fasse venir. Vous, monsieur, veuillez ne pas quitter cette pièce.

On alla chercher le vieux Bernier, qui arriva, les larmes aux yeux.

— Je m'appelle Joseph Bernier, déclara-t-il ; j'ai soixante-deux ans, et il y a à peu près quarante ans que je suis dans la fabrique. Ah ! quel malheur !

— Vous connaissez bien Michel Thomerain ?

— Ah ! oui, c'est le meilleur des hommes. Tous les ouvriers l'adoraient.

— Vous savez qu'il avait eu une discussion avec votre patron ?

— Oui ; et c'est bien fâcheux ! Et je ne comprends pas comment ça a pu arriver. M. Michel faisait tout, à l'usine...

— Ah ! c'est lui qui dirigeait tout ?

— Oui, monsieur : les ventes, les achats, la fabrication, il menait tout.

Saint-Ermond voulut intervenir :

— Mais ce n'était que d'après mes ordres !

— Veuillez vous taire, monsieur ! lui dit le procureur.

Et, continuant l'interrogatoire de Bernier :

— Pensez-vous que ce Michel Thomerain soit capable d'avoir mis le feu ?

— Lui ? s'écria Bernier en étendant la main. On me couperait le bras, que je dirais que ça n'est pas vrai !

Cette déclaration produisit une grande impression dans l'auditoire. Mais le procureur reprenait aussitôt :

— Quand êtes-vous entré, pour la dernière fois, dans les chantiers d'approvisionnements ?

— Hier, monsieur. J'y allais tous les jours.

— Avez-vous remarqué quoi que ce soit d'anormal ?

— Non, monsieur, rien.

— Vous en êtes bien certain ?

— Tout était en place, comme d'habitude.

— Et, pendant l'incendie, vous n'avez rien remarqué non plus ?

— Rien, monsieur.

— Aviez-vous revu Michel Thomerain depuis le matin ?

— Non, monsieur. Si j'en avais eu le temps je serais bien allé le voir chez sa mère ; mais j'ai été retenu à la fabrique par les préparatifs de la fête.

— Bien. Restez là... Qu'on fasse venir Michel Thomerain.

Il y eut une réelle émotion, dans la salle, quand on vit entrer ce beau jeune homme à l'allure fière, avec ses vêtements en lambeaux, sa figure noircie, ses mains ensanglantées.

— Vos nom, prénoms et profession ? demanda le procureur d'une voix indifférente.

— Je m'appelle Thomerain, j'ai trente ans. Je n'ai plus de situation.

— Pardon, le titre d'ingénieur vous appartient.

— Je n'y ai aucun droit, je ne sors d'aucune école. Tout le monde me donnait le titre d'ingénieur et je l'avais accepté, voilà tout.

— Alors, vous étiez *employé* de M. de Saint-Ermond.

— Oui ; mais, hier matin, à la suite d'une violente discussion, nous nous sommes séparés pour toujours.

— Votre ancien patron nous a fait votre éloge ; mais il a ajouté que vous étiez violent. Le contremaître Bernier prétend, au contraire, que vous étiez très doux, que tous les ouvriers vous adoraient.

— Je les aimais aussi. Mon père était un ouvrier.

— Maintenant, racontez-nous comment vous avez mis le feu aux chantiers de M. de Saint-Ermond.

— Moi, monsieur ? Mais c'est de la folie !

— Alors... vous niez ?

— De toutes les forces de mon être.

Le procureur resta silencieux ; puis :

— Je vous ai laissé le temps de réfléchir, avant de vous poser ma question une seconde fois...

— Je ne puis vous répondre qu'une chose, monsieur, c'est que je suis innocent !

— Voyons ! pourquoi aggraver votre situation ? Un aveu simplifierait tout. D'ailleurs, comment pouvez-vous nier ? Non seulement vous avez été pris sur le fait, mais il est très facile d'établir les causes qui vous ont poussé à commettre cet horrible forfait.

Michel eut un mouvement d'impatience.

— Je serais bien curieux, fit-il, de connaître... ces causes.

— Oh ! c'est bien simple. Il est établi qu'une assez vive animosité existait entre vous et votre patron. Vous vouliez tout diriger ; lui, naturellement, voulait être le maître chez lui. Cela arrive tous les jours...

— Pardon, monsieur ; permettez-moi de rétablir la vérité exacte sur ce point ; mon patron s'occupait fort peu de sa fabrique, lorsque j'y suis entré ; c'était son beau-père qui la dirigeait et qui m'a appris à peu près tout ce que je sais. Lorsque le beau-père de M. de Saint-Ermond est mort, c'est moi qui ai tout dirigé ; depuis, mon patron a encore perdu sa femme... Et j'ai toujours conservé l'entière direction de la fabrique, à laquelle je me consacrais, d'ailleurs, entièrement.

— Cela, M. de Saint-Ermond le reconnaît parfaitement.

— Il n'y a guère qu'un an que mon patron a *fait semblant* de reprendre la direction de son usine, à laquelle il ne venait, auparavant, que pour toucher ses bénéfices. Je lui ai parfaitement laissé reprendre la place qu'il voulait ; puis il m'a envoyé à l'étranger, et c'est alors que j'ai compris qu'il songeait à se débarrasser de moi. J'ai accompli consciencieusement la mission dont il m'avait chargé. Et, quand je suis revenu, hier, il m'a traité avec tant de dédain, que j'ai été outré... J'avoue que je me suis emporté.

— Justement. — Maintenant, voyez comme tout concorde. Vous vous en allez d'ici furieux, à tort ou à raison, indigné... Vous rentrez chez vous, et... vous y restez ?...

— Je n'ai pas quitté ma mère de la journée.

— Puis, comme un sentiment de passion, sur lequel j'aurai la discrétion de ne pas m'étendre, vous domine, vous partez, vous venez rôder autour de la fabrique... Vous pénétrez dans les chantiers, pour voir de plus près cette fête, à laquelle on ne vous a pas laissé assister... Est-ce vrai ?

— Jusque-là, oui, monsieur.

— Alors, dans un moment de folie, vous voyez que vous fournis moi-même l'excuse d'une folie passagère, vous mettez le feu à ces chantiers...

— Non, non, je vous jure que ce n'est pas vrai !

— Vous voulez brûler ces machines, que vous avez inventées...

— Oh ! brûler mes machines ! Mais pourquoi ?

— Pour qu'elles ne puissent plus servir à un homme que vous détestez !

— Oh ! monsieur ! moi qui aurais tout fait pour les sauver, mes chères machines !

— Enfin, quand vous êtes arrêté, vous avez honte. Et comme il se présente une occasion de réparer en partie votre acte de folie, par un acte de courage, vous saisissez cette occasion, vous accomplissez cet acte ; vous sauvez Mlle de Saint-Ermond !

— Non, monsieur non ! Vous me prêtez là des sentiments qui ne sont jamais entrés dans mon âme.

— Alors, comment expliquez-vous ce qui s'est passé cette nuit ?

— De la façon la plus simple.

— Croyez-vous donc pouvoir vous justifier ?

— Oui.

— Je vous préviens que le feu n'a pas pris par accident. Il a été mis...

— Je le sais. Et... j'ai vu l'homme qui l'a mis.

— Pourquoi ne l'avoir pas encore dit ?

— D'abord, on ne m'a guère permis de le dire. Et puis, si vous croyez que je pensais à cela, tandis que je voyais brûler cette usine que j'aimais tant !

Le procureur haussa les épaules et dit ironiquement :

— J'attends, bien curieusement, vos explications, monsieur.

— Je ne vous expliquerai pas plus longuement pourquoi j'ai pénétré dans l'usine, continua Michel avec beaucoup de calme. J'y suis entré, j'ai eu tort, je le reconnais. J'ai passé plus d'une heure dans l'atelier de scierie. — Tout d'un coup, j'ai entendu des pas dans le chantier ; je suis sorti de l'atelier... Et j'ai aperçu un homme qui fuyait dans la nuit...

— Vraiment ?... Allons, vous feriez bien mieux d'avouer...

— J'ai cru qu'on m'avait espionné. Cependant je suis encore rentré dans l'atelier. Et soudain, j'ai entendu crier au feu ! J'ai compris alors que cet homme que j'avais vu s'enfuir devait être l'incendiaire. Je n'avais plus qu'à fuir à mon tour...

— Décidément, vous vous moquez de nous... Laissez votre homme inconnu... Quel mensonge !...

— Un mensonge ? s'écria Michel, qui se contenait à peine. Tenez, cet homme, en passant près de moi, a laissé tomber une petite boîte... que voici !...

V

OBJETS COMPROMETTANTS

De nouveau, les magistrats échangèrent des sourires narquois. Et, comme Michel cherchait dans ses poches, le procureur dit :

— Ne vous donnez donc pas tant de mal pour mentir !

Michel cessa de chercher un instant, suffoqué d'indignation ; puis il balbutia d'une voix sourde :

— Est-ce ainsi que la justice se rend, en France ?

— Ne cherchez donc pas cette boîte ; vous ne la trouverez pas... Votre boîte, votre inconnu sont des produits de votre imagination... Et décidez-vous à avouer tout de suite !

— Mais je vous jure, messieurs, qu'un homme a passé devant moi... Un gros homme... Il a laissé tomber un objet... je l'ai ramassé machinalement... Oh ! je vous jure que je dis la vérité !

— Et c'est maintenant seulement que vous songez à en parler ?

— Mais je vous le répète, monsieur ; toute cette nuit, je songeais bien à autre chose... Je ne pouvais croire, d'ailleurs, que cette erreur durerait plus de quelques minutes...

— Enfin, voyons cette boîte... Vous ne savez plus où vous l'avez mise ?

Michel fouilla dans toutes ses poches, il ne se souvenait plus où il l'avait placée. Il finit cependant par la retirer, et la remit au magistrat en disant :

— Cela servira, sans doute, à reconnaître le coupable... à suivre ses traces...

Le magistrat prit la boîte que lui tendait Michel. Alors seulement le jeune homme la regarda ; et tout le monde le vit tressaillir. Le procureur lui demanda avec un mauvais sourire :

— Est-ce que vous vous seriez trompé de boîte ?

Machinalement, l'ingénieur chercha encore sur lui ; et, ne trouvant rien, il déclara :

— Non, non. C'est bien cela.

Le magistrat retournait la boîte en tous sens : c'était une petite boîte rectangulaire de fer-blanc, décorée de vignettes jaunes et noires.

— Tiens, tiens, dit le procureur, le portrait de l'empereur de Russie, d'un côté ; et, de l'autre côté, une tête de paysan russe... Voilà évidemment qui vient de Russie... comme vous, monsieur l'ingénieur.

Michel pâlissait, et il devint livide, quand le magistrat ouvrit cette boîte, d'où tombèrent une dizaine de grosses allumettes de bois.

— Eh bien, continua le procureur, vous pouvez sans doute nous renseigner à ce sujet... Vous connaissez ce genre de boîte et ce genre d'allumettes ?

— Oui, monsieur, répondit Michel, qui se remettait peu à peu. Cette boîte et ces allumettes sont de fabrication russe.

— Vous en êtes bien certain, n'est-ce pas ? — Or, voudriez-vous me dire de quel pays vous arriviez hier ?

— Mais de... de Russie ?

— De quel point de la Russie ?

— De Perm.

— C'est bien loin, cela ; mais vous n'êtes pas venu de Perm sans vous arrêter quelque part ?

— En effet, j'ai passé une demi-journée à Saint-Pétersbourg.

— Et dans cette demi-journée, n'avez-vous pas fait quelques achats ?

— Si, monsieur.

— Avouez-nous franchement que vous avez rapporté une petite provision d'allumettes. C'est la manie de tous les Français : sous prétexte que les allumettes de la Compagnie ne valent pas grand'chose, ce qui ne manque pas, d'ailleurs, de vérité, il n'y a pas un voyageur français qui ne rapporte, de l'étranger, sa petite provision d'allumettes. N'est-ce pas votre cas, monsieur Thomerain ?

— Je le reconnais, monsieur.

— Et si nous allions chez vous, je parie que nous trouverions une provision de ces mêmes boîtes ?

— C'est vrai, monsieur.

— Alors, rien ne nous prouve que cette boîte, que vous prétendez avoir ramassée, appartienne à votre fameux inconnu... tandis qu'il est fort probable que cette boîte est à vous !...

— Non, monsieur ! Non seulement je vous le jure, mais je puis vous le prouver.

— Voyons ; comment cela ?

— Le costume que je porte en ce moment n'est pas celui avec lequel j'ai voyagé. C'est un costume que j'avais laissé à Paris, et que j'ai remis hier matin.

— Votre excuse est enfantine. Qu'est-ce qui nous prouve que vous n'avez pas glissé cette boîte dans le nouveau vêtement que vous avez mis ?

— Mais... je n'avais aucun motif pour emporter des allumettes sur moi... Je ne fume pas...

— Raison de plus. Cela établirait votre préméditation. Vous voyez donc que tout ce que vous essayez de dire pour votre justification se retourne absolument contre vous. Suivez mon conseil : avouez tout simplement.

Michel eut un accès de révolte.

— Eh bien, s'écria-t-il d'une voix vibrante, continuez votre instruction comme bon vous plaira ! Puisque vous mettez en doute tout ce que je vous dis, ce n'est plus la peine de m'interroger !

Quoique le procureur fût séparé de l'ingénieur par la table, il eut un mouvement de crainte, en voyant ses yeux injectés, sa face contractée, ses poings qui se fermaient comme pour frapper.

— Diable ! dit-il, encore plus sarcastique, je n'ai pas besoin de prendre de renseignements pour savoir si vous avez un caractère aimable.

Michel ne répondit pas.

Les yeux à terre, il essayait de réfléchir à son horrible situation ; et il souffrait cruellement à la pensée que sa mère apprendrait bientôt l'infâme accusation qui pesait sur son fils bien-aimé.

— Nous allons faire le tour du foyer de l'incendie, dit le procureur en se levant.

— Et notre prisonnier ? demanda le chef de la Sûreté.

— Il va nous suivre. Mais qu'on le tienne à distance. Ce gaillard-là serait capable de sauter sur nous.

On sortit de la maison. Le jour était complètement levé. On apercevait les ruines fumantes de l'usine, sur lesquelles on versait encore des torrents d'eau. On se dirigea vers le champ dans lequel Michel avait été arrêté. Lorsque l'ingénieur passa devant le groupe formé par les amis de M. de Saint-Ermond, il aperçut la fille de l'industriel entre Nina Carenitch et le prince Véronine. Il allait détourner la tête ; mais Suzanne lui adressa un salut de la main et sourit. Il la salua à son tour ; puis il suivit ses gardiens, plus confiant et plus fort.

On fit assez rapidement le tour de l'usine et des chantiers, sans rien découvrir de spécial.

Puis, les magistrats voulurent revenir à l'endroit par lequel Michel était sorti des chantiers afin de l'examiner en détail.

D'abord on ne vit rien, que des planches consumées et les fils tordus de la barrière. Mais bientôt un des agents se baissait en disant :

— Tiens ! un portefeuille.

Au même instant, un second agent se baissait auprès de son camarade et trouvait un second portefeuille.

— Attendez ! Ne touchez à rien, cria le procureur. Laissez cela...

Et il s'avança avec le chef de la Sûreté, pour examiner la disposition des deux portefeuilles.

Tous les deux étaient ouverts sur l'herbe ; et, entre les deux, étaient étendues quelques cartes.

Le procureur prit l'une de ces cartes et constata qu'elle portait le nom de Michel Thomerain.

— Faites avancer notre homme, demanda le magistrat.

Et, quand Michel fut là.

— C'est bien ici que vous avez sauté ?

— Demandez à vos agents, répondit brusquement Michel, ils le savent mieux que moi.

— Connaissez-vous ces deux portefeuilles, qui sont là, à vos pieds ? interrogea le procureur, sans se départir de son calme.

Michel regarda et dit :

— Oui, ils sont à moi... Eh ! non, cependant ! Il n'y en a qu'un qui soit à moi !

— Nous ignorons encore ce qui se trouve à l'intérieur. Examinez-les bien ; nous les relèverons ensuite.

Michel réfléchit un peu, puis dit :

— Celui-ci, à gauche, est un portefeuille que je possède depuis longtemps, et que j'ai retrouvé, hier, dans la poche de mon habit, lorsque j'ai quitté mes vêtements de voyage. Il ne contenait que ces cartes qui sont éparpillées là. Tout cela est tombé de ma poche, au moment où je sautais...

— Possible. Et l'autre ?

— J'ai cru, d'abord, que l'autre était à moi, parce qu'il ressemble, d'une manière étonnante, à un portefeuille que j'ai acheté à Saint-Pétersbourg et qu'il porte mon initiale : M.

Le procureur sourit et dit :

— Vous allez sans doute nous affirmer que c'est l'homme inconnu qui l'aura laissé tomber en fuyant ?

Michel se contint et répondit :

— Je n'affirmerai qu'une chose, c'est que ce portefeuille ne peut être à moi, puisque le mien est certainement chez moi, et que vous l'y trouverez immédiatement si vous voulez vous y rendre.

— Bien. Vous continuez votre système de défense ; vous tenez à nous prouver que votre inconnu existe. Je crois que vous ne pourrez nous prouver qu'une chose, c'est que vous avez acheté deux portefeuilles au lieu d'un... D'ailleurs, nous allons bien trouver quelques papiers là-dedans.

Le magistrat ramassa le portefeuille qui était à gauche et l'ouvrit : il n'y trouva rien que deux cartes semblables à celles qui étaient étendues à terre.

Puis il prit le second et l'ouvrit aussi. Il contenait un petit cahier imprimé, une sorte de brochure de la Compagnie des sleeping-cars, où étaient consignés tous les renseignements nécessaires pour faire un voyage de Paris à Saint-Pétersbourg et vice versa.

Le procureur ouvrit ensuite deux poches intérieures : l'une renfermait des cartes avec des tarifs imprimés de divers marchands de bois de Saint-Pétersbourg ; l'autre renfermait des billets de banque russes pour une valeur de quatre cents francs.

Le procureur montra ces divers papiers à Michel et dit :

— Vous prétendez encore que tout ceci n'est pas à vous ?

Michel, malgré toute son énergie, eut une minute d'angoisse.

C'est qu'il se souvenait très exactement d'avoir mis dans son portefeuille une brochure semblable à celle-ci et des tarifs imprimés de marchands de bois, et des billets de banque russes, qu'il avait rapportés comme curiosité.

— Vous hésitez ? fit le procureur.

— Monsieur, dit Michel sans se troubler, il est naturel que j'hésite, car le contenu de ce portefeuille ressemble étrangement à ce que vous trouverez dans le mien...

— Ah ! vous persistez toujours ?

— Je vous demande, avec instance, de vous rendre immédiatement chez moi ; et, dans mon costume de voyage, ou dans ma valise, vous trouverez un portefeuille semblable à celui-ci... Je suis absolument certain de ne pas l'avoir emporté hier.

Le procureur haussa les épaules.

— Vous êtes absurde, avec votre entêtement. Comment ! Nous trouvons un portefeuille renfermant des billets de banque russes, des tarifs de négociants russes, une brochure de voyage à Saint-Pétersbourg. Et vous nous soutenez que ce portefeuille n'est pas à vous, lorsque nous savons que vous arrivez de Russie et que vous êtes allé à Saint-Pétersbourg pour y faire des achats de bois ?

— Je vous ferai remarquer que d'autres personnes que moi peuvent avoir des billets de banque russes, que d'autres personnes que moi peuvent avoir des tarifs imprimés de négociants russes... Enfin, monsieur, il n'y a pas que moi qui sois allé en Russie... Et puisque je suis certain de vous montrer mon portefeuille dans un quart d'heure...

— Qu'est-ce que cela prouvera ? Que vous aviez deux portefeuilles, et que vous les aviez garnis de la même façon ! D'ailleurs, qui nous prouve que vos cartes soient sorties du portefeuille que vous reconnaissez pour le vôtre, ou de celui que vous prétendez ne pas vous appartenir ?... Elles étaient aussi rapprochées de l'un que de l'autre !... Enfin, en supposant que votre inconnu existe, comment admettre que cet inconnu eût sur lui un portefeuille semblable au vôtre, garni comme le vôtre ?... Ces tarifs de bois sont une preuve absolue...

— Et qui vous dit, monsieur, que cet inconnu n'était pas un ennemi, un rival de M. de Saint-Ermond ? Et dans ce cas, est-ce que la présence de ces tarifs imprimés ne s'expliquerait pas de la façon la plus naturelle ?

— Une dernière fois, voulez-vous vous décider à jouer ?

— Je jure que je suis innocent ! Je le jure sur mon honneur ! Je le jure sur l'amour de ma mère !..

Michel avait à peine prononcé ces mots qu'on distinguait le bruit d'une violente discussion à une légère distance. Une voix indignée criait :

— Je passerai !.. je vous dis que je passerai !

Les sergents de ville maintenaient une vieille femme en cheveux qui cherchait malgré tout à les écarter.

— Ah ! je vous dis que vous n'empêcherez pas une mère de rejoindre son enfant !

La vieille femme fit un dernier effort ; d'ailleurs les sergents de ville, émus, n'osaient plus retenir la malheureuse. Elle leur échappa, passa devant les ruines de la fabrique, sans rien regarder ; et apercevant les hommes massés dans le champ, elle y courut.

On entendit un cri déchirant :

— Ma mère !

— Mon pauvre enfant !

La veuve Thomerain était tombée dans les bras de son fils, qui s'était brusquement dégagé de ses gardiens. Elle le tint ainsi quelques instants, puis balbutia :

— Ce n'est pas vrai, n'est-ce pas ?

— Non, mère !

Pauvre mère !..

Le matin, elle s'était levée de bonne heure, bien doucement, pour ne pas éveiller son fils.

En passant, elle avait posé son oreille contre la porte de sa chambre ; et, n'entendant rien, avait murmuré avec joie : « Comme il dort bien ! »

Puis elle était descendue vite ; elle était allée un peu loin, pour lui chercher ce bon lait qu'il aimait à prendre le matin, ce petit pain, sec, bien grillé, et du beurre fin. Et elle était revenue, sans s'arrêter, sans parler à une seule voisine ; et elle avait préparé ce petit déjeuner, pour le lui porter tout à l'heure dans son lit.

Comme elle allait le gâter, son grand enfant, le donneur ! Déjà, il serait reposé. Quelle joie !...

Elle avait attendu ; et, comme il n'appelait pas, elle avait fini par ouvrir la porte, bien doucement, en retenant sa respiration. Et alors, tout d'un coup, elle avait vu cette chambre vide, ce lit où son fils n'avait pas couché...

Elle avait deviné qu'il était là-bas... Mais pourquoi ne revenait-il pas ?..

Quelques instants après, une voisine avait sonné, afin de lui demander des nouvelles de ce grand incendie...

— Des nouvelles ? Il y avait eu le feu ?...

— Mais oui, on dit même, mais ça n'a pas le sens commun, qu'ils ont arrêté votre fils !

Elle était partie, à moitié folle, ne croyant pas que cela fût possible.

Et comme elle était heureuse de le serrer dans ses bras, de lui entendre dire que ça n'était pas vrai !...

— Alors, si ce n'est pas vrai, mon bon Michel, allons-nous-en !... Si tu savais comme j'ai besoin de causer avec toi !...

— Partir ? Non, ma mère, nous ne pouvons pas... On m'accuse.

— Toi ? On t'accuse ? On ose ?..

Et, avant que Michel eût répondu, elle se tournait vers tous ces hommes et leur jetait, d'une voix farouche :

— Ce n'est pas vrai ! Entendez-vous, ce n'est pas vrai !.. Et de quoi osent-ils t'accuser ?

Michel dit en ricanant :

— D'avoir mis le feu à l'usine...

— Toi, faire cela ! Mais vous ne le connaissez pas, messieurs ! C'est une folie... Si vous saviez comme il est bon, mon Michel ! Vous ne savez pas que son père était le plus honnête des hommes ! Vous ne savez pas que mon pauvre mari et moi, nous n'étions que des ouvriers, mais que lui a été reçu à l'École Polytechnique ! Mais vous ne savez pas qu'il a abandonné sa carrière, parce que mon pauvre homme est mort, et qu'alors mon fils a voulu vivre avec sa mère, la soutenir !... C'est ma seule joie, mon orgueil... Non, ce n'est pas possible : vous ne croyez pas qu'il ait fait cela... C'est une erreur... Je vous en supplie, messieurs...

Michel arrêta sa mère qui allait peut-être tomber aux genoux du procureur.

— Assez, mère ! Ne nous humilie pas devant ces gens-là ! Ils se moqueraient de nous... J'ai dit tout ce qu'il fallait dire pour me justifier. Ils ne m'ont pas cru... Va, ma bonne mère, rentre tranquillement chez toi. Je ne veux pas qu'on te voie pleurer...

— Ainsi... tu ne rentreras pas avec moi ?

— Non, puisqu'on va me mener en prison.

— En prison, toi !... En prison, le fils de Thomerain !... Eh bien, j'irai avec toi !

Le procureur s'avança et dit sévèrement :

— Je vous ai permis d'embrasser votre fils. Maintenant, cette scène a trop duré. Je vous prie de vous retirer.

— Va, ma mère, dit Michel ; je le veux.

Le vieux Bernier s'approcha.

— Appuyez-vous sur moi, madame Thomerain.

— Oui, dit-elle, mais à une condition, c'est que vous jurerez que vous ne croyez pas à tout cela.

— Pouvez-vous me le demander ? prononça Bernier, avec émotion. Moi, le vieil ami de Thomerain, moi qui aime son fils comme s'il était à moi, croire que ce fils est capable d'avoir commis un crime ! Non, non ! Michel est innocent ! Et malheur à ceux qui ont causé tout cela, car vous verrez bien qu'à la fin ça se tournera contre eux !

— Merci, Bernier ! merci, mon vieil ami ! dit Michel en passant devant son ancien contremaître.

On l'entraînait déjà. Quand il arriva à la route, il ne vit plus Suzanne.

La jeune fille s'était évanouie lorsqu'elle avait entendu les cris d'indignation de Mme Thomerain ; on l'avait portée dans une voiture ; et la comtesse y était montée avec elle en donnant l'ordre de partir pour Paris.

Michel fut mis dans un fiacre, avec trois agents, qui surveillaient ses moindres mouvements. Et bientôt, tout le monde partait. Les voitures allaient lentement. La foule se pressait pour voir le coupable. La plupart des ouvriers de la fabrique, dès qu'ils apercevaient Michel, se découvraient avec respect. Et le malheureux leur rendait tristement leur salut, murmurant :

— Braves cœurs !

On s'arrêta devant la maison habitée par Michel et sa mère, à l'entrée de la rue de La Chapelle.

Les agents conduisirent l'ingénieur au quatrième étage, où les magistrats étaient déjà arrivés.

— Ouvrez-nous, dit le procureur.

Michel obéit passivement. Il plaça lui-même sa clef dans la serrure, heureux que sa mère ne fût pas encore là et n'assistât pas à cette scène déchirante.

Dans l'entrée, il montra une porte et dit :

— Voici ma chambre. Vous pouvez y pénétrer. Vous trouverez dans ma valise tout ce que vous cherchez.

Ce fut en effet dans la valise que les magistrats trouvèrent deux paquets de boîtes d'allumettes russes. L'un d'eux était défait.

— Vous voyez : vous aviez déjà déplié ce paquet, dit le procureur, et il manque justement une boîte.

— Celle dont je me suis servi depuis Saint-Pétersbourg, dit Michel en haussant les épaules.

Le portefeuille était dans un coin, posé sous un indicateur des chemins de fer. Il renfermait exactement ce que Michel avait annoncé.

— C'est bien comme je le pensais, dit tranquillement le magistrat. Vous en aviez un sur vous et un dans vos bagages. Je suis donc forcé de vous maintenir en état d'arrestation et d'emporter tous les papiers que vous avez ici.

— Faites, monsieur ! Faites ce que vous croyez être votre devoir !... Vous commettez une infamie ; mais vous n'êtes pas responsable.

Et Michel se cacha la tête dans les mains en balbutiant :

— O Suzanne ?... O ma mère ! Comme vous allez souf...

VI

NINA CARENITCH

Personne, dans la société parisienne, ne connaissait exactement la situation de la comtesse russe Nina Carenitch. Tout ce qu'on savait sur elle, c'est qu'elle habitait Paris depuis une dizaine d'années, et qu'elle y avait toujours mené grand train. Les uns disaient qu'elle était une grande dame, chassée de la cour du czar, à la suite d'un scandale où un grand-duc avait été compris ; d'autres assuraient gravement qu'elle avait dû quitter son pays, le lendemain d'une conspiration ; les vieux boulevardiers la rangeaient dans la grande catégorie des aventurières.

Il y avait un peu de tout cela dans l'histoire de Nina Carenitch. Mariée fort jeune au comte Carenitch, elle l'avait ruiné en quelques années ; puis, ne pouvant renoncer au luxe, elle était devenue la maîtresse d'un prince de la famille impériale russe ; la femme de ce prince les avait surpris ; et le czar avait donné l'ordre au comte Carenitch de s'exiler dans ses terres, et surtout d'y entraîner sa trop jolie femme. Furieuse d'être reléguée en province, Nina Carenitch poussa son mari dans une conspiration nihiliste. La conspiration fut découverte, comme toutes les conspirations ; le comte fut tué et sa femme faite prisonnière. Elle séduisit l'officier chargé de la garder, et s'enfuit, emportant de magnifiques bijoux et le trésor amassé par les conspirateurs ; puisque la conspiration avait avorté, les conspirateurs n'avaient plus besoin de trésor. Nina gagna Odessa, passa en Turquie et, deux mois après, on la voyait apparaître à Paris. Elle prit un grand appartement dans un hôtel du boulevard et on commença à s'occuper d'elle.

Elle raconta quelques bribes de son histoire, parla de liberté, d'indépendance, de lutte contre la tyrannie ; elle sut presque s'envelopper d'une auréole de martyre. Six mois après son arrivée à Paris, elle faisait partie des grandes élégantes. Au bout d'un an, elle était à la mode. Elle négligea de se présenter à l'ambassade russe ; mais elle pénétra facilement dans une grande partie de la société parisienne, où elle fut jalousée par les femmes et très courtisée par tous les hommes.

Elle était adorablement jolie, grande, bien faite, avec de longues mains effilées, des pieds étroits. Sa carnation était superbe. Elle avait la peau fine, blanche, unie, sans une tache, sans un pli, et son visage était si rose que les élégants l'avaient surnommée la comtesse rose. Elle avait surtout d'admirables cheveux, ces cheveux des filles tartares, longs, épais, d'un blond fauve clair ; et sa nuque, au-dessous, était dessinée avec une finesse exquise, blanche comme une fleur de magnolia, et du même ton laiteux et velouté.

Elle ne passa que peu de temps à l'hôtel où elle était descendue, les deux mois nécessaires à l'installation du grand appartement qu'elle loua boulevard Malesherbes, et qu'elle meubla de la manière la plus somptueuse.

Les premiers fournisseurs de Paris vinrent se mettre à ses ordres.

Elle leur dit simplement :

— Je veux tout ce qu'il y a de plus beau.

Et comme l'un d'eux, par prudence, lui disait le prix de ses marchandises, elle eut un mouvement d'impatience :

— Monsieur, lui dit-elle, j'achète d'abord... Je m'occupe ensuite du prix.

Les fournisseurs se consultèrent alors entre eux, et quelques-uns émirent l'avis que cette grande dame pourrait très bien ne pas payer ses factures. Un indiscret alla raconter à la comtesse ce qui se passait ; elle fit venir les fournisseurs défiants, solda immédiatement ce qu'elle leur devait, puis les remercia. Cette façon de procéder rassura tout le commerce parisien, qui, désormais, fut à la dévotion de la comtesse. On prit même l'habitude de n'envoyer ses factures à la comtesse russe que lorsqu'elle les demandait.

Ses bijoux et l'argent qu'elle avait emportés lui permettaient de vivre largement pendant deux ou trois ans. Elle pensait bien qu'il ne lui faudrait pas une aussi large période pour trouver un bailleur de fonds. Elle faisait d'ailleurs tout cela sans beaucoup réfléchir, comptant sur le hasard, attendant tranquillement l'imprévu.

Cet imprévu se présenta dans la personne de Gustave de Saint-Ermond.

Le père de Suzanne avait été l'un des premiers parmi les adorateurs de la comtesse russe. Il l'avait aperçue au Bois, à l'Opéra, et avait fait tous ses efforts pour lui être présenté. De son côté, la comtesse avait pris ses renseignements sur cet homme qu'elle rencontrait partout : elle savait déjà que Saint-Ermond était riche, veuf, viveur, désœuvré, et que, jadis, il avait mangé toute sa fortune personnelle au profit de quelques danseuses.

C'était bien la proie qu'il lui fallait.

Le chevalier Gustave de Saint-Ermond était le descendant d'une famille bourgeoise du Rouergue, anoblie sous Louis XVIII.

Orphelin à vingt-cinq ans et maître d'une fortune d'un million et demi, il avait mis cinq ans à la dilapider. Il avait ensuite imité l'exemple de tous ses camarades ruinés : il avait cherché à redorer son blason en se mariant richement.

L'histoire de son mariage fut banale, comme l'histoire de presque tous ces mariages. Des amis communs le présentèrent à M. Louis Ronchard, riche industriel, qui avait fondé la scierie mécanique de Saint-Denis ; il séduisit facilement Mlle Ronchard par ses grandes manières, et le mariage fut bâclé en quelques semaines. Le ménage fut heureux pendant deux ans ; mais, dès que Suzanne naquit, comme sa mère voulut la nourrir, Saint-Ermond reprit ses habitudes de garçon : il revint au cercle, reparut aux premières, aux fêtes de la bohème élégante, et il ne considéra plus sa femme que comme une petite pensionnaire, dont la fortune lui permettait encore de vivre en très grand seigneur ; car, à lui seul, il dépensait tous les revenus de la maison.

Mme de Saint-Ermond souffrait en silence, et ses parents moururent, sans avoir bien compris l'épouvantable faute qu'ils avaient commise. Durant leur vie, Saint-Ermond avait toujours eu l'adresse de sauver les apparences. Il affectait même de lire le courrier de la fabrique, de parcourir les ateliers, de causer avec les ouvriers, qui riaient en dessous de son inexpérience. Il se donnait des allures de patron qui surveille les choses de haut.

Sa belle-mère mourut d'abord, et, dès lors, il s'occupa beaucoup moins de la fabrique.

Son beau-père était toujours heureux de la diriger. Bernier venait d'y faire entrer Michel Thomerain, qui se formait sous ses ordres et sous ceux de M. Ronchard. Aussi, avant de mourir, ce dernier dit-il à son gendre :

— Vous pouvez confier la fabrique à Michel et à Bernier : ils la mèneront parfaitement.

Le viveur n'avait plus devant lui que sa femme, si douce, si résignée ; il perdit alors toute mesure et se laissa aller à tous ses instincts de jouissance et de paresse. Il abandonna entièrement la fabrique ; et, malgré la jeunesse de Michel, il lui donna une procuration afin qu'il pût signer les lettres.

Quand sa femme, timidement, lui adressait un reproche, il répondait :

— Michel et Bernier s'y entendent bien mieux que moi. D'ailleurs, soyez tranquille : je n'en ai pas l'air, mais je les surveille !

Et il avait un grand geste de suffisance. Au reste, la fabrique, qui avait forcément périclité après la mort de Ronchard, recommençait à bien marcher, grâce à Michel ; les bénéfices augmentaient peu à peu ; rien n'était donc à craindre de ce côté.

Profitant du deuil de sa femme, Saint-Ermond annonça que ses relations mondaines ou commerciales le forçaient à rester quelquefois à Paris, pour traiter les personnes qu'il ne pouvait momentanément recevoir à Saint-Denis ; il prit l'habitude de découcher deux ou trois fois par semaine. Bientôt même, il lui arriva de passer plusieurs jours dehors. Quelques amis de Mme de Saint-Ermond essayèrent de mettre la jeune femme en garde contre les folies de son mari ; mais elle se défendit d'être malheureuse. Pour rien au monde, elle n'aurait consenti à demander une séparation. Et, au fond, elle aimait toujours son mari ; elle était fière de lui ; une soirée de bonheur suffisait pour effacer le souvenir des mauvais jours. En outre, ce qui rassurait la mère de Suzanne, c'est que son mari ne touchait jamais à ses capitaux : les revenus de la fabrique lui suffisaient. Aussi n'eut-elle pas l'idée de prendre la moindre précaution contre lui pour l'avenir.

Elle mourut d'ailleurs peu de temps après ses parents.

Suzanne avait alors neuf ans. Elle seule avait été témoin des désespoirs de sa mère : elle seule l'avait vue pleurer, souffrir ; et elle avait souffert et pleuré avec elle. Sans doute, elle aimait son père ; mais elle le craignait aussi. Et déjà elle s'imaginait que les pères des autres petites filles ne devaient pas être ainsi.

Élevée autant par son grand-père que par sa mère, elle avait pris l'habitude de suivre le vieil industriel à travers la fabrique, dans son bureau. Elle connaissait toutes les machines, elle causait avec les ouvriers. Et quand son grand-père était mort, elle avait cru retrouver son souvenir au milieu de la grande usine.

Peu à peu, cette usine était devenue pour elle une chose très importante, elle en parlait comme elle aurait fait d'un être humain. Il lui semblait qu'il y eût au fond de tout cela une vie mystérieuse. Elle aimait sa fabrique autant qu'elle avait aimé son grand-père.

Elle aima donc tout naturellement celui qui la dirigeait, maintenant que son grand-père était mort. D'ailleurs, elle entendait continuellement faire l'éloge de Michel. Elle se sentait seule, sans parents rapprochés ; son père lui faisait peur encore. Elle regarda Michel non pas comme un ami, mais comme un parent mystérieux, qui représentait à ses yeux cette fabrique qu'elle aimait si profondément.

Il y eut, à la mort de sa mère, un conseil de famille, dans lequel son père fit des déclarations solennelles. Il jura qu'il ne se remarierait jamais, qu'il se consacrerait tout entier à sa chère Suzanne ; il embrassa sa fille avec une effusion inconnue jusque-là. Et il resta maître de la fortune de Suzanne, maître des capitaux, maître de la fabrique.

La comtesse Nina Carenitch savait exactement que, grâce à l'habile gestion de Michel, la fabrique était arrivée à donner près de quatre-vingt mille francs de bénéfices annuels.

Quant aux capitaux, ils s'élevaient à trois millions. L'aventurière pouvait-elle mieux rêver ?

A cette époque, Saint-Ermond conservait une certaine tenue ; la tenue était d'ailleurs sa seule qualité. Il passait tous les matins quelques instants à la fabrique, déjeunait avec sa fille ; puis il partait en disant de la façon la plus sérieuse :

— J'ai beaucoup de courses à faire à Paris.

Ses courses se bornaient à se rendre à son cercle, où il fumait des cigares avec ses compagnons de boulevard ; il jouait un peu, très peu ; puis sa voiture venait le prendre, et il allait au Bois.

Un jour de printemps, sa voiture fut accrochée, dans l'allée des Acacias, par un landau de louage ; son cocher allait s'emporter ; mais Saint-Ermond remarqua que le landau était occupé par une fort jolie femme, et il ordonna à son cocher de se taire.

Cette jolie femme était Nina Carenitch.

Il la salua ; elle sourit. Et les voitures se dégagèrent.

Il la rencontra ensuite à la porte du Bois, puis dans l'avenue des Champs-Élysées. Alors, il n'hésita plus et ordonna à son cocher de la suivre.

Et bientôt il savait sur elle tout ce qu'elle voulait bien qu'on racontât.

— J'aimais beaucoup ma femme, se déclara-t-il à lui-même pour endormir son reste de conscience, mais je ne puis la pleurer éternellement. Et pourvu que je m'occupe soigneusement de l'éducation de Suzanne, j'aurai accompli tous mes devoirs.

Le lendemain et les jours suivants, il essaya de retrou-

...re. Au bout d'un mois, il la saluait comme
...ne amie ; il causait quelques minutes avec elle,
...elle lui permettait de se présenter à son hôtel.
En attendant que je vous reçoive dans mon appar-
...t, lui dit-elle, avec ce sourire un peu vague qui
...nait tant Saint-Ermond.
...e lui raconta complaisamment les morceaux de son
...e qui pouvaient être dits.
...nt-Ermond les répéta au cercle ; et, en peu de
...s, une légende extraordinaire, très amplifiée par le
...t, enveloppa l'aventurière.
...il à Saint-Ermond l'honneur de le consulter sur
...nstallation du boulevard Malesherbes.
...n fut ravi.
...lui permit même de surveiller les fournisseurs, d'al-
...ez eux pour presser leurs livraisons. Saint-Ermond
...lla avec joie de toutes ces commissions, très fier
...traité en intime par cette « grande dame étran-
...dont on célébrait déjà la beauté.
...t se passait, d'ailleurs, entre eux de la manière la
...correcte ; et Saint-Ermond se fâchait lorsqu'au cer-
...souriait de ses relations avec la comtesse russe.
...firmait :
— C'est une très honnête femme, messieurs, je vous en
...ma parole d'honneur !
...fois l'installation terminée, Nina songea à inaugu-
...ses salons. Elle savait bien qu'elle n'aurait qu'à lancer
...invitations sur papier japon pour réunir tous les élé...
...désœuvrés qui battent le boulevard ; mais elle
...des femmes.
...lui fallait, pour cela, être présentée dans quelques
...ons.
...lle ne le demanda pas à Saint-Ermond ; mais elle le
...laissa deviner.
...jours après, il lui apportait des invitations pour
...maisons de la vieille aristocratie et deux dans le
...e financier.
— Avec ces quatre salons, dit-il, vous arriverez prompte-
...à connaître la société la plus élégante de Paris.
...comtesse, chaperonnée par Saint-Ermond, parut
...ces quatre soirées, où elle eut le plus grand succès.
...femmes ne purent que s'incliner devant sa beauté ;
...les hommes déclarèrent qu'elle était adorable. Quant
...personnes qui avaient élevé quelques doutes sur sa
...e, elles furent confondues par les magnifiques dia-
...de Nina. —

...milieu de tout cela, la fabrique ne tenait plus que
...peu de place dans la cervelle de Saint-Ermond. Il y
...sait encore ; mais juste le temps nécessaire pour
...ne songeât pas à s'occuper de sa conduite au...

...rendre les invitations qu'elle avait acceptées, Nina
...donna une fête magnifique, dont elle confia
...tièrement la direction... à Saint-Ermond. Le chevalier
...la près d'un mois, plus qu'il ne l'avait fait de toute
...afin que le bal de l'étrangère dépassât tout ce
...avait vu pendant la saison. Les journaux mondains
...rent par avance, les détails de cette soirée, où l'on
...entendre nos artistes les plus merveilleux, où les
...seraient jouées par le premier orchestre de Paris.
...l'on fût en plein hiver, les trois salons de Nina
...décorés de guirlandes de roses. Les femmes les
...difficiles » sur leurs relations intriguèrent pour
...une invitation.
...la fête eut lieu et fut superbe. Nina fut consa-
...comme la reine des élégantes.
...tement le trésor des conspirateurs russes était dé-

...me s'il avait deviné cette complication, Saint-Er-
...lendemain, annonçait délicatement à Nina que,
...avait voulu donner une fête à tout Paris, lui, avait
...donner une fête à la femme qu'il adorait.
...vous étonnez donc pas, comtesse, si aucun de
...isseurs ne vous envoie vos factures...
...remarquable d'habileté.
...mporta avec une extrême violence : elle cria à
...ud :

— Mais qu'ai-je fait pour que vous osiez m'insulter de
la sorte ?...
Elle eut les plus jolis mouvements de colère indignée.
— Sachez, monsieur, que je suis une honnête femme !
Finalement, elle rentra dans sa chambre, laissant Saint-
Ermond stupéfait au milieu de son grand salon.
Et le chevalier s'en fut piteusement, se demandant si,
depuis plusieurs mois, il ne faisait pas fausse route.
Il se présenta le lendemain : on lui répondit que ma-
dame ne recevait pas.
Il revint ainsi, toute une semaine, trouvant toujours la
porte consignée. Il écrivit, il demanda pardon ; et il faillit
enfin devenir fou de joie, quand il reçut ces deux lignes
de la jolie comtesse :

*Je ne voulais de vous que votre amour ! Quelle désillu-
sion vous m'avez apportée !*

NINA.

Il courut au boulevard Malesherbes, protesta de la
pureté de ses intentions, de son profond respect. Nina
eut la faiblesse de pardonner ; elle accepta l'amour du
chevalier et lui donna le sien. Et les frais de la grande
fête n'en restèrent pas moins payés par Saint-Ermond.
Ce n'était d'ailleurs pas trop cher ; car le chevalier s'imagina ainsi qu'il était très heureux et aimé pour lui-même
— ce rêve de tous les hommes de quarante ans.

Sa liaison avec Nina marcha à grands pas. Et, dans
toute la société parisienne, il ne se trouva personne pour
la blâmer ; il y eut même des gens sérieux qui l'approuvèrent ; cela allait si bien avec l'hypocrisie habituelle des
convenances ! On aurait peut-être accusé Saint-Ermond
s'il s'était remarié, tandis qu'on trouvait fort naturel qu'il
eût une maîtresse, que cette maîtresse parût partout avec
lui, qu'elle allât même à la fabrique, qu'elle prît pour
ainsi dire la place de la mère de Suzanne.
Saint-Ermond, en effet, lui menait souvent sa fille ; et
ils allaient ensemble au Bois.
Cependant la comtesse devina tout de suite une ennemie
acharnée dans cette enfant intelligente, qui surprenait les
moindres regards qu'elle échangeait avec son ami. Et ce
fut toujours devant Suzanne qu'elle dissimula sa liaison
avec le plus de soin.
Ce qui convenait le mieux au monde, c'est que la
situation pécuniaire semblait parfaitement sauvegardée.
D'une façon générale, on croyait la comtesse très riche ;
et, si quelqu'un voulait blâmer le chevalier, on lui répondait :
— Saint-Ermond est veuf. Ne vaut-il pas mieux qu'il
soit l'ami d'une femme du monde, plutôt que de dilapider la fortune de sa fille avec des coquines ?
A mesure que Suzanne grandit, elle comprit, quoique
d'une manière vague, cette situation irrégulière. Et,
peu à peu, elle cessa de se rendre chez la comtesse. Par
respect pour son père, elle la recevait toujours avec une
politesse froide ; mais elle la détestait profondément.
Nina s'en aperçut bien vite ; et, pour éviter un heurt
qui menaçait sa situation, elle alla de moins en
moins à Saint-Denis. Saint-Ermond, que les regards de
sa fille gênaient aussi, trouva cela bien mieux. Il vivait
presque continuellement avec la comtesse. Quand il ne
restait pas à Saint-Denis, il disait à sa fille, à Michel,
à Bernier, ainsi qu'à tous ses amis :
— Je me suis arrangé un petit coin, au cercle.
Mais tout le monde savait qu'il était chez Nina...
Et comme il passait sa vie chez elle, qu'il y dînait,
qu'il y recevait ses amis, tout en ayant l'air de n'être
jamais lui-même qu'un invité, comme il profitait des
voitures de Nina, il était, ou du moins il lui semblait
bien naturel que le train de vie de la jolie femme fût
réglé par lui. — Nina avait mis un an à lui apprendre,
par petites doses, que ses biens étaient entre les mains
de l'empereur de Russie, mais qu'elle saurait se les
faire rendre ; puis elle l'avait initié aux difficultés de se
faire rendre justice en Russie. Après cela, elle lui avait
raconté les diverses péripéties d'un procès qui n'existait
que dans son imagination... Pendant ce temps, Saint-
Ermond payait.

Enfin, Nina lui annonça que le procès était perdu; que, pour obtenir justice, elle irait se jeter aux pieds du czar; mais elle ajouta qu'elle risquait d'être envoyée en Sibérie, à cause de la conspiration de son mari.

Saint-Ermond crut tous les récits de Nina et lui défendit de jamais retourner en Russie. Elle résista, déclarant qu'elle ne voulait plus être à charge à son cher chevalier. Saint-Ermond s'emporta, ne voulant pas que cette question fût même agitée entre eux. Et quand, enfin, la comtesse consentit à rester en France, il s'imagina qu'il avait échappé à un grand danger.

— Jamais je n'aurais pu me passer de vous, lui dit-il.

L'aventurière avait atteint son but. Reçue dans la société parisienne, elle avait pour ami un homme riche, qui mettait sa fortune entière à sa disposition, avec la même désinvolture que si cette fortune avait été à lui. Les millions, lentement amassés par le vieux bonhomme Ronchard, allaient devenir la proie d'une étrangère.

VII

PRINCE RUSSE

Huit années s'écoulèrent ainsi, pendant lesquelles rien ne vint troubler la douce harmonie d'une situation où le chevalier de Saint-Ermond s'imaginait avoir trouvé le bonheur.

Il n'éprouvait d'ailleurs aucun remords, malgré la jalousie croissante de sa fille. Il se persuadait que Suzanne n'avait rien deviné, il la traitait toujours en enfant; et, lorsqu'elle se plaignait un peu d'être délaissée, il agissait avec elle comme jadis sa mère : il lui donnait une soirée où il déployait toutes ses séductions d'homme du monde; et le lendemain, il allait lui chercher un bijou.

Comme les revenus de ses capitaux et de la fabrique ne pouvaient suffire à entretenir la maison de Saint-Denis et la maison de la comtesse, il avait, depuis longtemps, touché aux capitaux, sans la moindre hésitation, sans se dire qu'à la majorité de sa fille il serait forcé de les lui remettre intacts, tels qu'il les avait reçus à la mort de sa femme. Qu'était-ce, d'ailleurs, que de petites sommes de cinquante à cent mille francs sur une grosse masse de trois millions ?... Il avait pris ainsi plus de deux cent mille francs par an, de telle sorte qu'un an avant l'incendie de l'usine, il avait dilapidé près de deux millions.

Alors seulement, il eut peur de l'avenir, trembla davantage devant sa fille, et lui consacra un peu plus de temps. Il s'occupa davantage de la fabrique, et même se demanda comment il pourrait avouer à un gendre qu'il avait dévoré deux millions d'une fortune appartenant exclusivement à son enfant.

Cependant, sa passion pour la comtesse augmentait avec l'âge; et, en songeant au mariage de sa fille, il se disait que le mariage de Suzanne pourrait bien n'être que le prélude du sien.

Il avait beau se maquiller, se teindre les cheveux, se faire habiller comme un jeune homme, il sentait qu'il vieillissait, qu'il était usé. L'heure du repos sonnerait bientôt. Quel rêve pour lui, s'il pouvait marier Suzanne à un homme qui serait coulant sur le chapitre de la fortune de la jeune fille!

Et, après cela, vivre, adoré au grand jour par la jolie comtesse!

Nina avait sagement diminué son train de maison, sans que son ami diminuât ses largesses; et, sans doute, elle avait dû faire des économies; il supposait qu'elle avait amassé près d'un million. Avec cela et une part dans la fabrique, — car il entendait conserver un intérêt dans la fabrique, — il achèverait son existence dans une parfaite quiétude, en parfait égoïste.

Sa maîtresse semblait, du reste, se prêter à ses rêves d'avenir.

Elle avait trouvé un port tranquille et ne voulait pas se jeter dans la tempête de la vie; et c'était pour ce qu'elle avait diminué le train de sa maison, jugeant inutile de lancer plus longtemps de la poudre aux Parisiens.

Elle trouvait la vie bonne et Saint-Ermond un compagnon très acceptable. Il n'y avait plus qu'un nuage dans son horizon : la reddition de comptes de la tutelle de Suzanne, et le mariage de la jeune fille. Saint-Ermond ne lui avait fait que des demi-confidences à ce sujet; mais elle avait vite deviné, et elle avait laissé entendre à son chevalier que, d'avance, elle était d'accord avec lui...

Or, un soir où, seule dans son salon, elle réfléchissait à tout cela, son valet de pied vint lui dire :

— Le prince Vérénine fait demander si madame la comtesse peut le recevoir.

Nina se leva comme folle.

— Vous avez dit : le prince ?...

— Le prince Vérénine ! Oui, madame. Et je ne crois pas me tromper; car, ne connaissant pas cette personne, je lui ai demandé de vouloir bien me répéter son nom.

Il y eut un court silence; Nina était agitée d'un son glacial.

Cependant elle reprit son sang-froid; et, comme le domestique demandait :

— Dois-je répondre que madame ne reçoit pas ?

— Non, non. Faites entrer. — Le prince Vérénine, mon frère.

Elle avait si bien oublié la Russie qu'elle se souvenait à peine de ce frère.

D'abord, elle ne l'avait pas revu, depuis son mariage avec le comte Carenitch, et, à cette époque, il était petit. Il y avait donc dix-huit ans que le frère et la sœur ne s'étaient vus. Et si Nina tremblait, ce n'était certes pas de joie; elle supposait bien que son frère devait connaître son histoire vraie; et alors, n'était-ce pas un danger pour elle ?...

Le prince entra en souriant dans le salon; et, sans le moindre embarras, il s'avança vers sa sœur, les bras tendus. Elle restait immobile, les yeux fixes.

— Eh bien ! dit-il, on ne s'embrasse pas ?

Machinalement, elle lui tendit la joue. Il dit, d'un ton de reproche :

— On croirait que cela te gêne de revoir ton frère.

— Dieu non !... Seulement, je me demande comment tu es ici, j'en suis toute bouleversée... Pourquoi as-tu quitté la Russie ?

— J'ai fait comme toi, petite sœur.

— Que dis-tu ?

Il la regarda bien en face.

— Oui, petite sœur, j'ai fait comme toi : j'ai conspiré.

— Ah !... Tu as... conspiré ?

— Eh ! oui... On se laisse séduire par les grands mots de liberté... On veut renverser le czar... Et on se laisse prendre...

— Tu as été pris ?

— Il y a deux ans.

— Je n'ai vu ton nom dans aucun procès de conspirateurs.

— C'est que, déclara le prince, d'un air dégagé, il y a des conspirations qui font du tapage et des conspirations qui n'en font pas. La tienne a eu un grand retentissement; tout le monde en a parlé : on a su qu'après la mort de ton mari tu avais réussi à t'échapper,

— Grâce à quoi ? fit Nina, anxieuse.

— Grâce à la merveilleuse... habileté. Et tu as trouvé à Paris une situation digne de ta merveilleuse beauté.

— Il ne s'agit pas de moi, fit la comtesse, de plus en plus embarrassée. Parlons de toi, mon frère.

— Ah ! enfin ! Voilà que tu me parles affectueusement... Ma chère Nina ! je savais bien que nous nous entendrions... Je reprends donc mon récit. Ma conspiration à moi a été très obscure. Tu n'ignores pas

...mois, il me restait fort peu de chose, à [de] quoi terminer mes études...

— Tu étais devenu officier ?

— Oui, dans la garde de l'empereur. Alors, indigné contre toutes les injustices dont j'étais témoin, principalement contre les injustices du sort, je me suis laissé entraîner dans une conspiration.. dont je te raconterai, une autre fois, les détails... Résultat : vingt ans de Sibérie...

— On t'a envoyé en Sibérie ?

— Oui ! Mais je me suis arrêté au premier relai... Et me voici. J'aime mieux Paris.

— Ainsi, tu viens vivre... à Paris ?

— Oui.

— Avec quoi ? Quelles sont les ressources ?

— Toi, d'abord, ma chère sœur. Ensuite mon intelligence, mon titre. Et, en troisième lieu, un homme qui m'est entièrement dévoué : Pouscharoff. Tu le connais, c'est mon ancien précepteur.

— Et que comptes-tu faire ?

— T'imiter, ma chère sœur. N'as-tu pas trouvé un homme qui t'adore ? Pourquoi ne trouverais-je pas une femme qui se toquerait de moi !

Le frère et la sœur se regardèrent quelques instants sans parler, essayant de lire leurs plus secrètes pensées. Ce fut Nina qui rompit le silence ; elle prononça lentement :

— Il y a un logement de garçon à louer au rez-de-chaussée de cette maison. Tu l'arrêteras demain ; je te donnerai l'argent nécessaire pour le meubler ; tu pourras vivre ici, ou au cercle de M. de Saint-Ermond. Tu chercheras simplement de ne pas faire de bêtises et de suivre tous mes conseils. En un mot... tu seras à moi ?

— C'est entendu, petite sœur, je serai à toi, et toi à moi ! Je me disais bien que nous nous entendrions à demi-mot. Allons, embrassons-nous franchement... A nous deux, nous serons invincibles !

Cette fois, elle se laissa aller tendrement dans ses bras et le regarda avec admiration. Il était réellement beau, très élancé, avec la peau aussi blanche que celle de sa sœur et les mêmes cheveux : sa moustache était encore plus blonde. Ses yeux avaient ce même regard doucereux et ses lèvres ce sourire vague.

— Tu es bien mon frère ! dit-elle, en le pressant contre elle.

A ce moment, la porte du salon s'ouvrit. Et M. de Saint-Ermond, qui arrivait, s'arrêta tout interdit. Il balbutia :

— Ma chère... Madame...

Nina sourit et s'avança vers Saint-Ermond.

— Mon cher ami, dit-elle, je vous présente mon frère, le prince Vérénine.

— Votre frère !... Eh, vous ne m'aviez jamais parlé de lui...

Nina revint vers Gérald ; et, lui mettant la main sur l'épaule :

— C'est que, dit-elle, je m'imaginais qu'entre mon frère et moi, il existait une barrière infranchissable : mon frère était officier de l'empereur, et moi j'avais conspiré contre ce même empereur. Mais, aujourd'hui, cette barrière n'existe plus. Le même esprit brûle entre nous : mon frère a été compromis dans un projet de conspiration ; et le voilà forcé de s'exiler.

Saint-Ermond tendit la main à Gérald.

— Permettez-moi, lui dit-il, de vous serrer la main. Je suis le meilleur ami de la comtesse, j'ai le droit d'être le vôtre. Et... si je puis vous être utile... ?

— Oh ! dit Nina en souriant, plus heureux que moi, Gérald a réussi à arracher sa fortune des griffes de ses ennemis.

— Ou du moins, dit le prince avec le plus grand sérieux, je n'ai laissé que fort peu de chose entre leurs vilaines pattes.

Il avait compris la ruse de sa sœur. Et, tout de suite, pour bien prouver à Saint-Ermond qu'il ne serait pas un frère gênant, il baisa la main de sa sœur et se retira.

La comtesse dit aussitôt à Saint-Ermond :

— Eh bien, comment le trouvez-vous ?

— Mais il est charmant.

— Ne croyez-vous pas que ce serait le mari rêvé pour Suzanne... ?

— Et... Thomerain ? fit l'industriel.

— Qu'est-ce que ça, Thomerain ? demanda la comtesse... Ah ! oui, l'ingénieur de là-bas, l'inventeur ?

— C'est que... je viens de m'apercevoir, avec terreur, qu'il est amoureux de ma fille.

— Mais Suzanne ?...

— Est folle de lui.

— Alors... mon frère arrive à propos.

— Le prince songe donc à se marier ?

— Non ; mais laissez-moi mener tout cela, et vous serez satisfait.

Le lendemain, Gérald vint déjeuner chez sa sœur. Saint-Ermond le trouva encore plus charmant que la veille. Et, peu à peu, il s'habitua à lui.

Et il s'habitua si bien à lui que, bientôt, il n'eut pas plus de secrets pour le frère que pour la sœur.

Quelques mois après, quand Gérald connut toutes les inquiétudes de Saint-Ermond, il lui déclara :

— Vous pouvez compter que je vous aiderai à vous tirer de ce mauvais pas.

L'industriel se garda bien de parler à sa fille de ce nouveau venu. Et, comme Suzanne ne rencontra jamais Gérald, elle ignora l'existence du prince russe, jusqu'au jour où son père donna sa grande fête, et le lui présenta au milieu d'autres danseurs.

Au bout de fort peu de temps, d'ailleurs, Saint-Ermond et la comtesse avaient senti dans Gérald un maître audacieux ; et ils avaient subi son ascendant. C'était lui que dirigeait cette association odieuse formée par un frère et une sœur exploitant l'amant de la sœur.

Nina avait cru, tout d'abord, que son frère lui obéirait, parce qu'il n'aurait pas d'argent ; aussi Nina avait-elle été très étonnée lorsque Gérald avait payé lui-même les frais de son installation.

— Tu as donc de l'argent ? lui avait-elle demandé.

— Mais oui, petite sœur.

— D'où te vient-il ?

— Je ne t'ai jamais demandé d'où te venait le tien.

Nina s'était inclinée.

Et désormais, elle avait aveuglément exécuté tous les ordres de son frère, comprenant bien qu'il serait inutile de lui résister.

Saint-Ermond lui obéissait aussi, confiant dans la parole de Gérald, qui lui avait de nouveau formellement promis de lui rendre sa fortune envolée.

— Nous allons tenter une spéculation magnifique, infaillible, lui avait dit le prince. Seulement, votre ingénieur, ce... Michel Thomerain nous gênerait ; il ne comprendrait pas. Envoyez-le donc à l'étranger, en Suède, en Norvège, en Russie ! Là-bas, au lieu de nous gêner, il nous sera utile.

Et Michel avait été expédié en Suède, en Norvège, en Russie, laissant champ libre au prince Gérald, qui assura à Saint-Ermond que maintenant rien ne pourrait plus empêcher la réussite de sa mystérieuse combinaison.

Ainsi qu'il l'avait dit au procureur de la République, l'industriel avait alors repris ou fait semblant de reprendre la direction de sa fabrique.

Il avait donné à Michel l'ordre d'acheter des bois dans une proportion considérable. Et cet énorme approvisionnement, qui valait plus de trois millions de francs, avait été détruit par le feu en quelques heures.

Dès que la nouvelle s'en fut répandue dans le commerce parisien, on reconnut unanimement que, quoiqu'il fût assuré, c'était un désastre pour M. de Saint-Ermond. Les compagnies d'assurances pourraient en effet lui rembourser la valeur intrinsèque de ses marchandises, mais non lui rendre cette merveilleuse fabrique, installée jadis à si peu de frais et qui donnait si facilement de si beaux bénéfices.

Pendant toute la journée qui suivit l'incendie, M. de Saint-Ermond resta à Saint-Denis, surveillant le déblaiement avec le prince Vérénine. Il annonça à ses ouvriers qu'il leur donnerait des secours équivalents à leur salaire jusqu'au moment où ils auraient retrouvé du travail ; et cette libéralité le rendit aussitôt sympathique, tandis qu'on commença à se tourner contre Michel Thomerain.

Le soir, Saint-Ermond revint à Paris, toujours accompagné par Vérénine ; et ils arrivèrent chez la comtesse à l'heure du dîner.

Nina les attendait près de l'entrée ; elle les renvoya brusquement.

— Faites-moi le plaisir d'aller dîner où vous voudrez... au cercle... ou chez Gérald...

— Et ma fille ? prononça Saint-Ermond, assez inquiet.

— Votre fille ? Elle dort... Ah ! ce n'a pas été sans peine... Elle voulait partir... Elle a eu une crise de nerfs... Heureusement, j'ai pu la calmer... Partez... A demain ! Je n'ai pas besoin qu'on la réveille en ce moment.

Les deux hommes s'en furent.

Ils dînèrent tranquillement chez Gérald, jugeant utile de se montrer à leur cercle.

— Vous voilà forcé d'accepter mon hospitalité, dit le prince à Saint-Ermond.

— J'en suis enchanté, prince. Je crois d'ailleurs que désormais nous ne nous quitterons guère plus.

— J'y compte bien, déclara Gérald.

Le lendemain, l'industriel se leva de bonne heure et se rendit à l'usine, pour prendre son courrier ; et il rentra chez la comtesse, vers onze heures du matin. Il trouva Suzanne au salon avec Nina. La jeune fille était très pâle. Elle embrassa tendrement son père, puis lui demanda ce qu'il savait de nouveau.

— Rien, ma Suzanne, rien. Toutes choses sont dans le même état... Notre fabrique est détruite de fond en comble...

— Cela, je le sais, mon père ; mais j'espérais que tu m'apprendrais qu'on avait enfin reconnu l'innocence de M. Thomerain.

Saint-Ermond eut un geste d'impatience, et sans doute allait répondre brutalement à sa fille ; la comtesse l'interrompit.

Et, de sa voix la plus douce, elle dit :

— Évidemment, évidemment on arrivera à reconnaître l'innocence de M. Thomerain : c'est ce que je répète depuis hier à Mlle Suzanne. Je lui ai même promis que nous userions, tous, de notre influence, pour qu'il soit relâché le plus tôt possible.

— Vous croyez donc à son innocence ? balbutia Saint-Ermond, abasourdi.

— Mais évidemment... Ce garçon-là vous était si dévoué !... Cette fabrique, c'était sa maison... Comment admettre qu'il ait voulu la détruire ?...

— Il ne faisait plus partie de ma maison !

— Mais il y serait rentré, mon ami... Et il y rentrera, quand vous reconstruirez votre usine. Je l'ai promis à Mlle Suzanne, qui s'intéresse à lui... Certainement, je crois à son innocence !... Un homme aussi courageux est incapable d'avoir commis un tel forfait !... Tout cela s'expliquera, vous le verrez, de façon la plus naturelle... Tenez, Gérald viendra déjeuner avec nous ; demandez-lui son opinion, je parie que lui aussi croit à l'innocence de Michel Thomerain.

Suzanne adressa à la comtesse un regard de reconnaissance. Elle se laissait prendre au piège que lui tendait l'aventurière.

Celle-ci n'avait pas eu beaucoup de mal à deviner qu'elle calmerait la jeune fille en lui parlant de l'homme qu'elle aimait, surtout en le défendant ; et non seulement elle calmerait Suzanne, mais elle gagnerait sa confiance, se ferait son amie, pour la mieux trahir ensuite.

— Votre frère va bientôt arriver ? demanda Saint-Ermond pour détourner la conversation.

— Je lui ai fait prévenir, dit Nina. Il termine quelques lettres.

Cependant elle sonna et envoya un domestique chez son frère. Le domestique descendit, traversa la cour et frappa à la porte de l'appartement que le prince occupait au rez-de-chaussée.

Ce fut le prince lui-même qui ouvrit. Il ne laissa pas parler le domestique ; il fit brusquement :

— C'est pour le déjeuner ? Bon, j'y vais.

Et il lui referma la porte au nez. Puis il se retourna vers un gros homme, qui était resté caché derrière la porte et dit en riant :

— Les femmes sont toutes les mêmes. Ma sœur sait fort bien que j'ai expédié mon valet de chambre à l'autre bout de Paris, pour que personne ne te voie chez moi. Et elle m'envoie son domestique. Enfin, tout va bien puisque personne ne t'a aperçu.

L'homme prononça, d'un ton goguenard :

— Oh ! ça n'est pas difficile d'entrer dans une maison à Paris. Les portiers sont toujours fourrés au fond de leur loge à lire les journaux.

— Bref, tu vas t'en aller comme tu es venu. Il est midi, c'est l'heure où il y a le moins de monde dans les rues. Tâche de ne rencontrer personne de connaissance.

— Soyez tranquille, prince. J'ai un moyen bien simple pour cela ; dès qu'on me regarde, je tourne la tête : je parierais de passer devant votre concierge sans qu'il voie seulement le bout de mon museau...

— Tu as raison, car il n'est pas beau.

— C'est la faute de la nature, prince.

— Donc, dans une heure, tu auras quitté Paris...

— Et, ce soir, la France.

— Oui. L'air en est mauvais pour toi.

— Et j'irai ?...

— Où tu voudras, en Angleterre, en Hollande...

— En Hollande, prince : c'est là que je vendrai le plus facilement mes derniers diamants.

— Soit, en Hollande. Tu as bien mis dans le tiroir l'argent que tu m'apportais ?

— Les dix mille francs sont à gauche dans votre secrétaire. Dès que j'aurai vendu le reste, je vous enverrai la galette.

— Non ; c'est inutile. J'en ai assez pour le moment. Tu garderas ce qu'on te donnera. Et surtout, ne fais pas le difficile pour le prix. — Pourvu que tu t'en débarrasses !... Tu es toujours trop rapace.

— Bien, prince. Et après cela ?

— Tu reviendras à Riga, parbleu ! As-tu oublié que tu t'es établi entrepositaire et commissionnaire-expéditeur !

— Non, prince. J'avoue même que le métier est bon, rien à faire et de beaux bénéfices !

— Conduis-toi bien. Ne te grise pas. Ne bavarde pas. Et attends mes instructions. Allons, file !

— Au revoir, prince.

— Au revoir, Pouscharoff.

Pouscharoff s'inclina, ouvrit doucement la porte de l'appartement, se glissa dans la cour et disparut aussitôt. Le prince respira.

— Maintenant, prononça-t-il, je crois que la partie est gagnée. Si M. de Saint-Ermond n'est pas content, il sera crânement difficile !

Quelques instants après, il offrait son bras à Suzanne pour passer dans la salle à manger de la comtesse Carenitch.

VIII

LA VEUVE THOMERAIN

Suzanne se serait emportée avec indignation si, deux jours auparavant, on lui avait dit qu'elle serait installée chez la comtesse Carenitch, et qu'elle accepterait son hospitalité avec reconnaissance. Et cependant, depuis le matin, elle était plus tranquille, presque heureuse ; elle se disait qu'elle avait mal jugé la comtesse ; pour produire ce résultat, l'étrangère n'avait eu qu'à parler de Michel Thomerain, de son courage, de son dévouement.

Suzanne lui avait demandé à diverses reprises :

— Vous êtes bien certaine qu'on ne le condamnera pas ?

Et Nina répondait, avec un superbe accent d'indignation :

— Comment pourrait-on condamner un innocent ?

En se mettant à table, elle dit :

— Ma chère enfant, je n'ai pas besoin de vous assurer que vous êtes ici chez vous, ni de vous dire combien je suis heureuse de vous avoir auprès de moi.

Puis se tournant vers Saint-Ermond :

— Voici ce que nous avons convenu avec votre fille : vous n'avez qu'à approuver... Gérald vous offrira l'hospitalité, comme il l'a déjà fait ; et moi je garderai Suzanne, jusqu'à ce que vos affaires soient un peu démêlées. Vous n'avez pas envie, je pense, de vous installer à l'hôtel ?

Saint-Ermond s'inclina.

— Chère madame, vos désirs sont des ordres pour moi. Et, dès le moment que ma fille est d'accord avec vous...

Suzanne déclara en souriant :

— La comtesse et moi, nous nous entendons très bien.

Nina s'adressa alors à son frère :

— Tu as bien observé tout ce qui s'est passé la nuit de l'incendie ?

— Autant qu'on peut observer au milieu d'un pareil désastre.

— Crois-tu, oui ou non, que M. Thomerain soit coupable ?

— Quelle question !

— Réponds, je le veux.

— Mais je ne dois avoir rien à t'apprendre là-dessus. Il est de toute évidence que ce brave jeune homme est victime d'une erreur.

— Vous croyez à son innocence ? demanda Suzanne avec anxiété.

— Non seulement je crois à son innocence, s'écria le prince, mais je serais fier d'être son ami !

— Il sera fier aussi d'être le vôtre, monsieur, répliqua Suzanne très émue, lorsqu'il saura avec quelle ardeur vous l'avez défendu.

— Je défends simplement la vérité, dit le prince modestement.

Saint-Ermond avait attaqué joyeusement son morceau de pâté.

Et il se disait :

— Décidément, ces gaillards-là sont plus forts que moi ; mais je les trouve aussi bien audacieux.

Au milieu du repas, le prince dit :

— Me permettrez-vous de vous demander, mon cher monsieur de Saint-Ermond, quel était exactement l'état de vos affaires ?

— Mais, fort simple ; d'accord avec Michel Thomerain, qui approuvait ma spéculation, j'avais consacré toute notre fortune à ces achats de bois. Ces trois millions représentaient en effet la fortune de ma fille. Heureusement, notre police d'assurance se trouve bien en règle. Sans cela nous serions ruinés.

— Vous êtes donc forcé d'attendre que la compagnie d'assurance vous rembourse ?...

— Eh ! ce ne sera pas long. Il ne saurait y avoir la moindre contestation à cet égard. C'est l'affaire de quelques semaines.

— Evidemment ; mais en attendant, si vous avez besoin de capitaux pour vos affaires, je vous en prie, disposez des miens.

— Merci, prince, merci !

Et, par-dessus la table, Saint-Ermond tendit la main au prince, en le remerciant avec effusion.

Le prince l'arrêta.

— Plus un mot de remerciement, ou je retire ma proposition. Puisque vous acceptez, je m'estime trop heureux.

— Mais, à moi, monsieur, dit Suzanne, vous me permettrez bien d'ajouter un merci ?

— Vous me rendez confus, mademoiselle, répondit timidement Gérald.

Saint-Ermond ne put s'empêcher de sourire en pensant :

— Il est de plus en plus fort.

La fin du repas fut charmante. Suzanne, s'enhardissant, demanda à son père :

— Veux-tu m'accompagner aujourd'hui chez Mme Thomerain ?

L'industriel pâlit et balbutia :

— Mais... pourquoi ?

— Eh ! dit la comtesse, pour rassurer cette excellente femme, lui donner un témoignage de sympathie dans son malheur. Si j'avais l'honneur de la connaître, je vous assure que je serais déjà allée chez elle...

— Pour ma part, déclara Saint-Ermond, je vous avoue que cela m'embarrasserait un peu... après la discussion que j'ai eue avec son fils...

— Soit, dit Suzanne ; mais tu me permettras bien d'y aller seule ?

— Seule ?... Ce n'est pas très convenable !

— Mais si, mais si, mon enfant, dit la comtesse. Je mettrai mon coupé à votre disposition. Je trouve cela fort naturel.

Le prince se leva bientôt.

— Tu nous quittes ? demanda sa sœur.

— Oui. J'ai quelques amis à visiter ; et je désire en outre passer au Palais de justice pour pouvoir vous apporter des nouvelles.

Suzanne lui adressa un sourire.

— Oh ! merci, prince !

Elle-même se dirigea aussitôt vers sa chambre ; et Saint-Ermond et la comtesse demeurèrent seuls dans le boudoir où le viveur aimait à savourer son café en fumant.

Il allait allumer un cigare, quand la comtesse l'arrêta en disant :

— Pardon ! que faites-vous ?

— Eh... je vais... fumer mon petit cigare, comme tous les jours, ma chère comtesse.

— Chez moi ?

— Est-ce que vous ne me l'avez pas permis depuis longtemps ?

— Si je vous l'ai permis, je vous en retire bien vite la permission.

— Et... la raison ?...

— C'est que, lorsqu'un homme fume dans le boudoir d'une femme, on a le droit de croire que cet homme est un peu trop bien avec cette femme.

— Allez-vous me retirer aussi votre amour ?

— Non ; mais je n'oublie pas que votre fille est chez moi...

— Et... vous aimez mieux ma fille que moi ?

— Elle le mériterait ; car elle vaut mieux que vous.

— Vous êtes bien méchante, aujourd'hui.

— Je suis prudente.

Saint-Ermond replaça philosophiquement son cigare dans son étui :

— J'avoue que vous m'avez stupéfié, ce matin !

— Vraiment ?

— Oui. Et je ne serais pas fâché... si vous daigniez m'honorer de quelques explications.

— Et à quel sujet ?

— Mais... votre revirement soudain... votre enthousiasme pour ce Thomerain... l'enthousiasme de votre frère...

— Pour vous ?

— Non. J'ai très bien compris que Gérald devait avoir l'air de m'obliger, de me rendre un grand service ; cela le pose auprès de ma fille. Mais... défendre Thomerain avec cette ardeur !...

— C'est habile.

— C'est dangereux ; c'est doubler l'amour de ma fille pour ce drôle.

— Vous vous trompez, mon cher, dit Nina en se rapprochant de Saint-Ermond. Ecoutez-moi bien !

— J'attends vos explications avec impatience.

— Maintenant que, par la combinaison de mon frère, votre situation pécuniaire est remise à flot, maintenant que vous êtes certain de compter à votre fille les trois millions qui lui appartiennent, que désirons-nous ?...

— Nous désirons marier Suzanne avec Gérald... et vous avec moi. Et, au lieu de démolir Michel dans l'esprit de ma fille, vous le grandissez, vous le mettez sur un piédestal !...

— Qu'importe ! Ce qu'il fallait avant tout, c'était me faire aimer de Suzanne, chose assez difficile ; car vous savez qu'elle ne me portait pas dans son cœur...

— Pas précisément...

— Or, vous avez vu le résultat, ce matin. — Votre fille est folle de ce Thomerain. Aller en ce momem contre cet amour serait une grosse imprudence. Votre fille ne voudrait plus habiter chez moi ; elle me détesferait encore plus vivement que par le passé. Et, quant à mon frère, elle ne voudrait plus le voir : elle devinerait tout de suite que nous voulons le lui donner pour mari.

— Jusqu'à présent, votre raisonnement est juste. Voyons la suite.

— Il est donc bien arrêté, bien entendu, que ce Michel est innocent. Et, quand la justice aura reconnu son erreur, vous lui offrirez de diriger votre nouvelle fabrique. Avec ces deux phrases, je ferai de Suzanne ce que je voudrai. Votre fille va aller chez Mme Thomerain ; elles pleureront ensemble : les pleurs, ça amollit beaucoup. Suzanne rentrera en larmes, je pleurerai avec elle ; mon frère sera témoin de notre émotion, et il s'essuiera les yeux, ce qui indiquera qu'il prend la part la plus vive à la douleur de votre fille, et ce dont elle lui sera très reconnaissante. Dans quinze jours, dans huit jours, Suzanne considérera Gérald comme un noble ami, lui donnera toute sa confiance...

— Et quand Michel sera acquitté ?

— Vous dites ?

— Je dis... quand Michel sortira de prison ?

— Ta, ta, ta ! Acquitté ? Un incendiaire ? Avec de la préméditation !... Tout au plus s'il obtiendra de vagues circonstances atténuantes ! M. Thomerain sera bel et bien condamné. J'ai lu le code, ce matin. C'est une affaire de travaux forcés. Oh ! nous déclarerons bien tous que nous le croyons innocent ; mais le ministère public n'aura pas la naïveté de nous croire. Si vous saviez comme il est incrédule, le ministère public ! Et on nous rendra, soyez-en bien assuré, le service d'expédier votre ex-ingénieur à la Nouvelle-Calédonie. Alors, le chagrin de Suzanne deviendra du désespoir ; nous pleurerons encore avec elle ; mon frère lui offrira toute son amitié... Remarquez que tout cela aura un peu compromis votre fille... On ne la demandera pas beaucoup en mariage... Et il suffira que Gérald ait alors une maîtresse, qu'il entretienne une demoiselle quelconque, pour que Suzanne devienne tout à coup jalouse de lui... Et de la jalousie à l'amour... Comprenez-vous maintenant ?

— Je vous laisse faire, murmura Saint-Ermond en baisant la main de la comtesse.

Nina sonna un domestique et dit :

— Mlle de Saint-Ermond va sortir. Qu'on mette mon coupé à sa disposition.

Une heure après, Suzanne arrivait chez la veuve Thomerain.

Jusqu'à cette horrible catastrophe, la vie tout entière de Mme Thomerain avait été remplie par le bonheur et le travail.

Son existence pouvait se résumer en quelques mots : jeune fille, elle avait soutenu sa mère par son travail ; et, après la mort de sa mère, elle avait vécu, isolée, économisant quelques sous, attendant l'avenir avec la tranquillité d'une âme simple et honnête.

A trente ans, elle avait rencontré Thomerain, simple ouvrier mécanicien, orphelin comme elle ; ils s'étaient aimés et s'étaient mariés.

Chacun d'eux travaillait de son côté ; mais, au bout de deux ans, Michel naquit et le père dit à sa femme :

— Tu resteras à la maison, pour soigner le petit.

— Gagneras-tu assez ?

— Si je ne gagne pas assez, je travaillerai double ; mais je ne veux pas que le petit quitte la maison.

Dès lors, l'existence du mari et de la femme se concentra dans l'amour de cet enfant. Et Thomerain devint plus ambitieux, pour que son fils reçût une éducation élevée. Il fit des études spéciales et ne tarda pas à monter en grade.

Lorsqu'il fallut envoyer Michel au collège, Thomerain, devenu contremaître, était en mesure de payer sa pension.

Malheureusement, c'était tout ce qu'il pouvait payer ; et le ménage resta toujours gêné : les frais d'études de Michel absorbaient tout. Parmi leurs amis, on trouvait cela ridicule de se sacrifier à un enfant ; mais eux n'avaient même pas l'idée que ce fût un sacrifice. Et si c'était un sacrifice, ils y trouvaient une immense satis-

faction, quand, à la fin de chaque année, leur enfant était proclamé le premier de sa classe.

Depuis son enfance, il avait été entendu qu'il entrerait à l'École polytechnique : cela avait été décidé, d'accord avec Bernier, contremaître de la scierie mécanique de Saint-Denis, le vieil ami de Thomerain. Mme Thomerain ne songeait même pas qu'il y eût des examens dont la difficulté effraye les plus audacieux ; son fils entrerait à l'École polytechnique et en sortirait ingénieur : l'avenir était ainsi réglé. Michel fut reçu à l'école en effet avec le numéro 3. Sa mère prépara son trousseau.

Et rien ne semblait devoir jamais troubler leur bonheur si tranquille, lorsque Thomerain fut enlevé, presque soudainement, par une fluxion de poitrine.

En revenant de l'enterrement, tandis que sa mère sanglotait en regardant une vieille photographie de son mari faite jadis dans une foire, Michel rentra dans sa chambre, écrivit une lettre et alla la jeter immédiatement à la poste. Il retrouva sa mère, tout anxieuse, dans sa chambre.

— D'où viens-tu donc ? lui demanda-t-elle. Car tu es sorti ?

— Je viens d'envoyer ma démission.

— Hein ?

— Ne suis-je pas fils de veuve ? C'est à ma mère que je me dois.

— Mais, malheureux, tu brises ton avenir, cet avenir que nous avions préparé si lentement !...

— Oui, je sais, ma bonne mère, au prix de quelles privations vous m'aviez fait arriver si loin ; mais je sais aussi que, justement à cause de ces privations, il ne reste plus d'argent ici...

— Nous obtiendrons une bourse pour toi.

— Ce n'est pas cela que je veux dire, ce n'est pas de moi qu'il s'agit.

— Et de qui donc ?

— De toi, ma mère ; sans nul doute, nous obtiendrons une bourse à l'école ; mais cela ne te donnerait pas de quoi vivre.

— Allons donc ! Est-ce que j'ai besoin de quelque chose, moi ? Pourvu que mon fils ait ce qu'il lui faut !... Je reprendrai mon ancien métier de couturière : je travaillerai pour remplacer ton père... Tu ne vas pas te mettre à me désobéir, à présent ?

Il l'embrassa tendrement et répondit avec un sourire triste :

— Hélas ! c'est bien à toi de m'obéir désormais. Ne suis-je pas le chef de la famille ?

Elle éclata en sanglots.

Son fils continuait :

— D'ailleurs, j'en ai déjà parlé avec Bernier ; et il m'a trouvé une place.

— Digne de toi ?

— Oui, auprès de lui, dans la fabrique de M. Ronchard. Il y a beaucoup à faire, là-bas ; un tas de machines à réformer... Puis, tu sais, M. Ronchard me connaît. Bernier m'en a encore parlé en revenant du cimetière ; il ne faut pas perdre de temps, ni une si bonne occasion. Toi, tu auras bien assez à faire, pour soigner ton grand fils. Je m'étais promis que, lorsque je sortirais de l'école, vous ne travailleriez plus, ni l'un ni l'autre. Puisque ce pauvre père est parti, c'est bien le moins que tu te reposes, toi !

Elle essaya bien de résister ; mais elle dut céder. Et Michel entra comme simple ouvrier dans la scierie de Saint-Denis.

Régulièrement, le samedi, il apportait sa paye à la maison ; il disait :

— Je fais comme mon père.

C'était bien peu, au début. Et il fallait toute l'adresse, toute l'économie de Mme Thomerain, pour que l'aisance ne fût pas diminuée.

Au bout de deux mois, Michel, qui avait rapidement appris à connaître toutes les machines, cessa d'être ouvrier. Le patron n'avait exigé ce stage que pour mieux instruire ce jeune homme, auquel il s'intéressait à cause de son intelligence et de sa noble conduite.

— Il apprendra ainsi, disait-il, à connaître les machines et les ouvriers.

Il le plaça alors sous les ordres de Bernier, pour le

céder, le remplacer au besoin. Mais bientôt Bernier
vint dire à son patron :

— Il faut lui donner autre chose à faire, monsieur : il
m'enlève toute ma besogne...

— C'est que nous devenons vieux et que lui est la jeunesse, répondit tranquillement M. Ronchard.

Désormais, Michel fut le véritable directeur de la fabrique ; M. Ronchard lui livra tous ses plans et lui abandonna la moitié de son bureau.

Au bout d'un an, le jeune ingénieur transformait une
première machine et obtenait des résultats surprenants.
Aussi M. Ronchard, avant de mourir, put-il assurer, à son
gendre, que Michel, aidé par Bernier, mènerait parfaitement la fabrique.

Comme la position de Michel avait largement aug-
menté, il avait loué un nouvel appartement où il s'était
installé avec sa mère ; et il avait exigé qu'elle prît une
bonne. Pour la première fois de sa vie, Mme Thomerain
connut le repos. Et, par une pensée bien délicate, Michel
n'avait pas voulu que sa mère habitât dans la plaine
Saint-Denis : il l'avait laissée à Paris, rue de la Chapelle, sachant combien elle adorait le quartier où elle
avait vécu.

Devant le bonheur et la réussite de son fils, la veuve
Thomerain se consola plus facilement de la mort de son
mari. Et d'ailleurs, ils parlaient si souvent de lui !...

Michel vivait presque seul, se consacrant à sa fabrique,
cherchant toujours de nouvelles améliorations. Un dimanche, il y conduisit sa mère, qui avait exprimé le désir de
voir l'endroit où son fils travaillait.

Suzanne jouait dans la cour ; Mme Thomerain la trouva
si gentille, qu'elle lui demanda la permission de l'embrasser. Et, depuis ce temps, elles furent une paire d'amies.
M. de Saint-Ermond, tout entier à la comtesse russe,
semblait vivre au dehors ; Suzanne n'avait aucun parent
auprès d'elle.

Elle se fit conduire souvent chez la veuve Thomerain,
qui l'amusait par ses récits ; ou bien, elle allait dans
l'usine et restait des heures au milieu de ce bourdonne-
ment, toute souriante dès que Michel levait les yeux vers
la petite galerie de bois où elle se tenait.

D'autres fois, elle ne bougeait pas de la cour, comme
très occupée à arroser les petites plates-bandes qu'elle y
avait fait installer : elle attendait que Michel sortît de l'a-
telier et traversât la cour pour se rendre à son bureau.
Elle lui demandait alors s'il était satisfait du travail, du
rendement des machines. Et il lui expliqua, peu à peu,
comment on traite les bois quand ils arrivent, comment
on les place dans des étuves où de la vapeur d'eau qui
les pénètre, les rend plus élastiques, plus malléables et
empêche les feuilles de se fendre. Il lui montra les anciennes scies, qui produisaient plus de déchet qu'elles ne
donnaient de bonnes marchandises, et qu'il avait rem-
placées par des couteaux.

Elle s'intéressait à tout, ne comprenant pas encore que
c'était surtout l'ingénieur qui l'intéressait. Et lui ne voyait
dans tout cela qu'une camaraderie d'enfant.

Ce fut le vieux Bernier qui leur ouvrit les yeux, avec
sa grosse bonhomie.

Un jour où tous trois étaient réunis sur la galerie de
bois et examinaient le va-et-vient d'un nouveau chariot
perfectionné par Michel, avec un enquiquetage automa-
tique qui élevait la pièce à découper, le vieux contremaître dit :

— Ce qui me fait enrager, c'est que c'est toi, Michel, qui
inventes tout cela, et que ce sera sans doute un autre qui
en profitera.

— Pourquoi donc ? demanda naïvement la jeune fille.

— Dame ! quand vous vous marierez, mademoiselle...
Qui sait même si votre mari ne voudra pas tout diriger ?

Michel eut un long tressaillement, mais il n'osa pas regarder Suzanne. Et, brusquement, il jeta un ordre à l'ouvrier qui surveillait la marche du chariot.

— Attendez, j'y vais, dit Bernier. Ils ne savent pas encore régler le mouvement.

Et le contremaître descendit.

Suzanne et Michel, appuyés contre la balustrade, restèrent longtemps silencieux. Ils réfléchissaient, avec leur
esprit grave, à ce que Bernier venait de dire et voyaient
enfin au fond de leur cœur.

Suzanne se tourna tout à coup vers Michel et lui tendit
la main.

— Ne craignez rien, dit-elle ; vous resterez toujours
ici...

Puis, un peu plus bas, elle ajouta :

— Parce que... vous n'oseriez jamais me demander ce
à quoi je n'hésite pas à vous répondre... Je vous aime,
monsieur Michel...

— Oh ! mademoiselle !... Ma chère Suzanne !

D'en bas, Bernier criait :

— Ça commence à aller mieux.

Suzanne, pour cacher son émotion, dit en souriant :

— Mais je vous préviens que je veux garder Bernier.

— Je vous aimerai toute ma vie, prononça lentement
Michel.

— Mais nous conserverons ce secret pour nous... jusqu'au jour où je croirai devoir en prévenir mon père.
Adieu, je vais embrasser votre mère.

Ce fut ainsi qu'ils s'avouèrent leur amour.

Et jamais ils n'en avaient reparlé.

Ils attendaient tranquillement l'avenir.

Dans le coupé de Nina Carenitch, Suzanne avait évo-
qué tous ces bonheurs passés. Et, malgré sa douleur
actuelle, elle avait le sourire aux lèvres, quand elle
sonna à la porte de Mme Thomerain. La veuve vint
aussitôt et eut un cri de bienheureuse stupeur.

— Vous ! vous, ici !

— Ne m'attendiez-vous donc pas ? N'est-ce pas à moi
de venir vous consoler ?

Et elle l'embrassait avec la plus chaude, la plus respectueuse tendresse, tandis que la veuve répétait :

— Vous ! vous ! Est-ce possible !

Enfin, elles s'assirent dans la salle à manger, qui
était le salon de la veuve.

— Je n'ose plus bouger, dit sa mère. Par moments
je m'imagine qu'il va entrer, qu'il va me parler...

— Ah ! je serais bien déjà venue, dit Suzanne ; mais
hier, j'étais anéantie.

— Et où êtes-vous, maintenant ?

Suzanne éprouva quelque embarras à répondre. Elle
baissa les yeux.

— Chez la comtesse Carenitch.

Et voyant la veuve tressaillir, elle ajouta :

— Oh ! Je ne l'aimais pas ; mais, maintenant, il me
semble que c'est une autre femme. Si vous saviez avec
quelle ardeur elle défend Michel !... D'ailleurs, tout le
monde affirme qu'il est innocent ! Est-ce que Michel peut
être coupable ?... Est-ce que Michel peut avoir fait quelque chose de mal ?

Elle parlait avec une agitation fébrile.

— Mais tout le monde affirmera qu'il est innocent :
mon père, la comtesse, son frère, Bernier, moi... tout le
monde !...

La veuve secoua tristement la tête.

— Alors, dit-elle, pourquoi le gardent-ils ? Pourquoi
empêchent-ils sa mère de le voir ? C'est horrible ! Et
on appelle cela la justice !

— Ils vous ont empêchée ?...

— Hier, Bernier m'a ramenée ici, folle de douleur. Ils
étaient déjà venus, ils avaient tout bouleversé, enlevé
tous les papiers de Michel. Ah ! mieux vaut que mon
mari soit mort : il aurait trop souffert.

La veuve eut un grand geste ; mais elle se radoucit :

— Hélas ! à quoi cela me servirait-il de m'emporter !
J'ai eu tort, hier : j'ai voulu aller à cet endroit mau...
dit... Jamais je n'aurais cru que je connaîtrais cela :
le Dépôt ! Là où on jette les voleurs, les assassins !
Mon fils est là, en attendant qu'on le mène à Mazas.
Bernier m'accompagnait. Jamais je ne l'avais vu pleurer, pas même à la mort de mon mari ! Et hier, il
pleurait comme un enfant. Nous avons demandé à voir
mon fils. Les misérables ! Ils nous ont refusé cela ! Il
ne verra personne... on le traite comme un crimi...
dangereux. Mon fils, si bon, si honnête !... Alors, je...
suis emportée ! Je les ai traités de bourreaux... Cela leur
est égal... Ces hommes n'ont pas de cœur. Ce matin,
j'y serais retournée : Bernier n'a pas voulu : il m'...

forcée à rester là... et je l'attends. Il y est allé, là. Sans doute, il va revenir bientôt.

À mesure que la veuve parlait, Suzanne pleurait lentement, se figurant son Michel, seul, abandonné dans un misérable cachot.

Et elle se pressait contre Mme Thomerain.

— Oh! comme nous l'aimerons! murmura-t-elle. Comme il aura besoin d'être consolé, quand on nous le rendra!

— Oui; mais il me semble qu'il serait déjà moins malheureux, s'il savait que vous êtes venue me voir...

— Il le saura! Et même, mon père me permettra d'aller le voir avec vous... Il ne sera pas toujours ainsi... C'est affreux, le secret!

Une voix prononça derrière elle:

— Courage, mademoiselle! Et au lieu de vous désoler, consolez-vous plutôt, de savoir que Michel est au secret.

C'était Bernier qui revenait et affectait d'être tranquille, pour rassurer la jeune fille. Il avait la clef de l'appartement, et était entré doucement.

— Eh bien? fit Suzanne.

— Quoi de nouveau? interrogea la veuve, bien tremblante.

— Il ne peut encore y avoir rien de nouveau, dit Bernier en s'asseyant. Voici, du reste, où en sont les choses: j'ai vu le juge d'instruction chargé de l'affaire; il m'a accueilli avec la plus grande bienveillance et m'a fait comprendre que la justice n'était pas forcée de connaître notre Michel comme nous le connaissons. Et il a fait la même observation au prince Vérénine, qui était arrivé au Palais en même temps que moi et venait de la part de M. de Saint-Ermond. La justice ne voit et ne doit voir qu'une chose, c'est qu'un crime épouvantable a été commis. Là-dessus, il n'y a pas de doute, puisque plus de vingt témoins ont vu le chantier flamber en trois endroits différents. Donc il y a un gredin qui a mis le feu. Malheureusement, Michel avait eu l'imprudence de pénétrer dans l'usine: on l'a pris et, tant que l'instruction n'aura pas fait de plus grands pas, on croira qu'il est le coupable. C'est à cause de cela qu'on l'a mis au secret; tous les hommes de la police croyant à sa culpabilité: c'est très pénible, mais cela vaut mieux. Quand son innocence éclatera, elle n'éclatera que d'elle-même, en dehors de lui et n'en sera que plus nettement établie... Enfin, le juge m'a promis que, dès que cela serait possible, il nous permettrait de le voir. D'ici là, nous mettrons tout en œuvre, pour trouver les preuves de son innocence.

Suzanne tendit la main à Bernier.

— Je n'oublierai jamais votre dévouement, mon bon Bernier. Merci!

— Ah! mademoiselle! je n'ai pas besoin qu'on me remercie. Je l'aime tant, notre brave Michel!

Ils causèrent encore longtemps, longtemps, de lui, de leurs espérances, puis Suzanne prit congé de ses vieux amis.

La veuve l'embrassa longuement, en l'appelant « ma chère enfant ».

Suzanne s'écria, très exaltée, au milieu d'une dernière étreinte:

— Adieu, ma bonne mère!

IX

LES REMORDS DE BERNIER

— Brave cœur! murmura Bernier, tandis que Suzanne s'en allait.

La veuve resta un moment sur la porte, écoutant ses pas dans l'escalier. Puis elle revint en disant:

— J'étais si heureuse autrefois, quand elle venait me voir.

— Ah! oui, tout est bien changé, déclara Bernier d'une voix sombre.

Et il s'enfonça un peu plus dans son fauteuil, les bras allongés sur les montants, les yeux fixés à terre, le visage contracté.

C'était un homme de petite taille, nerveux, ramassé, n'ayant jamais connu aucune maladie; vieux garçon pour qui l'existence était comprise entre la fabrique Suzanne et la famille Thomerain. Sa figure était toute fraîche, rose, comme celle de la veuve, sa barbe et ses cheveux d'un blanc sec.

Tout d'un coup, il se redressa et poussa une exclamation de colère.

— Qu'y a-t-il? demanda la veuve.

— Il y a... Il y a... que je ne suis pas content de moi. Voilà!

— Que dites-vous, Bernier?

— Ah! il y a un tas de raisons pour lesquelles je ne suis pas content de moi. Tout à l'heure, je n'ai pas voulu décourager cette charmante demoiselle; mais, à vous, une mère, on peut tout dire.

— Qu'a-t-on encore fait à Michel?

— Oh! on ne lui a rien fait de nouveau, puisque c'est toujours la même chose. D'ailleurs, ce n'est pas de lui que je veux parler. C'est de moi, qui suis resté comme un niais devant ce juge, quand il m'a expliqué que Michel était coupable...

— Il a dit cela?... Et vous?...

— Moi, je me suis tu; je ne trouvais rien à répondre. La seule pensée qui me traversât la tête, c'était de me jeter sur ce juge et de l'étrangler... Si je n'avais craint que ça ne nuisît à Michel, ma parole, je l'aurais fait!

— Et il croit cela... sérieusement? balbutia la veuve. Ils n'ont pas l'idée, ces gens-là, que c'est une erreur, que cela va s'expliquer?

— Ah! bien oui! Pour eux, dès le moment qu'on est arrêté, on est coupable. Malédiction!... Il avait, ce juge, un petit rire ironique. Il m'a dit: « Je vous plains beaucoup, monsieur, je plains surtout la mère de ce malheureux! » Et il m'a parlé de sa sympathie, en voilà une sympathie dont je me moque!

Le vieux contremaître se leva et se mit à marcher à grands pas dans la chambre.

— Oh! oui, je suis furieux contre moi, car c'est ma faute, ce qui arrive!

— Votre faute, Bernier?

— Eh! oui!... Est-ce que notre Michel serait aujourd'hui en prison, si je ne l'avais pas fait entrer dans cette sacrée fabrique?... Ah! mon vieux Thomerain, je t'en demande pardon!

— Calmez-vous, je vous en prie, dit la veuve, qui n'avait jamais vu le contremaître si agité.

Mais il s'exaltait de plus en plus.

— J'ai été un imbécile! Je n'ai pas su lire dans l'avenir. Mais aussi, ce garçon-là avait trop de cœur. Je me souviens encore... Lorsque le médecin nous déclara que Thomerain était perdu, Michel me demanda: « Savez-vous s'il y a des économies? » Il ignorait, lui, il était toujours fourré dans ses livres, dans ses mathématiques. J'eus la sottise de lui répondre que vous n'aviez plus rien, que l'on avait tout mangé pour l'élever, pour le faire arriver à l'École. Ah! bien, oui, il s'en moquait de l'École! Il ne voyait plus qu'une chose: c'est que son père allait mourir, qu'il devenait chef de famille et qu'il devait gagner l'argent de la maison. Et moi, j'eus la faiblesse de l'approuver. J'aurais dû lui répondre: « Entre d'abord à l'École, mon garçon. On causera de cela plus tard. » Vous et moi, nous aurions bien travaillé, et il ne se serait aperçu de rien. Ensuite, je l'aurais fait entrer tout de même à la fabrique. Et maintenant, il serait M. Thomerain, ingénieur de l'État en congé illimité; tout le monde se serait incliné devant lui, même M. de Saint-Ermond; le patron n'aurait pas osé lui manquer; cette discussion n'aurait pas eu lieu. Tandis que Michel est considéré, par tous ces gens-là, comme un ouvrier qui a réussi; et quand le patron a deviné que Michel aimait sa fille, il a voulu se débarrasser de lui. Ah! c'est un remords qui me déchire!

— Voyons! voyons, mon bon Bernier, dit la veuve, vous exagérez. Nous devons, au contraire, vous bénir d'avoir fait entrer Michel à la fabrique: sa position était superbe ; vous savez qu'il avait économisé cent dix mille francs, le commencement d'une grande fortune. Moi, je ne veux pas désespérer. L'épreuve est rude ; mais nous en sortirons ; Michel nous sera rendu, il épousera Suzanne qui n'a jamais douté de lui, pas plus que son père. Suzanne me disait tout à l'heure que M. de Saint-Ermond affirmerait hautement qu'il croyait à l'innocence de Michel. Puisque cette accusation ne tombe pas d'elle-même, Michel sera jugé... Mais il sortira la tête haute du tribunal.

— Ma vieille amie, permettez-moi de vous dire que rien n'est moins certain... Si vous saviez avec quelle logique ces gens prouvent que Michel est coupable !.. Mais enfin, j'espère comme vous qu'il nous sera rendu. Et après... vous croyez qu'il épousera Suzanne ?

— Sans doute.

— Alors, expliquez-moi ce que ce Vérénine venait faire au Palais ?

La veuve fixa des yeux étonnés sur Bernier, qui continuait :

— Autrefois, je n'ai pas su voir l'avenir ; aujourd'hui, je le vois trop.

— Expliquez-vous, je vous en prie.

— Oh ! ce n'est que trop clair ! Suzanne... est chez cette femme, n'est-ce pas ?

— Oui ; mais, maintenant, elle a une opinion meilleure d'elle ; la comtesse défend Michel avec ardeur, ainsi que ce nouveau venu, son frère...

— Le prince Vérénine ? Je vous ai dit qu'il était au Palais en même temps que moi. On a fait passer sa carte au juge, qui m'avait déjà reçu ; on l'a fait entrer. Et savez-vous ce qu'il a demandé ?

— Quoi donc ?

— Que Michel fût mis en liberté sous caution, qu'il paierait la somme que l'on exigerait...

— Mais, c'est bien, cela !

— C'est une infamie ! c'est une trahison ! S'il a demandé cela, c'est parce qu'il savait bien qu'on ne le lui accorderait pas. Oh ! je lis dans leur jeu comme s'ils me l'avaient expliqué eux-mêmes.

— Vous me faites trembler, Bernier.

— Nous savons, malheureusement trop, le peu de confiance qu'on peut avoir en M. de Saint-Ermond ; nous ne savons que trop qu'il ne vit que pour cette étrangère, pour cette comtesse qui vient... on ne sait d'où, et qui m'a toujours fait, à moi, l'effet d'une coquine. Et j'ai deviné, depuis longtemps, que le patron n'attendait que d'avoir marié sa fille pour se marier lui-même avec cette gueuse ! Seulement, il faut un mari à qui cette belle-mère convienne. Et alors, on a fait venir ce monsieur de Russie... ou d'autre part. N'importe ! Nous ne l'avons vu qu'avant-hier, mais il est à Paris depuis plusieurs mois à mijoter sa petite affaire. Et, si Michel a été envoyé si loin, c'est que, tout simplement, on voulait l'éloigner. Et, à la façon dont le patron l'a accueilli, je crois qu'il est revenu à Saint-Denis plus tôt qu'on ne l'attendait. Donc, tout ce que feront cette comtesse, son frère et M. de Saint-Ermond, ne peut cacher qu'une trahison.

— Voudriez-vous qu'ils l'accusent ?

— Non ; mais pourquoi tout ce zèle ? Pourquoi laisse-t-on Suzanne venir chez vous ? Pourquoi ce prince russe, qui ne connaît pas Michel, le défend-il si ardemment ?... D'abord, c'est qu'ils espèrent bien que Michel sera condamné, et alors ils auront tout le beau rôle. Si Michel est acquitté, ils n'en auront pas moins le beau rôle, et le patron n'en refusera pas moins son consentement au mariage de sa fille avec Michel, pour toutes sortes de bonnes raisons, qui seront plus mauvaises les unes que les autres... Suzanne, j'en suis certain, restera fidèle à Michel ; mais l'existence de ces deux enfants sera empoisonnée par une brouille de famille. Et Michel, qui méritait de n'avoir aucun chagrin dans sa vie, Michel sera malheureux !... Voilà pourquoi je suis furieux contre moi-même !

Mme Thomerain écoutait avec terreur ; elle comprenait toute la justesse des raisonnements de son vieil ami et ne trouvait rien à dire pour les attaquer.

— Mon Dieu ! murmura-t-elle, c'est que tout cela semble probable en effet...

— Ah ! je ne demanderais qu'à m'être trompé, déclara Bernier, mais je connais trop mon patron. Je n'ai jamais rien dit, parce que cela ne me regardait pas... C'est un abominable égoïste ! Il a fait souffrir sa femme ! Il fera souffrir sa fille... Et nous, nous qui lui étions si dévoués, nous souffrons à cause de lui, nous souffrons parce qu'il a dédaigné notre Michel, qui vaut cent fois mieux que lui !

Il y eut un long silence. La veuve pleurait toujours, mais avec une sorte de résignation qui lui venait peu à peu. Elle entrevoyait un avenir si cruel qu'elle se disait déjà qu'il lui faudrait un grand courage pour le supporter. Elle eut cependant une révolte sourde.

— Mais qu'avons-nous fait pour que le malheur tombe ainsi sur nous ? Avons-nous jamais accompli quelque chose de mal ?

— Qui sait ? murmura gravement Bernier.

Il vint s'asseoir auprès de la veuve et lui prit la main tandis qu'elle demandait avec anxiété :

— Ah ça ! que voulez-vous dire ?

— Nous venons de parler de choses passées et je vous ai dit que j'éprouvais le plus violent remords de n'avoir pas forcé Michel à suivre sa carrière ; mais là j'avais une noble excuse, et je ne pouvais prévoir ce qui arriverait. Tandis qu'il y a trois mois, nous avons fait, légèrement, quelque chose de bien mal... Et c'est peut-être notre punition...

La veuve tressaillit et prononça :

— C'est vrai... je comprends...

Bernier reprit lentement :

— Il y a trois mois, rappelez-vous... J'étais venu vous voir, à la sortie de la fabrique. Nous étions ici, dans cette même pièce attendant le courrier du soir, qui devait nous apporter des nouvelles de Michel... Vous souvenez-vous ?... Il n'envoya qu'une petite lettre, quelques lignes désolées, pour nous demander si les journaux avaient bien dit la vérité au sujet de l'affaire de la rue de la Paix ; et, à sa lettre, il joignait un journal...

La veuve se leva automatiquement, alla dans sa chambre et revint aussitôt, portant une boîte.

— Voici la correspondance de Michel, dit-elle.

Elle ouvrit la boîte, chercha, puis tendit une enveloppe à Bernier.

— Voici cette lettre.

Le contremaître l'ouvrit et la lut à haute voix.

« Ma chère et bonne mère,

« Je viens de lire tous les journaux de France qui arrivent en Suède ; tous parlent de cette affaire de la rue de la Paix. Tu dois comprendre à quel point cela m'a bouleversé. Vite, vite, une dépêche, pour me dire que c'est faux, qu'il ne peut y avoir là qu'une erreur imbécile...

« Bonjour à Bernier, à toi mes meilleures caresses.

« Ton Michel. »

— Et voici bien l'extrait du journal, dit Bernier, qui continua de lire à haute voix :

« Le vol de la rue de la Paix »

« Nous avons déjà souvent entretenu nos lecteurs des vols audacieux commis dans les magasins de bijouterie par des clients inconnus, qui se font montrer tous les articles en magasin et profitent du premier moment où l'employé a le dos tourné, pour s'emparer des objets de valeur qui sont sous leurs mains.

« Plusieurs magasins du Palais-Royal et de la rue de la Paix ont déjà été victimes de ce genre de vol ; et c'est sans doute ce qui a donné à M. Martin Pélissier, gérant du beau magasin de M. Nadaud, l'idée de dérober à son patron une magnifique rivière de diamants.

« Nous n'avons pas voulu parler hier de cette affaire parce que l'inculpé protestait avec énergie de son innocence. Malheureusement, l'instruction immédiate, à laquelle on a procédé hier, ne peut laisser de doute à ce sujet.

« Voici, d'ailleurs, les faits dans toute leur simplicité.

« M. Nadaud, qui possède depuis longtemps un des premiers magasins de bijouterie du Palais-Royal, a fondé, il y a quelques années, un nouveau magasin rue de la Paix. Voulant conserver la direction de son magasin du Palais-Royal, il a donné la gérance de son nouveau magasin à celui de ses employés dans lequel il avait le plus grande confiance : Martin Pélissier.

« La gérance de Martin Pélissier produisant les meilleurs résultats, son patron cessa peu à peu de s'occuper de son magasin de la rue de la Paix.

« Il se contentait d'y passer, de temps en temps, le soir, pour s'informer, d'une façon générale, de la marche des affaires.

« Ajoutons que Pélissier vivait très simplement, dans un petit logement situé au cinquième étage de la maison où est le magasin de bijouterie.

« Le dimanche, il allait chez ses parents, petits rentiers, qui habitent Saint-Ouen.

« Il y a quelques mois, son patron reçut la visite de Mme Pélissier, qui venait le supplier d'user de son autorité sur son fils pour le faire renoncer à un projet de mariage, qu'il leur avait annoncé et auquel ils étaient opposés : il s'agissait d'une jeune fille, orpheline, qui occupe une petite situation dans une usine de la plaine Saint-Denis. M. Nadaud en parla à son employé, qui lui répondit brusquement qu'il n'avait besoin d'aucun conseil à cet égard. Et il n'en fut plus question entre eux.

« Avant-hier, M. Nadaud en arrivant rue de la Paix, contemple avec joie la devanture de son magasin, puis entre joyeusement, en s'écriant :

« — Eh bien, Pélissier, en voilà une bonne journée ?

« — En effet, monsieur, répond l'employé.

« Et Pélissier s'essuie le front.

« — Nous avons beau être en hiver, dit-il, je transpire. Tout l'après-midi j'ai eu du monde.

« — Alors, vous êtes content ?

« — Oh ! oui, monsieur.

« L'employé prend son livre de caisse et additionne :

« — Vingt-deux mille francs de vente.

« Le patron fait un bond.

« — Vous dites ?

« — Je dis... vingt-deux mille francs.

« — Ah çà, plaisantez-vous ?

« — Et pourquoi cela ?

« — Quel prix avez-vous donc vendu notre belle rivière de diamants ?

« — Notre... belle rivière ?

« — Oui. Celle de quatre-vingt mille francs !

« — Mais, je ne l'ai pas vendue, monsieur.

« — Alors... où est-elle ?

« — A... à la devanture.

« — Vous vous trompez... Elle n'y est plus.

« Martin Pélissier se trouble. Il court à la devanture, pousse un cri et s'évanouit.

« M. Nadaud appelle deux sergents de ville ; on soigne l'employé, qui bientôt revient à lui, et on l'interroge. Il donne alors la liste des bijoux qu'il a vendus, le nom des clients ; personne, affirme-t-il, ne lui a demandé à voir la rivière.

« — Ainsi, vous connaissez tous les clients qui sont venus ? lui demande-t-on.

« — Excepté un, qui a acheté et payé comptant un bracelet de mille francs.

« — A quelle heure ?

« — Mais... je ne sais pas exactement... Il n'y a pas longtemps.

« Il balbutie des mots incompréhensibles, il est clair qu'il perd la tête. Enfin, il prononce :

« — C'est... c'est que... on nous aura volés...

« Un des gardiens de la paix va prévenir le commissaire de police du quartier qui, à son tour, interroge le gérant et, malgré ses protestations, l'envoie au Dépôt, sous inculpation du vol de la rivière de diamants. Nous ne pouvons donner aujourd'hui de plus longs détails : contentons-nous de dire qu'après une première instruction, l'arrestation de Martin Pélissier a été maintenue. »

Bernier s'arrêta un peu ; ensuite il dit :

— Vous souvenez-vous, ma vieille amie, de la dépêche que j'adressai à Michel ?

— Hélas !

— Vous n'ignorez pas que ce Martin Pélissier était son meilleur ami de collège ?

La veuve secoua la tête.

— Son meilleur... son seul ami d'enfance ! dit-elle.

— Et que nous eûmes la cruauté de lui télégraphier : « Tout est malheureusement vrai ! »

— Mais lui... était coupable ! s'écria la veuve.

— Qui sait ? murmura Bernier. Depuis le moment où Michel nous a été enlevé, pense-t-on autant à son ami Martin Pélissier. Comme Michel, Martin a déclaré qu'il était innocent, et personne n'a voulu le croire... pas même nous, qui, jusque-là, l'avions toujours aimé et estimé...

— Ses parents eux-mêmes ne l'ont-ils pas abandonné dès le premier jour ?

— C'est que ses parents sont de vieux égoïstes ! Est-ce que nous, nous abandonnons Michel ?

Mme Thomerain se prit la tête entre les mains et balbutia :

— C'est vrai... Il a toujours déclaré qu'il était innocent... Pauvre garçon !... Si lui non plus n'était pas coupable ? Et il reste seul... personne ne songe à améliorer son sort...

— Si : quelqu'un lui est resté fidèle, déclara Bernier, cette pauvre fille qui l'aimait et qui n'a pas cessé de l'aimer !

— Celle qu'on a accusée d'être sa complice ?

— Encore quelque mauvaise invention ! Et, tout à l'heure, j'ai éprouvé une des plus rudes émotions de ma vie... J'étais dans ce grand couloir des juges d'instruction, à attendre... J'aperçois une femme, en noir, bien simple, ne regardant personne. Elle m'aperçoit aussi ; mais elle baisse les yeux, comme si elle avait peur de me gêner... C'était elle...

— Juliette Morand ?

— Oui... Quand je pense que c'est à cause de cette histoire qu'on l'a renvoyée de la fabrique !... J'ai hésité, je n'osais pas l'aborder... Enfin, je l'ai saluée, tout de même ; mais j'avais honte. Je lui ai demandé : « On vous a appelée ici ! » Elle m'a répondu, en tremblant : « Non ; mais je viens pour qu'on me donne la permission de le voir. » Je n'ai su que lui répliquer ; je lui ai serré la main... Et... et ç'a été tout...

Bernier se tut ; il essuya deux larmes qui coulaient sur ses joues.

La veuve eut un moment d'égoïsme maternel :

— C'est que, dit-elle, on va reprocher à Michel d'avoir été l'ami de ce voleur ?

— Est-il plus coupable que Michel ? murmura Bernier.

La veuve se leva encore et alla chercher un paquet de journaux en disant :

— Mais voyons... voyons... il me semble qu'il était réellement bien coupable...

Elle parcourut plusieurs journaux anciens ; et, quand elle eut trouvé ce qu'elle désirait, elle lut attentivement :

« Le vol des <...> ts »

« Malgré les dénégations formelles de Martin Pélissier, la justice a terminé l'instruction de cette mystérieuse affaire. Et l'accusé passera prochainement en cour d'assises. La mère de Martin Pélissier a eu une dernière entrevue avec son fils, dans laquelle elle l'a supplié d'avouer la vérité ; mais il s'est emporté avec indignation et a même déclaré à sa mère que si elle devait encore lui parler ainsi, elle ferait bien mieux de ne plus venir le voir. Depuis ce moment, Mme Pélissier ne s'est plus présentée à la prison. Quant au père, il a interdit qu'on parlât, devant lui, de ce fils qui déshonore sa vieillesse.

« Il a été impossible de retrouver un seul des diamants, soit chez Martin Pélissier, soit chez sa maitresse : Juliette Morand. On croit toujours que c'est elle qui a dû lui servir de complice, et qu'elle sait où les diamants ont été cachés ; mais on n'a pu relever aucune preuve contre elle. On croit aussi que c'est pour pouvoir épouser sa maîtresse que Martin Pélissier a commis ce vol. En effet, ses parents s'opposant à ce mariage de la manière la plus absolue, il aura voulu pouvoir s'établir sans recourir à eux. Cette hypothèse, que le juge d'instruction a développée devant l'accusé, n'a provoqué, de sa part, qu'un immense éclat de rire.

« Martin Pélissier continue d'ailleurs à se moquer de la justice ; il a surmonté complètement son abattement des premiers jours et est fort gai. Il est persuadé que, puisqu'on n'a aucune preuve contre lui, on sera forcé de l'acquitter. Son système de défense consiste à dire que la rivière de diamants a dû être volée par l'inconnu qui a acheté le bracelet de mille francs. La justice pourra heureusement lui prouver le contraire, car la rivière de diamants a été vue, à la devanture, après l'heure à laquelle Martin Pélissier prétend que ce fameux inconnu est venu.

« Sa maîtresse Juliette Morand a été chassée de la fabrique de Saint-Denis, où elle occupait un petit emploi dans la comptabilité. Elle a demandé, plusieurs fois, la permission de voir son amant, permission qui lui a toujours été refusée, comme on peut bien le penser. Il est évident qu'elle cherche à avoir quelque communication secrète avec le prisonnier ; elle lui envoie, presque chaque jour, du linge ou tout autre objet dont il peut avoir besoin ; et on ne les transmet, naturellement, à l'accusé qu'après les avoir soigneusement examinés. Jusqu'à présent, on n'a rien découvert de suspect. »

La veuve posa le journal et dit :

— C'est vrai, tout cela, c'est des accusations, rien que des accusations... mais il n'y a pas une preuve... pas une... Et tout ce que dit Martin pour sa justification, on ne le croit pas. C'est exactement comme pour Michel.

Elle se leva, mit un châle et un chapeau.

— Venez ! dit-elle impérativement, à Bernier.

— Et où allons-nous ?

— Vous ne le devinez donc pas ? dit la veuve d'une voix grave.

— Si ! je devine, s'écria Bernier. Et j'en suis bien heureux, car j'avais eu la même pensée.

— Pauvre Juliette ! murmura tendrement Mme Thomerain. A-t-elle dû souffrir !...

Juliette Morand, à cette même heure, remontait lourdement les six étages qui menaient à sa chambrette ; et elle avait des sanglots convulsifs qui la forçaient de s'arrêter à chaque étage.

Elle était encore écrasée par le refus brutal du juge d'instruction.

« Non, mademoiselle, non, je ne vous donnerai pas la permission de le voir... Vous n'y avez aucun droit, d'ailleurs ! C'est bien assez qu'on vous permette de lui écrire. »

Elle était sortie, en pleurant, de ce grand cabinet où, peu de jours auparavant, on l'avait menacée de l'arrêter elle-même, si elle ne disait pas ce qu'elle savait...

Ce qu'elle savait ? Pauvre fille ! Elle savait qu'elle était orpheline, qu'on l'avait élevée par charité, qu'elle avait courageusement travaillé toute sa jeunesse, qu'elle avait remporté régulièrement les premières récompenses, et qu'à seize ans, on l'avait prise comme caissière dans un magasin du boulevard de La Chapelle. C'est là que Bernier, qui jadis avait connu ses parents, était venu la chercher pour lui donner un emploi dans l'usine de M. de Saint-Ermond ; elle y travaillait dans un petit bureau, un kiosque isolé au milieu de l'usine ; elle écrivait les entrées des bois bruts et la sortie des bois après qu'ils avaient été découpés. Elle avait eu là une

existence douce et heureuse, bien traitée par Bernier, protégée par Suzanne.

Elle n'avait éprouvé un premier trouble, dans cette existence tranquille, que lorsque Martin Pélissier était venu rendre visite à son ami Michel. Elle avait vu Martin chez Bernier, chez Mme Thomerain, à l'usine. Martin était venu très souvent. On l'aimait partout, non seulement parce qu'il était bon, mais parce qu'il apportait avec lui l'entrain et la gaieté.

Et ils s'étaient aimés, ne pensant pas que rien pût enrayer leur bonheur.

Et, quand les parents de Martin avaient refusé leur consentement au mariage de leur fils, elle l'avait vu si malheureux, si triste, qu'elle s'était donnée, bien simplement, à lui, pour le consoler.

Et alors, tout à coup, avait éclaté cette affreuse catastrophe.

Martin avait été jeté en prison, accusé de vol.

Seule, elle avait défendu celui qu'elle aimait ; seule, elle ne l'avait pas abandonné.

Et lorsqu'on lui avait demandé pourquoi elle se conduisait ainsi, elle avait répondu fièrement :

— C'est que je lui appartiens !

Bernier, Mme Thomerain, Suzanne même, croyant tous à la culpabilité de Martin Pélissier, avaient essayé de la ramener à d'autres sentiments. Elle n'avait jamais cessé de le soutenir ; et, comme on l'avait placée entre l'alternative de rompre définitivement avec l'accusé ou de quitter la fabrique, elle était partie sans hésiter.

Dans tout le quartier, on la connaissait bien. On se la montrait du doigt, quand elle montait, à onze heures, dans le tramway de La-Chapelle-Collège-de-France, qui la menait devant le Palais de Justice.

Le conducteur, qui était aussi du quartier, la regardait avec mépris.

Et quand elle descendait au boulevard du Palais, il disait aux voyageurs :

— C'est Juliette Morand, la bonne amie de ce voleur de Martin Pélissier.

Quelquefois, des gamins dans la rue l'insultaient.

Sa concierge affectait de détourner la tête lorsqu'elle rentrait.

Les fournisseurs la servaient mal. Plusieurs disaient même :

— Qui sait d'où vient l'argent avec lequel elle nous paie ?

Et ils en profitaient pour lui vendre plus cher.

Juliette ne faisait que bien peu d'attention à tous ces détails.

Toute sa pensée se concentrait sur Martin, qui devait souffrir, et dont elle ne pouvait soulager que bien faiblement la souffrance. Elle en oubliait presque la déchirure qu'elle avait éprouvée, quand elle avait quitté la fabrique, quand elle s'était vue repoussée par le vieux Bernier, qu'elle considérait presque comme un parent, par Mme Thomerain, par Suzanne. Suzanne avait été la plus douce pour elle ; elle lui avait écrit en lui envoyant un secours.

Juliette l'avait remerciée de sa lettre, mais lui avait retourné fièrement le secours :

« J'ai encore quelques économies, mademoiselle. Quand elles seront mangées, j'espère que je retrouverai du travail. »

C'était sur ses économies qu'elle vivait, dépensant bien peu de chose, économisant sur tout encore pour pouvoir envoyer « des douceurs » à son cher prisonnier. Le malheur s'était si lourdement appesanti sur elle qu'elle songeait déjà à la possibilité d'une condamnation. Sa décision était prise. Si Martin était condamné, elle irait vivre là où on l'enverrait ; et elle travaillerait près de lui, pour lui...

Elle arriva enfin au sixième étage et pénétra dans cette chère petite chambre, où elle avait eu la tristesse d'aimer Martin Pélissier.

...fenêtre, venait une bonne odeur de printemps.
...regarda dans le lointain et aperçut la large avenue
...Paris, le pont du chemin de fer, et, un peu plus
...loin, les ruines de la scierie mécanique.
Elle n'eut même pas une pensée méchante.
— Pauvres gens ! murmura-t-elle. Les voilà aussi
malheureux que moi !
Puis, elle se retourna, tout étonnée. Qui donc frappait à sa porte ?
Elle ouvrit et poussa un grand cri en voyant Bernier
et Mme Thomerain.
— Ma pauvre enfant, dit simplement la veuve, nous
venons pleurer avec vous !

X

AUDIENCE GAIE

Quand le président donna l'ordre d'introduire l'accusé, il y eut un grand mouvement de curiosité dans la foule élégante qui remplissait la cour d'assises.

Les journaux avaient raconté que plus de trois mille personnes avaient demandé l'autorisation d'assister au procès de Martin Pélissier ; on savait que l'accusé se défendrait avec énergie, on s'attendait même à des incidents d'audience. Et, comme toutes les jolies femmes de Paris connaissaient le beau magasin de bijouterie de la rue de la Paix, comme toutes s'étaient souvent arrêtées devant la fameuse rivière de diamants, toutes voulaient se trouver là pour voir condamner l'homme qui avait volé cette rivière. Plusieurs même connaissaient très bien le jeune bijoutier et déclaraient hautement qu'on ne l'aurait jamais cru capable d'une chose pareille.

Il était si charmant, si aimable !... Quelle désillusion !...

Et il avait une façon si galante d'accrocher les diamants aux oreilles, et une manière si gaie de prouver aux maris que dix mille francs de bijoux sont une somme insignifiante !

Puis, on était très intrigué par cette jeune fille, cette Juliette Morand, qui lui était restée fidèle, alors que toute sa famille l'abandonnait... On la disait si jolie !...

Martin Pélissier entra fort tranquillement dans la grande salle ; et il n'y eut qu'un cri :

— Il n'est pas changé.

Tout au plus si on le trouvait un peu engraissé et la figure pâle.

C'était un homme de taille moyenne, très bien pris, avec une large poitrine, des membres solides se terminant par de jolis pieds et des mains très fines et très blanches. Son visage était blanc et rose, avec une bouche souriant, des yeux bleus, larges, bien ouverts ; ses cheveux étaient roux et sa barbe un peu plus claire.

Il salua gravement la cour et le jury ; puis se retourna pour regarder l'auditoire.

Il aperçut beaucoup de visages de connaissance et audacieusement tous ceux qui le regardaient ; et, comme plusieurs se détournaient, il murmura :

— Tas d'imbéciles !

On le mena alors à la barre, et son interrogatoire commença.

— Vos noms, prénoms et qualités ?

— Jean-Louis-Martin Pélissier... prisonnier.

— Vous dites ?

— Je dis : Jean-Louis...

— Bon, bon. Votre qualité... votre emploi, si vous aimez mieux ?

— J'ai bien dit, monsieur le président, répliqua Martin avec le plus grand sérieux : prisonnier, ou, si vous préférez, rentier... logé aux frais du gouvernement.

Un énorme éclat de rire retentit, et le président lui même eut toutes les peines du monde à garder son sérieux.

Cependant, il eut l'air de s'emporter, fronça les sourcils et déclara :

— Accusé, vous n'avez cessé, pendant toute l'instruction, de vous moquer de la justice ; je vous préviens que, si vous continuez ici, je serai forcé de vous appliquer sévèrement la loi.

— Faites, monsieur le président, on vous donnera le premier prix d'application ; mais vous me permettrez de vous dire que la justice aurait mieux fait de ne pas commencer par se moquer de moi.

— Accusé !...

— Monsieur le président, continua Martin Pélissier, sans se troubler, j'ignore ce qui a pu se passer dans Paris depuis qu'on m'a fourré à Mazas, car vous avez eu l'aimable attention de m'y donner un logement où les bruits du dehors avaient bien de la peine à parvenir, j'ignore donc ce qui a pu se passer depuis trois mois... Mais je puis vous affirmer, au cas où vous l'ignoreriez, qu'à cette époque, on comptait déjà une bonne douzaine de crimes impunis. La police ferait donc bien mieux de rechercher les auteurs de ces crimes que de s'acharner sur un innocent. Maintenant, continuez vos petites formalités, je sais qu'il faut les subir, et je tâcherai de les subir sans vous causer trop d'ennui. — Je m'appelle Jean-Louis-Martin Pélissier, j'ai trente ans, et lorsqu'on m'a arrêté, j'étais gérant du magasin de bijouterie de M. Nadaud... encore un à qui je ne cacherai pas tout à l'heure ma façon de penser.

— Répondez simplement à mes questions, cela vaudra mieux pour vous. — Vous avez fait de bonnes études au lycée Henri IV ; dans toutes vos classes, vous partagiez les récompenses avec un de vos camarades, Michel Thomerain, qui est resté votre meilleur ami...

— Oui, monsieur le président ; et je vous avoue que je suis étonné de ne pas le voir ici, car ce n'est pas lui qui ajouterait la moindre foi à votre accusation... Sans doute, il n'a pas encore terminé son voyage...

Ces paroles produisirent une grande sensation dans tout l'auditoire, où tout le monde, sauf Martin Pélissier, savait que Michel Thomerain serait jugé peu de temps après.

Le président pensa qu'en lui apprenant la vérité, il accablerait l'accusé d'aujourd'hui.

— Si votre ami Thomerain n'est pas ici, c'est que lui aussi a commis un crime, un crime plus épouvantable que le vôtre. Votre ami Thomerain est en prison. Voilà l'homme dont vous aviez fait votre meilleur ami !

— Lui !... Michel !... s'écria le bijoutier en bondissant. Lui, avoir fait quelque chose de mal ! Mais ce n'est pas vrai !... Je le jure ! Ceux qui l'ont dit ont menti ! Et de quoi ose-t-on l'accuser ?... De quoi ?...

— Taisez-vous !

— Non, je ne me tairai pas. Accuser Michel, l'homme le plus droit, le plus loyal qui soit au monde ! Et de quoi enfin ?

— Assez, là-dessus ! En ce moment il ne s'agit que de vous.

« Pendant vos études, vous aviez manifesté de grandes dispositions pour le dessin d'ornement ; un ami commun vous fit entrer à vingt ans dans la maison de M. Nadaud au Palais-Royal, où vous avez commencé par dessiner les projets de bijoux. Vous avez acquis, ainsi, assez rapidement, une grande connaissance des pierres précieuses. Et, peu à peu, vous êtes devenu le premier employé de M. Nadaud.

Le président continua de raconter la vie de l'accusé, mais celui-ci ne l'écoutait pas.

On vit qu'il pleurait : il ne songeait plus qu'à son cher ami, à Suzanne, à tous ceux que l'arrestation de Michel avait dû rendre si malheureux... Il ne savait rien de tout cela ; dans les rares lettres que Juliette avait pu lui envoyer, on avait interdit à la jeune fille de parler des événements du dehors. Juliette avait même eu la générosité de ne pas lui dire qu'on l'avait chassée

fabrique ; et, dans la dernière lettre qu'elle lui
a adressée, elle lui annonçait que le vieux Bernier
et Mme Thomerain venaient la voir tous les jours et
pleurer avec elle.

Il fallut qu'on le secouât pour qu'il regardât le président, qui était arrivé au récit du vol.

— Nous voici arrivés à la journée où la rivière de
diamants a disparu.

Martin eut l'air de s'éveiller.

— Ah !... oui... on me juge... Si vous croyez que je
pensais à cela !

Mais son moment d'abattement était vite passé ; il
reprenait son énergie, se disant qu'il fallait qu'on l'ac-
quittât, pour qu'il pût aller défendre son cher Michel,
quelle que fût l'accusation qui pesait sur lui.

— Ce jour-là, quand votre patron est arrivé rue de la
Paix, il a constaté que la rivière de diamants n'était
plus à la devanture ; il vous a demandé votre livre de
caisse et a constaté que vous aviez vendu pour vingt
mille francs de bijoux, alors que la rivière seule en
valait quatre-vingt mille. Dès ce moment, vous vous
êtes troublé, vous vous êtes même évanoui... ou plutôt,
vous avez fait semblant, pour vous donner le temps de
réfléchir.

« Vous avez parlé d'un inconnu, que vous avez
accusé du vol. Et, bien entendu, cet inconnu n'a jamais
été retrouvé... pas plus que les diamants. Eh bien, le
moment est venu pour vous d'avouer. Dites-nous où ces
diamants ont été cachés ; votre patron, en reconnaissance des services que vous lui avez rendus autrefois,
retirera la plainte qu'il a portée contre vous, et le jury
se montrera indulgent ; il se souviendra de vos antécédents, il songera à vos parents, dont vous déshonorez
la vieillesse...

« Avouez-nous aussi que c'est une passion fâ-
cheuse qui vous a poussé à commettre ce vol. Vous
vouliez vous marier avec Juliette Morand, vos parents
étaient opposés à ce mariage ; cet argent vous aurait
permis de vous établir ; vous pensiez vous débarrasser
facilement des diamants, une fois que les soupçons se
seraient égarés sur cet inconnu... Une dernière fois,
Pélissier, voulez-vous avouer ?

— Une dernière fois, monsieur le président, je répé-
terai ce que j'ai déjà dit. J'ai donné les noms des personnes qui étaient venues dans la journée ; aucune
d'elles n'a demandé à voir la rivière de diamants. —
Vers six heures du soir, j'étais seul dans le magasin ;
j'avais envoyé le garçon porter des lettres à la poste,
et mon commis était allé livrer des bijoux dans trois
maisons...

— Où il devait rester longtemps, ce qui prouve que
vous saviez bien que vous demeureriez seul ; il vous
suffisait, pour cela, d'envoyer votre garçon à la poste,
ce que vous avez fait. Continuez.

— C'est alors que l'inconnu, à l'existence duquel vous
refusez de croire, est entré ; je me le rappelle fort bien ;
un gros homme, à mine commune, sans doute un
étranger, quoiqu'il parlât fort bien le français. Il m'a
demandé d'abord des bagues, puis des montres ; c'était,
disait-il, pour offrir à une femme. Rien ne lui convenait.
Enfin, il m'a demandé, en me montrant des tiroirs
placés dans le bas du comptoir :

— Et là, qu'avez-vous ?

— Des bracelets.

— Montrez-les-moi ?

« J'ai dû me baisser ; et c'est à ce moment-là qu'il
aura pu étendre le bras et enlever la rivière de la devanture.

« Quand je me suis relevé, il était toujours à la
même place ; il a enfin choisi un bracelet, l'a payé et
est parti très vite. Comme la devanture est en plan
incliné, je ne pouvais la voir sans la regarder exprès.
Presque aussitôt, et avant même que j'eusse rangé le
tiroir des bracelets, un nouveau client est entré dans
le magasin.

— Fort bien, dit le président avec un sourire malin.
Et ce client était ?...

— Le prince Vérénine.

— Vous connaissez le prince Vérénine ?

— Je le connaissais depuis son arrivée à Paris ; il
était déjà venu à diverses reprises, et avait toujours
acheté de beaux bijoux. En outre, il est le frère de la
comtesse Carenitch, qui a toujours été une des bonnes
clientes de la maison.

— Autrement dit, vous avez la plus grande confiance
dans la parole du prince ?

— Mais... naturellement... autant de confiance, du
moins, qu'on peut en avoir dans un client qui achète
depuis longtemps et qui paie bien.

— C'est ce que je voulais vous faire dire... Ainsi
donc, vous prétendez qu'au moment même où le prince
est entré dans le magasin, la rivière avait déjà été
enlevée de la devanture ?

— Sans doute, monsieur le président.

— C'est bien. Asseyez-vous.

Puis le président ordonna :

— Faites venir le prince Vérénine.

Le prince russe entra en lançant de petits saluts à
plusieurs élégantes, puis s'inclina devant le président,
qui, après lui avoir fait prêter serment et lui avoir
posé les questions d'usage, lui demanda :

— Vous connaissiez l'accusé ?

— Lorsque je suis arrivé à Paris, monsieur le président, j'ai demandé à ma sœur de m'indiquer un bijoutier en qui je pusse avoir confiance. J'avais besoin
de plusieurs bijoux. Ma sœur m'indiqua le magasin
de la rue de la Paix, en me disant qu'il était dirigé par
un charmant jeune homme, dont elle n'avait jamais eu
qu'à se louer. J'allai rue de la Paix et fis la connaissance de M. Pélissier, qui eut la bonté de dessiner
plusieurs modèles pour moi. Je le trouvai toujours très
honnête, très raisonnable ; aussi, je ne puis croire qu'il
soit coupable du vol dont on l'accuse !

— Vous aviez remarqué, n'est-ce pas, la belle rivière
qui se trouvait à la devanture ?

— Oui, monsieur le président.

Martin Pélissier, qui voyait bien où voulait en venir
le président, eut un cri d'impatience :

— Prince, souvenez-vous !... N'est-ce pas que, la
dernière fois que vous êtes venu, la rivière n'était plus
à sa place habituelle ?

Le prince se retourna vers l'accusé.

— Mais si, monsieur Pélissier, je me souviens, au
contraire, que la rivière y était encore... Je l'ai remarquée, au milieu de la devanture... Et même, en rentrant
chez ma sœur, je lui en ai parlé...

Le président eut un geste de triomphe :

— Vous voyez bien, Pélissier, vous n'avez plus qu'à
avouer ! Toutes les preuves sont contre vous.

La déclaration de Vérénine avait abasourdi Martin
Pélissier. L'accusé prononça encore :

— Rappelez-vous bien prince... La parure ne devait
plus être là... C'est impossible...

— Je vous l'assure, monsieur Pélissier, déclara le
prince avec beaucoup de gravité. J'ai juré de dire la
vérité, et je la dis. Je suis, d'ailleurs, absolument persuadé que vous sortirez indemne de ce tribunal. Et
personne n'en sera plus heureux que moi, je vous en
donne ma parole.

Le président remercia le prince et ordonna de faire
entrer la comtesse Carenitch.

La déposition de la comtesse ne fit que corroborer celle
de son frère.

— Je me rappelle très exactement, dit-elle, que mon frère
était allé me chercher un bijou rue de la Paix, et qu'en
rentrant il me dit :

« — J'ai vu une bien belle parure de diamants chez
ton bijoutier.

« Je m'empresse d'ajouter que, selon moi, il est impossible que M. Pélissier soit coupable : c'est un très honnête garçon ; et, certainement, il doit être victime d'une
erreur.

Quand la comtesse se fut retirée, le président dit à
Martin Pélissier d'une voix moqueuse :

— Les deux témoignages que vous venez d'entendre et
qui émanent de personnes qui ont encore la faiblesse de
vous estimer, contredisent donc absolument vos asser-
tions.

Donc, en admettant que votre inconnu existe ; en admettant que vous n'ayez pas fait disparaître vous-même le bracelet que vous prétendez avoir été acheté par lui, cet inconnu n'a pas enlevé la parure de diamants, puisqu'elle a été vue à la devanture du magasin après le moment où votre inconnu serait venu... Vous n'avez plus que la ressource de nous dire qu'il est venu plus tard.

— Non, non !... interrompit Martin avec colère, il est bien venu à l'heure que j'ai dite... Et, puisqu'il ne vient pas aujourd'hui déposer ici, c'est que c'est bien lui le coupable ! Voilà ! Vous souriez ?... vous ne me croyez pas ?... Soit ! Sourira bien qui sourira le dernier !

Le défilé des témoins continua.

Le premier qui vint fut M. Nadaud.

Il raconta la scène de la découverte du vol, telle que les journaux l'avaient donnée dès le début de l'affaire.

— Jusque-là, dit-il, je n'avais eu qu'à me louer de Martin Pélissier ; c'était le meilleur gérant que je pusse rêver, adroit, intelligent, très honnête. Je ne puis mettre sa dernière action que sur le compte d'un accès de folie. J'avais toujours eu la plus grande confiance en lui.

— Ainsi, s'écria Martin Pélissier, vous aviez assez de confiance en moi pour me donner la gérance d'un magasin qui, parfois, contenait près d'un million de marchandises ; et, quand on m'accuse d'un vol de quatre-vingt mille francs, quand j'affirme que je suis innocent, vous n'avez plus confiance en moi, vous ne me croyez pas ? La voilà votre confiance ! Vous aviez confiance en moi parce que je vous faisais gagner beaucoup d'argent !... Mais, depuis dix ans, j'aurais pu voler dix fois ce qu'on m'accuse d'avoir volé !

— Le malheureux ! murmura M. Nadaud, avec l'égoïsme insouciant d'un homme riche, arrivé et tranquille.

Après lui, vinrent une dizaine de personnes, qui, toutes, firent les dépositions les plus favorables sur les antécédents de l'accusé.

Enfin, on introduisit Juliette Morand.

Elle s'avança fièrement jusqu'à la barre. Là, elle se retourna et vit Martin. Sans hésiter, elle lui tendit les deux mains et balbutia :

— Ah ! pauvre ami !

— Merci ! merci ! prononça le jeune homme. Merci, ma chère Juliette !

Après les premières questions, le président lui dit brutalement :

— Vous étiez la maîtresse de l'accusé ?

— Ça, c'est trop ! hurla Martin avec un mouvement d'indignation. Vous n'avez pas le droit de demander cela à mademoiselle !

Le président allait répondre par quelque apostrophe virulente.

Il fut interrompu par la jeune fille qui disait :

— Pourquoi donc ? Croyez-vous que j'en rougisse, mon cher ami ? Oui, monsieur le président, je suis sa femme, puisque je l'aime de tout mon âme, que je suis toute à lui ! Maintenant, que voulez-vous de moi ?

— Mademoiselle, tâchez de vous calmer un peu. Vous êtes dans un état d'exaltation qui ne peut que nuire à l'homme que vous aimez... La justice, cependant, a fait preuve envers vous de la plus grande indulgence : étant données les relations intimes qui existent entre vous et l'accusé, on aurait eu le droit de vous considérer comme sa complice...

— Mais on l'a fait, monsieur, dit brusquement Juliette.

« On m'a accusée d'avoir ces diamants, que vous prétendez avoir été volés par lui... Et on ne m'a laissée en liberté que pour mieux me surveiller... On m'a espionnée... On me suivait partout, comme, partout, des êtres lâches m'insultaient... On pouvait bien m'insulter ! Je n'avais plus personne pour me défendre !... Ah ! j'ai eu le courage de souffrir sans me plaindre ; mais, aujourd'hui où tout le monde peut m'entendre, je proclame hautement qu'on s'est conduit vis-à-vis de moi d'une façon indigne... Oh ! je me souviendrai toujours de ces longues séances dans le cabinet du juge d'instruction... On voulait m'arracher des aveux... On me traitait ouvertement comme une voleuse, et on me disait que je serais épargnée, si je parlais... Même, une fois, on m'a promis une récompense, si je voulais accuser l'homme que j'aime, si je voulais dire la vérité... ce que vous appelez la vérité...

« Eh bien, la vérité, je le jure devant Dieu, je ne le de caché l'un pour l'autre ; c'est que, la veille, nous avions passé la soirée ensemble, et tous les deux, lui comme moi, nous ne pensions qu'à nous aimer, à fléchir ses parents... Mais voler, lui !... Et pourquoi ?... N'avions-nous pas assez pour être heureux ? N'avions-nous pas chacun notre position ?...

Elle cessa de regarder les membres de la cour, qui souriaient ironiquement ; elle se tourna vers les jurés.

— Ah ! je n'ai plus besoin de parler à ces hommes qui n'ont pas de cœur, qui ne savent que condamner... Je m'adresse à vous, qui êtes sans doute des pères de famille, qui me comprendrez... C'est vous qui pouvez me rendre celui que j'aime !... Je vous jure que Martin Pélissier est innocent !

Le président, impatienté, l'interrompit.

— C'est bien, mademoiselle. Retirez-vous !

Quand elle repassa devant le public, il y eut un murmure d'admiration. Son visage, tout à l'heure si pâle, s'était animé ; ses yeux noirs brillaient d'un éclat superbe ; ses beaux cheveux châtains s'échappaient en grosses boucles de son chapeau noir. Martin Pélissier la regarda s'éloigner avec attendrissement et murmura :

— Oh ! ma chère Juliette ! Comment te payer de tant d'amour !

La porte des témoins se referma sur elle. Pendant quelques instants, il y eut comme une houle sur tout l'auditoire. La déposition indignée de Juliette Morand avait bouleversé tout le monde, et on pensait déjà que la séance se terminerait par un verdict d'acquittement.

Mais, presque aussitôt, le président donna la parole au procureur de la République, qui se leva solennellement pour prononcer son réquisitoire. Il parla très longuement et dit de fort belles phrases, où il était question de vol et d'abus de confiance ; et il raconta le vol, de façon à noircir complètement l'accusé.

Il le représenta, d'ailleurs, comme un homme très dangereux, vivant dans la débauche, faisant rougir ses vieux parents, auxquels, par humanité, on avait épargné les hontes de la Cour d'assises.

Il parla de Juliette Morand comme d'une de ces perfides sirènes de la vie parisienne qui détournent les jeunes gens de leur devoir...

Pendant tout cet acte d'accusation, Martin Pélissier haussait continuellement les épaules. On l'entendit prononcer :

— Animal !... Imbécile !... Crétin !...

Et, lorsque le procureur parla de Juliette Morand, il lui cria :

— Vous insultez une femme, monsieur ! Vous êtes un lâche !

Le procureur termina en requérant une sévère application de la loi.

Ensuite, ce fut le tour de l'avocat, qui s'attacha naturellement à démontrer que tout ce que le procureur avait dit était absurde.

Ancien camarade d'études de Martin, il dépeignit sa jeunesse studieuse, sa vie de travail.

Il émut l'assistance en parlant des vieux parents, de l'adorable jeune fille qui avait été fidèle au malheur...

A ce moment, Martin l'interrompit à haute voix !

— Si tu t'imagines que la justice est capable de comprendre ces choses-là, toi !...

Cette interruption fit le plus déplorable effet ; le président déclara que cette conduite était intolérable. Cependant l'avocat termina sa plaidoirie en demandant hautement l'acquittement de l'accusé : Martin Pélissier lui avait formellement défendu de plaider les circonstances atténuantes.

Quand, au bout d'une heure, le verdict fut rapporté, il y eut un grand silence.

Reconnu coupable, avec circonstances atténuantes, l'accusé était condamné à huit ans de travaux forcés.

Martin écouta sans sourciller, puis il dit :

— Dormez tranquilles, mes bons messieurs, vous venez de faire une bêtise.

DEUXIÈME PARTIE

I

LES AUDIENCES SE SUIVENT ET NE SE RESSEMBLENT PAS

C'était, à peu de chose près, le même public que quelques jours auparavant. Tous ceux qui avaient vu condamner Martin Pélissier voulaient assister au procès de son ami, l'ingénieur Michel Thomerain.

Rien de nouveau n'était venu jeter la moindre lumière sur ce crime mystérieux. Michel avait continué de nier avec la plus vive énergie, et le juge d'instruction n'avait eu qu'à suivre le chemin tracé, dès le début de l'affaire, par le procureur de la République. On avait accumulé preuves sur preuves contre Michel ; et personne ne doutait de l'issue du procès. L'ingénieur serait sûrement condamné ; mais, avant d'arriver au verdict, on passerait par une série d'émotions tout à fait palpitantes ; aussi la foule des élégantes qui recherchent les émotions de la Cour d'assises était-elle plus compacte que jamais.

On se serait cru dans une salle de théâtre un soir de première représentation. On se saluait de loin ; on bavardait à haute voix. Et la bande des avocats était déchaînée comme une compagnie d'acteurs qui fait relâche.

On discutait encore le procès de Martin Pélissier. Les uns croyaient à son innocence et affirmaient que le vol avait dû être réellement commis par cet inconnu... puisqu'il ne s'était pas représenté ; les autres disaient que Martin était bel et bien coupable, que son inconnu était un pauvre produit de son imagination, qu'il avait eu l'adresse de mettre les diamants de côté, que sa maîtresse les vendrait à l'étranger et que, lorsqu'il aurait terminé son temps, il retrouverait là un bon petit capital, honnêtement économisé.

— C'est un adroit coquin, voilà tout !

Tous reconnaissaient d'ailleurs que sa tenue devant la cour avait été déplorable et blâmaient le président de n'avoir pas sévi contre un accusé aussi peu respectueux de la justice.

— La preuve qu'il est coupable, disaient ses adversaires, c'est que, depuis qu'on l'a ramené à Mazas, il est enchanté, se moque de tout le monde ; il est certainement ravi d'en être quitte à si bon marché.

Mais, lorsque la cour parut, on ne songea plus qu'à Michel Thomerain, qui allait être introduit. Ce qui avait contribué à donner à Michel l'allure d'un héros de roman, c'est qu'on savait que M. de Saint-Ermond avait demandé qu'on le mît en liberté sous caution ; le prince Yxenine avait proclamé partout que l'ingénieur était innocent et qu'on ne pourrait pas le condamner. Les journaux avaient parlé vaguement d'une intrigue d'amour qui était la cause de tout ; on n'ignorait pas que Mlle de Saint-Ermond était allée plusieurs fois chez la mère de Michel Thomerain. M. de Saint-Ermond avait même annoncé qu'il attendait que la mise en liberté de Michel pour lui confier la reconstruction de sa nouvelle usine.

Aussi toute l'opinion était-elle favorable à Michel, quoiqu'on sût parfaitement qu'il serait condamné, car tout le monde le croyait coupable.

Michel Thomerain parut ; et la sympathie qu'il inspirait s'augmenta encore.

Son visage, ravagé par la douleur, avait une expression sublime, ses yeux noirs brillaient étrangement ; au milieu de ses cheveux et de sa barbe, des poils avaient blanchi. Ses mains étaient amaigries et blanches, sa haute taille s'était un peu voûtée.

Toutes les conversations s'arrêtèrent. On était réellement saisi. Michel ne regarda personne, et il ne répon-

dit que par un signe au salut de son avocat, même qui avait défendu Martin Pélissier.

Ce fut au milieu d'un silence religieux que le président lui ordonna de se lever, et lui posa les premières questions. Michel répondit tranquillement, d'une voix un peu sèche que coupaient, de temps en temps, de longs frissons : il avait la fièvre.

Selon l'usage, le président raconta en détail la vie de l'accusé et appuya longuement sur les preuves nombreuses de dévouement qu'il avait données à tous ceux qu'il aimait. On aurait pu croire que le magistrat voulait préparer un acquittement.

On entendit même un avocat, qui se croyait très spirituel, dire :

— Est-ce qu'on va décerner un prix Montyon à l'accusé ?

Mais c'était tout simplement une habile opposition que le président avait préparée. Il changea tout à coup le ton de sa voix ; et, devenant sévère :

— Comment, après cela, avez-vous pu devenir criminel ?

Pour la première fois, Michel eut une révolte. Il fit un grand geste ; on crut qu'il allait parler. Puis il laissa retomber son bras, comme un homme résigné à tout entendre. Il murmura seulement :

— Continuez, monsieur. Je vous demande pardon si j'ai failli vous interrompre ; c'est que je ne suis pas habitué aux effets oratoires de la cour d'assises.

— Oh ! reprit le magistrat d'un ton dédaigneux, je sais que vous avez nié ; et, sans doute, nierez-vous jusqu'au bout, tandis qu'un aveu de votre part simplifierait ce procès et disposerait le jury à l'indulgence.

— Un aveu ?... Ah ! oui... Depuis deux mois on veut absolument que je m'accuse d'un crime que je n'ai pas commis... Folie !

— Racontez-nous ce que vous avez fait la nuit du crime.

— C'est inutile, puisque vous ne me croirez pas.

— Vous refusez de parler ?

— Absolument.

— Je vais donc le faire pour vous. — Vous aviez quitté M. de Saint-Ermond le matin après une violente discussion. Toute la journée vous aviez roulé, dans votre tête, des projets de vengeance... Vous avez su les cacher à votre mère, ce qui prouve votre dissimulation et votre préméditation... Le soir venu, vous partez sans rien dire, vous espériez bien que vous rentreriez de même, une fois votre coup fait... Mais, sur la route, on vous a vu passer, vous sembliez ivre... Vous aviez bien l'allure d'un homme qui va commettre une mauvaise action. Enfin, vous pénétrez dans les chantiers, avec une clé dont vous n'aviez plus le droit de vous servir. Pour quelle raison auriez-vous pénétré dans ces chantiers, si ce n'est pour accomplir votre vengeance ?

Le président se tut, comme attendant une réponse. Michel resta impassible.

— Vous voyez. Vous ne trouvez rien à dire. On a essayé de former une légende autour de vous, on a parlé d'un amour malheureux, d'une jeune fille...

Michel se redressa et [illegible] brusquement.

— Taisez-vous, monsieur ! Je vous défends de parler ici de cette jeune fille !

Il y eut un murmure d'admiration dans toute la salle, car on s'attendait à ce que Michel expliquât sa présence dans les chantiers par le désir fou qu'il avait éprouvé de revoir Suzanne de Saint-Ermond. Et, de lui-même, il écartait ce moyen de défense.

— Je suis entré dans les chantiers ; je reconnais que j'ai eu tort. C'est tout ce que vous avez le droit de constater.

— Et c'est ce que je constate. Je constate aussi que c'est, d'après vos déclarations, environ une heure après, que le feu éclate en trois endroits différents. Nous sommes encore d'accord là-dessus. Et j'ai le droit de dire que, pendant ce temps, vous prépariez votre vengeance. Sans cela, qu'auriez-vous fait ? Vous ne répondez pas à cette question ? C'est que vous savez bien que là est le point faible de votre défense. Enfin le feu est mis. Vous êtes vengé. Vous n'avez plus qu'à fuir. Vous essayez de fuir par l'usine ; mais comme, de la salle du buffet on peut vous voir, — on vous a vu, même, vous hésitez un instant, vous vous arrêtez ; puis vous revenez dans les chantiers... Les agents vous aperçoivent ; et on vous arrête, au moment même où vous sautiez par-dessus la balustrade. Vous vous laissez prendre sans résistance ; vous comprenez que vous êtes perdu, et, sur le moment, il ne vous vient aucune idée pour vous justifier. Ce n'est que plus tard que vous inventez un petit roman dont, heureusement, la justice n'a pas été dupe. Alors, au milieu de cette nuit terrible, surgit pour vous une occasion inespérée de vous laver de votre abominable action. La fille de votre ancien patron avait eu l'imprudence de rentrer dans la maison en flammes, pour y chercher certains objets... particulièrement précieux. Vous la voyez apparaître à son balcon, que les flammes lèchent déjà, et vous vous précipitez à son secours ; vous écartez tous ceux qui pourraient vous aider à la sauver. Et vous l'arrachez à la mort, avec un courage auquel je suis le premier à rendre justice. Déjà vous vous imaginiez que votre forfait allait être oublié, quand les agents vous remettent la main au collet. L'incendie s'éteint peu à peu. Les magistrats sont arrivés ; on procède à votre interrogatoire. Et, c'est alors que, pour détourner les soupçons, vous inventez un inconnu... le même inconnu auquel votre ami Martin Pélissier s'est adressé aussi pour faire croire à son innocence. Seulement, je vous préviens que vous feriez mieux de chercher un autre moyen de défense ; car celui-là n'a pas réussi à votre ami ! Martin Pélissier a été condamné à huit ans de travaux forcés.

Cette nouvelle, encore inconnue de Michel, le remua profondément.

Il compara, dans son esprit, la situation de son ami à la sienne, et il s'écria :

— Si vous avez condamné Martin Pélissier, vous avez frappé un innocent !

Le président sourit et continua :

— Vous êtes bien dignes l'un de l'autre, car vous mentez aussi bien et aussi facilement l'un que l'autre. Je finis d'exposer votre système de défense, puisque vous avez refusé de parler. — Vous inventez donc un inconnu, qui aurait laissé tomber un objet en passant devant vous. Vous montrez cet objet : une boîte d'allumettes ; mais cela fournit une arme contre vous, car c'étaient des allumettes russes, semblables à celles qu'on a trouvées chez vous. Puis, à l'endroit même où vous avez sauté hors des chantiers, on retrouve un portefeuille de fabrication russe ; vous voulez soutenir que ce portefeuille appartient à votre inconnu ; mais vous vous troublez en voyant qu'il porte votre initiale : M. Vous affirmez que vous en avez un semblable chez vous, ce qui est exact ; mais la justice n'a pas besoin de longtemps chercher pour deviner que l'un de ces portefeuilles était destiné à votre ami Martin Pélissier. — Vous allez entendre maintenant les témoins dont les dépositions confirmeront entièrement les conclusions de l'instruction.

— Faites entrer le prince Vérénine !

Michel eut un mouvement de curiosité, que tout le monde remarqua.

Il se demandait ce que le prince Vérénine pouvait avoir à dire sur son affaire.

Le prince entra en promenant son regard un peu vague sur tout l'auditoire, avec la suffisance d'un homme qui se sait observé. Comme il était beau, prince et étranger, toutes les femmes le trouvèrent charmant ; et il acheva de séduire l'auditoire, lorsqu'il répondit aux questions du président :

— Je m'appelle Gérald Vérénine ; j'étais prince et officier des gardes de l'empereur ; mais ces titres m'ont été retirés pour raisons politiques. Et je n'attends plus que d'avoir habité Paris assez longtemps pour pouvoir me faire naturaliser Français.

Comme on était bien persuadé que le prince avait quitté la Russie à la suite d'une conspiration, il parut, à tous, victime héroïque d'un régime de tyrannie.

— Voulez-vous nous dire ce que vous savez ? lui demanda gracieusement le président.

— Oh ! fort peu de chose. Je ne sais sur M. Thomerain que ce que j'ai entendu dire par M. de Saint-Ermond par ma sœur. Et, comme eux, je suis absolument persuadé qu'il est innocent !

Il y eut encore un mouvement d'approbation dans la foule ; on savait très bien que le prince faisait la cour à Suzanne, et on trouvait qu'il se conduisait avec beaucoup de générosité vis-à-vis d'un rival. Michel lui-même, très étonné, se mit à dévisager le prince, se défiant de ce secours venu d'un étranger.

— Ce n'est pas ce que je vous demande, dit le président au prince. Veuillez nous raconter ce que vous avez vu, la nuit de l'incendie.

— J'ai déjà eu l'honneur de le dire au juge d'instruction. Je me trouvais dans la pièce où avait été installé le buffet, lorsque le feu a éclaté. Machinalement, je me suis penché pour regarder vers le fond de l'atelier qui était éclairé par l'incendie...

— Et... vous avez vu ?

— J'ai vu M. Thomerain, qui semblait hésiter, puis qui fuyait.

— Vous l'avez reconnu ?

— Oui, parfaitement. La lueur était si vive qu'on y voyait comme en plein jour...

Michel l'interrompit doucement.

— Vous vous souvenez bien exactement d'avoir vu mon visage, monsieur ?

— Oui, exactement ; mais je m'empresse d'ajouter que je ne crois pas le moins du monde que ce soit vous qui ayez mis le feu... Et je m'explique même... fort bien... votre présence dans l'usine... Sans doute, le désir d'assister de loin... à... la fête.

Le prince, maintenant, trouvait mal ses mots ; et il balbutiait, comme s'il avait eu peur.

Michel s'était levé et fixait un regard terrible sur lui. Et, tout d'un coup, il cria :

— Vous mentez, monsieur !

— Accusé, taisez-vous, dit le président. Jusqu'à présent, vous aviez formellement refusé de nous dire où vous étiez allé, après avoir mis le feu dans les chantiers ; vous saviez bien que ce serait une charge accablante pour vous. Et, dès qu'un témoin — témoin qui cependant vous est favorable — nous renseigne à cet égard, vous lui dites qu'il ment. Eh bien, je vais vous dire pourquoi vous étiez entré dans l'usine. Le prince Vérénine voudrait, avec la générosité de son caractère, vous fournir une excuse ; et sans doute, votre avocat cherchera une excuse encore plus romanesque ; mais, la vérité, c'est qu'après avoir mis le feu aux chantiers, vous vouliez le mettre à l'usine. C'est pour cela que vous ne voulez pas que l'on vous dise que vous êtes entré dans l'usine.

— Pardon, monsieur, répliqua froidement Michel, je reconnais que je suis entré dans l'usine et que j'y suis même resté assez longtemps. Mais j'affirme que monsieur a menti ! Il n'a pas pu voir mon visage pour une raison bien simple, c'est que j'étais caché derrière une machine et que, pour aller de cette machine à la porte, je me suis couvert le visage de mes deux mains. Je le répète donc : Vous avez menti, monsieur !

Le trouble du prince était vite passé. Il avait écouté la défense de Michel avec la plus parfaite tranquillité ; il se contenta de hausser les épaules, en prononçant :

— Le malheureux !

— Vous maintenez votre déposition ? lui demanda le président.

— Je n'ai rien à changer à mes paroles. Et je pardonne à M. Thomerain un mouvement de colère... bien compréhensible après une aussi longue captivité.

M. de Saint-Ermond vint ensuite et répéta textuellement la déposition qu'il avait faite le premier jour devant le procureur de la République. Il parla des nombreuses qualités de l'accusé, et déclara solennellement qu'il le croyait incapable d'avoir commis un pareil crime ; mais le président n'eut qu'à le pousser un peu pour lui faire reconnaître que Michel avait un caractère intraitable.

— Enfin, le matin de l'incendie, quand il vous a quitté, vous avez remarqué sa violente agitation ?

— Oui, monsieur le président ; il était comme fou. Michel détourna la tête quand son ancien patron passa devant lui.

On appela alors la veuve Thomerain, qui eut le courage de faire sa déposition sans se troubler et sans pleurer.

— Je dirai, moi, déclara-t-elle, ce que personne n'a osé dire. Et, si je parle, c'est parce que Mlle de Saint-Ermond m'y a autorisée. Elle et mon fils s'aimaient. Lui, le pauvre enfant, n'a pas su résister au désir de la voir. Ce n'est que pour cela qu'il a pénétré dans l'usine...

— Oh ! ma mère !

— Non, ne m'arrête pas ! Une mère a le droit de dire la vérité, toute la vérité, pour sauver son fils... Et alors, il y a eu une coïncidence épouvantable... Un misérable a mis le feu... Mais je jure que ce n'est pas mon fils !

— C'est bien, madame. Veuillez vous retirer... Allons, allons... dit le président.

La veuve lui jeta un regard indigné. Elle s'adressa aux jurés :

— Sur l'amour que j'ai pour lui, il est innocent, messieurs !

Michel murmura :

— Va... va-t'en, pauvre mère !

Bernier, qui vint ensuite, eut moins de courage ; il sanglota à la barre, répétant après chacune de ses phrases :

— Mais il est innocent, messieurs !

Sa déposition servit à prouver que personne ne s'était introduit dans les chantiers, car il en avait encore fait le tour dans l'après-midi. Lorsqu'il eut terminé, il était tellement accablé que Michel lui dit :

— Du courage, mon vieil ami !

Le brave contremaître s'en alla en pleurant.

Il fut remplacé par les agents qui avaient arrêté Michel, et qui répétèrent simplement leur première déposition.

Tout cela avait marché très rapidement. Il n'était encore que quatre heures du soir.

Le procureur se leva et, d'une voix ironique, commença son réquisitoire.

— Il y a quelques jours, je défendais la société contre un criminel dangereux, qui, avec une habileté et une audace incroyables, avait commis un vol considérable. Il niait, naturellement. Et cependant, comme il fallait expliquer la disparition des objets volés, il déclarait énergiquement que le vol avait été commis par un inconnu. Aujourd'hui encore, l'accusé n'a rien trouvé de mieux pour se défendre, que de rejeter son crime... sur un inconnu — le fameux inconnu qui aurait commis tous les crimes, l'inconnu qui a remplacé l'homme masqué de jadis.

Un sourire parcourut toute la salle ; et on rit même franchement, quand le magistrat ajouta :

— Nous mettrons donc, si vous le voulez bien, cet inconnu de côté, pour envisager plus sérieusement les charges qui pèsent sur l'accusé.

Dès lors, le procureur, s'élevant progressivement par de grands gestes, semblait dominer tout l'auditoire ; et il prononça une série de phrases indignées, où il fut gravement question de la société, des dangers qui la menaçaient, des passions des hommes...

— Que deviendront nos grandes industries, messieurs, si, dans un moment de rage, ceux qui devaient les défendre les incendient ? Quel épouvantable exemple pour les ouvriers !

Car il était parfaitement certain de la culpabilité de Michel.

— Tout l'accuse. Et vraiment, cela vous soulève d'indignation, quand, devant tant de preuves, on l'entend nier encore !

Puis il parla de M. de Saint-Ermond.

— Je rends justice à la générosité de cet industriel ; cependant permettez-moi de vous dire que cette générosité lui coûte bien peu : La compagnie d'assurance va lui rembourser tout ce qu'il a perdu. Mais cette compagnie d'assurance... qui la dédommagera de sa perte ? Or, cette perte, qui l'a causée ? Michel Thomerain. Vous défendrez énergiquement la société, messieurs ! Vous ne laisserez pas les honnêtes gens à la merci des incendiaires !

Ce fut sa péroraison. Il s'assit, heureux et tranquille, en homme qui a noblement rempli son devoir.

La parole était à la défense. L'avocat de Michel commença en ces termes :

— Je vous avoue, messieurs, que j'ai été profondément étonné en entendant M. le procureur réclamer énergiquement l'application de la loi. Je m'attendais à trouver, dans sa bouche, des paroles plus bienveillantes. Je m'imaginais qu'il aurait eu quelque pitié pour une aussi grande infortune.

Puis il passa une heure à démolir tout ce que le procureur avait dit. Il parla vaguement de cette force invincible qui avait conduit Michel dans son ancienne fabrique ; mais, sur un regard de son client, il glissa tout de suite à une autre période. Il insista beaucoup sur son amour filial, et fit pleurer plusieurs membres du jury ; mais il indisposa vivement la cour en déclarant que l'instruction lui semblait avoir été faite d'une manière bien légère.

— Oui, messieurs, s'écria-t-il enfin ; il y a eu un crime affreux ; mais ce n'est pas le vrai criminel qui est sur ce banc. Vous rendrez donc Michel Thomerain à sa mère, vous le rendrez à tous ceux qui l'aiment et l'estiment !

Une grande indécision régnait en ce moment.

Malheureusement, l'avocat de la compagnie d'assurance prit la parole, se portant partie civile. Et il prouva, avec surabondance, que Michel avait mis le feu, qu'il avait peut-être même intérêt à cela, que, sans doute, dans ses achats de bois, il avait abusé de la confiance de son patron...

Michel l'interrompit :

— Vous êtes un fou... ou un bien méchant homme, monsieur...

L'avocat n'en continua pas moins ; et il demanda un arrêt énergique ; il demanda surtout que Michel fût déclaré civilement responsable.

Après une longue délibération, le jury reconnut Michel coupable, avec admission de circonstances atténuantes. Le malheureux fut condamné à cinq ans de travaux forcés et déclaré civilement responsable.

Il écouta froidement la lecture du verdict ; puis il prononça d'une voix forte :

— Vous avez commis une faute, messieurs ! Je jure, une dernière fois, que je suis innocent !

II

LA JUSTICE DES HOMMES

Un mois s'était écoulé depuis la condamnation de Michel Thomerain, un mois terrible pour le prisonnier comme pour sa pauvre mère. Son avocat avait voulu interjeter appel ; Michel avait refusé.

— A quoi bon ? avait-il dit. J'ai eu la force de demeurer calme à cette première audience ; mais si je me trouvais encore devant des magistrats, je ne saurais plus contenir mon indignation.

Alors, son avocat avait voulu le raisonner :

— As-tu réfléchi à ceci, c'est qu'on va t'emmener loin de la France, que tu passeras des années au milieu de bandits... que tu seras séparé de ta mère...

— Oh ! cela, répondit Michel avec un sourire énigmatique, c'est autre chose.

Puis il avait ajouté, d'un ton résolu :

— Etant données les circonstances fatales qui ont entouré cette malheureuse affaire, je comprends bien aujourd'hui qu'on me condamnerait toujours. Donc, plus tôt je partirai, et mieux cela vaudra.

— Soit ! Mais... quand tu seras là-bas, comme tu ne ressembleras guère aux coquins qui t'entoureront, le directeur enverra sur toi d'excellentes notes, on obtiendra facilement ta grâce... ou une diminution de peine...

— Non, non! Moi, demander grâce, jamais! Je ne veux rien, ni grâce ni diminution de peine ! Quand la société se conduit envers un honnête homme comme elle le fait envers moi, cet honnête homme a le droit de se révolter contre la société, de la mépriser. Je me mets en dehors de toutes les lois humaines, puisque ces lois servent à commettre des infamies.

L'avocat le quittait, tout triste, se disant :

— Ce pauvre garçon commettra là-bas quelque folie désespérée et se fera punir plus cruellement encore. Si, du moins, Martin Pélissier voulait m'aider ?...

Et il se rendait chez son second client, lequel l'accueillait toujours gaiement.

— Tiens, tiens, voilà notre défenseur !

— Ah ! ne plaisantez pas là-dessus, répondait l'avocat. Je suis bien assez furieux de n'avoir pas réussi à vous faire acquitter, toi et Michel !

— Bah ! c'est un petit malheur dont on peut se consoler aisément.

— Et voilà Michel qui, non seulement, ne veut pas interjeter appel, mais refuse même de signer un recours en grâce !

— Ah !... Michel a refusé ?

— Formellement.

— Eh bien ! il n'a pas tout-à-fait tort.

— Mais je pense que tu ne l'imiteras pas ?

— Moi ? J'aime trop Michel pour ne pas suivre son exemple. Tu sais bien, au collège, on nous disait toujours de l'imiter. Tous les professeurs m'ont régulièrement reproché ma légèreté de caractère, en me disant : « Vous devriez prendre exemple sur Thomerain. » Je ne vais pas cesser aujourd'hui...

— Ainsi... cela te va, le régime de Mazas ?

— Mais il n'a rien de détestable. Évidemment, on dîne moins bien ici qu'au café Anglais ; mais cette simplicité dans la nourriture ramène la simplicité dans l'esprit... Je l'avouerai cependant que je ne suis pas encore habitué au système de literie de la maison : il est certain que le directeur ne partage pas mes idées sur la qualité et la quantité de laine dont se compose... ou, du moins, dont devrait se composer un matelas ; mais, avec un peu de bonne volonté ! D'ailleurs, je ne suis plus ici pour longtemps. J'aime à croire qu'on nous expédiera prochainement vers d'autres rives...

— Ta, ta, ta. Tu es absurde ; je trouverai, dans ton procès, plus de huit cas de cassation infaillibles...

— Tu t'en serviras pour un autre.

— On recommencera ton procès...

— Et je me retrouverai en face d'un juge, de plusieurs juges, d'un avocat général ?... Non, non. Ils ont tous l'air de singes ! Ce ne sont pas des hommes, ces gens-là ; ce sont des machines à condamner.

— Je t'abandonne les magistrats ; mais les douze membres du jury ?

— C'est la même chose. Je ne dis pas qu'au commencement, ils n'aient pas encore quelque chose humain ; mais, peu à peu, ils s'imprègnent de l'atmosphère ambiante, ils ne voient plus, dans l'homme qui est devant eux, qu'un abominable coquin... et ils le condamnent. C'est bien, c'est l'usage. Quand, par hasard, ils en acquittent un, on se moque d'eux... Sérieusement, mon cher ami, tu as parlé comme Démosthène ; si tu recommençais, tu serais forcé de le répéter, ce qui est blâmable au point de vue littéraire. Ne te donne donc pas cette peine. Michel et moi sommes enchantés de faire ce petit voyage. Songe donc à ceci : c'est que je n'ai pas vu Michel depuis son départ pour la Russie. Si on revisait nos procès, on serait bien capable de n'acquitter que l'un de nous, ce qui serait souverainement injuste. Vois-tu que l'un de nous soit envoyé là-bas, tandis que l'autre resterait ici ?... Moi, j'en mourrais !

L'avocat finit par renoncer à faire changer d'idée ses deux amis ; et on apprit bientôt que Michel Thomerain et Martin Pélissier feraient partie du prochain envoi à la Nouvelle-Calédonie ; on raconta même que Martin Pélissier avait accueilli la nouvelle par ces mots :

— Enfin ! je vais donc voir des anthropophages !

Michel apprit la nouvelle sans se départir du calme hautain qu'il affectait depuis sa condamnation.

Jamais les parents de Martin ne demandèrent la permission de voir leur fils, tandis que Juliette vint rendre visite à son cher prisonnier aussi souvent qu'on voulut le lui permettre. Elle lui demandait toujours :

— Et ton père, et ta mère ?

Martin répondait mélancoliquement :

— Que veux-tu, ma chérie, il faut les plaindre, puisqu'ils croient leur fils coupable ; ils doivent être bien malheureux... Peut-être ont-ils peur que je leur redemande l'argent que je leur donnais depuis quatre ans ? Ils avaient dépensé ce qu'ils avaient pour mon éducation, j'ai reconstitué leur petit capital, pour qu'ils pussent se reposer, c'était bien naturel... Ils reconnaîtront un jour leur erreur et seront alors encore plus malheureux. Je supporte tout, courageusement, puisque ton amour me reste. Je ne m'inquiète plus que d'une chose : que vas-tu devenir quand tes pauvres économies seront mangées ? Moi, j'espère bien travailler, là-bas, et je t'enverrai régulièrement tout ce que je gagnerai, à toi et à l'enfant que tu mettras bientôt au monde.

— Tu sais bien que je veux aller vivre là où tu vivras !

— Bon, bon. Nous verrons cela plus tard. En ce moment, il te serait impossible de voyager. Et je veux que tu restes ici... Puisque M. Bernier a la bonté de s'occuper de toi, il te trouvera sans doute une place.

— Je t'obéirai, mais seulement à cause de notre enfant ; car, désormais, mon devoir serait de te suivre partout.

— Pauvre chère femme ! murmurait doucement le prisonnier, que n'ai-je pu te donner ce titre de femme légitime, pour que notre enfant soit un enfant légitime.

— Tout cela se fera plus tard ! Nous attendrons, voilà tout.

Et Martin, ému, balbutiait :

— Ah ! que tu es bonne de ne jamais douter de moi ! Car, au fond, vois-tu, il n'y a guère que toi qui m'aies cru innocent !

— Est-ce que le père de mon enfant pourrait être un criminel ?... s'écriait Juliette avec exaltation.

Tandis que Juliette était auprès de Martin, la veuve Thomerain s'entretenait avec son fils. Michel parlait peu. Il contemplait longuement sa mère ; et sa mère avait le courage de refouler ses sanglots, pour faire croire à son fils qu'elle supportait fermement cette terrible épreuve. Et quand on ne les écoutait pas, ils échangeaient rapidement quelques phrases à voix basse.

Le jour où la dernière entrevue eut lieu, la veuve dit sans trembler :

— Au revoir, mon fils, à bientôt.

— Au revoir, ma mère.

Ce jour-là, Martin fut moins courageux ; il éclata tout d'un coup, en sanglots, à la pensée qu'il ne serait pas à Paris lorsque son enfant viendrait au monde. Juliette eut la force de sourire, en disant :

— A bientôt !

Et les deux femmes s'en allèrent.

Elles étaient venues seules. Bernier était très occupé au déblayement de la fabrique. Elles partirent, se tenant par la main, laissant couler librement leurs larmes, sans dire un mot, fermant parfois les yeux pour retrouver la vision des quelques instants qui venaient de s'écouler. On les avait prévenues : cette visite serait bien la dernière.

Demain, Michel et son ami devaient quitter Paris pour être dirigés vers le port d'embarquement, d'où on les expédierait au loin, avec un troupeau de misérables, des assassins, des voleurs.

Et elles ne les verraient plus !

Sans doute, elles avaient encore confiance en l'avenir ! Mais, dans une pareille journée de tristesse, cela leur semblait bien vague, bien incertain.

Elles ne ressentaient aucune fatigue, elles ne songeaient pas à prendre de voiture. Et elles se trouvè

... à l'entrée de la rue de la Chapelle, ce qui rappela le passé.

Que de fois la veuve était venue là pour attendre son fils qui rentrait du collège ! Que de fois Juliette, depuis trois ans, était venue, le dimanche, au devant de Martin. Ils étaient tous si heureux, alors ! Comment ce bonheur avait-il pu s'envoler ?

Pendant qu'elles descendaient la rue, on se les montrait du doigt avec mépris. A ceux qui ne les connaissaient pas on disait :

— La jeune est une fille perdue, la maîtresse d'un voleur ; c'est elle qui l'a poussé à voler, c'est elle qui a caché les diamants ; et, un jour ou l'autre, on découvrira la vérité. L'autre, la vieille, est la mère d'un ingénieur qui a mis le feu à l'usine de son patron, chez lequel il avait gagné l'argent qu'il laisse à sa mère : elle ne manquera de rien, elle a plus de cent mille francs !

On considérait es deux malheureuses comme des complices impunies.

Elles n'entendaient rien ; elles allaient lentement leur chemin, ralentissant leur marche ; à mesure qu'elles approchaient, la solitude leur faisait peur.

Enfin, elles arrivèrent chez la veuve, et Juliette monta avec elle. Elles restèrent ensemble jusqu'au soir. Alors, Bernier vint dîner chez sa vieille amie. Le repas fut triste, silencieux.

Puis le contremaître ramena Juliette chez elle.

Mme Thomerain était si accablée, qu'elle s'endormit facilement et dormit jusqu'au lendemain.

Elle fut réveillée en sursaut par sa petite bonne qui lui disait :

— Madame, il y a deux messieurs qui demandent à vous parler.

— A moi ?

— Oui, deux messieurs que je ne connais pas. Voici, d'ailleurs, la carte de celui qui s'est présenté le premier.

Mme Thomerain lut :

LOUIS BOURGOUAND,

Huissier.

— Un huissier, chez moi ? Mais je ne dois rien à personne !

Elle se vêtit rapidement, en donnant l'ordre de faire entrer ces hommes dans le salon, où elle se rendit quelques minutes après.

L'huissier la salua respectueusement et prononça avec gravité :

— Je suis désolé, madame, d'avoir à accomplir une aussi pénible mission...

En face d'une pareille infortune, il se croyait obligé de prononcer une phrase de condoléance. La veuve l'interrompit :

— De quoi est-il question, monsieur ?

— Je viens ici, madame, pour signifier un jugement obtenu par mon client, la compagnie d'assurance *La Gauloise*, contre M. Thomerain, Michel, ex-ingénieur de la maison Saint-Ermond.

— Veuillez m'expliquer, monsieur... Vous n'ignorez pas, sans doute, que mon fils n'est pas ici ?... Ma situation est assez douloureuse pour me donner droit à quelques égards...

M. Bourgouand eut un geste très noble.

— Ah ! madame, personne plus que moi ne compatit à votre malheur ; mais je suis forcé d'accomplir mon ministère. Vous ne devez pas ignorer qu'un jugement a été rendu contre votre fils ?

La veuve tressaillit.

— Je ne vous comprends pas, monsieur. Dois-je encore subir quelque nouvelle humiliation ?

— Mon Dieu, madame, je devrais me borner simplement à vous signifier le jugement, car mes instants sont très précieux ; mais... puisque vous semblez ignorer...

— Parlez donc, monsieur !

— Vous ne devez pas avoir oublié le jugement qui reconnu votre malheureux fils coupable du crime d'incendie ?

— Ce jugement est une infamie ; mais en quoi a-t-on besoin de me le signifier... à moi ?

— C'est que, madame, votre fils n'a pas été seulement condamné à... s'expatrier : il a été, aussi, déclaré civilement responsable.

— Responsable... de quoi ?

— Des pertes subies par la Compagnie *La Gauloise*. La Compagnie, d'après ses engagements, est tenue de rembourser à M. de Saint-Ermond une somme de près de quatre millions, tant pour les approvisionnements consumés par le feu que pour l'usine, la maison d'habitation et le mobilier. Mais, le feu n'ayant pas pris par accident, le feu ayant été mis intentionnellement par votre fils...

— Mais c'est faux, c'est faux ! s'écria la veuve, ne pouvant encore s'habituer à entendre appeler son fils incendiaire.

— Permettez-moi de vous dire, madame, que les débats ont établi la culpabilité de votre fils, et que Michel Thomerain a été rendu civilement responsable. La Compagnie a donc facilement obtenu un jugement qui condamne votre fils à lui rembourser les quatre millions qu'elle est forcée de verser entre les mains de M. de Saint-Ermond.

— Mon fils !... Rembourser quatre millions !... Mais c'est de la folie !

— Madame, je vous ai déjà dit que je devrais me contenter de vous signifier ce jugement ; mais je ne demande pas mieux que de vous renseigner plus complètement. La loi est formelle à cet égard. Les Compagnies doivent rembourser les pertes subies par les personnes incendiées, même lorsque les incendies sont dus à la malveillance. Seulement, lorsque les incendies sont dus à la malveillance, les Compagnies ont recours contre les incendiaires... Et c'est pour cela que votre fils est condamné à rembourser quatre millions à la Compagnie *La Gauloise*... Oh ! je sais, madame, ce que vous allez me répondre : que ce jugement est absurde, que votre fils est incapable de réunir une pareille somme ; surtout dans sa situation actuelle ! Mais la Compagnie peut toujours prendre un acompte. Votre fils possède une petite fortune. Tous les objets mobiliers qui sont ici lui appartiennent.

— Les objets... qui sont ici ?

— Le loyer n'est-il pas à son nom ?

— C'est vrai... C'est lui... qui avait loué.

Ainsi, on allait enlever tout ce qui se trouvait là ! Ce petit mobilier, acheté avec tant d'amour sur les économies de Michel, on allait le lui prendre !... C'était bien de la justice des hommes !

— On vous laissera les objets nécessaires, madame.

Elle eut un geste résigné. On lui... volait les meubles que lui avait donnés son fils, les meubles qu'elle-même avait achetés jadis avec son mari ?...

Soit ! que lui importait, après tout ?

Tout cela, c'était ce qui représentait Paris, la ville maudite où on avait condamné son fils, cette ville qu'elle quitterait bientôt pour rejoindre son enfant. Elle se résignait facilement à cette perte. Qu'était-ce que cela auprès de la ruine de son bonheur ?

Ne devait-on pas lui remettre d'ailleurs les titres de la fortune économisée par son fils, une somme de cent dix mille francs, que Michel avait laissée dans la caisse de M. de Saint-Ermond, avant son départ pour la Russie ? Elle n'aurait qu'à demander ces titres à M. de Saint-Ermond, qui ne pouvait plus les garder ; elle savait qu'on les avait retrouvés intacts dans le coffre-fort de l'usine, après l'incendie.

Aussi, comme l'huissier continuait de lire son acte, elle s'imagina qu'elle avait mal entendu ; car il parlait justement de ces titres.

— Voudriez-vous répéter, monsieur ? Je ne comprends pas bien...

— Je dis qu'en outre, je signifie à votre fils que nous avons, par opposition, défendu à M. de Saint-Ermond de remettre, au sieur Michel Thomerain, les titres de

érie que ce dernier lui avait confiés, et dont la valeur est de cent dix mille francs environ.

La veuve eut encore un mouvement indigné.

— Comment ! vous saisiriez cet argent... économisé avec tant de peine par mon enfant ! Mais c'est impossible !

— La loi est formelle, madame.

— Alors... il ne nous restera rien ?

— Nous avons le droit de saisir tout ce que possède M. Michel Thomerain. Nous saisirions davantage, s'il était plus riche.

Elle resta quelques instants silencieuse ; puis elle murmura, comme se parlant à elle-même :

— Mon pauvre enfant ! Et toi qui croyais que tu me laissais à l'abri du besoin !... Ah ! maudit soit le jour où tu es entré dans cette fabrique !

L'huissier termina la lecture du jugement ; la veuve ne l'écoutait plus. Elle éprouvait une trop rude secousse.

Et l'huissier était parti depuis une heure qu'elle était encore à la même place, accroupie sur son fauteuil, les yeux vagues, songeant à cette île perdue, où on allait envoyer son enfant, et d'où elle s'était imaginée qu'elle pourrait l'enlever grâce à cet argent. Elle aurait tout sacrifié pour rendre la liberté à son fils.

Elle était encore là quand Bernier arriva. Il venait la voir deux fois par jour.

D'un geste farouche, elle lui montra le papier laissé par l'huissier, et Bernier le lut.

— C'était fatal, dit-il ; c'est la loi !

— Alors, il ne me reste rien, rien pour aller le sauver ? s'écria la veuve avec exaltation.

— Calmez-vous, ma bonne amie, balbutia le contremaître.

— Rester calme devant cette série d'injustices !

— Vous savez bien que vous ne manquerez de rien...

— Oh ! peu m'importe que je manque de quoi que ce soit !... Ce qui m'importe, c'est qu'avec cet argent j'aurais frété un bateau, j'aurais corrompu les gardes de Michel, je l'aurais arraché à cette existence de malheur !... Ah ! tout s'acharne contre moi !... Je n'ai plus compris ce que m'a dit cet homme... Je sais, c'est qu'on viendra demain, qu'on saisira tout, ici, même les meubles de mon mari... Et on me laissera un lit pour dormir, n'est-ce pas ? comme si une mère pouvait dormir quand son fils est malheureux !... Et cet homme, ce M. de Saint-Ermond n'a pas su répondre qu'il n'avait pas l'argent de mon fils !... Non, cela aurait été presque humain ! Il se moque bien de cela, lui, pourvu que sa compagnie lui rembourse ses millions ! Ah ! canaille, va ! Quand je pense que mon fils lui a fait gagner jusqu'à cent mille francs par an dans cette fabrique !

Elle se leva et courut à un portrait de M. de Saint-Ermond, qui était encore suspendu au milieu d'un panneau.

Elle sauta sur une chaise, fit tomber le cadre ; et elle piétina le verre, qui déchira la photographie. Elle parlait d'une voix sèche :

— Eh bien, cela vaut mieux que nous n'ayons plus l'argent qui venait de lui ! Si j'avais eu cet argent-là, sans doute m'aurait-il porté malheur ; mais je sauverai Michel quand même ! N'est-ce pas, Bernier, que je le sauverai ?

Elle prit les mains du contremaître, en fixant sur lui un regard suppliant. Puis elle se mit à pousser des plaintes sourdes, à prononcer des paroles incohérentes.

— Pauvre femme ! murmura Bernier. Elle perd la tête.

Lui-même essuya des larmes qui coulaient sur ses joues.

Et il lança un tas de jurons à l'adresse de gens qu'il ne nomma pas, mais qu'il qualifia de coquins, de bandits...

Enfin, vers une heure, il prit une décision.

— Ma vieille amie, si vous m'en croyez, nous ne resterons pas plus longtemps ici. Vous allez venir avec moi.

Elle se raidit.

— Non, non ; je veux être ici, quand ces hommes commettront leur dernière infamie !

— Je vous dirais que vous avez raison, si vous étiez seule ; mais il faut songer à Michel, qui a besoin de vous... Vous n'avez pas le droit de tomber malade. Cela vous ferait trop de mal d'assister à la saisie.

Elle hésita un peu, puis balbutia :

— C'est vrai... Vous avez raison... Je ne dois songer qu'à Michel.

Bernier alla donner quelques ordres à la petite bonne et revint avec un châle et un chapeau. La veuve se laissa emmener ; elle était très adoucie, après la crise violente qui l'avait secouée le matin. Elle obéissait comme un enfant à tout ce que disait Bernier.

Et, quand elle se trouva, le soir, dans une chambre autre que la sienne, dans un lit autre que le sien, elle n'eut pas trop d'étonnement.

Elle concentra toutes ses pensées sur Michel et s'endormit en murmurant :

— Tu peux compter sur moi, mon brave enfant !

III

LA CONSCIENCE DE M. DE SAINT-ERMOND

Le père Bernier avait eu, pendant très longtemps, une réputation d'égoïste : c'était les femmes qui la lui avaient faite, parce qu'il n'avait pas voulu se marier. Au fond, il ne savait pas très bien lui-même pourquoi il était resté garçon : peut-être parce qu'il se sentait timide et embarrassé devant les femmes ; puis, il était très occupé à la fabrique ; ce qui lui aurait laissé bien peu de temps pour aimer sa femme, c'était du moins ce qu'il disait. Et quand on l'accusait d'avarice, quand on lui parlait d'un avenir lugubre, où il serait seul, abandonné aux soins intéressés de quelque vieille gouvernante, il haussait les épaules. Tout cela lui était bien égal.

D'abord il travaillerait à la fabrique jusqu'à son dernier jour, en souvenir de son premier patron M. Ronchard, et par amour pour Mlle Suzanne, par amour surtout pour la vieille usine, qu'il avait vu bâtir, s'agrandir, s'améliorer : il y était le matin avant tout le monde ; et le soir, il faisait encore des rondes quand les ouvriers étaient partis. Et même, si la fabrique lui manquait, il savait bien une maison où on l'accueillerait toujours en ami, presque en parent, la maison de son filleul Michel Thomerain.

Il n'était pas tout à fait le parrain de Michel, le vrai parrain étant un parent éloigné de province qui n'avait pu venir à Paris pour le baptême ; alors Bernier l'avait remplacé et porté Michel à l'église ; et, quand l'enfant avait grandi, le contremaître avait pris l'habitude de l'appeler :

— Mon fils.

L'autre disait :

— Bonjour, papa Bernier.

De telle sorte que Bernier, s'imaginant qu'il avait un fils, n'avait plus admis l'idée du mariage. Puis, quelle gloire, pour lui, de voir ce gamin reçu à l'École, et sa belle conduite à la mort de Thomerain, et sa réussite si rapide dans l'usine !

Quand tous les ouvriers étaient à la besogne, et lui Bernier, surveillant tout, et que Michel paraissait à l'entrée de l'atelier, le vieux contremaître sentait des bouffées d'orgueil lui échauffer le visage.

Et toute son admiration se résumait dans ces mots :

— Ah ! le sacré gamin ! le sacré gamin !

Mais aussi, que de douleurs, depuis cette nuit maudite ! Les cheveux lui avaient blanchi plus vite qu'en dix ans. Il était torturé par une idée fixe :

— Tout cela ne serait pas arrivé, si je ne l'avais pas fait entrer à la fabrique.

Ah ! cette fabrique qu'il avait tant aimée, comme il la détestait maintenant ! Et même, il aimait Suzanne moins qu'autrefois.

ce matin-là, il revenait à la fabrique... tous les jours; il allait surveiller le déblayement... dépassant les fortifications; il eut... mouvement de colère; il donna un grand coup de canne contre la grille... fer de l'octroi, et prononça:

— C'est comme ce coffre-fort! Encore moi qui l'ai déniché! Si j'avais su que l'argent de Michel se trouvait dedans!... Allons, Bernier, tu n'es décidément qu'une vieille bête! Et toute ta vie, tu n'as fait que des bêtises.

Il se persuadait cela, depuis la catastrophe. Et les remords le déchiraient.

— Heureusement, je commence à réparer!

Il était un peu consolé, à la pensée qu'il avait laissé la veuve bien installée chez lui. Il lui avait donné sa chambre et avait couché sur un lit pliant dans la salle à manger. Le matin, elle lui avait semblé plus calme, plus ...

— C'est que je n'ai pas besoin qu'elle tombe malade! Il ne me manquerait plus que cela!

Toute la matinée, ils avaient parlé de Michel, leur unique préoccupation.

Il arriva sur le chantier, constata que tout se passait bien comme il l'avait ordonné; et il s'en fut aussitôt. Il rentra dans Paris et arriva devant la maison de la veuve Thomerain au moment où plusieurs hommes parlaient avec la concierge. Celle-ci disait:

— Je vous assure, messieurs, que je ne sais pas où elle est. Elle est partie hier avec un de ses amis, et elle n'est pas revenue.

Il aperçut alors Bernier.

— Ah! le voilà! — Monsieur Bernier, ces messieurs demandent Mme Thomerain.

— C'est pour... saisir, n'est-ce pas? interrogea le contremaître avec dédain.

— En effet.

— Veuillez me suivre. Mme Thomerain m'a remis ses clefs et m'a chargé de la remplacer.

Il s'engagea dans l'escalier, et les hommes le suivirent; tandis qu'il ouvrait la porte de l'appartement, il dit:

— C'est au nom de la compagnie La Gauloise?

— Non, monsieur, non, répondit l'huissier. Nous, nous venons du Palais, pour exécuter le jugement qui condamne Michel Thomerain à payer les dépens de son procès.

— Ah! fort bien! prononça froidement Bernier. Exécutez votre besogne.

L'huissier commença sa saisie, Bernier le suivait, essayant de sauver les objets les plus intimes de la veuve, exprimant son indignation, se disant que, puisqu'on ne pouvait éviter cela, il valait mieux le supporter avec calme.

Ils étaient dans le salon, quand un pas précipité retentit; on frappa à la porte d'entrée.

Bernier alla ouvrir et se trouva en face de Mlle de Saint-Ermond.

— Vous, mademoiselle!

— Oui. On m'a défendu de venir... Mon père m'a même menacée; mais j'ai réussi à m'enfuir ce matin.

Bernier lui donna une vigoureuse poignée de main. Cette nouvelle démarche de Suzanne lui faisait rudement plaisir.

— Vous savez que Mme Thomerain n'est plus ici?

— Non. J'espérais même bien la voir. Où donc est-elle allée?

— Chez moi.

— Cet appartement lui paraissait sans doute trop triste? Pauvre femme!

— Non, mademoiselle, déclara brutalement Bernier. Si Mme Thomerain s'est réfugiée chez moi, c'est parce qu'elle n'a plus le droit de rester ici. On saisit.

— Que voulez-vous dire?

— Entrez, et vous verrez! Quand ces gens-là auront fini, je vous mènerai voir votre vieille amie.

Il fit entrer Suzanne dans le salon. La jeune fille ne comprenait pas. Elle regardait, d'un œil ahuri, ces trois hommes, dont l'un écrivait, tandis que les deux autres bousculaient tout.

L'huissier lui adressa un petit salut sec, puis recommença à dicter:

— Nous disons: un cadre doré qui renfermait une

photographie... la photographie et la glace sont abîmés... Mettez tout simplement un cadre vide.

Il secoua le cadre, d'où tombèrent des morceaux de verre, et la photographie abîmée en vingt endroits. Machinalement, Suzanne regarda d'abord le panneau, où elle était habituée à voir le portrait de M. de Saint-Ermond, puis regarda la photographie et se baissa pour la ramasser. Elle comprit; la photographie tomba de ses doigts. Et la jeune fille se mit à pleurer, en murmurant:

— Dieu! le portrait de mon père!

L'huissier s'écria:

— Je vous assure, mademoiselle, que ce n'est pas nous qui l'avons mis en cet état... Parole!

Bernier ramassa vivement la photographie et la cacha sous son paletot en disant:

— Je ne ferai donc jamais que des bêtises!

Il prit la jeune fille par la main et la poussa dans une autre pièce.

— Pardonnez-moi, mademoiselle. Je ne pensais plus à cela. Vous devez bien savoir que, pour rien au monde, je n'aurais voulu vous faire de la peine.

— Oh! je comprends, murmura Suzanne en s'essuyant les yeux; je comprends.

— Ah! ne pleurez plus, ne pleurez plus, sacré... Allons, bon! Voilà que je jure devant vous! Je ne sais plus où j'ai la tête; c'est trop de choses pour moi en si peu de temps! Et maintenant, quand je vois pleurer une femme, je fais comme elle. Pleurer! c'est ridicule pour un vieux dur à cuire comme moi!

— Hélas! mon bon Bernier, on est bien forcé de pleurer, quand on est malheureux; et nous sommes tous bien malheureux...

— Ah! oui, nous le sommes!

— Mais expliquez-moi ce que signifie cette saisie. Je m'imaginais que Mme Thomerain ne manquait de rien.

— Alors, vous ne savez pas?

— Quoi donc?

— Qu'on saisit tout ce qui était à Michel, pour payer je ne sais quoi, les frais de justice, l'assurance... la Gauloise.

— Non, j'ignorais cela.

— On a même mis la main sur la fortune que Michel avait dans la caisse de la maison... vous savez bien, l'autre jour, j'ai retrouvé le coffre-fort!... On l'a porté là-bas, à votre père...

— Mais pourquoi mon père n'a-t-il pas conservé cet argent afin de le rendre à Mme Thomerain?

— C'est bien ce que je me suis dit, ma pauvre mademoiselle; mais, sans doute, il n'aura pas pensé comme nous, votre père, puisqu'il a fait une déclaration à la police, et la compagnie d'assurance n'a pas été longue à se faire donner l'autorisation de saisir cette fortune. Elle en a le droit, et c'est autant de gagné pour elle. Nous avons appris tout cela hier. C'est un nouveau coup; il faut le subir avec courage. Seulement, quand cette pauvre amie a appris cela, elle a eu un moment d'exaspération qu'il faut lui pardonner.

— Je lui pardonne si bien que je veux aller la voir tout de suite.

— Dans un instant, je vous mènerai chez elle.

— Seulement, rendez-moi ce portrait, Bernier.

Et, comme le contremaître hésitait:

— Je le veux, dit Suzanne.

Elle le prit, le roula dans un morceau de papier et le cacha dans son mantelet.

Bernier alla presser l'huissier, qui s'empressa de terminer, car le contremaître lui faisait un peu peur avec ses manières brusques.

— Nous partons, monsieur, nous partons...

— Oui, partez, dit Bernier; car je commence à sentir ma main qui s'impatiente.

Ce brave homme, dont la douceur était proverbiale, avait maintenant des moments de rage, pendant lesquels il aurait cherché querelle au premier venu.

Il descendit enfin avec Suzanne.

En bas, la concierge lui demanda:

— Où est donc Mme Thomerain?

— Elle est où bon lui semble.

— C'est qu'avec cette saisie, je suis inquiète pour mon terme. Si elle ne paye pas, que dirai-je au propriétaire?

...rai le trouver, votre propriétaire ! Et maintenant, fichez-moi la paix !

Il s'éloigna en maugréant.

Malgré sa tristesse, Suzanne ne pouvait s'empêcher de sourire.

Elle dit même :

— Je ne vous ai jamais vu ainsi, mon bon Bernier.

Il s'arrêta pour la regarder en face et répliqua sourdement :

— C'est vrai ; je crois que je ne suis plus le même homme. Ah ! tonnerre !...

Et il serra les poings pour menacer quelqu'un qui n'était pas là.

En arrivant chez lui, il fit attendre Suzanne dans la salle à manger et pénétra dans la chambre de la veuve. La pauvre femme était assise sur le bord de son lit, regardant le dernier portrait de Michel.

Quand elle vit Bernier, elle dit :

— Je vous attendais pour retourner là-bas ?

— Où donc ?

— Chez moi. Vous savez bien... ces hommes doivent venir sans doute aujourd'hui.

— Assez causé là-dessus, cria brusquement le contre-maître. Tout cela me regarde maintenant. Et pas d'objections, tonnerre ! Je ne suis pas d'humeur à supporter la contradiction... En attendant, il y a là une belle jeune fille qui vient vous embrasser.

— Suzanne ?

— Oui. Elle est là... Entrez donc, mademoiselle !... Seulement, vous, je vous préviens qu'il ne faudra pas la piétiner, elle !...

Suzanne s'était précipitée dans les bras de la veuve et lui parlait avec la plus exquise affection :

— Il y a longtemps que je serais venue, depuis cette horrible journée où l'on a condamné notre bon Michel ; mais maintenant on ne me laisse plus la même liberté. Aujourd'hui, j'ai réussi à m'échapper... Je savais que vous seriez encore plus triste que les autres jours...

— Hélas ! murmura la veuve ; c'est aujourd'hui qu'ils emmènent Michel.

— Oh ! j'espère toujours, moi, j'espère que la lumière se fera... Il est impossible qu'on ne reconnaisse pas son innocence !

Mme Thomerain poussa un soupir.

— Je n'ai plus de confiance dans la justice des hommes, dit-elle. Je n'ai confiance qu'en moi !

— Que voulez-vous dire ?

— Croyez-vous que je vais laisser Michel vivre avec ces bandits ?. Oh ! je l'arracherai à cette vie affreuse !... Je corromprai ses gardes. Ces gens-là, ça s'achète ! J'ai de l'argent ! J'ai plus de cent mille francs.

Elle se leva, parlant encore avec une exaltation croissante. Elle irait là-bas, elle achèterait un bateau, elle coucherait sur le pont, comme un matelot, pour attendre une bonne occasion de faire évader son fils. Bernier la regardait avec tristesse, n'osant l'interrompre.

Et soudain, elle retomba sur son lit, murmurant, d'une voix désespérée :

— J'étais folle... Je rêvais... Ils m'ont tout pris... M. de Saint-Ermond a livré l'argent de mon fils. Ah ! tous ces misérables s'entendent.

— Madame Thomerain ! madame Thomerain ! cria Bernier, d'une voix de reproche, en lui montrant Suzanne qui sanglotait.

La veuve se passa la main sur la figure et balbutia :

— Pardon... Je ne sais plus bien ce que je dis. Je souffre tant ! Ce qui fait que je n'ai plus ma tête à moi... Pardonnez-moi !

— Hélas ! prononça Suzanne, c'est bien plutôt à moi d'implorer votre pardon pour mon père. Comment a-t-il pu faire cela ?

Elle se redressa avec fierté :

— Mais ce n'est qu'une erreur, il est impossible que ce ne soit pas une erreur ; cet argent aurait dû être sacré pour mon père : s'il l'a livré à la justice, c'est qu'il obéissait à des considérations particulières ; mais évidemment son intention était de vous le rembourser.

— Non, dit sèchement la veuve, non, je ne veux rien ! On a pris l'argent de mon fils, qu'on le garde ! L'infamie sera plus grande ! Voilà tout ! Mon fils me maudirait, si j'acceptais un remboursement dans de telles conditions.

— Mais, chère madame Thomerain, n'ai-je pas le droit, moi, de rembourser une perte causée par mon père ! J'entends parler, tous les jours, de cette compagnie d'assurance, qui va nous rendre quatre millions. Ces millions, c'est ma fortune, la fortune de ma mère ! C'est à moi, bien à moi ! Je comprendrais que vous fussiez si fière vis-à-vis d'autres personnes ; mais vis-à-vis de moi ?...

— Mon enfant, dit la veuve, cet argent ne sera à vous que le jour de votre majorité ; d'ici là, il est confié à votre père... Aussi, ne parlons plus de cela !...

— Si, si, nous en parlerons, déclara fermement Suzanne. Et, dès aujourd'hui, je dirai à mon père quelles sont mes intentions à cet égard ; je suis d'ailleurs certaine que je n'aurai fait que devancer ses désirs.

Tandis que Suzanne parlait, le visage de Bernier se rembrunissait. La proposition de la jeune fille ne lui allait pas du tout. Est-ce qu'on avait besoin de l'argent de M. de Saint-Ermond ?

— Non, mademoiselle, non, ne parlez pas de cela à votre père. Je connais quelqu'un, moi, qui s'arrangera pour que les choses se passent comme si Mme Thomerain n'avait rien perdu. Soyez tranquille !

— Quelqu'un ? fit Suzanne étonnée. Qui donc ?

— Quelqu'un... quelqu'un... que je connais...

— Mais qui, enfin ?

— Ah ! voilà ! C'est une personne qui n'aime pas beaucoup qu'on parle d'elle. Vous savez... il y a des gens qui sont ainsi.

Suzanne eut beau le questionner, il ne voulut jamais nommer cette personne ; mais il répéta qu'il la connaissait parfaitement. Et qu'on ne lui en demandât pas davantage, parce qu'il n'était pas d'humeur à bavarder.

La jeune fille embrassa tendrement Mme Thomerain, puis Bernier la reconduisit à la voiture de louage qui l'attendait dans la rue de la Chapelle.

Quand Suzanne arriva boulevard Malesherbes, elle trouva son père seul, dans le salon de Nina Carenitch ; et, avec l'inconscience naïve des âmes pures, elle interrogea brusquement M. de Saint-Ermond.

— Savez-vous ce qui se passe chez Mme Thomerain, mon père ?

— Ah ! tu viens de là-bas ? fit l'industriel, sans se départir de son calme. On t'a cherchée partout ; la comtesse voulait t'emmener avec elle pour faire quelques achats... Je croyais t'avoir défendu de jamais retourner chez cette Mme Thomerain !

Il était assis devant la table du milieu et parcourait des journaux illustrés.

Il continua, sans même lever les yeux vers Suzanne.

— Alors, tu m'as désobéi !

— Mon père, j'ai cru faire mon devoir.

— Voilà un bien grand mot, mon enfant ! Tu me permettras de te dire que c'est à moi de diriger ton existence. Je te prie donc, de la façon la plus formelle, de ne plus mettre les pieds chez Mme Thomerain. Il est inadmissible que Mlle de Saint-Ermond fasse des visites à la mère d'un homme... qu'on expédie aujourd'hui même à la Nouvelle-Calédonie.

— Oh ! mon père !

— Oui, oui, prononça très froidement M. de Saint-Ermond, feuilletant ses journaux, tu ne peux te faire encore à cette idée ; et tu as la tête tellement montée que... nous reparlerons de cela une autre fois : tu comprendras alors que tu nous as tous rendus un peu ridicules ; mais, je le répète, ce n'est pas le moment d'agiter cette question. Ce que je voulais me dire, j'en suis certain, c'est que tu es arrivée chez cette femme, au moment où on la saisissait.

— Vous le saviez donc ?

— Oui.

— Et vous ne l'avez pas empêché !

— Je m'en serais bien gardé.

— Pardon, mon père... Je ne comprends pas très bien. Vous voulez donc accabler une malheureuse, dont la vie s'est écoulée d'une aussi noble manière ?

Encore des mots, des phrases, ma chère Suzanne... Il faut malheureusement des idées un peu plus
pratiques, pour se diriger dans la vie.

— Vous me permettrez de garder les miennes, mon
père. Ainsi, je vous avoue, très nettement, qu'il me semble impossible que vous ne rendiez pas à Mme Thomerain la fortune de son fils.

— Je le regrette ; mais c'est impossible, dit sèchement
l'industriel.

— Vous l'avez donc livrée à la justice ?

— Pas encore ; mais cela se fera dans quelques jours.

— Mais, quand la compagnie d'assurance vous remboursera notre fortune, vous en détacherez certainement
cette petite somme...

— Je n'en détacherai pas un centime.

— Alors, je le ferai, moi ! dit fièrement la jeune fille.

M. de Saint-Ermond leva enfin la tête et fixa un regard
mauvais sur Suzanne.

— Tu ne feras sûrement pas cela, ma fille !

— J'attendrai ma majorité.

— Tu ne le feras pas plus à ta majorité qu'aujourd'hui... à moins que, dans ton cœur, tu ne places la
famille Thomerain au-dessus de ton père.

Suzanne tressaillit. Elle s'avança, en suppliant, vers
M. de Saint-Ermond.

— Oh ! mon père, que dites-vous là ?

— Mon enfant, lorsqu'un homme est condamné à une
peine quelconque, il est aussi condamné à payer les frais
de son procès. Généralement, les criminels n'ont guère
de fortune ; et cette seconde clause demeure presque toujours sans effet. Mais ici, le cas est différent : on saisit
ce que possédait Michel, pour couvrir les frais de son procès. En outre, la compagnie d'assurance, ayant recours
contre les incendiaires, saisit à son tour...

— Oui, mon père, je sais cela ; je l'admets ; mais vous,
qui vous empêche de réparer cette nouvelle cruauté ?

— Un motif bien simple. Tu t'imagines sans doute
qu'une compagnie d'assurance paye à caisse ouverte les
pertes subies par un assuré ? Eh bien, non ! Et la preuve,
c'est que je n'ai encore touché et que je ne toucherai
rien... tant que l'enquête de la compagnie ne sera pas
terminée.

— Quelle enquête ?

— L'enquête que fait toute compagnie d'assurance pour
s'assurer que son client n'a pas mis le feu lui-même.

— N'a-t-on pas, hélas, déclaré que le coupable, c'était
Michel ?

— En effet, Michel Thomerain, qui, le matin même de
l'incendie, était encore l'employé de la maison, un autre
moi-même... Ah ! tu ne t'imagines pas le tort que ce
malheureux fou nous a causé ! Sais-tu quelle a été la première idée de l'inspecteur de la compagnie d'assurance ?
C'est que la dispute, que j'ai eue avec Michel, n'était que
simulée, que tout avait été convenu entre nous d'avance,
et que j'avais intérêt à voir disparaître mon usine. C'est
absurde, mais c'est ainsi. Et, le jour où je rembourserais à Michel sa fortune, le jour où on me prouverait que
tu vas encore chez sa mère, on me dirait tout simplement : *Michel Thomerain était votre complice ; et c'est
vous qui lui avez ordonné de mettre le feu à vos chantiers.* Votre conduite d'aujourd'hui le prouve bien. — Et
voilà pourquoi, Suzanne, je te prie de ne plus me désobéir.

IV

LA CONSCIENCE DE BERNIER

A partir de ce jour, Suzanne ne prononça plus le nom
de Michel. Elle eut même le courage de lire, sans pleurer, les articles de journaux où on annonçait son départ.
La comtesse l'entourait des soins les plus affectueux. Et
Suzanne s'habituait de plus en plus à cette maison,
qu'elle avait tant méprisée jadis : au moins, elle avait le
bonheur de posséder un peu son père.

Pour satisfaire à la morale hypocrite du monde, Saint-
Ermond habitait toujours chez le prince Gérald.

Jusqu'à midi, il s'occupait ou faisait semblant de s'occuper de ses affaires, dans le salon que le prince russe
avait mis à sa disposition.

A midi, il partait avec Gérald ; ils allaient ensemble
déjeuner au cercle. L'après-midi, il venait prendre la comtesse et sa fille pour les mener au Bois. Gérald ne paraissait pas encore ; on l'apercevait seulement, de temps
en temps dans l'allée des Acacias ; il saluait correctement
ces dames, sans s'arrêter, comme un viveur qui n'entretient avec sa famille que les relations nécessaires. Et il
n'arrivait chez sa sœur que pour dîner.

Il se montrait très froid vis-à-vis de Suzanne, ne lui
faisait jamais un compliment ; et la jeune fille lui en était
très reconnaissante. Jamais non plus la comtesse ne parlait de son frère à la jeune fille. Elle se contentait de dire
à Saint-Ermond, avec une petite moue

— Je vous en prie, surveillez mon mauvais sujet de
frère ; il a déjà fait bien assez de sottises en Russie. Je
n'ai pas besoin qu'il recommence à Paris.

Quand elle était seule avec Suzanne, elle essayait de la
distraire, elle lui disait :

— Je ne veux plus voir, sur votre visage, cette teinte
de tristesse...

Plusieurs fois, elle voulut lui parler de la veuve Thomerain, mais elle hésitait.

Enfin elle se décida ; elle lui demanda, au bout de
quelques jours :

— Vous n'avez plus eu de nouvelles de cette malheureuse mère ?

Suzanne tressaillit et balbutia :

— Vous n'ignorez pas que mon père m'a formellement
défendu...

— Oui, oui, je sais cela, dit la comtesse. Les hommes
sont cruels, ainsi. Mais moi, j'ai pris des informations :
Mme Thomerain a été malade ; elle va beaucoup mieux
heureusement. C'est que je m'intéresse vivement à elle,
et j'ai pensé que nous pourrions lui envoyer un secours...

— Elle ne l'accepterait pas, dit Suzanne, que cette pensée humiliait.

— Oh ! je sais un moyen. — Cette pauvre femme est
à la charge du contremaître de votre père, qui ne doit
pas être bien riche, non plus. Je vais leur envoyer un
billet de mille francs dans une enveloppe, sans écrire un
mot.

Suzanne voulut d'abord empêcher la comtesse d'exécuter son projet ; mais, en songeant que cela apporterait un
soulagement momentané dans l'existence de la veuve, elle
finit par consentir.

— Faites comme vous le désirez, madame ; je n'ai pas
le droit d'arrêter votre générosité. Et peut-être êtes-vous
mieux inspirée que moi ! Seulement, vous me permettrez
d'être de moitié dans votre envoi.

— De grand cœur, chère enfant.

Et le billet de mille francs fut envoyé, comme l'avait
proposé la comtesse à « Mme veuve Thomerain, chez
M. Bernier. »

Le lendemain, Suzanne n'avait pas encore quitté sa
chambre, lorsqu'on vint la prévenir qu'un homme la
demandait. Elle courut rapidement au salon et se
trouva en face du vieux Bernier, qui tenait une enveloppe à la main.

— Que se passe-t-il donc ? demanda Suzanne, inquiète.

— Pas grand'chose, mademoiselle. Je viens simplement vous apporter ceci, dit le contremaître respectueusement.

Et il tendit à Suzanne l'enveloppe où, la veille, elle
avait mis le billet de mille francs.

La première pensée de la jeune fille fut de nier.

— Je ne comprends pas ce que vous voulez dire, mon
bon Bernier.

— Oh ! c'est bien inutile avec moi, mademoiselle. Ce
matin, nous avons deviné tout de suite quand le facteur est arrivé. Mme Thomerain aurait même refusé
la lettre... Je l'en ai empêchée, sachant que cela vous
ferait trop de peine. Et alors, je vous ai rapporté ce
billet moi-même. — Mme Thomerain n'a besoin de
rien, ajouta-t-il bien tranquillement.

Il posa l'enveloppe sur une table. Suzanne ne trou

...rien à lui répondre. Il la salua et allait partir. Elle demanda alors timidement :

— Comment va ma vieille amie ?

— Bien mieux, mademoiselle.

— On m'a dit qu'elle avait été gravement malade. Alors, j'avais désiré... Que je suis désolée de l'avoir blessée !

— Oh ! mademoiselle, maintenant, plus rien ne peut la blesser. D'ailleurs, elle est très calme : son délire est passé.

— Dites-lui que je pense souvent, souvent, à elle...

— Elle en sera bien heureuse, mademoiselle.

— Et que j'aurais voulu aller la soigner.

— Elle a bien compris, mademoiselle, que cela était impossible... Et ce n'est que trop naturel, hélas !

Il y eut un lourd silence ; puis Suzanne prononça tout bas :

— Avez-vous des nouvelles de...

Elle ne dit pas le nom de Michel. Bernier répondit tristement :

— On sait que la frégate qui les emmène a quitté la France, et que les deux prisonniers étaient en bonne santé. Michel est toujours courageux et son ami Martin toujours gai. Voilà tout.

Suzanne regarda autour d'elle, craignant d'être espionnée ; puis elle tendit les deux mains à Bernier...

— Quand vous écrivez à... quand vous lui écrivez, vous lui direz que je suis toujours la même... toujours... et que... que je l'attends !

— Je n'en ai jamais douté, mademoiselle, déclara tranquillement Bernier.

A ce moment, la porte du salon s'ouvrit, et M. de Saint-Ermond parut, son portefeuille sous le bras.

Il s'arrêta, tout stupéfait en voyant son contremaître et demanda sèchement :

— Que venez-vous faire ici, Bernier ?

Suzanne se mit à trembler ; mais elle se rassura quand elle entendit la réponse du contremaître.

— Je venais prendre congé de mademoiselle, monsieur. Mademoiselle a toujours été si bonne pour moi, que je n'ai pas voulu partir sans lui dire adieu.

— Hem !... Que signifient vos paroles ?

— Si monsieur de Saint-Ermond se rend aujourd'hui à Saint-Denis, je le lui expliquerai plus amplement.

— Non ; je n'irai pas là-bas, je serai retenu toute la journée à Paris. Expliquez-vous donc tout de suite.

L'industriel s'assit, laissant Bernier debout et le dévisageant avec insolence :

— Vous... partez, m'avez-vous dit ?

— Oui, monsieur.

— Vous ne m'en aviez pas prévenu ?

— J'allais le faire aujourd'hui.

— Mais... qui vous a dit que je vous permettrais de partir ?

— Je n'aurai pas besoin de vous demander votre permission, monsieur. Je reprends mon indépendance.

— Ce qui veut dire que... vous me quittez ?

— Oui, monsieur.

— Je vous croyais plus attaché, sinon à moi, du moins à ma fabrique.

— La fabrique n'existe plus, monsieur.

— Qui vous dit que je ne vais pas en installer une nouvelle ?

— Ce ne serait plus la même, monsieur. Et maintenant que le terrain est entièrement déblayé, je suppose que vous n'avez plus besoin de moi.

Saint-Ermond se mordit les lèvres. Il ignorait encore s'il fonderait une nouvelle fabrique ; mais, s'il s'y décidait, il avait compté sur l'expérience du vieux contremaître : il avait même espéré que Bernier retrouverait peu à peu le secret des merveilleuses machines inventées par Michel. Et puis... cela l'humiliait, cet homme qu'il considérait comme faisant partie de sa fortune, et qui le quittait brusquement, sans même lui donner une raison de son départ. Il dit :

— Et si j'avais encore besoin de vous ?

— J'aurais le regret de vous quitter tout de même, monsieur.

— Ainsi, votre conscience ne vous crie pas que vous devez à ma famille, qui a fait votre position ?

— Non, monsieur, répliqua tranquillement le contremaître. Ma conscience me dit d'aller autre part.

— Vous entrez dans une nouvelle maison ?

— Non, monsieur.

— Alors, de quoi vivrez-vous ?

— Des rentes que j'ai amassées en travaillant.

— Je ne vous savais pas si riche, dit l'industriel, avec un sourire ironique. Mais, puisque c'est au service de ma famille que vous avez amassé ces rentes, vous comprendrez aisément que je vous trouve un peu ingrat de m'abandonner si brusquement.

— C'est que les circonstances l'exigent, monsieur.

— Soit ! Mais je vous dois encore le paiement des semaines qui se sont écoulées depuis ce maudit incendie.

— Non, monsieur, vous ne me devez rien. Si j'ai travaillé au déblaiement de l'usine, c'était simplement pour payer ma dette de reconnaissance à votre famille ; car, dès le lendemain de l'incendie, j'avais pris la résolution de me retirer.

— C'est peut-être votre opinion, dit M. de Saint-Ermond, de plus en plus piqué ; ce n'est pas la mienne. Vous toucherez, aujourd'hui, ce qui vous est dû.

— Non, monsieur, je n'irai pas le toucher.

— Et pourquoi ?

— C'est mon idée.

— Alors je vous l'enverrai.

— Je ne ferai que le recevoir pour le porter au bureau de bienfaisance.

— Savez-vous que vous me manquez de respect, Bernier ?

— Ce n'est pas mon intention, monsieur ; mais j'ai l'habitude de ne pas mentir.

Une sourde colère agitait l'industriel. Jamais un ouvrier — et il considérait Bernier comme un simple ouvrier parvenu — n'avait osé lui parler ainsi.

Il aurait voulu lui répondre avec insolence ; et il n'osait pas, à cause de Suzanne. D'un autre côté, il n'osait pas ordonner à la jeune fille de se retirer. Il domina cependant sa colère et dit :

— Bernier, vous avez parfaitement le droit de me quitter. Je regrette votre décision et vous le déclare sincèrement ; mais ce que vous n'avez pas le droit de faire, c'est de me quitter ainsi. Je ne vous ai jamais adressé le moindre reproche, je vous ai toujours laissé libre de diriger votre travail à votre guise. Et aujourd'hui, vous me parlez comme un employé qui a eu à se plaindre de son patron. Et vous faites cela devant ma fille, après avoir exprimé votre respect pour Mlle de Saint-Ermond ; c'est donc que vous avez quelque sujet de plainte contre moi.

« Expliquez-vous franchement.

Bernier resta, les yeux fixés à terre, immobile pendant une minute, cherchant une phrase banale qui pût déguiser sa pensée ; mais il ne savait pas mentir. Il se contenta de répondre :

— Permettez-moi de prendre congé de vous, monsieur et mademoiselle.

— Non, Bernier, non. Je veux connaître le fond de votre pensée.

— Permettez-moi de me taire, monsieur.

— Non. Cela indique que vous avez un vrai sentiment d'antipathie contre moi. Répondez-moi ; est-ce vrai ?

Bernier leva la tête et regarda froidement l'industriel, en disant :

— Puisque vous l'exigez, je ne mentirai pas ; — oui, monsieur !

L'industriel se passa les mains sur le front, en murmurant :

— On a donc beau faire le bien, on ne récolte jamais que l'ingratitude.

— Je ne vous dois aucune reconnaissance, à vous personnellement, monsieur !

L'industriel se leva en disant d'une voix sévère :

— C'est bien. Partez. J'oublierai votre ingratitude. Adieu ! Mais, moi qui n'oublie pas vos services, je veux vous donner une poignée de main.

... la main à Bernier. Le contremaître salua ... ...quelques pas en arrière, comme s'il ne voyait pas ... main de l'industriel.

— Vous refusez de me donner une poignée de main ?

— Ah ! monsieur, laissez-moi m'en aller sans me poser toutes ces questions, surtout devant Mlle Suzanne... Cela me rend trop malheureux.

— Non, Bernier, dit Suzanne, je veux savoir, moi, pourquoi vous refusez de donner une poignée de main à mon père.

— Parlez, je l'exige ! cria l'industriel furieux.

— Vous l'exigez, monsieur ? Soit ! — Je ne veux pas vous serrer la main, parce que vous avez porté un faux témoignage contre Michel Thomerain...

— Ah ! c'est cela ? dit l'industriel en haussant les épaules, j'aurais dû m'en douter... Mais si ce n'est que cela, je ne m'inquiète plus... Allons, adieu, mon pauvre homme... Vous êtes un peu fou...

— Oh ! déclara le contremaître, avec un geste farouche, il n'y a pas que vous qui ayez menti, ce jour-là... Mais patience !...

— C'est moi qui ai bien trop de patience de vous écouter aussi longtemps ! Sortez, malheureux, sortez !...

— Pourquoi m'avez-vous forcé à parler, monsieur ?

— Sortez ! Et que jamais je ne vous revoie !

— Soyez tranquille, monsieur ! je quitte la France. Et je n'y reviendrai que le jour où la justice y sera mieux rendue.

V

LES ÉCONOMIES DE BERNIER

En disant ces derniers mots, Bernier lança un geste furieux contre cette personne, qu'il menaçait toujours, sans que jamais on la vît, et qui était peut-être bien la justice ; puis il sortit brusquement, après avoir envoyé un dernier adieu à Suzanne.

La jeune fille était tombée sur le canapé, où elle pleurait, à demi accroupie.

— J'espère que te voilà contente ! lui cria son père. Elle se jeta vers M. de Saint-Ermond.

— Oh ! mon père, pardonnez-moi !

— Il a fallu que cet homme m'insultât pour que tu te rendes enfin compte de l'absurdité de ta conduite ?...

— C'est qu'il est si malheureux, mon père ! il aimait tant M. Thomerain qu'il n'a plus sa tête à lui.

L'industriel, enchanté de voir la tournure que prenaient les choses, se mit à rire dédaigneusement.

— Et moi qui interrogeais gravement ce vieux fou ! Moi qui m'imaginais qu'il avait quelque grief sérieux contre moi !... Quelque injustice passée inaperçue, et que j'aurais été ravi de réparer !... Et tout cela aboutit à une accusation ridicule !...

Suzanne approuvait son père par des signes de tête, à mesure qu'il parlait.

— Oser me dire que j'ai porté un faux témoignage contre Michel !... A moi qui n'ai cessé de le défendre !

— C'est vrai, mon père ! Vous n'avez rien dit qui ne soit parfaitement exact. Bernier s'en prend à vous comme il doit s'en prendre à tout le monde.

M. de Saint-Ermond aperçut alors l'enveloppe, contenant le billet de mille francs, que Bernier avait déposée sur la table.

— Qu'est-ce que c'est que cela ? dit-il.

— J'avais encore commis une imprudence, mon père, déclara courageusement Suzanne ; mais je vous jure qu'il ne m'arrivera plus rien de semblable.

L'industriel ouvrit l'enveloppe et vit le billet de mille francs.

— Tu leur avais envoyé cela !

— Mme Caremitch s'intéressait comme moi à cette malheureuse femme ; nous avons voulu lui adresser cette somme d'une manière anonyme, sans lui écrire. Elle a bien deviné d'où cela venait, et me l'a renvoyée ce matin par Bernier.

Comme Suzanne terminait cette confidence, la comtesse parut dans le salon en toilette du matin, tout effarée.

— Que se passe-t-il donc, mes amis ? J'ai entendu le bruit d'une discussion. Je me suis levée en toute hâte... J'espère que ce n'est pas après votre fille que vous en avez, monsieur ?

— Non, dit gracieusement Saint-Ermond : c'est contre vous, qui laissez faire des sottises à Suzanne.

— Comment cela ?

— Suzanne vous le racontera ; vous me permettrez de me rendre à mes affaires.

Et il sortit avec la gravité d'un homme qui est sur le point de toucher plusieurs millions.

La comtesse dut arracher, par bribes, à Suzanne, le récit de ce qui s'était passé ; et, quand la jeune fille eut terminé, Nina dit avec insouciance :

— Bah ! si l'on s'occupait de l'ingratitude des gens qu'on oblige, on ne ferait jamais le bien. Nous oublierons Mme Thomerain, voilà tout.

Suzanne revint dans sa chambre, essayant d'écarter le souvenir d'autrefois ; mais, dès qu'elle fut seule, elle fut reprise, malgré elle, par tous les doutes qui l'avaient assaillie quand on avait jugé Michel. Machinalement, elle ouvrit un tiroir qui contenait plusieurs journaux ; elle en enleva un qui renfermait le compte rendu du procès ; et, tout de suite, elle lut la déposition de son père.

— Pas un mot qui ne soit vrai ! murmura-t-elle.

Puis, elle eut honte de sa faiblesse.

— Je suis folle, moi aussi ! Est-ce que je puis douter des paroles de mon père ?

Cependant le vieux contremaître s'en allait le long des boulevards, d'un pas saccadé, jurant, fermant toujours le poing, parlant à haute voix, si bien que les passants se moquaient de lui. Même, un sergent de ville, le croyant ivre, voulut l'arrêter. Bernier le repoussa brutalement, en disant :

— Ah ! prenez garde ! je n'aime pas les gens de votre espèce !

Et il paraissait si menaçant que le sergent de ville jugea imprudent d'engager une lutte.

Il n'y avait pas longtemps que cette haine était venue à Bernier contre les gardiens de la paix ; cela datait de la nuit où deux des leurs avaient arrêté Michel.

Il continua son chemin, après avoir montré le poing au ciel.

Il était furieux, et selon son habitude, furieux contre lui-même :

— J'ai encore fait une bêtise... J'aurais dû avoir le courage de me taire... Mais voilà ! cette sacrée langue ! pas moyen de l'arrêter ! J'ai sûrement causé du chagrin à Mlle Suzanne ! Mais tant pis !... Après tout, je ne suis pas fâché de lui avoir dit ce que je pensais, à ce M. de Saint-Ermond ! Oh ! oui, il a menti quand il a dit que Michel avait un caractère violent... Et l'autre, le prince, a menti aussi, puisque Michel le lui a dit en pleine audience... Allons, il y a, sous tout cela, quelque chose qui n'est pas clair... Mais nous l'éclaircirons plus tard, morbleu ! En ce moment, j'ai bien d'autres chats à fouetter !

Et il allait toujours, furieux, rapide, ne prenant ni voiture ni omnibus, trouvant qu'ils vont trop lentement. Il se sentait une activité de jeune homme.

Dans le faubourg Saint-Denis, il rencontra un de ces horribles « paniers à salade », qui servent à transporter les criminels.

— Quand je pense que Michel a été là-dedans ! prononça-t-il avec un mouvement de rage. Canailles, va !

Le mot « canailles » s'adressait à beaucoup de monde : aux agents de police qui avaient arrêté Michel, au juge d'instruction, au directeur de Mazas, à l'avocat, aux jurés, à M. de Saint-Ermond, à la comtesse russe, à son frère et à tout l'auditoire qui avait rempli la cour d'assises, et même à tous ces Parisiens qui avaient encore le cœur de manger, de boire, de travailler, tandis qu'un innocent était expédié à la Nouvelle.

Mais patience, patience ! Ça ne durerait pas toujours !

Et Bernier, ayant une dernière fois montré le poing au ciel et à tous les passants, continua son chemin, plus calme, rassuré par l'avenir qu'il entrevoyait.

Quand il entra dans son logement, deux femmes étaient assises sur une malle et causaient, se tenant par la main. Tout de suite, Bernier se mit à crier, pour mieux cacher sa sensibilité :

— Là ! qu'est-ce que je vous disais !... J'étais sûr de les trouver en train de ne rien faire ! Ah ! vous savez, madame Thomerain, et vous, mademoiselle Juliette, je n'aime pas les paresseuses !... Bonjour !

Ls deux femmes sourirent ; et la veuve répondit :

— Vous vous trompez, mon bon Bernier. Si nous nous reposons, c'est que nous avons fini.

— Oh ! je sais que vous avez toujours raison, vous. Alors, votre malle est faite ?

— Il n'y a plus qu'à la fermer.

— Et la mienne ?

— Comment ! la vôtre ?

— Ma valise, si vous préférez ?

— Vous allez donc en voyage ?

— Oh ! pas bien loin. Je vous accompagne seulement jusqu'à Boulogne.

— Non, mon ami, non. Je ne puis accepter cette nouvelle preuve de dévouement.

— Ah ! pas d'explication, ou je me fâche.

Il passait ainsi sa journée à bousculer les deux femmes. Et quand elles riaient, il leur disait :

— Ah ! ah ! vous vous imaginiez que c'était une bonne vieille bête que le papa Bernier... et qu'on le mènerait par les deux oreilles ? Eh bien, ça n'est pas vrai ! J'entends qu'on m'obéisse, moi !

Et, en lui-même, il riait : il songeait à tous ces imbéciles qui avaient prédit qu'à la fin de sa vie il n'aurait personne autour de lui !... D'abord, il avait sa vieille amie Thomerain, qui occupait sa chambre. Lui, couchait toujours sur un lit pliant, dans la salle à manger. Puis, un matin, il était allé chercher quelques objets dans la chambre de Juliette Morand, pour les rapporter à la jeune fille, qui soignait Mme Thomerain. Et alors il lui était venu une idée. Il lui venait beaucoup d'idées depuis quelque temps ; et il les exécutait tout de suite pour n'avoir pas le temps d'en changer.

Mme Thomerain se remettait peu à peu de la grande secousse qu'elle avait éprouvée. Pendant toute sa maladie, — maladie à laquelle les médecins n'avaient pas compris grand'chose, — elle avait été soignée par Juliette avec un admirable dévouement. Juliette ne bougeait plus de la chambre de la malade ; elle couchait sur un fauteuil. Elle avait donné à Bernier la clef de son petit logement ; et Bernier allait de temps en temps lui chercher du linge, une robe, un manteau, ce qu'elle demandait. Et ce fut ainsi qu'il compara la modeste chambrette de la jeune fille à son salon ; et le résultat de cette comparaison fut la réflexion suivante :

— Quel sacré égoïste j'ai fait jusqu'ici !

Et, sans prévenir la jeune fille, il donna congé du logement de Juliette et transporta tous ses meubles dans son salon ; de telle sorte que, lorsque Juliette, pour la première fois, consentit à ne pas veiller la veuve, le contremaître lui dit :

— Prenez mon bras ; je vais vous reconduire chez vous.

La jeune fille répondit :

— Je veux bien ; mais laissez-moi mettre mon chapeau.

— Oh ! pas la peine ! dit Bernier, d'un ton bourru. Allons, sacrebleu ! prenez mon bras tout de suite !

Il traversa la salle à manger, entraînant Juliette, et ouvrit la porte du salon.

— Là, vous êtes chez vous.

Elle regarda, devina, et tomba en pleurant dans les bras de Bernier.

— Ah ! je ne veux pas de ça ! hurla le contremaître. Tonnerre !

Et il fut convenu que Juliette habiterait là jusqu'à nouvel ordre.

— Ce que j'en fais, ce n'est pas pour vous, disait Bernier. C'est à cause de l'enfant que vous aurez bientôt.

Il acheta même d'avance toute une layette, — pour ne plus avoir à s'en occuper, assurait-il. Il convint avec Juliette de plusieurs autres choses que la veuve ne connaissait pas ; car Bernier avait souvent des entretiens secrets avec la jeune fille, et lui faisait des recommandations qui ne regardaient que lui et elle.

— Nous vous sommes à charge toutes les deux, disait souvent la veuve.

Mais Bernier n'avait jamais l'air d'entendre cette phrase. Un jour, cependant, comme Mme Thomerain insistait, il dit :

— Oh ! soyez tranquille ! je n'ai pas envie de manger mes économies pour vous ! Je marque toutes les dépenses, et je me ferai rembourser par Michel.

— Mon pauvre enfant ! murmura la veuve.

— Ah ! à ce propos, quand donc allez-vous le retrouver, ce gamin ?

— Mais, mon ami, vous savez bien que je n'ai plus d'argent pour accomplir ce grand voyage.

— Comment ! vous ne savez donc pas ce que vous avez ?

— Que voulez-vous dire ?

— Vous avez dix mille francs !

— Moi ! j'ai dix mille francs ?

— Sans doute !

— Puisqu'on a tout saisi !

— Pardon ! on n'a pas saisi la robe que vous aviez sur vous, ni votre lit, ni votre table...

— Mais que vaut tout cela ?

— En soi-même pas grand'chose ! Seulement, dans le tiroir de la table, au fond, j'ai trouvé un petit paquet : dix beaux billets de mille francs ! Entre nous, ils étaient bien mal cachés, on aurait pu vous les voler.

— Ces dix mille francs ne sont pas à moi, Bernier !

— A qui, diable ! voulez-vous qu'ils soient, alors ?

— A un ami, trop généreux, trop délicat, qui emploie cette ruse pour me les faire accepter.

— Hein ! qu'est-ce que vous racontez là ? S'ils ne sont pas à vous, ils sont à Michel, qui les aura déposés là avant son départ.

— Non, Bernier, ils sont à vous.

— A moi ? Ah ! voilà bien une autre histoire ! Si vous vous imaginez que j'ai pu économiser dix mille francs, moi ? Vous me prenez donc pour un ingénieur ?...

Il fit de grands gestes, frappa sur le plancher et cria furieusement :

— Flanquez-les au feu vos billets, si vous n'en voulez pas ! Oh ! les femmes !... Ça n'est bon qu'à vous faire enrager !

— Non, mon ami, je les garderai précieusement. J'accepte le prêt que vous me faites : cela me permettra d'aller rejoindre mon cher enfant ; et, tous deux, nous vous bénirons, comme l'ami le plus tendre et le plus délicat...

— Ta ra ta ta ! De l'attendrissement ? Encore une chose que je n'aime pas !

Et, prenant sa canne, il alla se promener, enchanté d'avoir si bien joué son rôle.

Dès ce jour, on prépara le départ de Mme Thomerain. Elle devait aller en Angleterre, d'où elle s'embarquerait pour l'Australie ; et là, elle attendrait, avant de passer en Calédonie. Elle ne savait pas encore très bien ce qu'elle ferait là-bas ; mais une grande joie emplissait son âme à la seule pensée qu'elle serait près de son fils.

Lorsque le malencontreux billet de Suzanne arriva chez eux, le départ de la veuve était déjà fixé ; mais mais Bernier n'avait parlé d'aller à Boulogne ; aussi la veuve était-elle tout étonnée des propositions.

— Non, mon ami, dit-elle, non ; vous me conduirez simplement à la gare du Nord.

— Est-ce que vous avez la prétention de m'imposer vos volontés ? cria-t-il d'un ton rogue.

— Non, non ; mais vous savez bien qu'on ne peut pas se passer de vous pour le déblayement de l'usine.

— On s'en passera bien pendant deux jours. D'ailleurs, vous, reposez-vous. Juliette m'aidera.

...à rentrer dans sa chambre, et resta
...dans la salle à manger. Bernier faillit alors
parler, mais il réfléchit.

— Non. Allons dans votre chambre. Ici, elle nous en-
tendrait, peut-être.

Ils passèrent dans le salon, qui servait de chambre à
Juliette. Et c'est seulement, après avoir tout bien fermé,
que Bernier demanda :

— On a tout apporté ?

— Oui, monsieur Bernier, ce matin.

— Et elle n'a rien vu ?

— Non. Elle dormait encore.

Et, en même temps, Juliette montrait une grande
valise carrée, solide.

Bernier la souleva et dit :

— Allons ! elle n'est pas trop lourde. Et vous avez vé-
rifié si tout y était ?

— Oui, oui, il y a bien tous les objets que vous avez
commandés... Mais, comme je serais heureuse, si vous
voulez bien me permettre de vous accompagner !

— Des bêtises ! Ah ! pas de ça. Vous, votre rôle, en ce
moment, c'est de nous donner un bel enfant. Vous avez
un bon logement, sain et aéré ; le médecin et la sage-
femme sont prévenus depuis hier ; vous avez dans ce tiroir, deux rouleaux de mille francs, de quoi subvenir à
tous vos besoins. Vous penserez à nous ; et vous nous
tiendrez. Ce sont, d'ailleurs, des dernières volontés de
ce pauvre Pélissier. Vous ne pouvez affronter un aussi long
voyage que lorsque votre enfant sera venu au monde.
Et maintenant, embrassez-moi.

— Oh ! merci, cher monsieur Bernier ! s'écria la jeune
fille en embrassant le contremaître.

— Ce baiser-là, c'était pour moi, dit Bernier, et je le
garde. Embrassez-moi une autre fois pour lui... Hein !
qui frappe ?

On frappait, en effet, à la porte.

— C'est moi, répondit la veuve Thomerain. Que faites-
vous donc ?

— Nous terminons ma valise, répondit tranquillement
Bernier en ouvrant.

La veuve vit cette grosse valise et dit :

— Vous emportez cela ?

— Oui. Quand je vous aurai embarquée à Boulogne,
j'irai peut-être faire un tour en Belgique ; il y a longtemps que j'ai envie de voir les usines de ce pays-là.

— Ah ! vous allez en Belgique ?

— Je vais où il me plaît d'aller ! Et je ne veux pas
qu'on me questionne là-dessus.

Jamais Bernier n'avait été aussi bourru que ce jour-
là. Le soir, il fit venir un bon dîner pour fêter le départ
de sa vieille amie, et, au dessert, il déclara qu'il était ravi
à la pensée que sa maison ne serait plus encombrée par
une malade, et qu'il pourrait enfin reprendre sa chambre.

Le lendemain, Juliette conduisit les deux vieux amis
à la gare du Nord. Mme Thomerain, sachant que Bernier allait faire une petite excursion, ne s'étonna plus
de lui voir emporter tout un attirail de voyage, même un
gros revolver et un large couteau-poignard.

— M. de Saint-Ermond vous a donné un congé ? lui
demanda-t-elle.

— Oui, et un fameux.

A la gare, il parla encore à voix basse à Juliette. Enfin,
il s'installa dans un wagon de première classe, à côté
de la veuve ; et comme la veuve trouvait qu'on aurait
pu voyager en seconde, il répondit que cela lui plaisait
ainsi. Le train s'ébranla.

Juliette resta sur le quai de départ, tant qu'elle vit le
mouchoir que Bernier agitait par la portière ; puis elle reprit lentement le chemin de la rue de la Chapelle.

On avait à peine quitté Paris, qu'un des voyageurs
étendit la main et dit à une autre personne :

— Tenez ! voyez-vous ces ruines ? C'était là que se
trouvait la fameuse fabrique Saint-Ermond, incendiée
par son ingénieur, Michel Thomerain.

La veuve tressaillit. Les autres voyageurs se pres-
saient à la portière pour regarder. Bernier grommela,
serra les poings, dévisagea insolemment le voyageur qui
avait parlé ; puis il murmura :

— A quoi bon chercher une querelle ?

Le reste du voyage se passa sans incidents. A Boulogne, la veuve éclata tout à coup en sanglots.

— Ah ! mon pauvre ami, dit-elle, nous allons bientôt nous séparer.

Bernier ne répondit pas ; il la conduisit sur le bateau et s'assit auprès d'elle.

Au bout d'un moment, des hommes passèrent, portant
des bagages.

— Ah ! mon Dieu ! s'écria la veuve, ils ont mis votre
valise avec la mienne ! Il faut vite prévenir...

— Pas la peine ! dit tranquillement Bernier.

— Puisque vous devez aller en Belgique.

— Non, décidément, j'ai réfléchi pendant le voyage,
et je crois que les usines d'Angleterre sont tout aussi
intéressantes que celles de Belgique.

— Dites que vous voulez encore m'accompagner plus
loin, mon bon ami !

— Pas du tout. Je me promène un peu ! J'ai bien le
droit, je suppose, de dépenser mes économies comme il
me plaît ?...

Ils arrivèrent le soir à Londres. Bernier installa son
amie à l'hôtel ; puis il alla s'occuper du passage. Comme le bateau ne partait que trois ou quatre jours après,
il eut le temps de montrer Londres à la veuve ; il visita
même deux fabriques avec le plus grand sérieux. Le
jour du départ, il conduisit Mme Thomerain à bord du
paquebot qui devait la mener en Australie ; et il lui
fit solennellement ses adieux. La veuve se retira dans
sa cabine.

Le lendemain, quand elle se leva, elle aperçut Bernier
qui se promenait sur le pont. Il lui cria gaiement :

— Croiriez-vous que ces animaux-là avaient encore apporté ma valise avec votre malle ! Me voilà forcé de vous
accompagner en Australie !

VI

INCERTITUDE

Suzanne se trouvait donc comme seule à Paris, sans
un ami véritable qui pût la guider, auquel elle pût se
confier franchement.

Le lendemain de sa dernière entrevue avec Bernier,
elle résolut d'étouffer tous les sentiments dont son cœur
était plein, pour se consacrer entièrement à son devoir.

— Avant tout, je dois obéir à mon père, se dit-elle.
Je dois, par ma tendresse, lui faire oublier les ennuis
que je lui ai causés. Je chasserai de mon esprit le souvenir de ceux que j'aimais autrefois, puisque, réellement, ils se sont rangés parmi ses ennemis.

Elle concentrait toutes ses pensées sur M. de Saint-
Ermond, attendant avec impatience que la journée se
fût écoulée ; car, maintenant, l'industriel ne paraissait
plus que le soir chez la comtesse. Il passait son après-
midi à discuter avec les agents de la compagnie d'assurance.

Jamais encore la jeune fille n'avait souffert de cette
absence ; souvent même, elle ne l'avait pas remarquée.
Ce jour-là, elle demanda plusieurs fois à la comtesse
si son père viendrait sûrement dîner le soir.

— Oui, dit Nina, à moins que mon mauvais sujet de
frère ne l'entraîne encore au cercle. Ils ne se quittent
plus. Votre père aime beaucoup Gérald.

La comtesse n'ajouta pas une parole ; mais cela suffit
pour que Suzanne songeât à ce jeune homme, dont son
père faisait son compagnon habituel.

Pendant la journée, Nina ne cessa d'entourer la jeune
fille des soins les plus tendres, les plus délicats, avec
cette chatterie si trompeuse des femmes russes.

Elle lui disait, en l'embrassant :

— On ne peut pas se réjouir d'un malheur ; et cependant, je regrette plus, moi, que cette catastrophe
ait éclaté, puisque cela nous a permis de mieux nous
connaître, de nous aimer véritablement... Je suis bien,

bien heureuse que votre père ait eu la pensée de vous oublier à moi...

— Moi aussi, madame, répondait Suzanne timidement.

Et la comtesse s'écriait :

— Ne m'appelez plus « madame » ; donnez-moi le doux titre d'amie.

Puis, avec un mouvement d'expansion :

— Tenez, Suzanne... si j'avais eu une fille, j'aurais voulu qu'elle fût telle que vous !

Suzanne avait un tel besoin d'affection qu'elle écoutait, qu'elle croyait ces phrases, dont la comtesse soignait habilement la gradation. Elle lui rendit ses étreintes et murmura :

— Oui, je vous aimerai bien.

Elle aimerait bien la comtesse, puisque c'était l'amie de son père, et puisqu'elle devait oublier son passé. Et cependant, en se laissant aller dans les bras de Nina, il lui semblait qu'elle faisait mal.

Le soir, elle vit arriver son père et le prince ensemble, causant de la façon la plus affectueuse ; c'était le prince qui bavardait le plus, et Saint-Ermond l'écoutait avec ravissement. L'industriel entra dans le salon en disant :

— Décidément, prince, il n'y a que vous pour raconter des cancans de boulevard ! Vous voilà devenu plus Parisien que moi !

Suzanne sourit au prince plus gracieusement que de coutume. Puis, à table, elle fit tous ses efforts pour ne plus être triste.

Son père le remarqua et dit à plusieurs reprises :

— Je retrouve donc ma petite Suzanne d'autrefois !

Il était enchanté, d'ailleurs, parce que ses affaires marchaient très bien. De l'argent et d'aimables compagnons, il ne lui en fallait pas davantage pour être heureux. Homme essentiellement égoïste et superficiel, il lui suffisait de voir une personne sourire pour croire qu'elle était heureuse.

— Vous allez au cercle ? demanda la comtesse, après dîner.

— Ma foi non ! Je vous consacre ma soirée. Suzanne nous fera de la musique. Restez-vous, prince ? Vous savez que je ne peux pas me passer de vous...

Le prince fixa son regard vague sur les yeux de Suzanne, puis il dit :

— Enchanté de vous être agréable, Saint-Ermond.

Et le prince s'installa sur une causeuse, auprès de sa sœur.

— Joue-nous quelque chose de gai ! cria Saint-Ermond à sa fille, qui se mettait au piano.

Suzanne enleva brillamment quelques mazurkas de Chopin ; son père s'endormit vers la fin, après avoir fumé un cigare.

Le prince causait de temps en temps à voix basse avec sa sœur.

— Tu m'as fait peur, tout à l'heure, dit Nina. J'ai cru que tu allais adresser un compliment à Suzanne.

— Sois tranquille, va ! Je ne me risquerai que lorsque le terrain sera prêt.

— Patience !

— Oui, attendons encore quelques semaines ; il n'y a pas besoin d'examiner longtemps Suzanne pour deviner qu'elle a pleuré ce matin. Et M. Thomerain occupe toujours une grande place dans son cœur.

— Non, son cœur n'est plus rempli que de chagrin. Dans un mois, ce gros chagrin ne sera plus que de la tristesse ; nous agirons alors ; et tu n'auras pas de mal à jouer ton rôle d'amoureux, car elle est réellement charmante.

— Je jouerais d'autant plus aisément mon rôle d'amoureux, dit le prince avec un sourire libertin, que je suis en train de le répéter avec la plus adorable fille.

Nina se mit à rire en disant :

— Tu as donc fait une nouvelle conquête ?

Son frère la prenait toujours pour confidente de ses bonnes fortunes.

Elle ajouta, d'un air de dédain :

— Encore quelque demoiselle du corps de ballet ! Conquête facile, mon cher !

Le prince se mit à rire et répliqua :

— Conquête difficile, ma chère sœur ! Figure-toi que, l'autre jour, en revenant de l'usine de Saint-Germain j'ai rencontré une jeune femme, aussi jolie que Suzanne est belle, avec un visage doux, un peu triste, l'allure d'une femme abandonnée...

— Quelque grisette !

— Grisette ou grande dame, peu importe ! Et ma foi, en attendant que Mlle de Saint-Ermond daigne faire attention à moi, j'aurai là la plus ravissante maîtresse qu'on puisse rêver !

— Tu vas devenir amoureux de toutes les Parisiennes.

— Pourquoi pas ?

— Veux-tu te taire, mauvais sujet !

Et la comtesse interrompit son frère pour complimenter Suzanne, qui quittait le piano. La soirée s'acheva d'une façon charmante.

— Une vraie soirée de famille, dit Saint-Ermond en prenant congé de sa fille, et de la comtesse.

Suzanne rentra chez elle un peu étourdie, et répétait pour s'étourdir encore :

— Oh ! je suis bien heureuse ! J'ai fait plaisir à mon père !

Elle se coucha bien vite et dormit aussitôt, pour échapper aux pensées qui allaient la reprendre.

Elle eut ainsi quelques jours de tranquillité.

Puis tout à coup une tristesse encore plus lourde s'appesantit sur elle.

Quelques lignes lues dans un journal suffirent pour renouveler son incertitude :

Nous apprenons que Mme Thomerain, la mère de Michel Thomerain, récemment envoyé en Nouvelle-Calédonie, vient de quitter Paris.

On croit que la malheureuse femme va s'établir à Nouméa, pour vivre auprès de son fils.

Suzanne vit cela un matin, et elle relut les deux phrases vingt fois, murmurant :

— Elle est partie, elle ! Et moi, je reste ici ! Je fais ce que je puis pour oublier, pour les oublier tous ! Mon devoir me l'ordonne...

Des semaines et des semaines s'écoulèrent sans apporter le moindre changement à son existence. Son père parlait bien de quitter l'appartement de la comtesse, de meubler un petit hôtel pour sa fille, dès qu'il aurait recouvré ses capitaux ; mais cela n'était encore qu'à l'état de projet. Et Suzanne se demandait combien de temps elle passerait encore dans la chambre que Nina avait mise à sa disposition. C'était là qu'elle vivait avec le passé, avec Mme Thomerain, avec Bernier, avec Michel ; c'était là qu'elle avait suspendu le portrait de sa mère, de son grand-père et de sa grand'mère. Jamais personne ne venait l'y déranger. Elle avait retrouvé une série de photographies de l'usine, depuis le jour où son grand-père avait construit les premiers ateliers jusqu'à l'année dernière ; toute sa vie de jeune fille était là ; et, presque chaque jour, elle s'en rappelait les moindres détails. Elle examinait surtout la vue d'ensemble, prise dans le grand atelier de découpage, et ses yeux s'attachaient sur la galerie, où elle avait l'habitude de venir.

C'était là que, pour la première fois, elle avait avoué son amour à Michel.

Puis, vers midi, elle renfermait bien vite tous ces souvenirs en murmurant :

— Je suis folle de penser à tout cela.

Et, si elle avait pleuré, elle essuyait soigneusement ses yeux, bien doucement, pour ne pas les rougir, elle mettait un peu de poudre, et se rendait au salon en souriant. Elle se disait que, le lendemain, elle serait plus forte, qu'elle ne remuerait plus rien de ce passé.

Et le lendemain, elle recommençait.

Quand elle voyait le prince, le soir, elle avait toujours un premier mouvement de répulsion ; elle s'imaginait entendre Michel lui crier : « Vous mentez, monsieur ! »

Mais elle refoulait ce sentiment de colère, en pensant : « C'est l'aimé de mon père ! »

Elle était arrivée à si bien dissimuler ses souffrances, que la comtesse croyait que ces souffrances n'existaient plus.

Un matin, Suzanne était en contemplation devant toutes ses photographies, lorsque M. de Saint-Ermond entra brusquement chez elle.

— Mon père ! s'écria-t-elle, en étendant les mains sur la table, comme si elle avait eu peur qu'on ne la volât.

L'industriel ne remarqua pas le mouvement : il était trop animé, trop joyeux.

Et il prononça :

— Enfin ! ça y est !

— Quoi donc, mon père ?

— La compagnie, l'assurance... On paye..

— Eh bien ? N'est-ce pas tout naturel ?

— Pourquoi me dis-tu cela ?

— C'est que... vous semblez si joyeux qu'on croirait presque que... vous aviez peur de ne pas être remboursé...

— Peur... peur ? répondit Saint-Ermond en reprenant un peu de calme, non, je n'avais pas peur ; seulement, avec ces sacrées compagnies, on est toujours content quand c'est terminé. Tu comprends, quand il s'agit de petites sommes, de quelques milliers de francs, elles paient sans hésiter ; ça donne confiance au public. Mais, lorsqu'il s'agit de millions, bonsoir ! Les difficultés qu'on soulève n'en finissent pas. Enfin, tout est entendu, nous allons toucher près de quatre millions.

— Alors... nous partirons bientôt d'ici ?

— Sans doute, fit l'industriel avec une petite moue ; mais rien ne presse.

— Nous ne pouvons accepter plus longtemps l'hospitalité de Mme Carenich ; nous n'avons plus aucune raison pour cela...

— Eh ! si, il y a mille raisons. Je ne sais pas encore si je vais reconstruire la fabrique ; et, dans ce cas, y habiterions-nous ?... Te voilà une grande demoiselle, bonne à marier.

— Je ne veux pas me marier, mon père !

— Bon, bon, nous verrons cela un de ces jours. Or, si tu te maries, nous ne vivrons plus ensemble... Il faut que toutes ces questions soient résolues, avant que je songe à une nouvelle installation.

— Si vous relevez la fabrique, je serai toujours heureuse d'y habiter, mon père.

Et machinalement, Suzanne se tourna vers la table où les photographies étaient étendues pêle-mêle.

— Tiens, tiens ! qu'est-ce que cela ? dit Saint-Ermond, en se penchant.

— On a retrouvé cela, balbutia Suzanne, parmi les choses qui ont été sauvées. C'est Bernier qui m'a apporté...

— C'est à moi que Bernier aurait dû remettre toutes ces photographies, dit Saint-Ermond en les ramassant.

Il les passa en revue, puis en fit un paquet qu'il glissa dans sa poche.

Suzanne tressaillit, mais n'osa rien dire.

Dix minutes après, Saint-Ermond racontait gaiement à la comtesse ce qu'il avait fait chez sa fille.

— Cette pauvre petite ! murmura Nina, je suis sûre qu'elle pleure ? Vous lui enlevez des choses auxquelles elle tenait de toute son âme...

— C'est que j'y tiens, moi aussi. Remarquez que nous avons là les photographies de toutes les machines inventées par Michel.

— La belle affaire ! Est-ce qu'on ne pouvait pas les demander au photographe ?

— Quel photographe ?

— Celui qui a fait tout cela.

— Pardon. C'est Michel lui-même qui prenait toutes ces photographies.

— Alors, c'est différent.

— Et voilà qui va me décider à relever l'usine. Avec cinq à six cent mille francs, je remettrai tout sur pied et ce sera, je crois, un capital bien placé.

— Admirablement placé. Sans compter que Suzanne sera ravie.

— Elle me disait encore tout à l'heure qu'elle voudrait habiter là-bas.

— Oui ; mais trouverons-nous un ingénieur capable de remplacer Michel ?

— Les ingénieurs ? Mais ça pullule, ma chère ! Des ingénieurs de talent ? Mais il n'y a que cela à Paris !

Et Saint-Ermond eut un grand geste dédaigneux, pour exprimer le mépris que lui, homme riche et ignorant, éprouvait pour les gens de talent qui meurent plus ou moins de faim.

— Mais oui, déclara-t-il, nous trouverons un homme de génie, si nous voulons, qui relèvera notre usine, sous notre direction, et qui nous en laissera la gloire... à moi et à Gérald. Serez-vous satisfaite, comtesse ?

— Vous êtes le plus galant des Parisiens, répliqua Nina en donnant sa main à baiser à Saint-Ermond.

L'industriel s'inclina, fit une pirouette et disparut en disant :

— Je me sens tout rajeuni. Je vais toucher mes millions, ce matin.

— Nos millions ! lui cria la comtesse.

— Oui, nos millions. Et, l'après-midi, je mènerai Gérald à Saint-Denis. Quel beau spectacle pour séduire Suzanne ! Un prince russe, un héros, se transformant en industriel !

Le soir, lorsque Gérald rentra chez lui, la femme de chambre de Nina vint le chercher.

— Madame fait prier monsieur le prince de monter immédiatement chez elle sans se faire annoncer.

Nina sauta au cou de son frère avec une exaltation fébrile.

— Es-tu content de moi ?

— Tu as la plus charmante petite sœur qu'on puisse rêver ! Mais j'aime à croire que tu ne te plains pas de ton frère ?

— Oh ! non. Sans toi, je n'aurais certainement jamais pu mener aussi bien tout ceci. Enfin, M. de Saint-Ermond a bien touché ses millions ?

— Oui ; et, en attendant, nous les avons déposés à la Banque de France.

— Et après cela, vous êtes allés à Saint-Denis ?

— Oui ; où nous avons examiné tout le chantier et l'emplacement de l'usine ; les fondations sont encore en bon état : il sera très facile de tout reconstituer ; il y a même des piliers de maçonnerie qui indiquent l'emplacement des machines.

— Et ces machines ?

— Nous avons vu le directeur de la fabrique où Michel Thoméraln les faisait construire ; il commandait les pièces séparément, sans jamais donner le plan de la machine entière ; mais, avec les photographies, on arrivera après quelques tâtonnements à les reconstituer. Et Suzanne ?

— Je lui ai dit que ton plus vif désir était de te consacrer à l'industrie, et que, sans doute, tu allais devenir l'associé de son père.

— Qu'a-t-elle dit alors ?

— Elle a semblé très étonnée, c'est tout. Je crois que le souvenir de Michel est complètement écarté. Il faut que, dans six mois, elle soit ta femme.

— Ça, ce sera plus difficile.

— Bah, quand elle saura que toutes les femmes sont folles de toi... Les jeunes filles, en France, se montent si facilement la tête...

— Pas si facilement que cela, ma chère sœur, prononça Gérald d'un ton dépité. Je trouve, au contraire, les Françaises tout autres que leur réputation. D'abord, la mademoiselle Suzanne n'a pas encore fait plus attention à moi qu'à tous les jeunes hommes qui viennent ici...

— C'est qu'elle aimait.

— Alors, dit piteusement Gérald, ce doit être une maladie générale à Paris ; car je ne suis pas plus avancé qu'au premier jour avec mon inconnue de la rue de la Chapelle.

être cette ombrelle !

— Et, ma sœur ? c'est à peine commencé ! Cependant, j'ai fait quelques progrès... Nous nous saluons... Je caresse son enfant, car elle a un enfant... Demain, je saurai où elle habite, quel est son nom...

— Quelle folie ! fit Nina en haussant les épaules.

— Appelle cela comme tu voudras : une folie ! une fantaisie ! un caprice... Et puis, ce sera une distraction pour moi quand j'irai à Saint-Denis. Si tu crois que cela m'amuse, l'industrie !... Enfin, à dire vrai, cette jeune femme est si jolie, si gracieuse, si fine, si délicate !... Et avec cela, si différente de Suzanne...

— Quelle chaleur, mon frère !... Prends garde ! Serais-tu réellement amoureux de cette grisette ?

— Qui sait ? murmura le prince à voix basse. C'est qu'elle en vaut la peine !

VII

LES DOUCEURS D'UNE FRÉGATE

Le lendemain de leur dernière entrevue avec Mme Thomerain et avec Juliette Morand, Martin Pélissier et Michel Thomerain avaient été envoyés à Saint-Martin-de-Ré, où la frégate *La Mugissante* était en rade, attendant les deux cents prisonniers qu'elle devait transporter à la Nouvelle-Calédonie.

Lorsque le médecin eut passé la visite, pour retenir ceux des forçats qui étaient incapables de supporter la traversée, on procéda à leur embarquement.

Malgré la vie cruelle qui attendait ces malheureux à bord, la plupart chantaient gaiement ; et la plupart songeaient déjà à la liberté relative dont ils jouiraient après leur voyage.

Jusque-là, il avait été impossible aux deux amis de s'adresser la parole. Mais, comme on plaçait les prisonniers par groupes de cinquante, Martin Pélissier ne rejoignit facilement Michel, qui le regarda avec stupeur.

— Toi, ici, Martin ? murmura-t-il.

Puis, l'ingénieur eut un geste de découragement et dit sourdement :

— C'est vrai ! Toi aussi, ils t'ont condamné. Je l'oublie toujours ! Je ne songe qu'à moi.

— Tu sais bien, déclara tranquillement Martin, que je t'aime trop pour jamais te quitter.

Un garde, à ce moment, poussa brusquement Michel, en lui disant :

— Allons ! c'est à vous !

Michel eut un mouvement de révolte et faillit éclater ; car ce « à vous » signifiait qu'on allait lui river un anneau de fer au bas de la jambe gauche.

Martin, devinant bien l'humiliation que ressentait son ami et voulant l'atténuer, dit avec le plus grand calme :

— C'est très joli, ces anneaux ; ça vous fait ressembler à une femme arabe.

Tous les forçats se mirent à rire ; le garde imposa silence à Martin, qui allait continuer ses plaisanteries :

— Vous feriez bien mieux de vous taire, vous, le numéro 1032 !

— Hein !... comment m'appelez-vous ? Le numéro 1032 ? Je m'appelle Martin Pélissier, monsieur.

— Allons ! allons ! faites pas le loustic ! Ce n'est pas de jeu ! Vous savez bien que c'est votre numéro matricule.

— Ah ! dit Martin, d'un air naïf, tant pis ! j'aurais préféré que ce fût le numéro gagnant de la loterie.

Et, au milieu du fou rire qui accueillait sa nouvelle boutade, il tendit sa jambe au forgeron, en lui faisant remarquer qu'elle était très bien tournée, et qu'il ne fallait pas la lui abîmer.

— Tu seras donc toujours le même ? lui dit Michel, quand l'opération fut terminée.

— Crois-tu donc que ce soit la bêtise de douze jurés et d'un tribunal au complet qui puisse me forcer à changer mon caractère ! Je le trouve bon, et je le garde. Que... un peu de gaieté ne sera pas inutile pour charmer...

façon... mais, enfin, il faut savoir se consoler.

— Ah ! ce que je trouve de plus affreux, murmura Michel à voix basse, c'est d'être mêlé désormais à ces misérables, à ces criminels endurcis.

— Je ne trouve pas, moi, dit froidement Martin. On peut se livrer sur eux à de curieuses études de mœurs. Et puis, doit-on les considérer comme des criminels ? tu en crois les juges, oui ; mais nous ne pouvons avoir qu'une confiance limitée dans les gens qui portent la robe et la toque, puisqu'ils nous ont condamnés, toi et moi, qui sommes parfaitement innocents des crimes dont on nous accuse.

— Mais presque tous ces misérables ont avoué leurs crimes !

— Faute avouée est à demi pardonnée ! Et d'ailleurs, si nous en croyons aussi les philanthropes, les médecins, les savants, nous apprenons que ces criminels, que ces coupables ne sont pas des coupables ; c'est la société qui est coupable. Eux ? ce sont des malades.

— Tu plaisantes toujours.

— Et remarque qu'on les traite effectivement comme des malades, c'est-à-dire avec les plus grands égards. Qu'ordonne un médecin à tous ses malades, à la fin de l'hiver ? il les envoie aux bains de mer, c'est la mode. Eh bien, on envoie tous ces malades à la mer, seulement, au lieu de leur indiquer le Tréport comme station balnéaire, on leur fixe la presqu'île Ducos, l'île Nou, l'île des Pins... Cette dernière, en raison de la douce influence de la résine sur les poitrines faibles, est réservée aux phtisiques.

— Tu ne cesseras jamais de rire ! dit Michel, qui, lui-même, sentait diminuer un peu sa mélancolie devant les paradoxes de son ami.

— Jamais ! Et je veux rire ainsi pendant tout le voyage. Quand je pense qu'il y a un an, mon patron m'a refusé un congé de quinze jours ! Le voilà bien forcé de me donner un quelque peu plus long !

Lorsque les cinquante forçats eurent tous leur anneau rivé à la jambe gauche, ils reçurent un sac de toile contenant les effets qui devaient désormais leur servir. Chacun d'eux avait trois chemises de grosse toile, deux paires de bas de laine, un pantalon ; une vareuse et un bonnet de laine en droguet, un pantalon et une vareuse de toile, plus une paire de souliers.

Ensuite, on les mit deux par deux, et on les conduisit à bord de la *Mugissante*, où ils furent immatriculés sur un grand registre, que Martin baptisa : « Le livre d'or des forçats ».

Le commandant de la frégate assistait à toute cette inscription, examinant les dossiers de tous ces malheureux. Au moment où on inscrivait Martin, il s'avança et dit :

— On vous signale comme un mauvais prisonnier qui se permet de tourner en ridicule tout ce qu'on dit. Je vous préviens que nous avons ici le cachot, la corde pour mettre les plus mutins à la raison.

Martin s'inclina avec la plus parfaite politesse et répondit :

— Je ne me moque jamais de ce qui est respectable, mon commandant ; et je me rappelle trop bien votre noble conduite pendant le siège de Paris pour ne pas vous respecter. Tous les Parisiens se souviennent des actes héroïques du commandant de Palouel qui était alors enseigne, si je ne me trompe ?... Seulement, mon commandant, vous me permettrez de vous faire observer que le diamant de votre bague est sur le point de tomber. Il serait nécessaire de resserrer un peu le chaton. Je connais bien votre bague, c'est moi qui vous l'ai vendue... vous souvenez-vous ? dans un magasin du Palais-Royal ?...

— Assez ! fit sèchement le commandant. N'oubliez pas mes observations.

Martin se tut ; mais il regarda fixement le commandant et crut démêler, dans ses yeux, des dispositions bienveillantes.

— C'est bon, pensa-t-il, on en profitera pour obtenir quelques petites douceurs.

Quand l'inscription fut terminée, on fit descendre les deux cents forçats dans la batterie de la frégate, où quatre cages garnies de barreaux de fer forgé étaient assujetties contre les parois. En voyant ces énormes cages, Martin eut un mouvement d'effroi, comme tous les prisonniers ; mais il reprit sa gaieté en disant :

— Tiens ! les cages de Louis XI !

Chacune de ces cages était disposée pour recevoir cinquante prisonniers. Bientôt, ils furent tous enfermés, massés les uns contre les autres, éclairés par deux lampes qui dansaient au plafond.

Il régna alors un grand silence.

Toute gaieté était tombée.

Cet emprisonnement avait quelque chose d'horriblement lugubre.

On entendait, au-dessus, le branle-bas du départ, les ordres des quartiers-maîtres, les coups de sifflet, puis un grand bruit incertain, un murmure long, plaintif, la triste chanson de la mer. Martin Pélissier, pour éloigner la tristesse qui l'envahissait, se mit à examiner le contenu de son sac.

— Regarde, dit-il à Michel, comme le gouvernement est généreux et prévoyant : d'abord, ce costume de laine que nous avons sur nous, attention délicate contre la mauvaise saison qui commence, et une paire de bas de laine pour nous protéger contre les rhumes de cerveau. Je dis une paire de bas de laine, car l'autre est évidemment destinée à renfermer les économies que nous ferons à la Nouvelle-Calédonie. Et ces bonnes chemises de toile ! C'est gros, c'est solide ! Pas de danger qu'elles nous reviennent avec les poignets effilochés, ou les boutonnières déchirées, de chez la blanchisseuse ! Tiens ! il ferais tous les chemisiers de la rue de la Paix, de la rue Vivienne et du boulevard avant de trouver des chemises pareilles ! Et ce bonnet de laine ! Regarde-moi sa forme pittoresque et élégante ! Voilà la véritable toque de voyage ! Et quand nous arriverons dans des pays où l'hiver ressemble au printemps, nous mettrons ce magnifique costume de toile, dont la coupe désespérerait les meilleurs tailleurs de Paris. Nous ne sommes pas riches en chaussures, et je confesse qu'une paire, c'est peu ; mais il faut se dire que nous n'aurons jamais de boue. Et tiens, voici qu'on va nous donner de bons hamacs pour lits, avec une couverture de magnifique laine !

Le surveillant leur criait en effet d'accrocher leurs hamacs, qui étaient roulés sous des bancs rangés autour de la cage. Des crochets étaient attachés aux barreaux.

— Encore une aimable attention du gouvernement, dit Martin, pour ceux d'entre nous qui seraient tentés de se pendre !

Il continua de bavarder jusqu'à la nuit, et ne se coucha que lorsqu'il fut certain que Michel ne manquait plus de rien.

Vers le matin, ils furent tous réveillés par un roulis violent ; la lanterne vacilla encore plus fort que tout à l'heure ; il y eut des bruits sourds, des caisses qui frappaient contre les parois.

— Nous partons, dit Michel.

Martin voulut encore lancer une plaisanterie, mais il n'en eut pas la force ; et, s'attendrissant comme son ami, il murmura :

— O chère France, quand te reverrons-nous ?

Et, pour vaincre la douleur qui l'étreignait, il plongea sa tête dans son hamac et s'efforça de dormir.

Bientôt le tambour sonna le réveil, et le surveillant fit l'appel de ses deux cents prisonniers. Ensuite, on leur distribua le café avec la ration de biscuit et celle d'eau-de-vie, fixée à huit centilitres. Martin déclara que ce café et ce biscuit étaient bien supérieurs à l'éternel déjeuner parisien, composé de café au lait et de croissants.

— Parole d'honneur ! je commençais à me lasser de ces croissants. Et ce café ! Il n'y en a pas de pareil au Napolitain. Seulement, comme mon médecin me défend les alcools, je vais faire profiter de mon eau-de-vie un de nos aimables compagnons.

Il passa son eau-de-vie à un forçat et convint avec lui que, moyennant cette petite libéralité, celui-ci lui roulerait et lui poserait son hamac, le matin et le soir.

Il fit le même marché, au nom de Michel, avec un autre forçat.

Et, enchanté de cette combinaison, il s'écria :

— Parlez-moi des paquebots de l'Etat pour être bien servi !

Michel souriait à toutes les boutades de son ami ; mais il restait grave et silencieux. De temps en temps, il examinait cette réunion de bandits qui parlaient froidement de leurs crimes dans un langage qu'il ne comprenait pas toujours. C'était avec ces gens-là qu'on l'avait condamné à passer les plus belles années de sa vie.

Et, sans doute, puisque eux étaient coupables, ils devaient s'imaginer que lui aussi l'était. Et il frissonnait à la pensée que l'un d'eux allait lui poser cette question, qu'ils se posaient tous entre eux :

— Et toi, comment as-tu fait le coup ?

Cependant aucun d'eux ne lui adressa la parole, malgré le désir que tous en avaient. La haute stature de Michel les effrayait, et tout autant la blague infernale de Martin. En outre, dans la matinée, Martin passa une pièce d'or au surveillant, afin qu'on fît venir en cachette une tournée d'eau-de-vie pour les quarante-huit forçats ; dès lors, ces misérables considérèrent les deux amis comme des coquins de haute envergure qui leur étaient supérieurs. Celui qui le servait dit à Martin :

— Ah ! vous devez être un malin, vous !

— Je m'en flatte ! répliqua dignement l'ancien bijoutier.

A dix heures, on ouvrit la porte d'une des cages et cinquante forçats montèrent sur le pont où ils restèrent deux heures à prendre l'air. On distinguait encore, dans le lointain, une ligne brumeuse, qui était la côte de France. A midi, les cinquante hommes rentrèrent dans leur cage, tandis qu'on amenait sur le pont les compagnons de Michel et de Martin. On distribua, à tous les prisonniers, leur portion de nourriture, semblable à celle des matelots, c'est-à-dire la soupe faite avec des légumes conservés, et du beurre frais, qui fut remplacé, quelques jours plus tard, par du lard salé, du bœuf en conserve, ou du mouton. Après la soupe, on leur donna à chacun un quart de litre de vin. La nourriture du soir se composait de la soupe aux légumes secs et de la ration de biscuit.

A deux heures, au moment où on ramenait les cinquante forçats dans leur cage pour conduire les autres sur le pont, le commandant, qui examinait curieusement ce troupeau de coquins, aperçut Martin et lui fit signe de sortir des rangs. Martin suivit le commandant, qui se dirigeait vers l'arrière de la frégate, et le salua avec la même politesse que s'il l'avait rencontré sur le boulevard.

— J'ai examiné votre dossier, lui dit le commandant, et j'ai vu que vous n'aviez jamais cessé de protester de votre innocence.

— Protestations dont les effets ont été bien platoniques, mon commandant.

— Aussi, vous feriez mieux d'avouer, maintenant. Si votre ancien patron rentrait dans ses bijoux, on obtiendrait sûrement pour vous une commutation de peine...

— Bah ! fit Martin avec insouciance. Maintenant que j'ai eu le plaisir de commencer le voyage avec vous !

— Alors, vous refusez toujours d'avouer ?

— Plus que jamais !

— Je pourrais déjà... en cas d'aveux... vous laisser un peu plus longtemps sur le pont, au lieu de vous envoyer tout de suite dans votre cage.

— Eh ! Mais cette cage n'a rien qui me blesse. Il suis même assez flatté d'être traité par la société comme le roi Louis XI traita jadis le cardinal de La Balue et les personnages les plus importants du royaume.

— Tant pis pour vous !... Vous m'inspiriez de l'intérêt... Je me souvenais de vous... J'étais disposé à vous donner cette petite douceur...

— Je suis désolé de ne pas m'entendre avec vous, mon commandant, déclara gravement Martin.
Et il resta immobile devant l'officier.
— Tenez, dit M. de Palouët, voulez-vous arranger le chaton de ma bague ?
— Volontiers. Prêtez-moi seulement un petit canif.
Le commandant remit sa bague et un canif à Martin, qui, en quelques minutes, remit bien en place le diamant qui menaçait de tomber. En la rendant à M. de Palouët, Martin dit :
— J'accepterais tout de même de lâcher ma cage deux heures de plus dans le jour, mais à la condition de partager cette douceur avec mon ami Michel Thomerain.
— C'est bon, je verrai, dit le commandant.
Et il appela un matelot qui reconduisit Martin dans la batterie.

M. de Palouët réfléchit, toute la nuit, à ce que lui avait demandé Martin Pélissier. Et il examina le dossier de l'ingénieur, comme il avait examiné celui de son ami. Cette grande infortune le toucha.
— Si cet homme est coupable, se dit-il, il est encore plus malheureux.
Le lendemain, lorsque les forçats furent amenés sur le pont, un matelot vint chercher les numéros matricules 4032 et 4031.
Martin et Michel furent conduits chez le commandant qui leur dit, avec cette sévérité grave des hommes bons qui veulent cacher leurs bonnes actions :
— Vous, le numéro 4032, puisque vous êtes bijoutier-horloger, vous nettoierez les horloges du bord, ainsi que les instruments de précision. Vous, le numéro 4031, puisque vous êtes ingénieur, vous descendrez dans la machine, où vous vous mettrez à la disposition du mécanicien.
— Merci ! dirent ensemble les deux amis.
— Silence ! Allez ! prononça le commandant.

C'était le premier adoucissement qui leur arrivait dans leur terrible situation. Et ils en furent d'autant plus heureux qu'ils avaient cruellement souffert la nuit précédente, enfermés avec des hommes sales, malades, qui commençaient à avoir des moments de révolte comme de vraies bêtes fauves. Dans toute la batterie régnait maintenant une odeur âcre, fétide, une chaleur mauvaise.
Quoique séparés, les deux amis furent enchantés, parce qu'ils avaient un travail à faire. On les traitait durement ; mais ils n'avaient plus à supporter ce supplice de l'accouplement avec des gredins qui, tout le jour, pour tromper leur ennui, hurlaient des chansons obscènes.
Le soir, ils s'endormirent plus tranquilles, bénissant le brave commandant, qui, sans qu'ils l'eussent imploré, avait eu pitié d'eux.
Michel dit :
— Qui sait ? Peut-être même doute-t-il que nous soyons coupables ?
Et cette pensée lui fit beaucoup de bien.

Leur vie s'écoula ainsi avec la plus parfaite régularité. Tous les matins, on appelait les matricules 4031 et 4032. Ils se rendaient au travail qui leur avait été assigné et ne rentraient que vers quatre heures dans leur cage, où on commençait à se défier d'eux.
Michel s'intéressait au mécanisme spécial de la machine à vapeur, qu'il n'avait étudié que superficiellement jusque-là ; et même son esprit inventif cherchait des améliorations ; il rêvait déjà un système par lequel, sans augmentation de dépense de charbon, on obtiendrait une vitesse plus grande d'un nœud à l'heure.
Martin Pélissier apprenait aussi à connaître plus exactement les instruments spéciaux qui servaient à la direction des navires ; tout en les nettoyant, il se faisait expliquer leur destination.
Et, quand on lui demandait pourquoi il voulait savoir tout cela, il répondait avec bonhomie :
— Ça m'intéresse, voilà tout ! Il ne faut jamais perdre une occasion de s'instruire.
Rien ne fut changé dans leur existence tant que la

Mugissante fut en pleine mer ; mais, un matin, ils furent très désagréablement surpris, ainsi d'ailleurs que tous leurs compagnons de misère. Dix heures sonnèrent sans qu'une seule cage fût ouverte, puis onze heures et même midi. Les forçats ne demandaient rien, pensant que peut-être il pleuvait trop fort, ou que la mer était grosse. Cependant, Martin Pélissier remarqua que des rayons de soleil passaient par les hublots ; et il se hasarda :
— Pardon, monsieur le surveillant, est-ce que nous avons commis quelque méfait, qu'on nous prive de notre petite sortie ?
Le surveillant, qui, malgré sa rudesse, avait un certain respect pour les gratifications que lui octroyaient libéralement Martin et Michel, répondit :
— Il n'y aura pas de sortie aujourd'hui. La Mugissante va mouiller pendant deux jours à Ténériffe.
— Ah ! ah ! je comprends, dit Martin, avec un geste expressif, pendant qu'on est près de la terre, on nous met sous clef ?
— C'est cela.
— Voilà qui est fâcheux ! Moi qui avais toujours rêvé de voir le pic de Ténériffe !
Lorsque la frégate entra dans le port, on fit le tour des cages pour s'assurer qu'aucun barreau n'avait été scié.
On resta là deux jours, le temps de prendre de l'eau et de permettre à quelques matelots d'aller tirer une bordée, ce qu'on apprit dans la batterie des forçats et qui excita leur grosse gaieté.
Martin et Michel furent très tristes et, pour la première fois depuis leur départ, ils parlèrent de ces deux injustes accusations qui les avaient fait condamner aux travaux forcés. Jusqu'alors le voyage, la mer, la bonté de M. de Palouët avaient écarté l'horrible vision ; et, par moments, la gaieté inaltérable de Martin leur faisait tout oublier. Mais cette mesure rigoureuse, qui les tenait enfermés pour deux jours, dans cet air empesté, réveilla toute l'indignation de Michel. Et, la seconde nuit, au milieu des rudes respirations de ces bandits, il dit :
— Ecoute, Martin, il faut que je te raconte tous les détails de cette infamie !

VIII

LA LOGIQUE DE MARTIN

Martin se redressa un peu sur son hamac et dit :
— Je t'avoue que j'ai voulu te le demander vingt fois. Et je n'ai pas osé, craignant de réveiller des souvenirs trop pénibles.
— Voici exactement tout ce qui s'est passé, commença Michel.
Et il raconta à son ami les moindres détails de son voyage en Russie, son retour à Paris, son entretien avec M. de Saint-Ermond, son arrestation, enfin son procès. Martin écoutait avec la plus grande attention, lançant de temps en temps un cri étonné :
— Tiens, tiens, tiens ! Mais voilà des choses que j'ignorais ! Notre sacré avocat m'avait fort mal exposé tout cela.
Quand Michel eut terminé, il dit à Martin :
— A toi, maintenant ?
— Oh ! moi, c'est beaucoup moins compliqué. Tu as lu mon histoire dans les journaux ?
— Oui, puisque j'ai demandé à ma mère s'il était possible que cela fût vrai. Tu penses bien que je n'y croyais pas. Il a fallu une dépêche de Bernier, m'affirmant que tout était exact, pour me faire douter de toi.
— Ne parlons pas de cela, mon cher Michel. Ta mère a depuis été si bonne pour Juliette, ainsi que Bernier, que je veux oublier que, pendant quelques semaines, ils m'ont cru coupable. Bref, tu as lu mon histoire dans les journaux ; et je n'ai pas un mot à y changer, — si ce n'est que le vol n'a pas été commis par moi. Maintenant, dors, et dors bien : il est néces-

saire de dormir solidement, pour que le cerveau fasse son petit travail.

— Quel travail ?

— Un petit travail dont je te ferai connaître demain les résultats.

— Que veux-tu dire ?

— Une idée à moi... Mais dors, sacrebleu !

Et Martin s'étendit dans son hamac où il resta immobile. Seulement, tandis que Michel se laissait aller au sommeil, Martin, les yeux ouverts, regardant loin, loin, bien loin, réfléchissait, faisait des rapprochements, et, de temps en temps, prononçait :

— Canaille, va, coquin, bandit !

Ce fut Michel qui le réveilla le lendemain ; car il avait fini par s'endormir, en répétant : « Bandit, coquin, canaille ! »

Et il dormait si bien qu'il n'entendait pas le roulement du tambour.

— Eh bien, vas-tu me communiquer le petit travail qu'a fait ton cerveau ? lui demanda Michel.

— Tout à l'heure, ami, quand nous serons sur le pont. Il me manque encore le coup de lumière que donne le soleil.

On avait quitté Ténériffe vers le matin. Aussi, dès dix heures, le surveillant ouvrit la porte de la cage où étaient enfermés les deux amis. Michel fut conduit dans la machine et Martin aux magasins des instruments.

Ils ne se retrouvèrent ensemble qu'à l'heure du déjeuner.

Ils contemplèrent le spectacle féerique que leur offrait l'île, qui avait la forme d'une énorme pyramide baignée par le soleil. L'air était très pur, très transparent : on voyait les moindres arêtes du pic, qui semblait léger comme un château de cartes. De grands oiseaux blancs tournaient autour de la frégate, et leurs ailes prenaient des couleurs rosées sous les rayons du soleil.

— Je crois que tu ne peux rien désirer de mieux comme lumière, dit Michel.

— Aussi, je m'en déclare satisfait ; et une surprenante limpidité traversé mon esprit. Je regrette joliment qu'on ne nous ait pas jugés ici ; car, bien sûr, on nous aurait acquittés.

— Crois-tu ?

— J'en suis absolument certain. Ces imbéciles de jurés y auraient vu clair, comme je vois clair en ce moment !

— Et que vois-tu ? interrogea Michel avec autant d'anxiété que de scepticisme.

— Oh ! ne nous emportons pas ! Procédons logiquement, je te dirai d'abord que je suis fort étonné de ne pas voir, dans une de nos quatre cages, certaines personnes qui devraient s'y trouver pour avoir commis le crime de faux témoignage.

Michel tressaillit.

— De qui veux-tu parler ? Dis vite !

— En premier lieu, de ton ancien patron, le sieur de Saint-Ermond, père d'une adorable jeune fille, ce qui est d'ailleurs son seul titre à notre admiration ; car lui-même ne vaut pas grand'chose...

Michel poussa un soupir, tandis que Martin continuait :

— Quand je dis qu'il ne vaut pas grand'chose, c'est parce que je lui ai vendu souvent de magnifiques bijoux, qui étaient tous destinés à la comtesse Nina Carenikof, une de ces aventurières que les salons parisiens ont la naïveté d'accueillir, quand on devrait les prier simplement de repasser la frontière.

— Que veux-tu ? C'est une liaison blâmable ; mais M. de Saint-Ermond est veuf...

— Liaison coupable, mon ami ; car si ledit Saint-Ermond était veuf, il n'en avait pas moins une fille. Et, pour faire de ridicules cadeaux ridiculement riches à sa maîtresse, il prenait... quel argent ? L'argent de Mlle Suzanne...

Michel ne répondit pas.

Lui-même avait toujours jugé sévèrement la conduite de M. de Saint-Ermond.

— Sais-tu bien, poursuivait Martin, que, certaines années, il lui achetait pour des cinquante, des soixante mille francs de bijoux ? Crois-tu qu'elle les portait longtemps ?... Elle les gardait six mois, un an ; et puis, elle les revendait à d'autres bijoutiers. Dans notre commerce, on se renseigne entre confrères. Cette femme s'est fait donner ainsi plus de cinq cent mille francs, sans compter le reste. Et tu sais mieux que moi que ton patron n'avait aucune fortune personnelle.

— C'est vrai, murmura Michel. Mais où veux-tu en venir ?

— A ceci, c'est que ton patron avait peur de toi, que le moment arrive où il sera forcé de rendre ses comptes à sa fille, que tu l'aurais gêné ; et, finalement, qu'il a été ravi de te voir condamné.

— Cependant, il n'a pas cessé de déclarer qu'il croyait à mon innocence.

— Parbleu, pour se donner des gants aux yeux de sa fille ! Mais il a bien dit tout ce qu'il fallait pour te faire condamner. Il t'a accusé d'avoir un caractère violent, ce qui expliquait de ta part un désir soudain de folle vengeance ; et il savait bien que tu es l'homme le plus doux qu'on puisse voir. Donc, il a menti ; donc, il a porté contre toi un faux témoignage ; donc, il méritait d'avoir son petit hamac dans notre cage, car la loi punit des travaux forcés les faux témoins. Et d'un !

Michel était abasourdi par le raisonnement de son ami. Avec son esprit entier, tout d'une pièce, il n'avait jamais songé à ces subtilités.

— Tu vois bien, dit Martin, qu'on voulait se débarrasser de toi. Il faut, à M. de Saint-Ermond, un gendre qui ne le gêne pas, un gendre peu scrupuleux, qui se contentera de la fortune actuelle de Mlle Suzanne... Toi, je sais bien, tu l'aurais prise sans fortune ; mais ton patron a dû s'imaginer que tu lui demanderais des comptes...

— Pardon ; M. de Saint-Ermond a dépensé tous les revenus de sa fille ; mais il n'a pas pu toucher au capital, puisque j'avais acheté en Russie, pour plus de trois millions de bois, c'est-à-dire une valeur équivalente à la fortune de Suzanne...

— Ça, déclara Martin, en fronçant les sourcils, c'est un point à examiner plus tard. Tu les as achetés en Russie, tes bois ; mais tu ne les as pas vus à Paris. Laissons ce côté de la question, nous l'examinerons à loisir, sous le ciel bleu de la Nouvelle-Calédonie. J'ai mes idées là-dessus ; mais j'ai besoin de les approfondir. Revenons au mari peu scrupuleux que rêve M. de Saint-Ermond. Je pense que tu l'as déjà deviné ?...

— Le prince ! prononça Michel d'une voix sourde.

— Là, ne nous mettons pas en colère contre le seigneur Gérald Vérénine, ce n'est pas encore le moment ; mais occupons-nous de lui. C'est donc le mari tout indiqué de Mlle Suzanne... tout indiqué pour M. de Saint-Ermond, bien entendu. Donc, ce prince avait intérêt à porter contre toi un faux témoignage. Et tu lui as d'ailleurs très crânement répondu qu'il mentait. Cette nuit, tu étais superbe d'indignation quand tu me répétais la scène : « Vous mentez, monsieur ! » Tu aurais pu l'appeler « prince ! » cela lui aurait fait plaisir : on aime tant s'entendre donner les titres auxquels on n'a pas droit...

— Quoi donc ! Tu crois que ce Vérénine usurpe le titre de prince ?

— C'est mon avis ; mais serait-il prince pour de bon, que cela n'aurait pas beaucoup d'importance : tout le monde est prince en Russie ! C'est comme d'être décoré chez nous...

— Prends garde ! dit Michel. Tu recommences à plaisanter ; je vais croire que tu n'es plus sérieux.

— Si, si. Écoute-moi, car j'arrive au point le plus délicat de mon raisonnement. — Ce prince prétend t'avoir vu ; toi, tu prétends le contraire, et tu te souviens que tu te couvrais le visage de tes deux mains. Cela n'a point d'importance, puisqu'il est acquis que tu te trouvais à ce moment précis dans l'atelier : c'est tout ce que désirait savoir la justice, — cette justice que l'Europe ne nous envie plus ; et la question de savoir si le prince a vu ou non ton visage intéressait fort peu les gens à robe et à toque. Aussi ton démenti n'a produit aucun effet, malgré les accents indignés. Mais ce qui m'en reste pas moins acquis, ce que le beau soleil de Ténériffe a éclairé soudain pour moi d'un jour imprévu, ce qui établit purement et simplement ton innocence, c'est que le prince Gérald Vérénine, il l'a dit lui-même, s'est penché et a regardé le fond de l'atelier... Je sais bien que le prince a ajouté un adverbe, à sa déposition, l'adverbe « machinalement ». S'il s'est penché, s'il a regardé, c'était *machinalement* !... Canaille, coquin, bandit ! Ce qu'il aurait dû faire machinalement, c'était de s'empresser de s'enfuir aussitôt, de quitter cette salle voisine de l'incendie. Et, au lieu de cela, monsieur regardait vers le fond...

— En effet ! murmura Michel.

— Et pourquoi regardait-il vers le fond ?... Il ne pouvait savoir que Michel Thomerain s'y trouvait ; et cependant, il cherchait avec attention ; c'est donc qu'il savait que quelqu'un devait se trouver par là, *le quelqu'un qui a mis le feu.*

Martin s'arrêta et regarda longuement son ami pour voir l'effet de son raisonnement.

Il dit encore :

— Toi qui es un mathématicien, trouves-tu un seul défaut dans ma logique ?

— Non. Tout cela est si simple et si clair que je me demande comment je n'y ai pas déjà songé.

— Le prince Gérald Vérénine regardait donc simplement pour voir si *l'autre* avait eu le temps de s'échapper.

— Ah ! oui, l'autre, l'inconnu ! s'écria Michel, avec un geste de colère, cet homme à l'existence duquel personne n'a voulu croire.

— Mais à l'existence duquel je crois parfaitement, moi. Et j'y crois d'autant mieux, que je le connais maintenant !

— Est-ce possible ?... Son nom, alors vite !

— Ah ! voilà, prononça philosophiquement Martin, son nom ?... Je ne le connais pas, son nom. Mais lui, je le reconnaîtrais entre mille. Un gros homme, n'est-ce pas, avec des cheveux filasse ?...

— Je l'ai vu qui fuyait, voilà tout... Et j'ai ramassé cette fameuse boîte qu'il avait laissé tomber.

— Une boîte russe. Donc cet homme était russe... comme le prince Vérénine.

— Sans doute ! dit Michel qui voyait encore plus clair.

— Et ce portefeuille russe, trouvé auprès du tien, en dehors de la barrière, était aussi à lui... Un portefeuille avec ton initiale, mon initiale, son initiale ; voilà un indice !

— C'est vrai, murmura Michel.

Puis, après un silence, il demanda d'un ton inquiet :

— Mais, mon pauvre ami, comment peux-tu croire que tu connais cet homme ? Sur quoi bases-tu tes soupçons ? Tu étais en prison, à cette époque...

— C'est que ton inconnu, c'est le mien ; c'est que le gredin qui a mis le feu aux chantiers de M. de Saint-Ermond, est le même qui a volé la rivière de diamants ! Je le jurerais. Et je jurerais aussi que ce gredin est un homme aux gages du prince Vérénine ! N'est-ce pas le témoignage du prince qui m'a fait condamner ? N'a-t-il pas affirmé que la parure était toujours là à une heure où elle n'y était certainement plus ? Ah ! filou ! Ah ! bandit ! Si jamais je le tiens, celui-là !

— Prends garde ! dit Michel en riant, toi aussi tu vas te mettre en colère, et tu sais bien que ce n'est pas le moment !

— Tu as raison, nous avons besoin de tout notre calme, dit Martin en souriant.

— Si nous communiquions nos observations au commandant de Palouët, qui se montre si bienveillant pour nous ? proposa Michel.

— Ah ! que voilà bien une idée d'ingénieur ! répliqua Martin. Non, mon ami, non, nous garderons nos observations pour nous. Pas un homme n'a songé à cela parmi nos juges, pas même notre avocat. Il a fallu le soleil de Ténériffe pour éclairer tout cela ! Si nous racontions la moindre chose au commandant, il penserait que nous nous moquons de lui ; et, si nous insistions, il adresserait un rapport à Paris, les journaux le publieraient, notre coquin de Vérénine serait prévenu, il prendrait ses précautions... C'est qu'il m'a tout l'air d'être un gaillard redoutable ; et j'ai besoin de me retrouver en liberté pour me mesurer avec lui.

— En liberté ? murmura Michel. Alors, selon toi, il faut commencer par reconquérir notre liberté, si nous voulons reconquérir notre réputation d'honnêtes gens ?

— Oui.

— Si l'on prend partout le même luxe de précautions que sur cette frégate, une évasion ne sera guère facile.

— Bah ! on verra, fit Martin avec insouciance. En ce moment, il n'y a rien à tenter. Si nous avions la fantaisie de passer par-dessus bord, nous n'arriverions qu'à servir de nourriture aux poissons. Imaginons-nous que nous faisons un long voyage sur un navire de l'État, toi comme mécanicien, moi comme horloger ; nous sommes aussi bien traités que des matelots, et les matelots ne se plaignent pas. Je sais bien qu'il y a cette cohabitation forcée avec les autres passagers ; mais il suffit de les considérer comme de malheureux égarés, pour s'habituer facilement à leur société...

— Pourvu que ma mère ait pu accomplir son projet ! dit Michel fébrilement.

— Attendons notre arrivée pour songer à cela. Moi, je vais dévisser les divers instruments du bord, pour bien voir comment cela est fait. Et je crois que, bientôt, je serai capable de diriger un navire !

— As-tu donc l'intention de te faire marin ? lui demanda Michel en riant.

— Dame ! On ne sait pas ce qui peut arriver. Toi, étudie bien toute la machinerie ; car, le jour où j'aurai un navire à diriger, je te prends comme mécanicien en chef !

Michel travailla distraitement tout le jour ; il était bouleversé par les conclusions si logiques de Martin.

Il avait bien toujours songé à s'évader ; mais, après sa condamnation, il avait désespéré de jamais se justifier ; tandis que, maintenant, il en entrevoyait la possibilité. Cependant, la nuit, il dit à son ami :

— J'ai une objection à te faire. Comment, sans autres preuves, pourrons-nous jamais établir la culpabilité de ce Vérénine ? Songe qu'il est étranger, qu'il appartient à une grande famille, qu'il est riche...

— Étranger, il l'est, répliqua tranquillement Martin ; c'est ce qu'il y a de plus certain dans les trois qualifications que tu viens de lui donner. Qu'il appartienne à une grande famille... je t'ai déjà dit que j'en doutais, et vivement. Quant à être riche !

— Puisque sa sœur est riche !

— Riche de l'argent de Mlle de Saint-Ermont, oui ; mais je parierais qu'elle n'avait pas le sou quand elle est arrivée à Paris. Ah ! tu ne t'imagines pas la quantité de filous que l'étranger déverse à Paris ! Ce que j'en ai vu passer dans mon magasin !

— Et tu les reconnaissais tout de suite ? fit Michel avec un sourire moqueur.

— Oui, et à un signe infaillible.

— Lequel ?

— Lorsqu'un étranger, quelle que soit sa nationalité, appartenant au genre... honnête, vient à Paris, il achète et... il paye.

— Et ceux qui appartiennent au genre... pas honnête ?

— Ils achètent aussi, et même beaucoup plus que les autres. Seulement, ils ne payent pas. On en arrête continuellement, qui, depuis des années, vivaient d'escroqueries, sans que jamais personne eût encore osé porter plainte contre eux.

— Mais comment leur livre-t-on des marchandises, sans argent ?

— Ah ! mon ami, comme on voit bien que tu vivais dans ta fabrique, occupé à découper des bois et à faire la cour à Mlle Suzanne ! Tu es un inventeur, un rêveur ; tu ne connais pas ces petits côtés de la vie parisienne, tandis que j'ai été forcé de les étudier pour me défendre contre nos plus terribles ennemis. Et combien de négociants se laissent prendre, avec cette bonhomie honnête du commerçant parisien ! On voit arriver des hommes ou des femmes à figure étrangère, parlant correctement le français, vêtus de la manière la plus élégante, couverts de fourrures : la fourrure est un signe caractéristique ; généralement même, elle a été volée. Ces gens-là choisissent ce qu'il y a de plus beau, ne marchandent pas ; ils vous parlent même de leurs bijoux de famille, qu'ils vous donneront à remonter. Puis ils filent, emportant la marchandise ; ou bien, on les suit, parce qu'ils doivent payer à l'hôtel ; on se frotte les mains, persuadé qu'on a fait une affaire superbe, et l'employé, chargé de livrer, revient les mains vides : le client n'avait pas de monnaie, ou... il n'avait pas encore eu le temps de toucher un chèque de cent mille francs aux Comptes courants ; mais il n'y a qu'à passer le lendemain, et on touchera sans difficulté ; même le client doit revenir pour choisir encore quelques objets...

— Et le lendemain ?

— Bonsoir ! Plus de client... ni de marchandise. Le tout a filé. On est furieux, on court à l'ambassade du pays auquel semble appartenir le filou. Quelquefois, on ne l'y connaît pas ; c'est tout simplement un naturel de Montmartre ou quelque échappé de maison centrale. D'autres fois, on peut vous renseigner : « Un tel ?... Ah ! oui, il a été condamné en Russie ou en Autriche pour vol, s'est échappé, a passé en Allemagne, où il a commis de nombreuses escroqueries, puis en Italie où il a trafiqué des décorations et des titres de noblesse... etc... » Et voilà le client merveilleux, auquel on a confié sa marchandise... tandis qu'on ne ferait pas crédit de cent sous à un bon et honnête Français ! Telle est, mon ami, l'espèce à laquelle appartient, n'en doute pas, ton prince Vérénine ! Je t'accorde même qu'il soit prince ; cela ne change rien à ma théorie. Tiens, il y a un an, on a arrêté, rue Laffitte, un prince russe dont le nom se terminait en ine, comme le sien. Il protesta avec indignation, il assomma même quelques agents, pour bien leur prouver sa supériorité ; mais on l'arrêta sans hésiter. Et on apprit que, quoique prince, il avait commis une foule d'escroqueries en Russie ; et, aujourd'hui, il confectionne des chaussons de lisière de ses nobles mains. Moi, je ne m'y suis jamais laissé pincer ; et il a fallu que ce gredin me volât... pendant que je m'étais baissé ; mais, parbleu ! je le retrouverai bien !

Et Martin s'endormit en prononçant les mots de coquin, canaille, bandit...

Ce fut désormais l'unique sujet de conversation des deux amis ; et plus ils approfondissaient la question, plus ils acquéraient la conviction que le coupable était Gérald Vérénine, faisant marcher quelque complice de bas étage. Tant que la frégate tenait la mer, ils parlaient de tout cela avec bonne humeur, s'imaginant qu'ils avaient pu s'échapper de la Nouvelle-Calédonie et qu'ils rentraient triomphants à Paris pour punir le misérable ; mais, dès qu'on arrivait dans un port et qu'on les laissait impitoyablement enfermés dans leur cage, ils s'assombrissaient et se laissaient aller à de lourds accès de colère.

On était entré maintenant dans l'océan Pacifique. Encore quelques semaines, et on arriverait à Nouméa. Il faisait chaud ; les vêtements de toile avaient remplacé les vêtements de laine.

Malgré la façon bienveillante dont ils étaient traités, il tardait prodigieusement aux deux amis d'arriver.

Ce voyage, sans nouvelles de Paris, leur semblait affreusement long.

On fit encore relâche aux îles Gambier ; puis la frégate continua rapidement son chemin vers la Nouvelle-Calédonie. Un matin, comme le surveillant n'ouvrait aucune cage, on lui demanda :

— Où va-t-on mouiller, aujourd'hui ?

Le surveillant eut un gros rire et dit :

— Ah ! ah ! nous sommes arrivés au bon, au vrai mouillage.

— Alors, on ne nous fera pas monter sur le pont, comme d'habitude ?

— On vous y fera monter tout à l'heure... ou demain. Et, cette fois, vous descendrez à terre.

— Nous sommes donc à la Nouvelle ? s'écrièrent tous les forçats avec bonheur.

IX

LA NOUVELLE

La Nouvelle !

Ce nom excitait prodigieusement la curiosité de tous les transportés.

Que de fois, dans leur vie aventureuse, ils l'avaient prononcé !

Jadis, les criminels parlaient sans cesse de la « Veuve » ou de l'abbaye de « Monte-à-Regret ». Aujourd'hui, leur pensée se tourne continuellement vers ce groupe d'îles perdues dans une immense mer, au bout du monde. Et ce qu'ils savent le mieux sur elles, c'est qu'il est difficile de s'en échapper, parce qu'elles sont entourées de requins.

La *Mugissante* était depuis deux jours dans la baie de Nouméa. Pendant ce temps, on avait laissé les forçats dans leurs cages. Le commandant du bord avait passé officiellement toutes les pièces qui les concernaient au gouverneur de la colonie, et le gouverneur les avait lui-même remises au directeur du service pénitentiaire, qui était venu s'entendre avec le commandant de la frégate pour les mesures de débarquement.

Le moment fixé pour ce débarquement était arrivé.

On amenait les forçats sur le pont par groupes de cinquante.

Seulement ces groupes n'étaient plus formés un peu au hasard comme à Saint-Martin-de-Ré. Pendant la traversée, plusieurs hommes s'étaient révoltés, quelques-uns avaient été mis au cachot. Ce fut ceux qu'on appela les premiers, par leur numéro matricule. Le surveillant en chef du pénitencier les passa en revue, leur fit enlever tous les objets qui n'étaient pas réglementaires, et on les conduisit à l'île Nou, où ils devaient être l'objet d'une surveillance spéciale.

On fit ensuite monter les malades, qui furent conduits à l'hôpital. Enfin, les cent malheureux qui restaient furent amenés sur le pont. C'était ceux dont la conduite avait été bonne pendant la traversée et qui allaient être employés soit aux travaux du pénitencier, soit aux travaux de colonisation.

Michel et Martin avaient été placés les premiers. Le surveillant en chef les dévisagea, après avoir examiné leurs notes données par le commandant de Palouët, et qui étaient celles-ci :

« Numéros 4031 et 4032. Conduite exemplaire pendant toute la traversée. Grande douceur. Ont même rendu de sérieux services à bord, l'un comme ingénieur-mécanicien, l'autre comme horloger.

« Très dignes d'intérêt. »

Le surveillant en chef murmura :

— Un ingénieur et un horloger, dignes d'intérêt, voilà qui va rudement faire l'affaire de la colonie.

Puis il continua l'examen des autres forçats.

Les deux amis contemplaient l'aspect de l'île, qui offre un bien curieux coup d'œil avec sa bordure continue de récifs de corail blanc.

La ville de Nouméa s'étendait devant eux, au centre d'une immense rade bornée au nord par la presqu'île Ducos et dominée par le fort Constantine, composée en général de maisons de bois, au milieu desquelles se dressent quelques centaines de constructions en maçonnerie.

— Charmant séjour, dit Martin.

— Nous tâcherons de ne pas y vivre trop longtemps, répondit Michel.

Une heure après, les cents forçats étaient débarqués et menés à leurs cases par un surveillant de deuxième classe.

Les cases dans lesquelles habitent les condamnés sont fermées par une grille en fer. Les condamnés sont au nombre de cinquante par case ; deux cases, c'est-à-dire cent hommes, forment un peloton, qui est commandé par un surveillant.

Michel et Martin marchaient en tête du peloton ; ils tournèrent la ville et arrivèrent bientôt à la case qui leur avait été assignée.

Sur leur chemin, ils virent des hommes, vêtus comme eux, qui travaillaient à la construction d'une maison. Martin demanda au surveillant :

— Ce sont aussi des forçats ?

— Des forçats ? répliqua le surveillant, il n'y en pas ici.

— Ah bah ! fit Martin, abasourdi. Alors, qu'est-ce que nous sommes, nous ? Des rentiers ?

— Les condamnés que l'on débarque ici ne sont plus des forçats : ce sont des *ouvriers de la transportation.*

— Ah ! très bien, dit Martin. L'euphémisme est charmant. Donc, ces ouvriers de la transportation... car ce sont bien des ouvriers de la transportation ?

— Oui, comme vous.

— Travaillent à la construction des maisons ?

— Oui. Ce sont ceux qui ont eu une bonne conduite et qui ont fait preuve de repentir ; on leur permet de travailler chez les particuliers.

— Merci, monsieur le surveillant.

Puis, se tournant vers Michel, Martin murmura très doucement :

— Je crois que nous ferions bien de nous repentir.

Michel était retombé dans la plus noire tristesse. Cette marche en rang, sous les yeux d'un surveillant, en plein soleil, l'humiliait plus cruellement que l'emprisonnement dans la batterie de la *Mugissante.*

— Ah ! murmura-t-il, je ne comprends pas comment tu peux encore plaisanter, Martin !

Ils étaient enfin arrivés au camp de Montravel, qui est situé à trois kilomètres de Nouméa, en face de la presqu'île Ducos.

Le surveillant les fit ranger devant leurs cases et procéda à l'appel ; puis, ils pénétrèrent dans les cases, et le surveillant ferma les grilles.

Comme on n'avait pas encore fixé les travaux auxquels seraient employés les nouveaux débarqués, on les laissa enfermés le lendemain.

Michel passa cette journée assis à terre, la tête entre ses mains, songeant à sa mère et à Suzanne. Martin, lui, fit plusieurs fois le tour de la case, pour voir s'il n'y avait aucun moyen de s'en échapper. Et lorsqu'il eut constaté que tout était solide, les murs, la grille, il prononça philosophiquement :

— Rien à faire ici !

Il communiqua à Michel le triste résultat de ses recherches.

Michel répondit :

— Ce n'est pas la peine de te casser la tête. A nous seuls nous ne parviendrions jamais à nous évader. Fais comme moi, étudie et attends !

— Etudier... quoi ? Attendre... quoi ?

— Quel que soit le travail auquel on nous emploiera, examine bien les lieux, le rivage surtout. Il faut être prêts... pour le jour où le secours nous viendra du dehors.

— Pour que ce secours nous arrive, ne penses-tu pas qu'il serait bon de l'appeler ? N'as-tu rien à écrire à Paris ?

— Tu sais bien que nos lettres seront lues par les surveillants, par le directeur...

— J'y compte bien. Et tu vas voir quelle lettre j'ai préparée par Juliette.

Martin alla demander au surveillant s'il pouvait écrire ; et le surveillant lui fit passer immédiatement du papier, des plumes et de l'encre, en lui disant :

— Ayez bien soin de mettre en haut, à gauche, votre nom et votre numéro matricule.

— C'est compris. Avez-vous des timbres ?

— Pas besoin.

— Pas besoin de timbres ?

— Non. Le gouverneur envoie les lettres en France ; les ouvriers de la transportation ne payent pas le port.

— Comme des employés du gouvernement, alors ? C'est charmant.

Il revint vers Michel en disant :

— C'est adorable ! on se ferait mettre au bagne rien que pour ne pas payer ses timbres-poste ! Et, avec ça, on est logé, nourri, blanchi, éclairé ! Et, sur ses vieux jours, on peut coloniser !

— Prends bien garde à ce que tu vas écrire, dit Michel.

— Sois tranquille.

Et il écrivit la lettre suivante :

« Ma chère Juliette,

« Si je n'étais séparé de toi, et si on ne m'avait pas injustement condamné, je l'avoue que je n'aurais pas à me plaindre de mon sort. Grâce à ma bonne conduite, j'ai été traité très doucement pendant toute ma traversée ; et je suis arrivé à Nouméa en parfaite santé.

« Nous sommes logés dans une habitation spacieuse et bien aérée. Notre surveillant est très doux. La nourriture est suffisante.

« Demain, on doit nous employer à des travaux quelconques, ce qui nous fera sortir et nous permettra de prendre un peu d'exercice.

« Somme toute, on peut être heureux, ici ; et, comme j'espère bien voir diminuer ma peine, tu pourras venir m'y rejoindre dans quelques années. On m'assure que le pays est charmant, qu'il y a de magnifiques forêts, des rivières poétiques, des arbres gigantesques ; je ne puis rien te dire à cet égard, car je n'ai contemplé que les murs de ma case ; mais ça doit être vrai, puisqu'on le dit. Donne-moi bien vite de tes nouvelles et des nouvelles de notre enfant, qui n'est sans doute pas loin de faire son entrée dans le monde.

« Je t'embrasse de tout cœur.

« MARTIN PÉLISSIER,
« *Ouvrier de la transportation, matricule 4032, Camp de Montravel, case N° 28.*

— Là, est-ce assez gentil ! dit Martin, quand il eut terminé. Maintenant, toi, écris une lettre semblable à ta mère.

— Mais pourquoi ?

— Fais donc. Je vais dicter.

Et Michel écrivit sous la dictée de son ami :

« Ma bonne mère,

« Après une heureuse traversée, pendant laquelle le commandant de la *Mugissante* s'est montré plein de bontés pour moi, je suis arrivé à Nouméa en bonne santé. On nous traite de la façon la plus paternelle, ce qui par moments me fait presque oublier l'horrible et injuste accusation qui pèse sur moi. Il est probable qu'on me donnera une occupation en rapport avec mes aptitudes. Je supporterai courageusement mon infortune en travaillant, en me rendant utile, ce qui, sans doute, me fera obtenir une commutation de peine... »

— Je n'écrirai pas cela, dit vivement Michel.

— Ecris donc, écris donc !

— D'abord c'est inutile : car, à cette heure, ma mère a peut-être déjà quitté la France. Ainsi...

— Pardon, mon ami, pardon ; mais ce n'est pas à ta mère que tu écris...

— Hein !

— Cette lettre sera bien adressée à Mme veuve Thomerain ; mais elle ne lui est pas destinée.

— Alors, à qui la destines-tu ?

— Tout simplement au directeur du pénitencier, ainsi que la mienne. Le directeur recevra ces deux lettres ce soir ; il sera flatté. On a beau être directeur d'un pénitencier, on aime toujours la flatterie ; cela le disposera bien en notre faveur. Dans quelques jours, demain peut-être, il nous fera appeler ; il nous donnera des conseils ; il déploiera tous ses efforts... afin de nous ramener au bien. Quelle gloire, pour un directeur de pénitencier, que de ramener au bien des ouvriers de la transportation ! Il en sera transporté de joie. Continue donc d'écrire. Dans un mois, nous serons ses ouvriers préférés.

... comme exemple, on rédigera des rap-
ports. On nous laissera un peu de liberté,
un peu plus, puis beaucoup plus... Enfin, on nous
... cela tellement que... tu comprends ?

— Oui, note.

Martin reprit gouailleusement :

« ... une commutation de peine. Et, maintenant que
la vie est impossible pour moi en France, je me demande si je ne ferai pas bien de chercher à m'établir
ici. Il y a, m'assure-t-on, de très riches mines de nickel,
puis de vastes exploitations agricoles. Il me semble
qu'à un moment donné, si ce long voyage ne te faisait
pas peur, tu pourrais venir vivre auprès de moi.
Je te parlerai de tout cela dans une prochaine
lettre ; et, d'ici là, je t'embrasse bien tendrement.

« TON MICHEL. »

— C'est bien, déclara Martin ; maintenant ajoute le
numéro matricule. Et tu vas voir l'effet.

Il alla remettre les deux lettres au surveillant qui les
lui attendrirent et sourit à diverses reprises : Martin
qui l'observait, pensa :

— Il en est évidemment au passage de la douceur
fraternelle du surveillant. Fort bien, attendons tranquillement !

Le lendemain, on vint chercher le peloton dont les
deux amis faisaient partie ; on le conduisit à une certaine distance de leur case, où la route s'était effondrée ; et on les occupa à des travaux de terrasse-
ment qui durèrent une semaine.

— Tu vois que les lettres n'ont guère produit d'effet,
dit Michel à Martin. On nous emploie à des travaux
de manœuvre.

Martin haussa les épaules en répondant :

— Patience !

La seconde semaine, on les employa à porter des matériaux pour construire de nouvelles cases. Les deux
amis travaillaient courageusement, parlant peu aux autres ouvriers, obéissant passivement au surveillant qui,
de temps en temps, venait causer avec eux. Martin
acheva de faire sa conquête en lui raccommodant sa
montre qui était détraquée. Peu à peu, ils le faisaient
bavarder et apprenaient à connaître l'île.

Martin eut même l'audace de lui demander :

— Est-ce que jamais un de vos prisonniers n'a tenté
de s'échapper ?

— Si, répondit-il gravement. A quinze jours de distance, j'en ai eu deux qui ont filé : le premier avait
voulu rejoindre un bateau marchand qui partait ; il a
été mangé par un requin. L'autre avait gagné les bois.
Il y resta un mois, se nourrissant de fruits sauvages ;
un Canaque le vit et le dénonça ; il voulut résister aux
soldats qu'on envoya à sa poursuite, il les frappa, fut
arrêté, condamné à mort et guillotiné. Ce n'étaient ni
l'un ni l'autre de mauvais garçons ; ils avaient été
envoyés ici pour des fautes relativement légères... Seulement, ils avaient la toquade de la liberté.

Martin ne répondit rien ; mais il pensa : « Voilà une
toquade que je comprends ! »

Parmi tous les condamnés, c'était d'ailleurs l'éternel
sujet de conversation : ceux qui acceptaient leur sort
avec résignation étaient bien rares. Le soir, dans la
case, Michel et Martin n'avaient qu'à écouter pour
entendre mille projets de fuite plus fous les uns que
les autres.

Ce qui attirait le plus ces malheureux, c'était le grand
bois vert qu'on voyait sur la colline, avec ses arbres
énormes ; ils savaient que la plupart de ces forêts étaient
vierges, qu'aucune route ne les traversait, et ils s'ima-
ginaient qu'ils pourraient vivre là à l'abri de toutes
recherches, sous les immenses arbres, sous les fou-
gères arborescentes, les choux palmistes et les grands eu-
calyptus, jusqu'au moment où ils trouveraient un moyen de
quitter l'île.

Des légendes couraient sur les transportés qui avaient
eu l'audace de s'évader.

Pendant le jour, tous les yeux se tournaient vers cette
admirable forêt.

On était à la fin de novembre, c'est-à-dire à la fin du
printemps pour la Nouvelle-Calédonie. Sous ce ciel
uniformément bleu, les lianes et les arbres fleurissaient ;
on voyait de beaux papillons traverser l'air en bandes ;
on entendait des cris d'oiseaux. Puis, c'étaient de longs
vols de pigeons au roucoulement sauvage, des tourte-
relles vertes à la toque amarante, des merles, des per-
ruches et des grives qui volaient en chantant des gam-
mes chromatiques. Tout cela rappelait aux condamnés
leurs lectures de jeunesse, les récits de voyage, la vie
des coureurs d'aventures. Ils se disaient qu'ils pourraient s'échapper et vivre ainsi.

Quand Martin entendait leurs projets, il haussait les
épaules, et, même, un jour, impatienté par leur naïveté,
il leur dit :

— Vous ne savez donc pas que les Canaques ont cinquante francs de prime s'ils découvrent un forçat
évadé ?

Ce fut comme une douche d'eau froide sur la tête
de tous ces bandits, qui, jadis à Paris, pour une
somme moindre, auraient tué un homme.

Et, pendant quelques jours, on cessa de parler d'évasion : c'était ce que voulait Martin.

Au commencement de la troisième semaine, un surveillant militaire vint chercher les numéros 4031 et 4032
de la part du directeur du pénitencier. Martin lança un
regard triomphant à Michel.

— Tu vois que ça a pris, dit-il à voix basse.

Leur surveillant habituel leur fit un petit signe d'intelligence. Il dit même, à l'oreille de Martin :

— J'ai donné de si bonnes notes sur vous !

Deux heures après, ils étaient introduits dans le cabinet du directeur, qui écrivait à sa table et qui, sans
lever la tête, dit :

— Attendez un peu !

Michel eut un haussement d'épaules ; mais son ami
lui lança un regard furieux et se plaça en avant, pour
répondre au nom de Michel et au sien.

Enfin, le directeur leva la tête, les examina longuement et demanda :

— Vous êtes bien les nommés Martin Pélissier et
Michel Thomerain, condamnés l'un pour vol, l'autre
pour incendie ?

— Monsieur ! prononça Michel...

Il allait encore protester de son innocence, il ne pouvait se faire à cette idée que tout le monde ne voyait
en lui qu'un criminel. Mais Martin l'arrêta, et, fixant
humblement ses yeux sur le directeur, répondit :

— Hélas, oui, monsieur !

— Vos antécédents, avant votre condamnation, étaient
excellents, et les notes que le commandant de Palovel
m'a remises sur vous sont fort bonnes. Vous savez que
notre but est non pas de vous rendre malheureux, mais
de vous ramener peu à peu au bien.

Michel faillit encore éclater ; mais Martin éternua vivement en disant :

— Excusez-moi, monsieur le directeur, on s'enrhume
si facilement le soir dans les cases !

Le directeur eut un geste qui signifiait : « Ce n'est
pas ma faute, » et il reprit :

— Depuis votre arrivée à Nouméa, votre conduite a
été exemplaire. Le surveillant Pichonel, qui est chargé
de votre garde, m'a aussi remis d'excellentes notes sur
vous. Et je vous ai fait appeler pour vous annoncer
que, dès maintenant, grâce à votre conduite et grâce à
vos aptitudes spéciales, je puis apporter quelques adou-
cissements à votre peine. Je sais même que vous avez
essayé de détourner de l'évasion vos compagnons de

case : c'est une idée qui traverse toujours la tête des forçats au début de leur captivité. Idée folle ; car nos précautions sont si bien prises que toute évasion est impossible.

Ceci dit d'un ton suffisant, le directeur revint à son sujet avec un air bienveillant :

— Ce qui doit vous être le plus pénible, c'est d'être enfermés chaque soir dans les cases : là-dessus, rien à faire encore ; ce n'est qu'au bout d'un an que je pourrai vous donner l'autorisation de vivre à part, bien entendu si votre conduite le mérite toujours. Voici donc ce que j'ai décidé pour vous. Vous continuerez de coucher dans votre case ; et, le matin, lorsque votre surveillant aura mené les ouvriers à leur chantier, il vous conduira vers la ville ; à l'entrée, un autre surveillant viendra vous prendre et vous mènera ici. Vous, Thomerain, vous aurez à vous occuper des réparations qu'on fait en ce moment dans le port : une partie du quai s'est effondrée ; l'entrepreneur qui le répare a, sous ses ordres, des ouvriers de la transportation ; vous serez leur contremaître. Suivant les règlements de la transportation, vous gagnerez vingt-cinq centimes par jour. Vous, Pélissier, vous ferez ici ce que vous faisiez à bord de la *Mugissante* : vous aurez, momentanément, l'entretien des diverses horloges de la ville, l'horloge du pénitencier, celle du palais du gouverneur, celle de l'hôpital, etc. Votre salaire, comme ouvrier d'art, sera de vingt centimes par jour. Et, pendant toute votre première année de transportation, je vous confierai des travaux analogues, si vous continuez d'en être dignes. Plus tard, je vous relèverai entièrement à vos yeux en vous laissant votre liberté. Notre colonie a besoin de travailleurs. Nous avons d'importantes mines de nickel, à Kanala, à Thio, à Bel-Air, à Boa-Kainé. Il y a même une mine d'or à Fern-Hill. Le gouverneur de la colonie, à qui M. de Palouel vous a vivement recommandés, ne désire que vous donner une concession... Enfin, l'avenir est à vous. Moi, je ne vous demande qu'une chose, c'est de vous montrer dignes de bienveillance, et de vous repentir. Allez !

Il sonna. Le surveillant qui les avait amenés parut ; et Martin poussa Michel qui grommelait encore :

— Nous repentir !... L'imbécile !... J'avais envie de l'étrangler.

— Oh ! fit Martin. Un homme aussi charmant !

Quelques instants après, Michel était conduit sur le port, où une dizaine d'ouvriers gâchaient du plâtre et préparaient du ciment devant un tas de pierres ; tandis que Martin était conduit à l'horloge du pénitencier.

Michel eut rapidement examiné les dégâts et donné les ordres nécessaires ; puis, pendant qu'on les exécutait, il examina ce port, entouré de batteries, et plus loin l'immense mer bleue, d'un bleu de lapis, sous un ciel uniformément bleu et pur, que traversaient de longs oiseaux, aux ailes minces. Il demanda le nom d'un de ces oiseaux qui passait seul, très haut. On lui dit que c'était une frégate. Alors, il regarda la *Mugissante*, qui bouchait l'entrée du port, et il pensa vivement à la France.

Il n'avait pas de nouvelles de sa mère, il se demandait si elle avait quitté Paris. Là-bas, dans la noire prison de Mazas, ils avaient formé un projet, dans de rares moments où on ne les observait pas. Sa mère devait réunir ses cent dix mille francs, venir à Sydney, et offrir cette fortune à un capitaine de bateau qui viendrait croiser en vue de la Nouvelle-Calédonie. Comment gagnerait-il ce bateau ? Il n'y avait pas songé ; et, maintenant, il osait à peine y réfléchir, depuis qu'il savait que les requins forment à l'île la plus redoutable des murailles.

Puis, il regardait cette frégate qui semblait prête à donner la chasse à ceux qui oseraient fuir.

Un des ouvriers coupa ses réflexions en disant :

— Tiens ! l'horloge du pénitencier qui sonne le carillon !

C'était Martin Pélissier qui commençait à faire des siennes.

X

Pendant de longs jours, aucun incident ne troubla la monotonie de l'existence des deux amis.

Régulièrement, Pichonet, après avoir laissé ses quatre-vingt-dix-huit hommes sur le chantier où ils travaillaient, se dirigeait vers Nouméa, avec Martin et Michel. Le surveillant Seyssac venait au-devant de lui ; il lui confiait alors les deux amis, que Seyssac menait à leur travail. Cela se passait tranquillement, sans que jamais les deux gardes pussent supposer que leurs prisonniers étudiaient avec le plus grand soin tous les moyens de leur échapper. Après de longues réflexions, les deux amis avaient trouvé ce moyen ; et ils en examinaient chaque jour toutes les chances.

— Fuir dans l'île, avait dit Michel, il ne faut pas y songer ; on nous reprendrait sûrement. Nous devons nous considérer comme des gens assiégés, auxquels un secours viendra du dehors. Ce secours, il faudra pouvoir en profiter à l'heure même où il se présentera. Aussi devons-nous calculer d'avance, ne rien laisser à l'imprévu.

Maintenant, ils étaient prêts. Le concours du dehors pouvait venir.

Personne, d'ailleurs, ne se défiait d'eux. Ils commençaient même à avoir une certaine réputation dans la colonie.

C'était à qui ferait examiner ses pendules par Martin. Tous les jours, quand il arrivait au pénitencier, il trouvait du travail qu'on lui avait porté avec l'autorisation du directeur ; il avait réparé tous les bijoux des femmes du directeur, du gouverneur, des officiers en résidence, des fonctionnaires.

Quant à Michel, il continuait soigneusement les travaux du port ; il avait découvert de nouvelles fissures ; au besoin, il les aurait inventées, pour rester plus longtemps sur le port, d'où il pouvait examiner l'horizon.

Il avait rapidement compté tout ce qu'il y avait dans le port : deux canonnières et la frégate, quelques embarcations de plaisance, des bateaux de pêche, puis de petits navires qui faisaient les échanges dans l'Australie et la Nouvelle-Calédonie.

C'était surtout quand un de ces bateaux marchands arrivait qu'il examinait soigneusement les hommes qui en descendaient.

Il avait le pressentiment que c'était de là que viendrait le secours.

Un matin, au moment où il faisait des calculs, sous la petite tente de l'entrepreneur, il entendit les ouvriers qui disaient :

— Tiens ! le *Cunning* !

Il demanda ce que c'était que le *Cunning* ; on lui répondit que c'était un bateau de Sydney qui approvisionnait les principaux magasins de la colonie d'objets européens et qui s'en revenait chargé de sucre, de riz et de café. Il regarda ce bateau comme il regardait tous les autres, puis se remit au travail.

Le *Cunning* entra dans le port, et on commença aussitôt son déchargement.

Michel n'y fit plus attention.

Trois jours après, comme il examinait un travail terminé, il entendit des voix avinées qui hurlaient une chanson anglaise à quelques pas de lui. Il se retourna et vit une bande de matelots débraillés qui passaient sur le port. Ils se tenaient tous par le bras, bousculant un peu les gens, à la mode des matelots qui tirent une bordée.

— En voilà qui sont heureux ! prononça un des ouvriers en soupirant.

Michel les regardait toujours, se demandant s'il était le jouet d'une hallucination. Et il eut besoin de se raidir pour ne pas pousser un cri de joie. Enfin, quand les matelots furent près de lui, il ne douta plus. Le matelot qui était au bout, à droite, criant plus fort que tous les autres, était Bernier.

Il l'avait bien reconnu, malgré les gros favoris rouges

qu'il s'était appliqués de chaque côté de la figure, malgré son col de matelot et son chapeau flanqué en arrière, malgré cette démarche chancelante d'homme ivre.

Le brave contremaître et son filleul se regardèrent en face, sans broncher, sans que personne pût soupçonner qu'ils brûlaient d'envie de se jeter dans les bras l'un de l'autre.

La bande des matelots s'arrêta un peu devant les ouvriers.

Michel et Bernier furent si près qu'ils auraient pu se donner une poignée de main.

Cependant Bernier laissa dans sa poche celle de ses mains qui était libre.

Puis la bande reprit sa course en chantant ; les ouvriers se remirent au travail en riant, et le surveillant continua de regarder la bande qui s'engouffrait dans une guinguette.

Pendant ce temps, Michel ramassait un petit rouleau de papier que Bernier avait fait glisser intérieurement de sa poche, et le cachait bien vite.

Quelques instants après, le surveillant s'étant éloigné, Michel s'installa sous sa tente, dans la position d'un homme qui écrit ; il déroula le papier et lut :

« Mon cher enfant,

« Je ne sais pas à quel moment je pourrai arriver jusqu'à toi ; aussi j'écris cette lettre pour te la faire passer à la première occasion. Il y a quinze jours que la mère et moi sommes arrivés à Sydney, en bonne santé. Comme tu peux bien le penser, nous avons cherché immédiatement le moyen de te faire évader, ainsi que Martin Pélissir. Voici ce que nous avons trouvé de plus simple.

« Le *Cunning* est à Nouméa pour quelques jours. Le capitaine, qui est un ancien mécanicien de l'usine de Saint-Denis, et par suite un vieux camarade à moi, ne consent cependant à nous prêter qu'un concours négatif. Je lui avais proposé de faire son chargement, puis de quitter Nouméa et de croiser en pleine mer ; je serais venu vous chercher dans une chaloupe.

« Il a refusé, disant que c'était trop dangereux, que la frégate qui garde le port nous poursuivrait, qu'on nous enverrait des boulets ; et malgré tout ce que je lui ai offert, il ne veut risquer ni sa peau ni celle de ses matelots. Tout ce qu'il consent à risquer, c'est la carcasse de son navire. J'ai déposé deux cent trente mille francs à Sydney, chez son banquier. Si nous perdons son navire, la somme est à lui ; si nous le lui rendons en bon état, je lui abandonne cinquante mille francs.

« Maintenant, voici la situation exacte. Le capitaine du *Cunning* est à terre et ne rentrera à bord que dans une dizaine de jours ; les matelots tirent des bordées tout le jour et demeurent à terre, le bateau étant déchargé. Moi seul je rentre à bord, où je retrouve ta mère, qui est cachée dans la cabine du capitaine... »

— Ma mère ! balbutia Michel. Elle est si près de moi, et je ne puis la voir ! Oh ! maman... ma maman...

Il pleura un peu.

Puis, surmontant son émotion, il continua la lecture de la lettre de Bernier :

« Naturellement, la mère restera cachée pour ne pas éveiller les soupçons.

« Moi, je suis censé être le mécanicien du bord ; l'autre est resté en congé à Sydney.

« Enfin, j'ai amené un matelot de Sydney, qui est le seul dans le secret, qui connaît bien la mer, les passes, les écueils. Je suis sûr de son dévouement et de sa discrétion ; car il touchera quelques billets de mille si le coup réussit.

« Le capitaine du *Cunning* ne veut pas paraître en tout cela.

« Il faut que nous ayons l'air de lui voler son navire ; il n'y a donc pas de danger qu'il dise un seul mot, parce qu'on l'accuserait de complicité.

« Il m'a d'ailleurs répété, à diverses reprises, que nous étions perdus d'avance, que la *Mugissante* ne nous laisserait pas faire dix lieues, malgré toute l'avance que nous pourrions avoir, et que nous serions sûrement pincés, ou coulés. Il faut donc bien prendre nos précautions.

« En montant hier sur le mât, j'ai vu, avec une bonne lunette, la route que vous suivez tous les jours. A peu près en face de l'endroit où un surveillant vous remet à l'autre, la mer est couverte de rochers qui surplombent. Le soir même du jour où tu recevras cette lettre, je mènerai là un canot et je l'y laisserai avec des avirons. Puis, toutes les nuits je serai prêt, je tiendrai la chaudière allumée. On pourra partir aussitôt qu'on le voudra. Et, comme tous les matelots et le capitaine du *Cunning* sont à terre, personne ne songera à lui, qu'au moment où on le verra filer. Et, comme ce sera la nuit, j'espère bien qu'on ne s'apercevra qu'il a filé, que le lendemain matin.

« Je crois que demain serait un jour excellent ; car j'ai entendu dire que tous les officiers de la *Mugissante* sont invités à un grand dîner chez le gouverneur.

« Ta mère et moi t'embrassons bien en te disant : à bientôt !

« Ton vieux Bernier. »

Michel fut encore moins ému par la gravité de la situation que par la simplicité avec laquelle se dévouait Bernier.

Des larmes jaillirent encore de ses yeux ; mais il prononça :

— Allons ! plus de larmes ! nous aurons le temps de pleurer après...

Il relut la lettre, en grava bien tous les termes dans sa mémoire ; puis il la mâchonna par petits morceaux et l'avala.

Vers la fin de la journée, il aperçut Bernier qui rentrait seul à bord du *Cunning*.

Le soir, pendant qu'on le ramenait avec Martin vers sa case, il parla d'avenir, des mines de nickel, des richesses du pays ; il demanda même quelques renseignements au surveillant Pichonet sur la manière dont s'obtiennent les concessions de terrains.

Ce fut seulement au milieu de la nuit qu'il raconta à Martin ce qui s'était passé.

Martin écouta religieusement, sans faire la moindre plaisanterie.

— En effet, dit-il, quand Michel eut terminé ; il y a un grand gala demain chez le gouverneur. Notre évasion va servir d'intermède.

— Alors, tu es bien décidé ?

— Demain, nous serons libres.

Ils passèrent le reste de la nuit à combiner les derniers détails.

Le lendemain, tandis que le surveillant Pichonet les menait à la ville, Martin lui demanda :

— Et votre montre, va-t-elle toujours bien ?

— Pas mal. Voulez-vous l'examiner ?

Martin prit la montre, s'assit au bord de la route, et pendant quelques minutes, il eut l'air de passer tous les rouages en revue.

Ensuite, il rendit la montre au surveillant :

— Maintenant, dit-il, elle ne bronchera plus.

Dans cette même matinée, Martin passa aussi en revue toutes les horloges de la ville.

Lorsque midi sonna, la plupart des gens qui possédaient des montres constatèrent qu'ils étaient en retard de cinq minutes, et beaucoup se dirent :

— Décidément, il faudra faire régler nos montres par le nouvel horloger du pénitencier.

Le soir, Martin dit à voix basse à Michel :

— Ça y est.

Ceux des habitants qui, à ce moment, comparèrent l'heure de leurs pendules à l'heure de l'horloge du pénitencier, constatèrent avec dépit qu'ils étaient en retard de dix minutes.

Il ne vint à l'idée de personne de se dire que c'était l'horloge du pénitencier qui avançait.

Et cette idée ne vint pas surtout au surveillant qui ramenait les deux amis à Pichonet.

Quand on arriva à l'endroit habituel du rendez-vous, le surveillant Seyssac dit :

— Tiens, Pichonet qui est en retard !

— Avançons un peu, répliqua Martin.

Ils firent encore un bout de chemin et atteignirent un détour où se trouvait une bordure d'arbres.

On ne voyait pas encore Pichonet.

Soudain, Seyssac sentit qu'on le saisissait. Il n'eut pas le temps de crier.

Martin le bâillonnait, tandis que Michel l'attachait fortement avec une corde qu'il avait prise sur le port.

— Maintenant, mon ami, déclara Martin, n'essayez pas de crier, parce que vous nous mettriez dans la cruelle nécessité de vous brûler la cervelle avec votre propre revolver, ce qui nous désolerait ; car vous êtes un très aimable homme.

Ils le prirent et le déposèrent dans un fossé, en lui faisant un lit d'herbes.

— Vous ne serez vraiment pas trop mal pour passer deux ou trois heures, dit Michel.

Le surveillant poussa quelques soupirs, leva les yeux au ciel, mais ne fit plus d'efforts, s'estimant bien heureux de n'être pas tué.

Les deux amis remontèrent ensuite vers la route, et Michel dit :

— Je ne vois pas apparaître Pichonet ; cependant ceci a bien duré dix minutes.

— Pardon, mon ami, répliqua Martin avec calme ; Pichonet doit être en retard de vingt minutes : dix minutes de retard pour sa montre, et dix minutes d'avance pour les horloges de Nouméa.

Ils continuèrent lentement leur chemin et se trouvèrent enfin en face de Pichonet.

— Seuls ! s'écria le garde, stupéfait.

— Dame ! vous étiez en retard, répliqua Martin ; votre collègue est revenu sur ses pas.

— Quelle imprudence ! murmura le surveillant. Enfin, venez !

Il leva le bras droit pour pousser un peu les deux amis. Michel lui appliqua les deux mains sur la bouche, tandis que Martin lui arrachait son revolver :

— Là, mon bon monsieur Pichonet, laissez-vous faire ; pas de cris, pas de révolte !

En un clin d'œil il fut garrotté et solidement bâillonné. Puis ils le transportèrent dans un bosquet de citronniers, et Martin lui dit :

— Excusez-nous ; mais nous sommes bien forcés de vous traiter ainsi. Au plaisir de ne pas vous revoir ! Viens, Michel, nous aurons le temps de gagner le fond des bois, avant qu'on ait donné l'alarme.

Et ils entrèrent plus avant dans le bois.

Mais parvenus à une légère distance, ils changèrent de direction et revinrent vers la mer, rampant à terre dès que les arbres ne les cachaient plus.

Il était huit heures du soir quand ils arrivèrent près de l'eau.

Ils n'eurent pas besoin de chercher longtemps pour trouver le canot que leur avait amené Bernier. Dans le fond étaient étendus des vêtements de matelot, auprès des avirons. Ils se changèrent rapidement, déposèrent leurs vêtements de forçats dans une anfractuosité de rocher. Ils écoutaient, craignant d'entendre quelque signal d'alarme ; mais personne encore ne s'était aperçu de leur évasion.

Le dîner du gouverneur occupait bien trop vivement la ville de Nouméa pour qu'on s'inquiétât de ne pas voir les deux surveillants. Et les deux malheureux étaient si habilement bâillonnés et garrottés que, malgré leurs efforts, ils étaient encore dans la même situation, le premier au fond de son fossé, le second dans le bois de citronniers.

Quand la nuit fut tout à fait tombée, les deux amis s'avancèrent lentement, prudemment, frappant doucement l'eau de leurs avirons, évitant les rares embarcations qui traversaient le port.

Ils passèrent sous les batteries, dont pas un fonctionnaire ne les aperçut.

Et, une heure après, en arrivant près du *Cunning*, Martin prononça :

— On ne dira plus que le canotage ne mène à rien.

Pas une seule parole ne fut dite entre eux, et Bernier, qui attendait sur le pont avec une terrible anxiété, Il jeta une corde à nœuds à la mer, et bientôt les deux amis étaient sur le pont du *Cunning*. Bernier les entraîna aussitôt vers la cabine, où la veuve attendait, ne pouvant croire qu'elle allait embrasser son fils. Ils tombèrent dans les bras l'un de l'autre, en pleurant.

Et Martin dit :

— Embrassons-nous, Bernier !

— Ah ! on a bien le temps de s'embrasser !

— C'est vrai, dit la veuve. Assez d'émotion ! Au travail, mon fils ! Vois, je suis prête à travailler comme un matelot ; c'est moi qui entretiens le feu de la machine.

— Bonne mère ! murmura Michel.

Puis, d'un ton décidé, se tournant vers Bernier :

— Or ça, où en sommes-nous ?

— Voici, dit tranquillement Bernier. Je ne vous demande pas comment vous vous êtes évadés ; dites-moi seulement dans combien de temps on s'apercevra de votre évasion, mes amis ?

— A moins d'imprévu, pas avant une heure ou deux.

— Bon. J'ai déjà levé l'ancre ; il n'y a plus qu'à l'amener. En une demi-heure, la vapeur marchera en plein. Dans une heure, nous pouvons filer. Mon matelot connaît bien la rade ; il tiendra le gouvernail. Il ne s'agit plus que de passer entre la frégate et les batteries.

— Oh ! dit Michel, ce n'est pas les batteries qu'il faut craindre : les factionnaires, endormis sur leurs fusils, ne nous verrons peut-être même pas passer. La seule chose à craindre, c'est que la frégate ne nous poursuive dans une heure ou deux ; et votre capitaine avait raison : si la frégate nous poursuivait, nous serions perdus.

— Diable ! prononça Bernier.

— Oui, reprit Michel. Elle file avec une rapidité insensée. Seulement, elle ne filera pas cette nuit ; je me charge bien de l'en empêcher.

— Comment cela ?

— Donne-moi simplement une ceinture de liège. Tu dois avoir cela ici ?

— Evidemment.

— Plus une bouteille d'huile, un tournevis et une clef anglaise.

— Autrement dit, l'attirail de l'hélice ?

— Oui. Vite !

Dix minutes après le canot quittait encore le *Cunning*, emportant Michel et Bernier. Ils nagèrent en se mettant dans l'ombre de la frégate, avec une telle prudence que personne ne les entendit.

Bernier dit également :

— On dirait que nous allons lui poser une torpille sous le flanc.

Michel, enveloppé du rond de liège, se mit à l'eau auprès de l'hélice, remontant de temps en temps à la surface ; et, pendant une demi-heure, il vissa, dévissa, tourna jusqu'à ce qu'il eût obtenu ce qu'il désirait.

— C'est fait, dit-il en regagnant le canot.

Et ils nagèrent vers le *Cunning*, dont la veuve et Martin avaient vivement poussé la chaudière.

— Partons, dit Michel. Maintenant, je défie bien la *Mugissante* de nous poursuivre !

On releva l'ancre complètement. Michel descendit dans la machine ; le matelot était déjà à la barre ; Bernier l'aidait de son mieux.

Martin, qui était sur le pont, à la place du capitaine, commanda :

— A toute vapeur !

Puis il cria à Bernier d'éteindre les lanternes.

— Pourvu que les autres tiennent les leurs allumées, ajouta-t-il, c'est tout ce qu'il nous faut.

En cinq minutes, ils dépassèrent la *Mugissante*, au grand étonnement de l'officier de quart, qui n'avait pas été prévenu qu'un bateau dut sortir cette nuit. On leur cria de s'arrêter ; et, comme ils ne répondirent rien, l'officier ordonna au matelot qui était à l'avant de leur

seulement l'éveil était donné.

Quand ils arrivèrent devant les batteries qui défendent l'entrée du port, tous les factionnaires mirent en joue ; mais, malgré la pureté de la nuit qu'éclairait une lune admirable, ils n'aperçurent rien qu'un bateau qui filait à toute vapeur, sans un seul matelot sur le pont. Martin avait fait rentrer Bernier sous le pont, tandis que lui et le matelot anglais se couchaient derrière des rouleaux de filin.

Les évadés avaient déjà gagné la pleine mer, lorsqu'un factionnaire, envoyé par le sergent du poste de Constantine, entra, tout essoufflé, dans la salle où le gouverneur donnait son grand dîner.

Tout à l'heure on avait entendu les coups de feu et on avait supposé que c'était un forçat qui cherchait à s'échapper d'une case.

Le directeur du pénitencier était assez inquiet ; et, pour se rassurer, il expliquait, au gouverneur et à ses convives, qu'avec le système actuel, toute évasion était impossible.

On donna l'ordre au soldat de parler.

— J'ai vu un bateau qui passait sans ses feux, dit-il ; comme, de la frégate, on tirait sur lui, j'ai tiré aussi. Voilà !

— Et c'est tout ce que vous savez ?

— Oui, tout. Ah ! si j'ai pu voir le nom du bateau, *Cunning*.

— Impossible, dit le gouverneur, le *Cunning* a tout un équipage à terre.

— Oh ! j'ai bien distingué : le *Cunning*. Et personne sur le pont.

Au même instant une patrouille arriva, ramenant les deux surveillants, qu'on avait trouvés ligotés et qui contèrent piteusement leur pitoyable aventure.

— Ils auront filé dans les bois, dit Pichonet.

Le gouverneur haussa les épaules :

— Allons donc ! Ils n'ont parlé des bois que pour se moquer de vous. Ce que l'on va vous flanquer aux arrêts !

Puis, s'adressant à M. de Palouët :

— Mon cher commandant, ce *Cunning* est un mauvais bateau, que vous rattraperez aisément en quelques heures, avec la *Mugissante*. J'aime à croire que ces deux misérables seront demain internés à l'île. Nous. Voilà où mène la bienveillance dont on fait preuve en faveur de pareils gredins !

Une demi-heure après, le commandant de Palouët fit lever l'ancre pour donner la chasse au *Cunning*. Quand il était arrivé sur la frégate, il l'avait trouvée déjà sous vapeur. L'officier de quart avait prévenu ses hommes.

Seulement, lorsqu'on voulut partir, au premier mouvement donné par le vapeur à l'axe de l'hélice, l'hélice tomba dans la mer...

XI

UNE DÉSAGRÉABLE SURPRISE

Jamais M. de Saint-Ermond n'avait été plus heureux, il le déclarait tous les jours à sa fille.

— Je ne puis te dire, ma chère enfant, combien cette vie de travail me plaît. Je n'aurais jamais cru qu'on pût s'intéresser aussi vivement à une affaire industrielle. Pour te parler franchement, je n'aimais pas l'ancienne fabrique comme je vais aimer celle-ci, sans doute parce que j'en dirige la construction, parce que je m'occupe des moindres détails, les pierres, les fers, les charpentes. Cela me rajeunit. Il faut dire que Gérald m'aide beaucoup, il prend toujours la moitié de la besogne.

Quel commandant garçon ! ... Vous vous aimez toujours... Je n'aurais plus rien à désirer !

Suzanne répondait simplement :

— Vous êtes heureux, mon père. Pour le moment, c'est ma seule ambition.

Et le viveur s'en allait enchanté, réellement rajeuni, maintenant qu'il n'avait plus le souci de ce rendement de comptes qui l'avait tant effrayé. Quand Suzanne aurait atteint sa majorité, il lui remettrait ses trois millions intacts, plus la fabrique reconstruite.

Sans doute, on trouverait qu'il aurait pu économiser sur le revenu ; mais qu'était-ce que cela, puisque la fortune était intacte ?

Et comme c'était au prince russe qu'il devait l'admirable combinaison qui lui avait permis d'obtenir ce beau résultat, de regagner, d'un seul coup de filet, les deux millions gaspillés, il trouvait de plus en plus naturel que le prince devînt son gendre.

— Je connais ma fille, avait-il dit à Gérald. Il y a des filles qui veulent un officier, d'autres qui veulent un médecin, ou un notaire, ou un avocat. A Suzanne, il faut un ingénieur. Elle a la manie de la fabrication, cette petite ; il lui faut son usine, elle adore ça ; que voulez-vous, tous les goûts sont dans la nature ! Rendez-lui sa fabrique avec son activité, les arrivages de marchandises, les expéditions, le tapage, le mouvement... et elle vous aimera.

Gérald souriait ; et, comme M. de Saint-Ermond, il faisait semblant de travailler.

Naturellement, il n'était plus question, pour Suzanne de quitter la comtesse. Il avait été convenu qu'elle accepterait son hospitalité jusqu'au moment où l'usine et la maison d'habitation renaîtraient de leurs cendres ; et alors on reprendrait la vie d'autrefois.

Le nombre des ingénieurs qui battent le pavé de Paris, à la recherche d'une situation, est, hélas ! si grand, que M. de Saint-Ermond n'avait eu qu'à choisir. Son choix était tombé sur un nommé Jean Malais, ancien élève de l'École centrale, qui, depuis deux ans, malgré son intelligence et sa valeur, n'arrivait que bien péniblement à gagner sa vie. Garçon modeste, il avait rapidement compris qu'on lui laisserait faire tout ce qu'il voudrait et qu'on le payerait bien, pourvu qu'il abandonnât aux autres la gloire du travail accompli.

Gérald jouait d'ailleurs son rôle avec le plus grand sérieux. En sa qualité d'ancien officier des gardes de l'empereur de Russie, il avait quelques teintes de mathématiques. Aussi, dès le matin, il arrivait aux chantiers de Saint-Denis et pénétrait dans la cabane de planches qu'on avait élevée pour la direction des travaux.

Jean Malais lui exposait ce qu'il voulait faire dans la journée ; et Gérald approuvait toujours, en prononçant quelques expressions techniques d'un air entendu.

M. de Saint-Ermond arrivait un peu tard... et se promenait dans les chantiers en fumant son cigare.

Puis les deux amis déjeunaient ensemble, faisaient encore un tour dans les chantiers et rentraient à Paris, persuadés qu'ils avaient beaucoup travaillé.

Suzanne demandait souvent des nouvelles des travaux, et son père lui proposa un jour :

— Veux-tu venir les examiner ?

— Mais très volontiers, mon père, répondit la jeune fille avec un mouvement de joie.

La comtesse qui était toujours aux aguets, remarqua que la jeune fille avait tressailli : c'était la première fois que Suzanne manifestait un sentiment un peu vif depuis bien des mois.

— Votre fille m'inquiète, disait souvent Nina à M. de Saint-Ermond. Je n'arrive plus à démêler ses sentiments. Au début, je lisais sur son visage tout ce qui se passait en son cœur ; maintenant, je ne sais plus. Elle accepte tout avec le même sourire d'indifférence hautaine. Je n'y comprends plus rien... Est-elle heureuse ?... Souffre-t-elle ?... A-t-elle oublié le passé ? Je vous assure que cette enfant vit en dehors de nous...

— Bah ! répondait Saint-Ermond avec un geste d'insouciance, je vous dis que ma fille est très heureuse. Elle me le répète tous les jours.

La comtesse avait bien deviné.

Suzanne acceptait froidement la vie qui lui était faite, bien décidée à ne jamais se marier, et ne songeant que très vaguement à l'avenir.

Elle n'avait qu'une préoccupation : lire, chaque jour, les nouvelles de l'étranger, au moment où personne ne l'observait ; elle le faisait avec une patience tenace, car elle avait compris que si Bernier avait quitté Paris avec la veuve Thomerain, c'était pour quelque tentative désespérée. Elle avait lu, dans divers récits de voyage, l'existence que menaient les transportés à la Nouvelle-Calédonie ; et l'idée que Michel vivait au milieu de ces misérables lui était horrible...

Elle avait deviné sûrement, que Bernier était allé arracher Michel à cette existence ; et elle en attendait la nouvelle avec une confiance inaltérable.

M. de Saint-Ermond et la comtesse crurent qu'elle était heureuse de revoir l'usine, elle était simplement heureuse parce qu'elle irait passer quelques instants là où Michel l'avait aimée.

Le lendemain, elle s'habilla coquettement, et fut prête la première.

— Tu es donc bien contente ? lui demanda son père.

— Oh ! oui, bien contente !

Le viveur dit à la comtesse, avec un sourire goguenard :

— Voyez comme ça prend !

Et on partit pour Saint-Denis, dans le landau de Nina. Pendant le voyage et pendant toute la visite, Suzanne fut gaie.

A Saint-Denis, M. de Saint-Ermond s'effaça pour laisser Gérald faire les honneurs de l'usine. Le prince conduisait partout la jeune fille, indiquant les endroits précis où seraient replacées les nouvelles machines, montrant le petit pilier d'acier sur lequel s'appuierait la balustrade, et d'où l'on pourrait surveiller le grand atelier. Et, comme Suzanne souriait toujours, il perdait un peu de son sang-froid, il croyait avoir enfin conquis une place un peu plus grande dans son cœur ; et peut-être allait-il risquer une parole affectueuse lorsqu'une simple phrase de la jeune fille le bouleversa.

— Oui, dit-elle à haute voix, je reconnais bien... on a exactement suivi toutes les dispositions de M. Thomerain... C'était, d'ailleurs, ce qu'il y avait de mieux à faire.

Tout déconcerté, Gérald balbutia, qu'en effet, on avait voulu profiter des piliers de maçonnerie qui n'avaient pas été détruits par le feu.

Suzanne ne l'écoutait plus.

Elle regardait cette immense étendue où deux cents ouvriers travaillaient ; et elle revoyait la belle usine telle que Michel la dirigeait autrefois...

Gérald devina aisément ce qui se passait dans l'esprit de la jeune fille ; il se glissa auprès de sa sœur et lui dit d'un ton furieux :

— Voilà le résultat auquel nous aboutissons ! C'est joli ! Et moi qui allais presque lui avouer mon amour.

Puis il s'éloigna tout dépité et eut l'air de causer sérieusement avec Jean Malais ; mais il profita du premier moment où on ne pouvait le voir pour regagner la route et rentrer à Paris.

Quand on voulut partir, il n'avait pas reparu ; et on revint à Paris sans l'attendre.

Les hommes les plus adroits, les plus froids, ceux mêmes dont la vie n'est guidée que par l'intérêt, ou dont l'âme est dénuée de tout sens moral, ne peuvent supporter une blessure d'amour-propre faite par une femme. Quand Suzanne avait prononcé devant Gérald le nom de Michel Thomerain, il lui avait semblé qu'elle le souffletait. Et, en courant vers Paris, disait :

— Lui, au moins, il est au bagne !... Tant mieux ! Mais elle ! Oh ! l'orgueilleuse fille ! Jamais je n'ai déployé une telle habileté, de telles séductions, pour me faire aimer d'une femme ; et je ne suis pas plus avancé qu'au premier jour...

Une fois dans Paris, il tourna sur le boulevard à gauche et attendit.

Bientôt, Suzanne passa en voiture à une vingtaine de mètres de lui : il la vit froide et hautaine comme toujours.

Et son dépit devint encore plus violent.

Il murmura :

— Si l'autre m'aimait, au moins !

L'autre, la jeune femme si douce et si poétique, dont il avait voulu faire sa maîtresse, autant par désœuvrement que par amour, et dont il avait à peine obtenu quelques sourires !

Il prononça lentement :

— Juliette !... Suzanne !... Les deux seules femmes qui m'aient fait éprouver de si étranges impressions !... Et toutes deux m'ont repoussé, comme si elles savaient...

Il s'arrêta, effrayé, et regarda autour de lui, craignant peut-être que quelqu'un n'eût entendu ses paroles ou deviné sa pensée.

Il eut un mouvement de rage.

— Oh ! celle-là, je l'aurai !

Et il se souvenait de ce premier jour où il avait rencontré Juliette Morand, en revenant de l'usine incendiée.

C'était un jour où il rentrait en voiture avec Saint-Ermond ; il avait vu passer une jeune femme adorablement belle, que suivait une nourrice portant un enfant ; et il avait été si vivement frappé par sa beauté que, le lendemain, il était revenu, espérant la rencontrer encore.

Il était revenu ainsi, bien souvent, charmé par cette douce figure, ignorant son nom, sa situation, mais tellement séduit que la journée ne lui semblait pas complète lorsqu'il n'avait pas vu la jeune femme. Il comprenait bien, à son allure triste, qu'elle était abandonnée, mais pas veuve puisqu'elle ne portait pas de deuil.

Enfin, il s'était informé et avait appris qu'elle s'appelait Juliette Morand. Et il s'était bien rappelé l'avoir entrevue dans la salle des témoins, le jour du procès de Martin Pélissier ; mais ce jour-là, elle était défigurée par la douleur et les larmes. Et il ne l'avait pas reconnue.

Il eut presque peur, alors.

— Quelle imprudence ! Aimer la maîtresse de Martin Pélissier !

Il voulut l'oublier ; mais comme le hasard la lui fit rencontrer encore, il se laissa aller, avec une insouciance de Slave, à la passion qu'il ressentait pour elle. Puis, c'était un nouveau raffinement pour son âme de bandit. D'ailleurs, est-ce que Martin Pélissier reviendrait à Paris ? Il n'avait rien à craindre de lui, pas plus que de Michel Thomerain.

Et il continua d'épier la jeune femme, de la suivre pendant ses promenades.

Juliette, qui avait accouché d'un garçon, peu de temps après le départ de ses amis, attendait impatiemment des nouvelles de Martin Pélissier. Par la première lettre qu'elle avait reçue de lui, elle avait appris qu'il ne souffrait pas trop cruellement. C'était tout ce qu'elle pouvait désirer en ce moment.

Et, songeant toujours à lui, elle n'avait pas remarqué qu'un inconnu s'attachait sans cesse à ses pas. Il fallut que la nourrice de son enfant la prévînt. Elle changea alors le but de ses promenades ; mais le prince la retrouva le jour suivant.

Jamais, d'ailleurs, elle n'avait été si belle, avec sa pâleur transparente et cette légèreté séraphique des jeunes accouchées.

Le prince eut l'habileté de ne rien brusquer. Il commença par regarder l'enfant, disant qu'il le trouvait beau. Juliette y fut prise.

Et, peu à peu, elle permit à Gérald de la saluer, de causer quelques minutes avec elle.

Elle ignorait son nom ; elle ne voyait en lui qu'un promeneur quelconque qui aimait les enfants. Justement

...ver était doux ; le soleil se montrait presque chaque jour.

Un jour, cependant, où il avait neigé légèrement, Juliette ne sortit pas : le prince se rendit audacieusement chez elle, c'est-à-dire dans l'appartement de Bernier, pour demander des nouvelles de l'enfant.

Ce fut Juliette qui le reçut ; elle lui demanda, un peu indignée :

— Mais, qui donc êtes-vous, pour oser vous présenter ainsi chez moi ?

Il répondit témérairement :

— Le prince Gérald Vérénine !

— Vous !... Vous dont le témoignage a fait condamner celui que j'aime ! oh ! Dieu !

— Oui, moi, qui ne demande qu'à réparer le mal que j'ai pu causer involontairement. N'ai-je pas déclaré, du reste, que je croyais à l'innocence de Martin Pélissier ?

Il pénétra chez Juliette, malgré elle, et joua une scène de comédie, pour expliquer sa conduite, déclarant qu'il regarderait l'enfant de Martin comme le sien, qu'il éprouverait pour elle la plus respectueuse amitié... qu'il aurait un éternel remords d'avoir fait condamner un innocent, et que, cependant, il avait bien dit la vérité. Il étourdit la jeune femme en lui répétant vingt fois que c'était une erreur judiciaire, que l'innocence de Martin serait un jour reconnue.

Et les préventions qu'elle avait contre cet homme diminuèrent un peu.

Le misérable avait réussi à s'introduire dans sa vie. Il vint, désormais, la voir quelquefois : elle permettait ces visites parce qu'ainsi elle entendait parler de Martin. Et Gérald espérait bien qu'un jour elle l'aimerait.

Cependant, cela avait duré de longues semaines, sans qu'il eût obtenu autre chose que des paroles indifférentes, ou un sourire attristé quand il caressait l'enfant de Martin Pélissier !

C'était ce sourire qui le ravissait ; et, en ce moment, autant par dépit que par amour, il éprouvait un violent désir de voir Juliette, pour effacer le souvenir de l'orgueilleux dédain de Suzanne de Saint-Ermond ; il s'était rendu sur le boulevard tranquille et isolé, où Juliette venait promener son enfant.

Machinalement, il prit dans sa poche un petit écrin et prononça avec un sourire ironique :

— Puisque Mlle de Saint-Ermond me repousse, elle n'aura pas les beaux brillants que je lui destinais...

Et, d'une voix gouailleuse, il ajouta :

— Un bijou... *de famille* ?

Juliette arrivait. Il lui sembla qu'elle était encore plus triste que de coutume.

— Allons, dit-il, je crois que mon cadeau tombera bien. Il ne s'agit que de le donner d'une manière adroite.

Juliette était toute soucieuse parce qu'elle avait calculé, le matin, que cinq mois s'étaient écoulés depuis le départ de Bernier, et elle n'avait rien reçu que la première lettre de Martin, puis une dépêche envoyée de Sydney par Bernier et contenant ces seuls mots :

« Tout va bien. Attendez. »

Gérald la salua gracieusement et, tout de suite, leva le voile qui couvrait l'enfant.

— Comme il est beau ! dit-il.

Juliette sourit, avec cet orgueil naïf de toutes les mères. Presque aussitôt, le prince ajouta :

— Vous me permettrez de lui donner ceci... Oh ! ce n'est rien... Un simple hochet... Un souvenir...

— Mais non, monsieur, non...

Déjà, Gérald avait posé un petit paquet sur la bavette de l'enfant.

— Adieu ! dit-il, à demain !

Et il s'éloigna vivement. Juliette prit le petit paquet et le garda quelques instants sans l'ouvrir. Quand elle l'ouvrit, elle poussa un cri d'indignation.

— Oh ! le misérable !

Le paquet renfermait un écrin de velours contenant une paire de dormeuses, deux magnifiques diamants. Elle referma vite le paquet, disant :

— Oh ! je rendrai cela demain à cet homme. Oh ! le misérable ! M'insulter ainsi !... Et moi qui avais la faiblesse de l'écouter ! Hélas ! c'est qu'il était le seul avec qui je puisse parler de Martin... Voilà pourquoi je me laissais aller...

Elle avait assez d'expérience de la vie pour comprendre toute la pensée de cet homme. Il s'était imaginé que, seule, abandonnée et même pauvre, elle ne demanderait qu'à se laisser consoler.

C'est l'histoire de tant de malheureuses filles...

Elle revint bien triste chez elle ; et, toute la soirée, elle songea à cette bizarre coïncidence :

— Cet homme ose m'offrir des diamants. Et mon pauvre ami est accusé d'en avoir volé...

Elle n'eut même pas la curiosité de les regarder une seconde fois. Elle enveloppa le paquet et le mit dans un tiroir. Puis elle s'endormit en contemplant le portrait de Martin.

Le prince était revenu à Paris, enchanté de la manière adroite dont il avait offert ses diamants à la jeune fille.

— Je crois qu'ils auront été les bienvenus, se disait-il.

Il jugea prudent de ne pas reparaître chez sa sœur, et dîna au cercle, pensant bien que Saint-Ermond viendrait l'y retrouver.

L'industriel arriva, en effet, vers dix heures, avec une mine lugubre.

— Votre sœur est furieuse contre vous ! cria-t-il à Gérald.

Et il allait lui expliquer que tout marchait mal, que Suzanne n'avait pas dit une parole, qu'on avait dû l'attendre près de vingt minutes avant de se mettre à table ; mais un des membres du cercle l'interpella :

— A propos, Saint-Ermond, avez-vous lu la feuille du Havas ?

— Non... A quel propos ?

— Parce qu'elle donne tous les détails de l'évasion de Michel Thomerain, votre ancien ingénieur...

— Hein ! Vous dites ?... balbutièrent ensemble Gérald et Saint-Ermond.

— Je dis : les détails de l'évasion de Michel Thomerain et de Martin Pélissier.

— C'est impossible !

— Il y a même quelque chose comme trois mois qu'ils se sont évadés ; seulement, on avait sans doute jugé inutile d'ébruiter l'affaire. Et le gouvernement, qui avait été avisé par dépêche, a tenu la chose secrète, jusqu'au moment où il a reçu le courrier de la Nouvelle-Calédonie donnant tous les détails. C'est dans la feuille Havas de ce soir, et ce sera demain dans tous les journaux.

— C'est bien curieux, dit Saint-Ermond, recouvrant son calme.

Et, malgré la violente émotion qu'il éprouvait, il demanda cette feuille Havas et la lut, à demi-voix, à Gérald, qui écoutait, pétrifié.

Evasion de deux forçats

« Le courrier de la Nouvelle-Calédonie vient d'apporter, au ministère de la Marine, les détails circonstanciés de l'évasion de deux forçats, évasion dont on avait déjà été avisé par dépêche, mais qu'on avait cru devoir tenir secrète jusqu'à ce jour, parce que l'on conservait l'espoir de rattraper les évadés.

« Aujourd'hui que cet espoir est perdu, on peut raconter comment les choses se sont passées. »

Suivait le récit de l'évasion qui se terminait ainsi :

« Le lendemain, la *Mugissante*, ayant remplacé son hélice, partait pour Sydney, emmenant le capitaine et l'équipage du *Cunning*, sans grand espoir de retrouver les évadés ; on pensait même qu'ils avaient dû se perdre en pleine mer.

« Cependant, lorsque la *Mugissante* est arrivée à Sydney, le *Cunning* était dans le port, tirant sur ses ancres, et gardé par les équipages des vaisseaux voisins, qui l'avaient trouvé abandonné à l'entrée de la passe.

« Quant au mécanicien et au matelot, ils avaient disparu ; personne ne les avait vus dans la ville pas plus que les fugitifs.

Rien ne saurait dépeindre la joie du capitaine du *Cunning* retrouvant son bateau, qu'il croyait perdu et qui constitue sa seule fortune.

« La *Mugissante* est revenue alors à Nouméa, en même temps que le courrier de Sydney, qui apportait les deux lettres suivantes :

« A Monsieur de Palouët,
« Commandant de la *Mugissante*,

« Nous nous sommes rendus coupables d'un acte blâmable envers vous, qui aviez été bon et indulgent pour deux malheureux ; mais nous ne l'avons fait que parce que nous n'avions pas d'autre moyen de recouvrer notre liberté.

« Nous vous demandons de vouloir bien nous pardonner, en vous adressant l'expression de notre plus vive reconnaissance. »

« A Monsieur le Directeur du pénitencier de Nouméa.

« Malgré les charmes de la Nouvelle-Calédonie et la douceur paternelle de votre administration, vous ne serez pas étonné que nous ayons préféré notre liberté.

« N'accusez personne d'être de complicité avec nous, pas même le mécanicien et le matelot restés à bord du *Cunning* : c'est le revolver au poing que nous les avons contraints à nous obéir.

« Nous avons seuls combiné notre plan d'évasion et l'avons exécuté seuls avec la plus grande facilité.

« Nous ajouterons simplement que, si nous n'avons pas voulu supporter plus longtemps cette humiliante captivité, c'est que nous sommes innocents des crimes dont on nous a accusés et que, maintenant que nous sommes en liberté, nous espérons bien prouver notre innocence et découvrir les vrais coupables.

« THOMERAIN MICHEL.

« MARTIN PÉLISSIER,
« Ex-matricule 4032, ex-ouvrier de la transportation détaché spécialement à l'horlogerie. »

Saint-Ermond acheva la lecture d'un ton assez calme et dit :

— J'espère bien qu'on repincera ces deux drôles !

Il causa encore un peu avec beaucoup de tranquillité. Puis il s'en alla en souriant, au bras de Gérald.

Alors, dans la rue, ils marchèrent en chancelant, sans prononcer une parole, comme des hommes accablés par une catastrophe imprévue...

TROISIÈME PARTIE

I

UN PASSÉ GÊNANT

Maître Mathieu Pouschkoff achevait de dîner, avec la satisfaction d'un sybarite, dans sa petite salle à manger, lorsque Maria, son unique servante, vint chercher ses ordres.

Pouschkoff demanda gravement, comme un homme qui attache la plus grande importance à ce détail, si son lit avait été bassiné.

— Oui, maître.

— Bien à point ?

— Oui, maître.

— C'est que, hier, c'était trop chaud : je me suis brûlé en me couchant, puis je me suis un peu découvert, et j'ai failli m'enrhumer. Bon. Et le feu ?

— Comme vous l'aimez, je n'ai fait qu'un tout petit feu...

— Oui, quand le feu est trop fort, ça change l'air, c'est mauvais pour la santé. Toutes les portes sont bien fermées, Maria ?

— Oui, mais... vous n'avez plus besoin de rien ?

— Non, Maria. Allez vous coucher : mais, avant, priez pour notre bon père le czar !

Maria eut un geste de protestation qui signifiait qu'elle aimerait mieux ne pas dormir que de manquer à ce saint usage, et elle se retira.

Une fois seul, Pouschkoff se versa un verre d'eau-de-vie, qu'il fit un peu réchauffer près du feu, et but lentement avec de petits claquements de langue.

Puis il promena un regard heureux sur cette salle à manger, où se passait toute son existence ; car sa situation de dépositaire-expéditeur était une vraie sinécure, qui excitait la jalousie de la plupart des habitants de Riga.

Et cette jalousie était d'autant plus vive que personne n'était admis dans l'intimité de Pouschkoff et que, par suite, personne ne connaissait exactement ses secrets.

Or, on supposait qu'il devait y avoir beaucoup de secrets au fond de cette existence de paresseux.

Tout ce qu'on savait de certain sur lui était ceci : il y avait un an environ, Pouschkoff était arrivé à Riga, avait loué de vastes terrains, près du port, avec une maisonnette située à l'entrée de ces terrains. Et sur sa porte, il avait placé un écriteau :

MATHIEU POUSCHKOFF
Dépositaire-Expéditeur

Peu de temps après, il y avait eu, dans ses chantiers, un grand arrivage de bois, puis une grande expédition. Et depuis, rien.

La moitié seulement des bois qu'il avait reçus avait été expédiée ; l'autre moitié était restée dans les chantiers. Pouschkoff avait tout autour fait établir une barrière, et le chantier était retombé dans la plus noire monotonie.

Les quelques négociants du port qui avaient essayé d'entrer en relations avec ce nouveau venu n'avaient jamais obtenu de lui qu'un salut grave et important. Il était évident qu'il voulait vivre isolé.

A diverses reprises, il avait quitté Riga, sans que jamais on connût le but de ses voyages.

Enfin, il s'était confortablement installé dans sa maisonnette et n'en avait plus bougé.

Il avait, pour le servir, Maria, solide femme de quarante ans, qui cuisinait admirablement et le mari de Maria qui gardait le chantier.

Les voisins avaient fait bavarder Maria ; mais tout ce qu'elle avait pu dire, c'est que son maître observait exactement sa religion et ne parlait jamais du czar que dans les termes les plus respectueux.

De temps en temps, il recevait des lettres de France, lettres qu'elle avait vainement cherchées dans le bureau de son maître.

Il se levait tard, déjeunait copieusement, faisait un tour dans le chantier, un tour sur le port, rentrait pour dîner, et se couchait après avoir vidé un carafon de cognac et fumé un nombre incalculable de cigarettes.

Ce soir-là, il fuma douze cigarettes et vida entièrement son carafon avant d'ouvrir son courrier.

— Des nouvelles de Paris, dit-il, il faut que mon intelligence soit bien nette.

Son courrier se composait d'ailleurs d'une unique lettre qu'il lut, après s'être commodément installé, les pieds au feu, et sa lampe derrière lui, pour que la lumière ne lui fît pas mal aux yeux.

Il se soignait avec amour.

— Voyons ! que raconte mon prince, aujourd'hui ?

« Maître Pouschkoff,

« Je pense que cette lettre va vous combler de joie ; car nous avons décidé de vous laisser encore votre sinécure pendant quelques semaines... »

— Voilà une phrase qui m'humilie, mais dont j'apprécie quand même la beauté. Continuons cette douce lettre.

« Vous n'ignorez pas qu'il y aura bientôt un an que nous avons acheté ces bois, payables à six mois, et que

... nous avons
... le renouvellement de nos traites.
... trois semaines que nous aurons à payer
... ment trois millions deux cent mille francs.
... comme il y a une hausse importante sur les...
... nous les conserverons au lieu de les vendre; nous
... face à notre échéance avec nos ressources actuel-
... dans un ou deux mois, nous revendrons nos bois
... quant un million. »

Il est certain que ce n'est pas mal combiné, prononça Pouschkoff, en allumant une cigarette, au-dessus
de la lampe. Ce n'est certainement pas cet imbécile de
Saint-Ermond qui aurait eu une pareille idée; c'est encore sorti de la cervelle de mon petit Gérald ! Ce gamin-
là, dans dix ans, sera le plus grand seigneur de Paris.

Et, après un instant de silence :

— Quelle ville que ce Paris, pour les étrangers ! —
C'est admirable... d'autant plus admirable que M. de
Saint-Ermond payera ses traites avec les quatre millions
que vient de lui remettre naïvement la Compagnie d'assurances La Gauloise; qu'il a dépensé quelques centaines
de mille francs pour relever son usine, et que, par suite,
il n'aura plus le sou. Et ce qui représentera désormais
sa fortune, c'est-à-dire les bois achetés par cet idiot de
Michel Thumerain, sera entre mes mains, dans ce chantier que je garde si soigneusement. Tout étant entre nos
mains, il faudra bien que ledit chevalier de Saint-
Ermond en passe par où nous voudrons. Très bien
imaginé Gérald. Reprenons cette adorable lecture.

« Vous pouvez donc, dès maintenant, maître Pouschkoff, chercher des acheteurs, de petits acheteurs; car il
vaudra mieux n'offrir que de petits lots, pour vendre
plus cher.

« Je pense que la hausse atteindra son maximum dans
six semaines; vous avez donc un bon mois devant vous
pour négocier. Enfin, quand tout sera réalisé, vous viendrez me rejoindre à Paris, où tout marche à merveille.
M. de Saint-Ermond me laisse l'entière direction des travaux, et je lui ferai signer tel traité d'association qui me
plaira. Ma sœur m'obéit toujours aveuglément.

« Ce qui est plus dur à décrocher, c'est l'amour de
Mlle Suzanne; mais cela viendra plus tard, car nous
sommes déjà d'excellents amis...

« Maintenant, mon vieux précepteur, comme il ne faut
rien laisser à l'imprévu, je vais te charger d'une
mission délicate, qui te permettra de revoir Saint-
Pétersbourg... »

— C'est que je n'y tiens pas plus que cela, à revoir
Saint-Pétersbourg !

« Dans les débuts de ton séjour à Riga, tu as accompli
plusieurs voyages pour réparer les accidents de ces dernières années; mais il en est un que nous avions négligé
et qui vient de m'être désagréablement rappelé par une
lettre de Lisette Randon, ex-danseuse de l'Opéra de
Vienne, laquelle fait en ce moment les délices des abon-
nés de l'Opéra de Saint-Pétersbourg. »

Le visage de Pouschkoff se rembrunit.

— Hein ! je ne connais pas cela... Quelque coup mauvais qu'il aura fait sans me prévenir !

« Je t'enverrais bien la lettre de la coquine; mais je
l'ai brûlée, cinq minutes après l'avoir reçue. — Tu dois
te souvenir d'un des moments de notre passage à
Vienne, où notre situation était plutôt critique. Un soir,
en rentrant de l'Opéra, je te donnai un beau collier de
perles, t'assurant que je l'avais trouvé dans un couloir... »

— Je me souviens, dit Pouschkoff, goguenard. C'est
grâce à ces perles que nous avons fait notre entrée triom-
phale à Paris !

« Or, je n'avais pas du tout trouvé ces perles, j'avais
commis l'imprudence... »

— Ah ! une fameuse imprudence !... dit
l'ancien précepteur.

« ... l'imprudence de les demander à Lisette Randon,
prétextant que j'attendais de l'argent, que ce collier me
permettrait d'en emprunter, et qu'aussitôt mon chèque
arrivé, je viendrais lui rapporter son collier. Lisette Randon, en bonne Française qu'elle est, crut mon histoire,
elle me dit même ces paroles mémorables :

« — J'ai toujours aimé les Russes, je suis ravie de
pouvoir vous rendre service. »

« Depuis, je ne savais pas ce qu'elle était devenue,
elle avait quitté Vienne.

« Le ciel m'est témoin que, si j'avais su où elle habitait, il y a longtemps que je lui aurais remboursé son
malheureux collier.

« Elle m'a écrit hier une lettre fort sotte, pour me le
réclamer, en employant les mots les plus vulgaires. Va
la trouver; elle habite la perspective Newski; tu lui
donneras deux ou trois fois ce que vaut son collier, en
lui faisant soigneusement signer un reçu.

« C'est tout ce qui reste de gênant de cette époque.
Efface-le. Une accusation d'escroquerie ferait en ce moment le plus déplorable effet sur Mlle de Saint-Ermond.

« A bientôt, mon vieux précepteur. Je crois que maintenant nous tenons la fortune, et que nous ne la lâche-
rons plus. Je t'embrasse.

                                        « GÉRARD VÉRENNE. »

— Certainement, déclara Pouschkoff, l'élève a dépassé
le maître, mais pas sur le chapitre de la prudence. Et
quand je songe qu'une pareille lettre se trouvait, il y a
un instant, entre les mains de la poste... Broum !

Deux minutes après, la lettre du prince allait rejoindre,
dans les cendres du foyer, toutes celles qui l'avaient pré-
cédée, — ce qui explique pourquoi Marfa essayait vainement de découvrir la correspondance de son patron.

Le surlendemain, maître Mathieu Pouschkoff se présentait, à Saint-Pétersbourg, chez Mlle Lisette Randon,
qui occupait le premier étage d'une belle maison de la
perspective Newski.

— Mlle Randon, s'il vous plaît ? demanda-t-il au domestique qui vint le recevoir.

— Mademoiselle déjeune. Et quand mademoiselle est
à table, je ne reçois personne.

— C'est un sentiment que je comprends, mon ami;
aussi j'attendrai.

Et Pouschkoff s'assit philosophiquement dans l'antichambre, si luxueusement meublée, qu'il murmura :

— Comme si elle avait besoin de réclamer un malheureux collier de perles !

Le domestique revint, pour lui demander son nom.

— Mon nom n'apprendrait rien à votre maîtresse.
Dites-lui simplement que je viens pour l'affaire... pour
une affaire de bijouterie... Il s'agit d'un collier. Votre
maîtresse comprendra. Allez.

Presque aussitôt, le domestique reparut et fit entrer
Pouschkoff dans un boudoir, où une jeune femme, en
déshabillé du matin, pénétrait d'un autre côté.

— Jolie femme ! pensa Pouschkoff, mais l'air peu commode.

Il salua respectueusement la danseuse, qui lui répondit par cette apostrophe :

— C'est de la part de cet escroc que vous venez ?

Lisette Randon était une ancienne danseuse de l'Opéra
de Paris, que son humeur fantasque poussait à courir
le monde et à glaner des succès exotiques. Au fond, une
bonne fille, assez naïve, qui soutenait toute une famille
avec une libéralité beaucoup moins rare qu'on ne le croirait chez ces irrégulières de la vie.

En ce moment, elle était très fêtée à Saint-Pétersbourg,
où trois ou quatre grands seigneurs la courtisaient si
galamment qu'elle était en train de revenir sur la mauvaise opinion que Gérald lui avait donnée de la Russie.

— Pardon, mademoiselle, dit Pouschkoff, je n'ai pas
bien entendu... Vous avez dit de la part de cet...

— J'ai dit : escroc !

— Alors, je dois me tromper, mademoiselle, car je viens de la part du prince Gérald Vérénine.

— C'est bien pour cela que j'ai dit : escroc ! Lui, un prince ? Allons donc ! Je m'étais laissé prendre à ses manières ! Il n'est pas plus prince que vous, il n'est que chevalier... Et encore est-ce d'industrie... Oh ! je me suis renseignée depuis que je suis arrivée ici... Et comme un de mes amis, qui arrive de Paris, m'a appris que ce gredin était là-bas, en train de mener la grande vie, je n'ai plus hésité... Et si vous ne me rapportez pas mon collier, bonsoir ! Je fais déposer une plainte à Paris par ma mère... Ah ! je suis bonne fille ; mais, quand on se moque de moi, je n'y vais pas par quatre chemins !... Ce monsieur m'emprunte un collier... pour deux ou trois jours ; et, au bout d'un an et demi, je n'en ai plus de nouvelles... Encore, je lui aurais pardonné, s'il avait été un grand seigneur pour de bon ! Mais Gérald Vérénine, compromis dans un tas de vilaines affaires ! Chassé de partout !...

Tandis qu'elle se répandait en longues diatribes, racontant la vie de Gérald Vérénine, que Pouschkoff connaissait bien mieux qu'elle, celui-ci souriait finement.

— J'en serai quitte avec un compliment et une bonne somme, pensait-il.

Quand Lisette s'arrêta, il secoua la tête d'un air entendu et prononça :

— Mademoiselle, nous sommes victimes des apparences. Vous avez cru tout ce que l'on vous a dit ici contre le prince, mon maître : c'est qu'il a conspiré contre le czar ; et je ne pensais pas que ce serait vous, une Française, qui reprocheriez à un homme d'avoir trempé dans une conspiration ! Mais là n'est qu'un côté de la question : traqué par les agents secrets de la police russe, mon maître a dû quitter Vienne précipitamment, emportant ce collier que vous lui aviez si généreusement confié ; il ignorait l'endroit où vous vous trouviez ; dès qu'il l'a su, il m'a écrit, en me donnant l'ordre de venir secrètement vous rembourser...

— Mais je veux mon collier ! C'est un souvenir !...

— Combien valait-il ?

— Six mille francs !

— En voici dix mille, mademoiselle ! dit Pouschkoff en ouvrant son portefeuille.

— Alors, qu'avez-vous fait du collier ?

— Je pense, dit béatement Pouschkoff, que mon maître le garde en souvenir de vous.

— Je veux mon collier ! Je ne veux pas de votre argent ! Est-ce que je sais d'où il vient, votre argent ?

— Mademoiselle !

— Ah ! c'est que je sais bien ce que vous valez, vous et votre maître ! Télégraphiez-lui que, si mon collier n'est pas entre mes mains avant huit jours, ma mère déposera une plainte en escroquerie à Paris.

Elle se leva furieuse, et frappa sur un timbre. Le domestique parut.

— Reconduisez monsieur.

Pouschkoff la salua, sans paraître troublé le moins du monde ; et il sortit avec la gravité d'un diplomate qui vient d'accomplir une importante mission.

— Diable, murmura-t-il, une fois dans la rue, voilà un passé diantrement gênant !

II

VISITE INATTENDUE

Ce passé gênant préoccupait Pouschkoff à tel point, que l'ancien précepteur de Gérald Vérénine se mit à marcher sans s'apercevoir que deux jeunes gens le dévisageaient avec stupéfaction, — deux jeunes gens qui remontaient la perspective Newski et qui s'étaient justement arrêtés devant la maison de la danseuse.

Après une seconde d'hésitation, l'un des jeunes gens dit :

— Est-ce que... par hasard... tu connaîtrais cet homme ?

— Oui... et non... C'est-à-dire qu'il me rappelle, d'une façon étonnante, un individu... Mais non, c'est impossible...

— Attends, je vais te dire : je parie que le tien avait de la barbe ?

— Oui, une grande barbe rousse ; et tu vois que celui-ci est rasé.

— Le mien aussi avait une grande barbe rousse ; mais une barbe, cela s'enlève si facilement quand on veut se défigurer ! Ne perdons pas de temps... Toi, file-le...

— Et toi ?

— Moi, je monte chez Lisette.

— Ne pourrais-tu aller plus tard chez elle ?

— Non. Remarque que ce gredin, car ce doit être notre gredin, se retourne pour regarder le premier étage...

— Et tu supposerais... qu'il vient de chez Lisette ?

— Ça m'en a tout l'air. En tout cas, je vais m'en assurer, et tout de suite...

— Ce serait trop fort !

— Notre bonne veine, mon ami ! Allons, ne lâche plus le bonhomme !... Tiens, il s'arrête devant la boutique d'un bijoutier... Plus de doute, c'est lui !

— Où te retrouverai-je ?

— Chez Lisette.

— Es-tu certain qu'elle te recevra ?

— Lisette ? Ne pas me recevoir ?... Par exemple !... A bientôt, mon ami.

Les deux jeunes gens se séparèrent ; et l'un d'eux suivit Pouschkoff, tandis que l'autre pénétrait dans la maison de Lisette.

Le domestique de la danseuse accueillit très mal ce dernier.

— Non, monsieur, madame ne reçoit pas.

— Elle me recevra, moi.

— Elle vient encore de me dire qu'elle n'y était pour personne.

— Elle sera pour moi !

Et, malgré ce grand diable de domestique qui voulait lui barrer le passage, le jeune homme pénétra dans l'antichambre. Au bruit de la discussion, Lisette ouvrit elle-même la porte de la salle à manger, en criant :

— On ne me laissera donc pas tranquille, aujourd'hui ?

Mais elle eut à peine regardé le nouveau venu, qu'elle éclatait de rire.

— Tiens ! Martin Pélissier !

Le domestique se retira respectueusement ; et Martin Pélissier entra dans la salle à manger avec Lisette.

— Tu viens déjeuner avec moi ? demandait tout de suite la danseuse.

— Non, c'est fait ; je me contenterai d'un bon verre de cognac.

— Je vais te le servir moi-même...

Puis, s'interrompant, Lisette dit avec un grand sérieux :

— Ah ! mais, tu sais, ici il ne faut plus me tutoyer !

— Bah ! Ça me changerait !

— Ce n'est pas pour nous deux.

— C'est pour tes domestiques ?

— Et pour le général.

— Ah ! il y a un général ?

— Dame ! en Russie, ce sont les généraux qui dirigent les théâtres.

— Eh bien, si cela lui déplaît, à ton général, je lui dirai que je t'ai connue quand tu n'étais pas plus haute que ça, et que nous n'avons jamais été qu'une paire de bons camarades... Hein ! te rappelles-tu, quand tu sautais à la corde ?

— Ah ! que c'était gentil ! Et puis, tu me faisais sauter sur tes épaules, et je t'embrassais.

— Si tu veux recommencer ?

La danseuse se mit à rire aux éclats ; mais devenant sérieuse tout à coup, elle dit gravement :

— Ah çà ! mais... Je croyais que... que tu étais... à... à...

— Dis, va : au bagne, le mot te brûle la langue.

— Moi, que veux-tu... j'ai vu ça dans les journaux.

Martin Pélissier prit une allure mystérieuse et demanda :

— As-tu jamais lu des romans judiciaires ?

— ... lu des romans judiciaires ? Ce sont les seuls
... jamais lus jusqu'au bout !

— Eh bien, Lisette, je suis en train d'en faire un.
Seulement, le mien, — c'est arrivé !

— Je ne comprends pas.

Martin Pélissier prit la pose d'un professeur de litté-
rature qui explique sa leçon.

— Qu'est-ce qui se passait dans les romans judiciaires
que tu as lus ? Au commencement, un crime, n'est-ce pas ?
Des innocents soupçonnés, arrêtés, tandis que les coupables...

— Restaient en liberté, jusqu'au moment final où...

— Où les coupables étaient justement punis, la police
confondue, les innocents rendus au bonheur et à la
liberté !

— Et où l'on s'épousait. Moi, vois-tu, je tiens au mariage à la fin du volume.

— Moi aussi, et j'espère bien que mon roman se ter-
minera ainsi.

« En attendant, contente-toi de savoir que je suis
innocent comme une colombe, ainsi que mon ami Michel
Thomerain, que j'aurai l'honneur de te présenter dans
quelques instants... Car il est venu avec moi à Saint-Pétersbourg.

— L'incendiaire ?

— Qui n'est pas le véritable incendiaire.

— Alors, quel serait le vrai ?

— Je te le dirai, si tu me jures de me garder le secret.

— Je te le jure !

— Sur quoi ?

— Sur mon honneur !

— Très bien, déclara Martin en s'inclinant. — Le coupable sort d'ici.

— Tu dis ?

— Un homme est bien venu ici, tout à l'heure ?

— Oui, un gredin envoyé par Gérald Vérénine.

Martin tressaillit et prononça :

— J'avais bien deviné. Ma petite Lisette causons sérieusement et rapidement. Je n'ai pas le temps de te raconter comment nous avons pu nous échapper de Nouméa...

— Ça doit être bien intéressant, cependant !

— Oui ; mais je t'apprendrai cela une autre fois. Aujourd'hui, nous n'avons pas un instant à perdre.

— Comment n'en a-t-on pas parlé dans les journaux ?

— Sans doute parce que le gouvernement français a
préféré garder la nouvelle pour lui. Et puis, les dépêches
de la Nouvelle à Paris coûtent un peu plus cher que de la
Chapelle à Passy...

— C'est vrai. Enfin, vous avez filé, je ne t'en demande
pas davantage. Mais pourquoi êtes-vous en Russie, à
Saint-Pétersbourg ?

— Pour te voir, d'abord.

— Ne dis donc pas de bêtises !

— Et en second lieu, parce que l'homme que nous
soupçonnons est Russe...

— Et il habite ici ?

— Non, il habite Paris : seulement, ce n'est qu'ici que
nous pouvons avoir de bons... je veux dire de mauvais
renseignements sur lui. Commences-tu à comprendre ?

— Parfaitement. Et cet homme ?

— C'est le prince Gérald Vérénine.

— Ah ! le gueux !

— Que t'a-t-il fait ?

— Je te dirai cela après ; continue.

— Nous avons traversé l'Asie, pour éviter toutes les
voies françaises ou anglaises où l'on aurait pu nous découvrir. Hier, nous sommes arrivés à Pétersbourg, nous
avons laissé les vieux à l'hôtel...

— Ah ! il y a des vieux ?

— Mais oui, la mère de Michel Thomerain et son vieil
ami Bernier ; de crânes vieux, je t'en réponds ! Quand
j'y pense, j'en ai les larmes aux yeux...

« Tiens, rien qu'un détail : pendant notre traversée de
la Nouvelle à Sydney, comme nous n'étions que quatre
hommes, croirais-tu que la mère de Michel faisait le métier de chauffeur, sans compter qu'elle nous préparait nos
repas... Ah ! la brave femme ! Elle n'a pas dormi une
nuit !

Il essuya deux larmes, qui perlaient aux coins de ses
yeux, et reprit :

— Bref, Michel et moi, nous sommes allés hier au
Grand-Théâtre où tu dansais les Elfes, de Léo Massias.
Ce que nous t'avons applaudie !... Seulement, tu ne nous
a pas vus : il y avait trop de généraux dans la salle.
Mais ce matin, j'ai eu ton adresse, et je me suis dit
que tu allais nous aider à manœuvrer dans cette grande
ville, où nous ne connaissons personne. Nous arrivons
donc à ta porte, nous voyons ce gros homme qui sort ;
sur ma prière, Michel le file, et moi, je monte chez toi.

« Voilà le résumé de nos aventures. Maintenant, dis-
moi ce que tu sais, absolument tout ce que tu sais sur
ce fameux prince Vérénine.

Lisette rougit un peu, baissa les yeux, puis, avec un
haussement d'épaules, prononça gaiement :

— J'aime mieux te dire la chose comme elle s'est
passée. — J'étais à Vienne, où tous les élégants me
faisaient la cour...

— C'était leur devoir.

— Parmi les plus élégants se trouvait un Russe, qui
se disait prince, avec des yeux vagues, un sourire doucereux, de ces longues moustaches blondes auxquelles
nous avons la bêtise de nous prendre.

— Tu en étais amoureuse ?

— Non, ce n'est pas cela tout à fait ; mais j'étais
flattée d'avoir fait la conquête d'un prince russe. Les
femmes, tu sais, c'est si... naïf, malgré toute leur
finesse... Un soir, à l'Opéra de Vienne, ce coquin me
raconte qu'il doit recevoir un chèque, le lendemain ou
le surlendemain ; il me demande, comme un service, de
lui prêter, pour deux ou trois jours, mon joli collier
de perles... qui allait lui servir de garantie chez un prê-
teur...

— Et tu coupes là-dedans ?

— Que veux-tu ? La bonté est quelquefois parente de
la bêtise. Et puis, à dire vrai, mon amour-propre était
ravi... Songe donc ! Rendre service à un prince !... J'ai
donné le collier...

— Et tu ne l'as plus revu ?

— Pas plus que le prince : ils avaient quitté Vienne,
le lendemain... ensemble.

— Tu les as fait poursuivre ?

— Non, répliqua noblement Lisette. Je m'imaginai que
le prince avait été poursuivi par des agents secrets
de la police russe... Ça m'aurait trop humiliée de songer à une escroquerie... Les mois se passaient, pas de
nouvelles de mon prince ! Enfin, on m'engage au
Grand-Théâtre de Saint-Pétersbourg ; et je ne suis pas
plutôt arrivée ici que je parle de mon prince... Je
croyais, moi, que c'était réellement une victime de la
terrible politique des czars... Et qu'est-ce que je dé-
couvre ?...

— Que c'était toi qui avais été la victime d'un habile
escroc ?

— Tout juste, répondit Lisette d'un ton lamentable.
D'un autre côté, j'apprends que mon escroc menait
grand train à Paris. Je lui écris une lettre... mais une
de ces lettres !

— Quelque chose de salé, hein ?

— Ah ! je t'en réponds ! Et, ce matin, il a le toupet
de m'envoyer ce gros homme, que tu as aperçu, pour
m'offrir de l'argent en échange de mon collier... Ah !
mais...

— Tu n'as pas accepté, j'espère ?

— Ah ! mais non ! Je veux mon collier, ou je fais
du scandale ! C'était mon joli collier, dont tu avais
choisi avec tant de soin toutes les perles... Ce drôle
doit être encore en train de faire des dupes à Paris !

— C'est probable !

— Je l'en empêcherai bien ; et je l'ai déclaré à son
messager...

— Comment s'appelle-t-il, ce messager ?

— Je n'en sais rien ! Si tu crois que je le lui ai
demandé !...

— Je serais curieux de savoir ce que mon ami Michel
en a fait.

— Il doit venir te retrouver ici, Michel ?

— Oui. Si tu veux, nous l'attendrons en faisant des cigarettes.

— C'est ça, et nous parlerons de Paris.

— Mes nouvelles ne seront pas fraîches.

— Ah ! ça ne fait rien. C'est si bon de parler de Paris !

Tandis que Martin Pélissier recueillait avec joie les déplorables renseignements que Lisette Randon pouvait lui fournir sur le prince Vérénine, renseignements qui confirmaient pleinement tous ses soupçons, Michel Thomerain était arrivé devant la boutique de bijouterie où avait pénétré maître Pouschkoff.

C'était un beau magasin, dont un comptoir en forme de fer à cheval faisait le tour.

— Voilà une mission dont Martin s'acquitterait sans doute mieux que moi, pensa Michel ; mais tant pis !

Et avec une audace dont il ne se serait pas cru capable, il entra aussi dans le magasin et alla s'asseoir au comptoir de gauche, tandis que Pouschkoff s'asseyait à celui de droite.

Il demanda des médaillons et eut l'air de les examiner avec beaucoup de soin ; mais il examinait surtout, dans la glace, le visage de Pouschkoff et écoutait tout ce qu'il disait.

— Martin a raison, murmura-t-il, ce doit être lui.

Il l'avait reconnu, d'abord à son regard faux, à sa tournure commune ; et maintenant, il reconnaissait sa voix.

C'était bien l'individu auquel M. de Saint-Ermond lui avait ordonné de livrer les quantités considérables de bois, qu'il avait achetées.

Cependant, Pouschkoff avait demandé à voir des colliers de perles ; et il les examinait beaucoup plus attentivement que Michel n'examinait ses médaillons.

— Allons, fit-il soudain avec un mouvement d'humeur, ce n'est pas ce que je veux. Je vais être forcé de chercher autre part.

— Vous savez bien, lui dit l'employé, que vous ne trouverez nulle part un aussi grand assortiment de perles que chez nous... Nous pouvons vous arranger tout ce que vous désirez.

Pouschkoff secoua la tête.

— C'est qu'il me faut cela aujourd'hui ou demain au plus tard.

— C'est une chose très possible ; nous avons des garnitures toutes prêtes.

— Eh bien ! alors, montrez-moi les perles que vous avez, non montées ; et je choisirai moi-même.

Pendant qu'on allait chercher ces petites pochettes de papier blanc, où les bijoutiers enferment leurs pierres non montées, Pouschkoff prit son portefeuille et passa en revue toutes les pages du carnet qui étaient au milieu. Michel, malgré ses efforts, distingua simplement que ce carnet ressemblait à un livre de comptes.

Pouschkoff était en train de rechercher les traces du collier de Lisette Randon, grâce aux ventes séparées qu'il avait faites de toutes ses perles ; car c'était un homme d'ordre qui gardait trace de tout, même de ses vilenies.

Cela lui permit de retrouver le nombre de perles dont se composait le collier.

Et, par le prix, il put en établir approximativement la beauté et la grosseur.

Il passa une bonne demi-heure à choisir un pareil nombre de perles.

Puis il choisit la monture, en disant :

— Ça sera prêt demain matin, sans faute ?

— Oui, monsieur.

— Avec les initiales ?

— Ce sera difficile ; mais on travaillera toute la nuit, s'il le faut. On mettra les initiales sur le fermoir ?

— Oui, un L et un R.

— A quel nom faut-il inscrire la commande ? interrogea le bijoutier.

— Pas besoin de nom ; je reviendrai moi-même chercher le collier. D'ailleurs, je vais le payer immédiatement, dit Pouschkoff.

Pendant que Pouschkoff payait le collier, Michel murmurait en lui-même :

— Après tout, il n'y a là-dedans rien que de très naturel. Ce gros bonhomme est amoureux de Lisette Randon, et il veut lui offrir un collier.

Lui-même choisit un médaillon ; mais il ne le paya que lorsque Pouschkoff fut sorti.

Cinq minutes après, Pouschkoff continuait sa promenade, le long de la perspective Newski, sans se douter qu'on le filait.

Il se promena ainsi longtemps, comme un homme qui cherche à tuer une journée ennuyeuse, entrant dans les cafés, s'arrêtant devant les devantures, fumant cigarette sur cigarette.

Michel était même sur le point de l'abandonner.

Il se disait :

— Bah ! je le retrouverai toujours demain quand il viendra chercher son collier ; et alors, je ne le lâcherai plus d'une seconde.

Mais il le vit soudain s'arrêter devant un magasin, qui éveilla en lui de sinistres souvenirs. C'était le grand bazar, où il avait acheté, lors de son passage à Saint-Pétersbourg, ce portefeuille marqué d'un M, dont la justice s'était fait une arme contre lui.

Il lui sembla alors que son homme hésitait ; il passait et repassait devant le bazar, et se décida enfin à y pénétrer.

La coïncidence était trop étrange, pour ne pas frapper Michel.

Il recommença donc le manège qu'il avait suivi tout à l'heure dans la bijouterie ; et il se trouva à quelques pas de Pouschkoff, lui tournant toujours le dos, au moment même où le gros Russe demandait :

— Un portefeuille en cuir jaune.

Ces quelques mots bouleversèrent Michel à tel point qu'il resta quelques secondes comme pétrifié. Le portefeuille qu'on avait trouvé jadis auprès du sien était en cuir jaune et renfermait diverses cartes tarifées des marchands de bois de Riga et de Saint-Pétersbourg.

Or, Pouschkoff étant un entrepositaire de bois, il était tout naturel qu'il eût, dans son portefeuille, des cartes de marchands de bois.

Quelle coïncidence insensée !

Cet homme, qu'il pouvait presque toucher de la main était peut-être le misérable qui avait incendié les chantiers de M. de Saint-Ermond !...

Mais non...

Quelle folie !

De quel droit osait-il supposer cela ?

Allait-il soupçonner cet homme, parce qu'il achetait un vulgaire portefeuille de cuir jaune ?...

Il sourit tristement.

— Hélas ! murmura-t-il, tous ces espoirs, toutes ces suppositions folles, c'est bon pour Martin, qui prend tout au sérieux...

Et cependant, il écoutait avidement la conversation de Pouschkoff et du vendeur.

Le vendeur demandait :

— Quel genre de portefeuille ?

— Un modèle que vous aviez en montre, il y a quelques mois, avec de petites ferrures aux coins, un carnet au milieu, des poches intérieures assez grandes... Et l'initiale, au milieu, gravée à froid... Vous en aviez tout un assortiment, avec les initiales préparées d'avance.

L'employé réfléchit un instant ; puis :

— Ah ! oui, je me souviens ; nous en avons beaucoup vendu, en effet, et nous n'en avons plus au magasin ; mais il y en a peut-être encore à la réserve. Si vous voulez me dire l'initiale que vous désirez, monsieur ?

— L'initiale M, dit tranquillement Pouschkoff. Je vous demande pardon de vous déranger ; mais j'en avais un semblable, et je l'ai perdu ; et j'y étais si bien habitué que je voudrais bien retrouver le pareil.

Michel fut pris de l'envie de sauter à la gorge du misérable, et de lui demander où il avait perdu ce portefeuille. Il eut cependant la force de garder son sang-froid ; mais, dès ce moment, tous ses doutes se dissipèrent.

On apporta le portefeuille à Pouschkoff, qui dit, tout de suite

— C'est bien cela ; veuillez aller m'en chercher un soul avec un G.

— Gérald, murmura tout bas Michel.

Pouschkoff paya et sortit, toujours épié par Michel.

Quelques instants après, le gredin entra chez un marchand de tabac où il fit une provision de cigarettes et acheta deux paquets de boîtes d'allumettes.

Cette fois, malgré la gravité de ses préoccupations, Michel éclata de rire ; car les paquets d'allumettes, que Pouschkoff venait d'acheter, étaient exactement semblables à ceux que le procureur de la République avait saisis dans sa valise.

Pouschkoff se rendait alors dans un restaurant, où il commanda un copieux dîner.

Je crois que j'en sais assez sur mon homme, se dit Michel. Allons rejoindre Martin chez son amie Lisette.

Il prit une troïka, qui le ramena promptement à la perspective Newski, devant la maison de la danseuse.

Martin était à la fenêtre, explorant avec anxiété cette immense promenade.

Il poussa un cri de joie en apercevant Michel.

L'ingénieur se précipita dans la maison ; Martin avait couru à l'entrée.

Et il interrogeait fiévreusement :

— Eh bien, Michel ?

— Ah ! mon ami, dit Michel en l'embrassant, je viens de découvrir des choses inouïes, insensées... C'est à n'y pas croire.

— Moi, j'en ai découvert de bien plus insensées, de plus inouïes encore... Mais, d'abord, que je te présente à Mlle Lisette Randon, qui vient de me révéler tout le mystère, dit-il, en l'introduisant.

Lisette tendit sa main en souriant à l'ingénieur. Ils passèrent dans son boudoir ; et Martin commença le récit de ce qu'il avait appris.

De temps en temps, il prononçait :

— Hein ! quelle inspiration j'ai eue de venir à Saint-Pétersbourg !

Puis, Michel raconta, à son tour, tout ce qu'il avait vu. Il termina en disant :

— Mademoiselle nous permettra de la quitter, après l'avoir chaudement remerciée ; car il faut aller dire toutes ces bonnes nouvelles à ma mère et à Bernier.

— Oh ! non, s'écria Lisette, j'attends le général Maruschkine à dîner. Restez !... C'est le général qui vous en apprendra de belles sur le compte de votre... prince Vérénine !

III

L'ÉTAT CIVIL D'UN PRINCE

— Maruschkine !... s'écrièrent à la fois Michel et Martin, abasourdis.

— Oui, Maruschkine ! Le célèbre Maruschkine ! Il adore les Français et sera ravi de dîner avec vous.

Et malgré toutes les protestations des deux amis, la danseuse déclara :

— Je vous ai, je vous garde ! D'ailleurs, c'est le meilleur moyen de terminer votre enquête en une soirée. Vous verrez, le général est charmant : je parie qu'il vous dira qu'il a appris à aimer les Français en les combattant en Crimée.

— Alors, nous acceptons.

— Seulement, il est inutile de lui parler de... de votre petit voyage autour du monde. Il aurait peut-être quelques vieux préjugés... et puis, il n'a sans doute jamais lu de romans judiciaires. A tout à l'heure, je vais m'habiller... Toi, Martin, ne t'avise plus de me tutoyer... Je vous laisse ensemble, messieurs.

A peine les deux amis furent-ils seuls qu'ils se jetèrent dans les bras l'un de l'autre, si émus qu'ils restèrent un grand moment sans parler.

— Je me demande si c'est possible ! dit enfin Michel.

Puis sa figure s'assombrit.

— Je me demande aussi quel rôle le père de Suzanne a joué dans tout ceci...

— Cela, mon ami, répondit tranquillement Martin, nous le verrons plus tard. Contentons-nous de savoir que ce fameux prince Vérénine est un escroc, un voleur de bijoux... L'homme qui vole des bijoux à une femme est parfaitement capable d'en voler à une devanture !

— Soit ! dit Michel, après un instant de réflexion. J'admets que cet homme soit un voleur. Mais rien de certain ne nous prouve que ce soit notre incendiaire...

Martin répondit tranquillement :

— Un peu de patience, Michel ! je parierais ma tête qu'avant deux jours, nous aurons plus de preuves qu'il ne nous en faudra.

Ils envoyèrent le domestique de Lisette prévenir Mme Thomerain et Bernier qu'ils ne rentreraient qu'après leur dîner, ajoutant simplement qu'ils croyaient être dans une bonne voie.

Lisette vint les retrouver, après avoir fait sa toilette ; et ils attendirent ensemble le général Maruschkine, qui arriva exactement à six heures moins cinq minutes.

C'était un homme superbe, malgré ses soixante ans, sans un cheveu blanc, ne perdant pas un pouce de sa taille, et toujours de bonne humeur.

Il s'inclina galamment devant la danseuse, lui baisa la main, puis salua les deux amis que Lisette lui présenta en ces termes :

— Général, deux de mes meilleurs amis, M. Michel, ingénieur, et M. Martin, le plus artiste des bijoutiers parisiens. Ces messieurs sont venus me porter des nouvelles de Paris, et ils ont la gracieuseté de me rester à dîner.

— Enchanté, messieurs, d'avoir l'honneur de faire votre connaissance... Enchanté ! répéta plusieurs fois le général d'un ton solennel. Enchanté ! J'aime les Français ! C'est en les combattant en Crimée que j'ai appris à les aimer... Et je les aime joliment !

Et, quand il eut terminé cette déclaration, il tendit cordialement la main à Michel et à Martin.

Le général Maruschkine est une des personnalités les plus sympathiques de la Russie.

Après s'être promené sur une foule de champs de bataille où il a reçu près d'une douzaine de blessures, il a quitté l'armée, pour prendre un repos dont il prétendait avoir le plus grand besoin.

Ce repos consiste, pour lui, à se lever à cinq heures du matin, à faire de longues promenades à cheval, puis à travailler tout le jour à une histoire militaire de la Russie.

Et, le soir, il apparaît dans les coulisses du grand théâtre de Pétersbourg, plus aimable et plus jeune que tous les jeunes habitués.

Il aime surtout la danse.

Ou plutôt... les danseuses.

Enfin, chaque année, il va passer deux mois à Paris, sous prétexte qu'il a besoin de consulter des documents, qu'on trouve seulement à la bibliothèque de la rue Richelieu et à celle de l'Arsenal.

Jusqu'à cette époque, on l'avait vu protéger indistinctement toutes les jolies filles du corps de ballet de Saint-Pétersbourg ; mais, depuis l'arrivée de Lisette Randon dans la capitale de la Russie, toutes ses amabilités étaient exclusivement consacrées à cette charmante femme, dont les boutades parisiennes le ravissaient.

On prétendait même, tout bas, à la cour, qu'il y avait là-dessous un mariage morganatique.

Les deux amis s'excusèrent d'être restés en costume de voyage.

Puis le domestique vint annoncer que le dîner était servi, et on passa dans la salle à manger.

On parla naturellement de Paris. — Michel dit fort peu de choses ; mais Martin, qui avait lu les derniers journaux du matin, causa de tout ce qui se passait sur le boulevard, comme s'il l'avait quitté la veille.

Il raconta quelques anecdotes drôles, qui amusèrent le général ; et, au dessert, ils étaient les meilleurs amis de la terre.

— Ah ! j'adore Paris ! j'adore Paris ! répétait le général ; seulement...

Il se mit à rire en clignant des yeux.

— Seulement, général ? fit Martin.

— Non, répliqua le général, comme un homme qui veut se faire prier, non, je préfère ne pas vous dire ce que signifie mon seulement. Je craindrais de vous blesser... C'est que les vérités ne sont pas toujours bonnes à dire.

Martin déclara :

— Dites par vous, général, elles doivent être excellentes à entendre.

Alors, le général avoua :

— Eh bien... j'adore Paris, j'adore les Parisiens, les Parisiennes ; mais, entre nous, je les trouve... comment dirai-je ?... un peu naïfs.

— Et pourquoi, général ? prononça Martin, comme stupéfait.

— Voyez ; vous vous redressez déjà !

— Non, non ; car je serais enchanté de connaître les motifs de votre appréciation.

— Voici. — C'est que votre Paris est le paradis des coquins dont ne veulent plus les autres pays, et qui s'abattent chez vous avec un désinvolture !... Ce que j'en ai ri, quelquefois !

« De temps en temps, quand je vais à Paris, j'ai envie de crier à vos compatriotes :

« Mais flanquez-moi donc toute cette canaille à la porte !

« Vous vous faites escroquer par un tas de gredins qui vous racontent des balivernes, vous étonnent avec leurs cols de fourrures, avec les diamants qu'ils vous volent...

« Et je ne le leur dis pas, parce qu'ils ne me croiraient pas, parce qu'ils sont un peu... naïfs, comme je vous le disais !... Et voilà !

Martin lança à Michel un regard qui signifiait :

« Avais-je assez raison ? »

Le général continuait :

— On leur a même donné un nom, à ces drôles, un nom... je ne me souviens plus...

— Les rastaquouères, général ? interrogea Martin tout rieur.

— C'est cela. Ah ! leur métier est facile. Ils n'ont qu'à se montrer, et tout s'ouvre devant eux : le crédit, les maisons, les familles...

Et, avec un accent très sérieux à présent, un accent où grandissait une réelle indignation :

— Tenez ! il y en a deux, en ce moment, que j'ai une folle envie de démasquer ; et j'hésite, parce que les gens qu'ils sont en train d'escroquer seraient les premiers à prendre leur défense.

Les deux amis tressaillirent.

Et Michel demanda :

— Démasquez-les pour nous, général... Qui sait ! peut-être nous rendrez-vous service... Si, par hasard, nous les connaissions !

— Oui, mais si vous étiez de leurs amis ! Voilà le danger, avec des Parisiens... Je crois qu'il n'y a pas un seul Parisien qui ne soit un peu exploité par un rastaquouère... Vos journaux en parlent continuellement.

« On ne raconte pas une fête sans donner toute une série de noms, où nous, les étrangers, nous voyons figurer avec dépit des drôles qui seraient coffrés, s'ils osaient revenir chez nous...

« Tenez... ce matin encore, on parle, dans un écho sur le bois de Boulogne, du magnifique attelage de la comtesse Carenitch... Ah ! vous voyez bien, vous pâlissez... Je parie que vous allez être de ses amis ?..

— Oh ! non, général ! déclara vivement Michel.

— Alors, fit le général en souriant, je ne vous choquerai point ?

Martin affirma énergiquement :

— Pour mon compte, je serais enchanté d'apprendre que c'est une coquine.

— Et une fameuse ! reprit le général.

— Vous savez peut-être qu'elle a quitté la Russie, à la suite d'une conspiration nihiliste où son mari avait trouvé la mort ?..

— Nous savons cela... vaguement, dit Michel. Ce qui est certain, c'est que, dès son arrivée à Paris, elle mené grand train. Elle avait donc de l'argent...

— Oui... Mais savez-vous d'où lui venait cet argent ? Car elle-même était entièrement ruinée...

Et, de nouveau, avec bonne humeur :

— Cet argent était la caisse des conspirateurs. La comtesse, en partant, avait mangé la... la... Comment dites-vous cela, en France ?

Il interrogeait Lisette, d'un regard malicieux.

— La grenouille, mon général, hasarda Martin, au milieu des éclats de rire de Lisette.

Et l'expression enchanta le général.

Il reprit :

— Elle avait donc mangé la grenouille ; et c'est avec de l'argent volé qu'elle a débuté à Paris.

Et, tout blagueur :

— Lorsque je vais chez vous et que je la vois passer au Bois, avec cet imbécile qui doit se ruiner pour elle, j'ai envie de lui crier : « Coquine ! Voleuse ! » Mais ce M. de Saint-Ermond se fâcherait ; et, pour lui prouver que je dis la vérité, je serais forcé de lui donner un coup d'épée, ce qui n'ennuierait beaucoup. Et encore, ne me croirait-il pas... Et puis, c'est une femme !...

Le général but alors un verre de cognac ; puis cessant de rire :

— Mais, continua-t-il, il y en a un que je ne manquerai pas, lors de mon prochain voyage à Paris : c'est le frère de la comtesse, ce petit drôle de Gérald...

Le visage du général se rembrunit.

— Oh ! non, je ne le manquerai pas, parce que, lui, il a porté l'uniforme russe et qu'il n'a pas le droit de le déshonorer !

« S'il se contentait de faire là-bas son métier d'escroc, je le laisserais tranquille, je me dirais simplement encore un dans ce bon fromage parisien ! Mais Gérald Vérénine raconte partout qu'il a quitté la Russie à la suite d'une conspiration contre le Tsar ; il se donne des allures de martyr qui ne me conviennent pas ; et je le corrigerai... Ah, oui, je le corrigerai, le gredin !

— C'est qu'en effet, dit Martin, j'ai toujours entendu affirmer, par tout le monde, qu'il avait voulu renverser l'ordre de choses établi...

— Si c'était cela, dit mélancoliquement le général, je lui pardonnerais, parce que toutes les folies sont excusables ; mais ce qu'il a renversé, c'est tout simplement la caisse de son régiment...

« Ah ! c'était bien le digne frère de sa sœur ! Les deux misérables !

Le général but encore un verre de cognac.

— Ce souvenir me bouleverse toujours, car leur père était mon ami.

« Moi, j'étais en Asie quand la sœur disparut : je n'eus donc pas à m'en occuper.

« Mais c'est grâce à moi que Gérald était entré dans les gardes de l'Empereur. Il vivait toujours trop grandement et, quand il n'avait plus d'argent, venait chez moi ; mais ça ne lui suffisait pas : il avait fait tout un trafic chez les bijoutiers d'ici, il achetait des bijoux à crédit et les faisait revendre par un misérable, son ancien précepteur, un nommé Pouscharoff, qui vivait avec lui depuis son enfance.

« Bref, à un moment donné, sa position est devenue impossible à Pétersbourg... Et, une nuit, il a filé, avec la caisse de son régiment, que Pouscharoff l'avait aidé à enlever.

« Ah ! Le gredin !

« Ses dispositions étaient bien prises : car, lorsqu'on voulut le poursuivre, il était déjà en Allemagne. On aurait pu demander son extradition ; mais le scandale eût été trop grand.

« Et, on l'a laissé aller, en vertu de cet abominable principe :

« — Va te faire pendre ailleurs ! »

« Il ne s'est fait pendre ni prendre nulle part, le drôle, quoiqu'il ait semé les escroqueries sur sa route, comme le petit Poucet semait des miettes de pain...

« Et maintenant il est établi à Paris, on voit son nom à chaque instant, dans les journaux :

« Le prince Gérald Vérénine, un des membres les plus sympathiques de la colonie étrangère... »

— Attend un peu, gredin ! Si je le rencontre dans l'allée des Acacias, je le cravache comme un chien !

En disant ces derniers mots, le général frappa un grand coup de poing sur la table.

Martin prononça tranquillement :

— A moins que la police ne lui ait déjà mis la main au collet !

— La police ! s'écria le général en recommençant à rire à pleines dents. La police, mon bon monsieur ! Mais vous ne savez donc pas qu'on passe son temps en Europe à se moquer de votre police ?

« L'année dernière, il y a eu onze crimes, à Paris, dont les auteurs sont restés inconnus ; et cette année est à peine commencée, qu'on en est déjà à la demi-douzaine... Mais vos policiers passent leur temps à se disputer entre eux, au lieu de surveiller Paris !

— Ah, ah ! je vous demande pardon de me moquer ainsi de votre sainte police ; mais, entre nous, avouez que vous en savez bien plus long que moi !

Michel, abasourdi, écoutait le général, tandis que Martin le poussait à bavarder, et que Lisette riait de son vieil ami, qui, parti sur son sujet favori, ne s'arrêtait plus.

Et il parlait, accumulant les anecdotes sur les anecdotes, racontant ses souvenirs personnels et ce qu'il savait par ses amis.

Il ne s'arrêta que lorsque minuit sonna, et après avoir bien prouvé aux deux amis que Paris avait été mis en coupe réglée par une bande d'assassins et de rastaquouères ; mais il ajouta, pour résumer la question :

— Ce qui ne m'empêche pas d'y passer deux mois tous les ans avec bonheur.

Les deux amis rentrèrent aussitôt à leur hôtel, où la veuve Thomerain et Bernier les attendaient avec une impatience fébrile.

Ni l'un ni l'autre ne se ressentaient maintenant des longues fatigues de ce voyage, de cette expédition audacieuse où ils auraient pu trouver la mort.

Lorsque Mme Thomerain avait pu embrasser son cher enfant, bien à son aise, sur le pont du *Cunning*, loin de cette terre maudite où il avait souffert, elle aussi avait oublié toutes ses douleurs passées, avait retrouvé des forces nouvelles ; et, ainsi que le disait Martin à Lisette, elle avait travaillé, pendant la traversée, comme un véritable matelot.

Cette traversée avait d'ailleurs été rapide, grâce à l'expérience que Michel et son ami avaient acquise à bord de la *Mugissante*.

En arrivant à Sydney, ils avaient confié le *Cunning* à un pilote, qui connaissait son capitaine et qu'ils avaient largement payé.

Puis ils avaient débarqué à la nuit et s'étaient logés dans un hôtel isolé de la ville.

Michel, Bernier et Martin, parlant fort bien l'anglais, personne ne les avait soupçonnés d'être les forçats que l'on recherchait.

Et, dès que Bernier avait pu retirer les cent cinquante mille francs de la caisse du banquier désigné par le capitaine du *Cunning*, ils s'étaient empressés de gagner Melbourne.

De là, ils avaient pris le paquebot d'Aden, qu'ils avaient quitté avant Suez.

Et, traversant la Palestine et la Turquie d'Asie, ils étaient arrivés à Tiflis, d'où ils s'étaient dirigés sur Saint-Pétersbourg, persuadés qu'ils y trouveraient les premiers indices de la vérité.

Bernier et la veuve avaient accepté avec transport de faire cette nouvelle tentative ; car il leur semblait qu'en rendant aux deux enfants leur liberté, ils n'avaient accompli que la moitié de leur tâche.

Ils devaient aussi leur rendre leur honneur.

Il n'y avait eu qu'un moment d'hésitation, c'est lorsque Michel avait appris comment sa mère avait été dépouillée de l'argent qu'il avait cru lui laisser, et comment c'était Bernier qui couvrait toutes les dépenses de cette expédition. Il avait essayé de refuser :

— Nous n'avons pas le droit de dépenser ton argent, mon vieux Bernier...

— Ah ! Par exemple !

Car Michel n'avait pas eu le temps d'en dire plus long. Bernier avait déclaré, d'un ton colère, qu'il entendait dépenser ses économies comme bon lui semblait. Et qu'on n'allât pas le contrarier là-dessus, hein !

Puis il avait dit avec attendrissement :

— N'es-tu pas mon filleul... presque mon fils ?... Ah ! Mon brave Michel !

— Mais c'était l'argent amassé pour tes vieux jours, mon bon Bernier...

Là-dessus, Bernier était bien tranquille.

— Est-ce que tu me laisseras manquer de quelque chose dans mes vieux jours ?... D'ailleurs, en voilà assez sur ce sujet ! Embrasse-moi, et qu'il n'en soit plus question !... En route !

Pendant ce voyage, ils s'étaient mutuellement raconté, dans les moindres détails, tout ce qui leur était arrivé depuis leur séparation.

Et Bernier s'attendrissait, quand il répétait les dernières paroles de Suzanne :

« Dites-lui que je l'attends toujours ! »

Mais, par une entente tacite, ils évitaient de parler de M. de Saint-Ermond.

Quant à Martin, il se faisait répéter toutes les paroles de Juliette.

Et l'idée qu'à ce moment il devait être père le rendait fou de joie.

Et il demandait sans cesse :

— Vous êtes bien certain qu'elle n'aura manqué de rien, monsieur Bernier ?

— De rien, mon ami. Je lui ai laissé toutes les clefs de mon appartement, avec deux bons rouleaux de mille francs...

— Je vous rendrai cela plus tard, monsieur Bernier, hasardait timidement Martin.

— Ah ! non alors, non : mon garçon, ce sera mon cadeau de noces.

En arrivant à Sydney, il avait voulu écrire à Juliette ; mais Bernier l'en avait empêché :

— Non, pas un mot, pas une ligne ! Il faut que nous accomplissions notre plan, sans que personne sache où nous sommes, pas plus ta Juliette que la Suzanne de Michel ; il suffirait que ta Juliette perdît sa lettre, pour démolir tous nos projets...

« Qui sait même si cette lettre lui parviendrait ?

« Qui sait si la police ne la surveille pas ?...

« Non, pas de lettre... Une simple dépêche pour la rassurer. Et puis, elle n'aura de nos nouvelles que lorsque nous reviendrons à Paris, avec les preuves de ton innocence !

Ces preuves, ils allaient enfin les tenir ! Ils n'avaient pas encore de preuves matérielles suffisantes ; mais ils avaient assez de preuves morales pour avoir confiance dans l'avenir.

Michel raconta à sa mère et à Bernier ce qui s'était passé dans la journée et dans la soirée.

Bernier exultait.

— Oh ! ce gueux de Vérénine, disait-il de temps en temps, avec quel plaisir je l'assommerais !

Et Martin ajoutait :

— En voilà un dont l'affaire me semble claire !

« Vous, vous voulez l'assommer ; le général, lui, veut le cravacher... sans compter le petit tour de ma façon que je lui réserve...

Le lendemain, ils étaient tous levés de bonne heure.

— Je crois que nous n'avons plus grand'chose à apprendre à Saint-Pétersbourg, dit Michel, il faut donc nous tenir prêts à partir immédiatement ; ce Pouschkoff ne doit pas habiter Pétersbourg, il est donc probable

Afin d'être sûr qu'il aurait rapporté le collier à Lisette, par le suivant.

Mme Thomerain et Bernes préparaient les bagages, tandis que les deux amis se faisaient conduire à la Perspective.

Martin monta chez la danseuse, et Michel se mit en observation à une vingtaine de pas du magasin de bijouterie.

Pouschkoff arriva à l'heure qu'il avait indiquée, dans une troïka, avec une valise et une couverture de voyage. Il prit le collier, qui était prêt, et se fit conduire devant la maison de la danseuse.

Le domestique, prévenu, l'introduisit aussitôt dans le boudoir de Lisette, où Pouschkoff s'assit en souriant à la pensée de sa jolie ruse.

Lisette arriva aussitôt et sembla très étonnée de revoir l'envoyé de Gérald.

— Vous ne m'attendiez pas, mademoiselle ? lui dit Pouschkoff, avec un gros rire.

Lisette répliqua ironiquement :

— Est-ce que vous auriez déjà reçu la réponse de votre maître ?

Pouschkoff affirma, sans le moindre embarras :

— Eh oui, mademoiselle. Mon maître m'a télégraphié qu'il m'autorisait à vous dire la vérité.

— Je serais curieuse de la connaître.

— La voici. Le prince Vérénine vous a beaucoup aimée ; et il aurait désiré, en souvenir de vous, ne pas se séparer de ce collier. Cependant, quand il a reçu votre lettre, il n'a pas hésité, il m'a retourné le collier en me disant : « Tâche de voir mademoiselle Lisette ; et si elle exige absolument son collier, tu le lui rendras ; mais je désirerais bien vivement le conserver, en lui en remboursant la valeur.

« Je lui ai télégraphié votre réponse d'hier ; et alors il m'a donné l'ordre définitif de vous rendre votre collier, en vous adressant ses remerciements les plus sincères.

En même temps, Pouschkoff ouvrait l'écrin et montrait à Lisette, abasourdie, un collier absolument semblable au sien.

Puis il dit :

— Mademoiselle, j'ai l'honneur de vous saluer... Ah ! un petit reçu me semblerait nécessaire...

— Je l'enverrai à votre maître, dit sèchement Lisette.

— Bien, mademoiselle, comme vous voudrez.

Pouschkoff se retira riant en dessous.

Martin pénétra alors dans le boudoir.

Lisette lui dit :

— Regarde ! Je jurerais que c'est bien mon collier...

— En effet, murmura Martin, un peu embarrassé... Je n'y comprends plus rien.

Et il eut un geste de dépit.

IV

PRIS AU PIÈGE

La danseuse et Martin étaient encore dans le boudoir à contempler piteusement le collier de perles et à compter toutes les pierres, lorsque le domestique introduisit Michel.

— Tu n'as donc pas suivi ce gredin ? lui demanda son ami.

Michel répondit :

— Ce n'était pas la peine. Il quitte Saint-Pétersbourg, mais nous ne serons pas longs à le rejoindre.

— Où va-t-il ?

— Il a crié à son cocher de se presser parce qu'il avait besoin de prendre le train de Riga... ce qui est de plus en plus clair pour moi.

— Riga. Nous y serons en même temps que lui ! s'écria fougueusement Martin.

En même temps, non... non... le train suivant.

Puis Michel salua gracieusement Lisette et lui dit :

— Pourquoi cet air si désappointé ? ne vient-on pas vous rapporter votre beau collier ?...

— Justement ! fit Martin avec humeur.

— Notre bandit avait l'air ravi, lui, il se frottait les mains... dit Michel.

— Il y a de quoi ! répliqua Martin ; et je suis furieux.

— Et pourquoi ?

— Tu vois ce collier ?

— Oui. C'est celui que le nommé Pouschkoff... ou Ponscharoff... a commandé hier dans le magasin de bijouterie de la Perspective.

Martin grogna :

— Évidemment, mon ami, c'est bien le collier dont tu parles. Seulement, quand Lisette a vu ce collier, elle a été toute troublée, elle a cru reconnaître le sien... Et moi-même, qui l'avais préparé autrefois, je m'y tromperais comme elle... C'est ça... absolument ça...

Michel se pencha sur le joyau ; et, après un simple coup d'œil, il s'écriait :

— Voyons, voyons, puisque j'ai assisté, hier, à l'achat de ce collier...

Et Martin répliquait aussitôt :

— Oui, mon ami, ici, c'est-à-dire à Saint-Pétersbourg, en Russie, tandis que c'est à Paris qu'il faut prouver notre innocence.

— Nous raconterons, nous prouverons ce que nous savons, ce que nous avons vu... Mlle Lisette déposera sa plainte... Et si le général lui-même...

— Pardon !... Suis mon raisonnement, Michel, fit Martin.

« Que voulons-nous ? Prouver que ce Pouschkoff et surtout son maître Gérald Vérénine sont d'habiles escrocs, qu'ils l'ont toujours été, et que, par suite, ils sont parfaitement capables d'avoir volé mes diamants à moi et incendié tes chantiers à toi...

« Autrement dit, nous voulons leur constituer ce qu'on appelle en justice de déplorables antécédents.

« Et c'était là le petit tour de ma façon que je réservais au prince Vérénine, avant même de lui lancer notre grande accusation dans les jambes.

« Monsieur Vérénine, vous êtes un filou, vous avez volé un collier à Mlle Lisette... »

« Grand scandale ! Arrestation du prince ! Et, au moment où il aurait été sous les verrous, où, par suite, il lui aurait été impossible de se défendre, nous serions arrivés ; et, alors, pris au piège, il aurait été forcé d'avouer...

« Au lieu de cela, le prince répondra :

« — C'est vrai, j'ai gardé ce collier, qui m'avait été volontairement prêté, et je l'ai renvoyé aussitôt qu'on me l'a demandé. »

Michel haussa les épaules et dit :

— Puisque ce n'est pas le même !

— Je te dis que si je l'avais là, auprès de celui-ci, je ne saurais reconnaître celui de Lisette.

« Même nombre de perles, même grosseur, même monture en or...

« Ah ! ce Pouschkoff est un fameux bandit !

« Et voilà pourquoi je suis furieux... c'est une preuve matérielle qui m'échappe...

« Tiens ! jusqu'au caractère des initiales qui est le même...

« Ah ! canaille !

Michel prit alors le collier et l'examina avec soin ; puis il dit joyeusement :

— Mais non ! Cette preuve ne nous échappe nullement ! Car il y a une différence absolue entre les deux colliers, entre le collier russe et le collier parisien...

— Et laquelle ?

— Je te demande pardon, répondit Michel en riant d'avoir distancé ta perspicacité ; mais, ce collier que voici... a été fait ici... à Petersbourg...

« Et celui de mademoiselle ?... Où a-t-il été exécuté, s'il te plaît ?

— A Paris, parbleu !

Et Michel s'écria, triomphant :

marque chinoise nos clients ne verra pas...
tu l'en assurer...

— Sapristi ! je n'avais pas songé à cela !

Et Martin partit d'un grand éclat de rire, en se mettant à danser autour de la pièce, tandis que Lisette constatait avec joie l'absence de toute estampille sur le fermoir du collier qu'on venait de lui apporter.

— Maintenant, dit l'ingénieur, nous sommes certains de la victoire !

— Je vais télégraphier à ma mère de déposer ma plainte, dit la danseuse.

— Non, mademoiselle, reprit Michel.

« Vous nous permettrez de nous en charger. Soyez tranquille d'ailleurs : nous n'épargnerons pas ces gredins.

Martin riait toujours ; mais Michel était devenu très grave ; une sourde colère grondait en lui à la pensée que Gérald Vérémine habitait la même maison, que lui-même, et que ce misérable était l'ami intime, le futur fiancé de Mlle de Saint-Ermond.

Il ne songeait plus qu'à partir bien vite, à regagner Paris, pour châtier ce bandit. Une jalousie féroce le brûlait aussi : il se disait que, peut-être, Suzanne était forcée de serrer la main de Gérald...

Quand ils quittèrent la danseuse, celle-ci leur avait promis une attestation soigneusement dictée par Michel et contenant la vérité.

Ils emportaient aussi le collier.

Ils remercièrent Lisette, qui était ravie d'avoir rendu service à son vieil ami Martin Pélissier.

Le dernier l'embrassa en disant :

— Je te charge de nos remerciements pour le général Maruschkine.

« Tu lui affirmeras, de ma part, que tous les Parisiens ne sont pas aussi naïfs qu'il le prétend...

« Et maintenant, en route pour Paris, avec cinq minutes d'arrêt à Riga !

Le lendemain, les deux amis, Mme Thomereau et Bernier arrivaient à la nuit dans la ville de Riga, dont la plus grande partie semble encore une ville du moyen âge.

Les trois hommes attendirent que la veille se fut couchée ; puis ils sortirent doucement de leur hôtel et, par des ruelles étroites, se dirigèrent vers l'anse de la Dwina occidentale, qui forme le port de Riga.

— Si nous demandions notre chemin ? dit Bernier.

— Non, répondit Michel.

— Tu es sûr de ne pas te perdre ?

— Absolument sûr. D'ailleurs, demander notre chemin à un passant quelconque, ce serait presque mettre ce passant dans notre confidence, et il faut agir dans le plus grand secret.

« Oh ! il me semble que je vois encore ce chantier, un immense chantier, avec l'enseigne de Mathieu Pouschkoff, et le drôle qui était sur la porte, fumant des cigarettes.

« J'eus une défiance.

« Je me demandai pourquoi M. de Saint-Ermond m'ordonnait de livrer une quantité aussi considérable de marchandises, à un homme dont nous n'avions jamais entendu parler ; puis, cet ordre que je reçus de quitter Riga, aussitôt la livraison faite... enfin, le soin avec lequel M. de Saint-Ermond a surveillé l'arrivage et l'emmagasinage à Saint-Denis, sans te permettre d'y rien voir...

— Il est certain, déclara Bernier, qu'il s'est arrangé pour ne me laisser entrer dans les chantiers que lorsque les bois ont été bien empilés.

« Mais que soupçonnes-tu, Michel ?

— Je vous dirai cela après, dit l'ingénieur, lorsque j'aurai vu ce que contient le chantier de Pouschkoff.

Au bout d'une demi-heure de marche, Michel s'arrêta devant une balustrade.

— Ce doit être ici, dit-il, attendez-moi.

l'enseigne de la petite maison de Mathieu Pouschkoff.

Il revint auprès de ses amis et dit :

— Toi, Martin, tu feras le guet, tandis que Bernier et moi nous visiterons le chantier.

Il s'enleva à la force des poignets, par-dessus la balustrade, et Bernier le suivit.

Ils allèrent d'abord jusqu'à la maison, pour s'assurer que personne ne pouvait les observer.

Puis ils s'enfoncèrent dans les rangées de bois. Michel en examina un tas, au hasard, et dit aussitôt :

— Je m'en étais toujours douté !

— Vas-tu enfin m'expliquer ? faisait Bernier, impatient.

Après avoir examiné encore quelques tas, Michel répondit :

— Oui, mon vieil ami, parce que j'ai désormais la certitude que mes suppositions étaient fondées. Je n'avais voulu en parler à aucun de vous... Il m'eût été trop pénible d'accuser, sans preuves absolues, le père de Suzanne... le père de celle qui était presque toute ma vie...

« J'espère, du moins pour lui, que ce sont les autres qui ont eu l'idée de cette épouvantable combinaison...

— Quelle combinaison ?...

— Tu sais que j'avais acheté pour plus de trois millions de bois ?

— Oui... ceux qui ont été brûlés.

— Eh bien, pas du tout ! Car ceux que j'ai achetés sont là, devant nous !

Bernier murmura, abasourdi :

— Est-ce possible ?

— Regarde. Dans chaque rangée, tu trouveras, sur une ou deux « billes », l'initiale que j'y avais inscrite, pour les bien reconnaître : un S...

— Tu pensais à Suzanne ?

— N'était-ce pas pour elle que je travaillais ?

« A mesure que je choisissais des lots de bois, je traçais cette initiale, rapidement, au moment où on ne me voyait pas, sur le premier arbre venu...

Bernier chercha dans la rangée suivante, une allumette à la main, et, de temps en temps, il disait :

— Encore une... deux... trois...

Au bout d'une demi-heure, ils avaient retrouvé l'initiale de Suzanne plus de cent fois.

— Ce n'est plus la peine de chercher, dit Michel.

« D'ailleurs, je reconnais tous ces bois, tels que je les avais fait ranger moi-même.

— Mais alors... cet énorme approvisionnement de bois qui a brûlé, d'où venait-il ?

— D'ici sans doute... et je devine bien que ce devait être des bois de qualité inférieure, peut-être des bois pourris... Tu comprends la jolie spéculation ?

— Oh ! prononça Bernier avec un sentiment d'horreur... Je comprends.

« On aurait donc assuré les bois qu'on avait reçus, avec les factures que tu avais envoyées...

« Les canailles !

« Plus de trois millions d'assurances pour des marchandises qui ne valaient peut-être pas quinze cent mille francs !.. peut-être pas même le million...

« Une telle infamie pour gagner deux millions...

« Misérable ! Ah ! si ce n'était pas le père de Suzanne, j'irais l'étrangler de mes deux mains !... Et quand je songe que c'est toi qui es payé, qui as failli payer toute la vie, pour une semblable gredinerie ! »

Michel dut calmer Bernier qui montrait le poing au ciel et qu'un long frisson de colère secouait affreusement.

Enfin le vieux contremaître entoura Michel de ses bras et pleura.

— Ah ! mon pauvre enfant ! mon pauvre enfant ! comme tu as dû souffrir...

— Hélas ! cesserai-je jamais de souffrir ?...

Et Michel eut une minute de faiblesse.

— Oh ! ma chère Suzanne ! balbutia-t-il. Nous aurions pu être si heureux !

— Ah ! mais, prononça Bernier, n'oublie pas que Suzanne t'a toujours aimé, qu'elle t'aime toujours, qu'elle t'a toujours défendu...

— Pour me défendre, je vais être forcé d'accuser son père !...

— Son père !... son père !... fit Bernier avec un haussement d'épaules. C'est vrai ; c'est son père ! Mais moi, je ne l'ai jamais considérée comme la fille de cet homme-là...

« Pour moi, Suzanne, c'est la fille de mon ancien patron, du vieux Ronchard, qui m'avait appris à travailler... Et Suzanne, tu le sais, venait voir ta mère en cachette.

« Tiens, allons-nous-en, parce que, si je me mets à parler de Suzanne, j'en ai jusqu'à demain.

Ils repassèrent par-dessus la balustrade et trouvèrent Martin en train d'examiner la maisonnette de Pouschkoff.

— Si on mettait le feu chez lui ? proposa farouchement Bernier.

— Non, dit Michel. Ce qu'il faut, c'est l'emmener à Paris.

« Cette nuit, laissons-le dormir...

Pouschkoff dormait avec cette tranquillité qui, malgré le vieux proverbe, appartient autant aux bandits qu'aux honnêtes gens.

Il dormait d'autant mieux qu'il avait absorbé une énorme quantité d'eau-de-vie, pour célébrer l'habileté avec laquelle il croyait avoir mis dedans la danseuse Lisette ; et, avant de s'endormir, il avait entrevu, dans un demi-sommeil, le boulevard des Italiens où il espérait bien se promener avant quelques semaines, et se reposer de sa vie aventureuse.

— Je vivrai à Paris comme un négociant retiré des affaires, se disait-il. Et je ne retournerai jamais à Saint-Pétersbourg.

« Brr !... J'avais peur, hier, de me trouver, à chaque coin de rue, avec le général Maruschkine ou avec quelque officier du régiment de Gérald...

« Il est vrai que j'ai rasé ma barbe et que tous mes papiers portent le nom de Pouschkoff.

« Mais je crois que je perdrais mon sang-froid si quelqu'un me jetait à la tête le nom de Pouscharoff !...

« Oh ! cette Lisette ! comme je l'ai roulée ! Quand je lui ai mis son collier sous le nez, elle ne pouvait croire que ce fût du vrai...

« Ah ! la bonne farce !

Il se réveilla très tard le lendemain, et appela, d'une voix tonitruante, sa servante Marfa.

— Quelle heure est-il ?

— Une heure, monsieur. Il n'y a pas moyen de vous faire sortir de votre lit.

— Si ça me plaît de dormir !

— C'est qu'il y a un négociant anglais qui est venu deux fois pour vous voir. Mon mari lui a fait visiter tout le chantier.

— Un commerçant... anglais ? fit Pouschkoff abasourdi.

Car il ne s'attendait guère à des affaires sérieuses en ce moment.

— Oui, qui dit qu'il veut acheter des bois. Il reviendra dans deux heures.

— Bon, bon. On le recevra ! fit Pouschkoff en grognant, à la pensée d'être dérangé par quelque marchandeur. Est-ce tout ?

— Non, monsieur. Il y a une dépêche, là, sur votre table de nuit.

— Une dépêche !... Et tu ne me le disais pas tout de suite !... Sans doute une dépêche de mon bon petit...

Et Pouschkoff l'ouvrait.

Mais il l'eut à peine lue, qu'il faillit s'évanouir. Il n'eut que la force de dire :

— Marfa, mon carafon d'eau-de-vie !

Et il replia la dépêche, attendant d'avoir recouvré son énergie avant de lire de nouveau.

Trois verres d'eau-de-vie furent nécessaires pour le remettre d'aplomb.

Il les avala lentement, et lut de nouveau la dépêche, en s'arrêtant sur chaque mot.

« Réalise stock coûte que coûte et arrive sans tarder. Complications.

« GÉRALD. »

— Hein ! prononça Pouschkoff. Réaliser stock, coûte que coûte, quand, dans sa dernière lettre, il me disait d'attendre encore quelques semaines, pour profiter de la hausse ?... une hausse absolument certaine !

« Que se passe-t-il donc ?

« Quelles complications ?

« Et il a besoin de moi !... Arrive sans tarder... Avec l'argent, évidemment. Il compte que je vais lui rapporter de l'argent !

« Décidément, ce négociant anglais tomberait bien... Pourvu que je puisse traiter avec lui.

« Ils auront fait quelques bêtises à Paris... Tout était si bien arrangé...

« Enfin, déjeunons : cela ramènera un peu de calme dans mes idées.

Il s'habilla et déjeuna, réfléchissant toujours à cette dépêche mystérieuse qui était venue le troubler au milieu de sa quiétude ; et, malgré un déjeuner plantureux, suivi d'une respectable absorption de cognac, il était encore très troublé, lorsque sa servante lui remit la carte de *Harry Cortening*, de la maison « Cortening and Company limited » de Glasgow.

Pouschkoff se leva et vint au-devant de Harry Cortening, gros garçon joufflu aux cheveux et aux favoris rouges, habillé d'un complet gris et d'un chapeau melon.

— Do you speak english ? prononça gravement Harry Cortening.

Très aimable, Pouschkoff répondit :

— Non, monsieur ; mais je parle le français ; et si vous...?

— Parfaitement. Nous parlerons donc français.

— Si vous voulez bien.

Pouschkoff montra un siège à l'Anglais et s'assit en face de lui.

Et il s'excusait :

— Je regrette beaucoup, monsieur, de n'avoir pu vous recevoir ce matin. J'avais travaillé si tard, hier, pour me rendre compte des probabilités de la hausse... Et j'arrivais, en outre, de voyage... On est sans cesse forcé de voyager, dans notre métier.

— Oh ! vous êtes tout excusé, monsieur. Je sais que vous arrivez de Pétersbourg. Après un tel voyage on a le droit de se reposer, surtout si vous avez encore travaillé à votre retour chez vous.

Pouschkoff tressaillit, car il n'avait dit à personne qu'il arrivait de Pétersbourg ; et il eut bien, alors, une velléité de défiance.

— Je vois, dit l'Anglais, avec un gros rire, que vous vous demandez comment je sais que vous arrivez de Pétersbourg ; mais c'est très simple : moi, j'arrive de Paris où j'ai vu le prince Vérénine qui m'a parlé de vous, du grand stock que vous avez accumulé ici...

Cela rassura Pouschkoff.

— Comment allait-il ?

— Fort bien, ainsi que M. de Saint-Ermond, dit Harry Cortening.

Pouschkoff ne put s'empêcher de tressaillir encore, et il se mit à dévisager cet Anglais, qui souriait bonnement, en lui montrant toutes ses dents.

— Et, interrogea-t-il, c'est le prince Vérénine qui vous a dit...?

— Que vous étiez à Pétersbourg ? Mais oui. D'ailleurs, voici de quoi il s'agit : mes associés et moi, nous avons décidé de faire de grands achats de bois, et je suis allé à Paris pour enlever tout ce que je trouverais.

« Vous savez comme on fait les choses en grand, en Angleterre.

« Pensant que M. de Saint-Ermond devait avoir quelque stock qui lui devenait momentanément inutile, puisque son usine n'est pas encore entièrement réédifiée, je me suis présenté chez lui.

... c'est là que j'ai eu l'honneur de rencontrer le prince Vérénine, son futur associé... peut-être même son futur gendre, n'est-ce pas ?... Enfin, ce sont des choses intimes qui ne me regardent pas...

— Bref, ces messieurs m'ont appris qu'ils avaient un stock assez important à Riga, et que ce stock se trouvait dans vos chantiers...

— Seulement, m'a dit le prince, vous devrez peut-être attendre M. Pouschkoff quelques jours, parce qu'il vient de partir pour Pétersbourg où il va accomplir une mission dont je l'ai chargé...

— Et voilà, cher monsieur Pouschkoff, comment je sais que vous arrivez de Pétersbourg.

L'explication était si simple, si naturelle, si conforme à la vérité, que Pouschkoff ne douta pas un instant que Harry Cortening ne lui fût bien réellement envoyé par le prince Vérénine.

Et il se dit :

« Il ne s'agit plus que de lui vendre mon stock un peu cher. »

Il proposa à l'Anglais :

— Voulez-vous que nous visitions le chantier ?

Tout rond, l'Anglais répondit :

— Non. Ce n'est pas la peine. Je l'ai visité ce matin en détail ; j'ai vu tous les bois dont se compose le stock, et si nous nous entendons sur le prix, je suis acheteur.

— Vous savez qu'il y en a pour un million de roubles, c'est-à-dire plusieurs millions de francs ?...

— Je sais : trois millions de francs environ. Le prince Vérénine m'a prévenu.

— Vous vous trompez d'un, car la valeur de notre stock s'élève à quatre millions. Le chiffre rond de nos millions ne pouvait s'entendre que pour le stock calculé sur les anciens prix, mais vous êtes au courant de la hausse qui se dessine, puisque vous voulez faire vous-même de grands achats... Et, comme notre approvisionnement se compose de qualités excellentes...

— Pourriez-vous m'en donner l'état exact ? interrogea l'Anglais, toujours avec le plus imperturbable sérieux.

— C'est facile.

Pouschkoff se leva et alla prendre un registre dans un placard.

— Voici, dit-il, de quoi se compose notre approvisionnement.

— Voudriez-vous m'en donner une copie ?

— C'est trop naturel.

— Et pendant que vous ferez cette copie, je terminerai mes calculs.

Pouschkoff prit une grande feuille de papier, où son nom se trouvait en haut, à gauche.

Il écrivit : *Vendu au nom de M. de Saint-Ermond.*

Puis il commença la copie, tandis que l'Anglais couvrait une grande feuille d'opérations plus compliquées les unes que les autres.

Lorsque cela fut terminé, Harry Cortening déclara :

— Je suis prêt à acheter le stock entier pour trois millions deux cent mille francs.

— Oh ! impossible ! s'écria Pouschkoff, qui avait rêvé un énorme bénéfice.

« Jamais M. de Saint-Ermond ne consentira à laisser aller son stock pour cette somme. Jamais, monsieur ! Songez qu'il y a déjà une hausse de huit à dix pour cent, qu'elle va peut-être atteindre trente ou quarante pour cent... »

Mais, tout en disant cela, Pouschkoff pensait à la dépêche arrivée le matin. Il fallait vendre à tout prix.

Il discuta longtemps pour gagner cinquante mille francs, mais l'Anglais déclara qu'il ne mettrait pas un centime de plus.

Malgré la dépêche de son maître, Pouschkoff hésitait toujours. Il trouvait absurde de perdre près d'un million, qui lui semblait sûrement gagné. Il songeait bien à envoyer une dépêche à Gérald mais, en attendant la réponse, l'Anglais pouvait apprendre que tous les chantiers de bois de Riga étaient amplement garnis ; puis, dans sa dépêche, Gérald ne pourrait pas lui donner les raisons qui le poussaient à vendre aussi rapidement.

Aussi fut-il enchanté, lorsque l'Anglais, vraiment arrangeant, lui proposa ceci :

— Si cela vous convient, nous irons ensemble à Paris... et nous nous entendrons avec M. de Saint-Ermond ; on fait souvent plus de besogne en une heure de conversation qu'en plusieurs jours de correspondance et de télégrammes...

— Ah ! c'est une excellente idée ! déclara Pouschkoff ; ça, oui, c'est la meilleure façon d'arriver à un prompt résultat.

— D'ailleurs, dit l'Anglais, en ouvrant son portefeuille, je n'ai sur moi qu'un chèque d'une centaine de mille francs... Mes fonds sont déposés à Paris.

Cette dernière phrase mit le comble à la joie de Pouschkoff.

Les fonds étaient déposés à Paris.

Quel rêve ! Rentrer à Paris, et y toucher des millions !

— Et, une fois le contrat de vente signé, continua l'Anglais, nous reviendrons ici pour embarquer les marchandises. C'est l'affaire de quelques jours.

Pouschkoff sourit en dessous et se dit : « Je te laisserai bien revenir ici, mon bonhomme ; mais tu y reviendras bien tout seul. »

— Faites vos préparatifs, dit l'Anglais ; moi je vais chercher mes bagages à l'hôtel, et je viens vous reprendre. Il faut être de bonne heure au chemin de fer, si nous voulons retenir un sleeping-car.

Pouschkoff envoya aussitôt à Gérald la dépêche suivante :

« Affaire excellente en train. Je pars pour Paris avec acheteur.

« POUSCHKOFF. »

Quelques heures après, muni d'une honorable provision de cognac, Pouschkoff se rendait à la gare avec l'Anglais Harry Cortening.

Il remarqua alors que cet Anglais n'avait guère le flegme spécial à tous ses compatriotes, qu'il était gai et léger comme un vrai Parisien ; mais il attribua cela à la joie que devait éprouver l'Anglais de traiter une excellente affaire.

Et ils partirent, semblant aussi enchantés l'un que l'autre, l'un de l'autre.

V

LA NAÏVETÉ D'UN COQUIN

Depuis le jour où ils avaient appris l'évasion des deux amis, le prince Vérénine et M. de Saint-Ermond vivaient dans une perpétuelle agitation.

Grâce à cette habitude, qu'ont les viveurs, de se composer un visage indifférent, ils avaient pu quitter leur cercle, sans qu'un seul de leurs collègues soupçonnât leur trouble.

Et, même après leur départ, on avait parlé du prochain mariage de Gérald et de Suzanne, comme d'une chose certaine.

Cependant les deux hommes avaient regagné lentement leur logis.

— Il faudrait prévenir votre sœur, avait dit Saint-Ermond.

— Non, avait répliqué le prince. Tâchons, au contraire, de dormir tranquillement ; demain nous serons plus calmes pour aviser.

Le prince dormit, en effet, très tranquillement, au grand étonnement de l'industriel, qui ne pouvait savoir que son futur gendre « en avait vu bien d'autres ».

Le lendemain, au lieu de partir pour Saint-Denis, comme ils le faisaient tous les matins, ils montèrent de bonne heure chez la comtesse, portant une liasse de journaux, qui tous reproduisaient la dépêche de l'agence Havas.

La comtesse les reçut dans sa chambre en leur demandant :

— Mais que se passe-t-il donc?

— ... ma sœur.

Nina Carenitch commença de parcourir le récit de l'évasion, mais elle s'interrompit bientôt, pour dire d'une voix fiévreuse:

— Voyons... voyons... Je n'y comprends rien... C'est impossible!

— Ma sœur, il ne s'agit pas de nous affoler, mais d'envisager bravement le péril.

La comtesse haussa les épaules en répliquant:

— Comment pourrais-je admettre que ces deux drôles se soient échappés depuis trois mois, et que nous n'en ayons rien su?...

« C'est quelque invention de journaliste aux abois, qui veut faire une niche à la police.

— Causons sérieusement, dit le prince avec un mouvement d'impatience.

« La dépêche explique parfaitement pourquoi la nouvelle de cette invasion a été tenue secrète. On s'imaginait qu'on retrouverait les deux... forçats, dans un endroit quelconque, d'où on obtiendrait facilement leur extradition; et, comme on n'a rien trouvé du tout, comme, au bout de trois mois, on n'a pas de leurs nouvelles, on est bien forcé de parler. On ne peut pas cacher éternellement la chose au public...

La comtesse haussa encore les épaules, et:

— Si on ne sait pas ce qu'ils sont devenus, c'est qu'ils ont fait naufrage.

« Ah! que je serais contente si j'apprenais qu'ils ont été dévorés par les requins! Et c'est sûrement la nouvelle que nous apportera un prochain courrier.

Gérald lui jeta, avec mauvaise humeur:

— Ne dis pas d'absurdités!

— Ou bien... je te dis qu'on les repincera!

— Sans doute, mais ils auront eu le temps de réfléchir... peut-être la possibilité de découvrir quelque indice auquel nous n'avons pas songé.

« Tiens, suppose simplement ceci... que Michel Thomerain se rende à Riga, ce qui est dans le domaine des choses possibles, qu'il se trouve en face de Pouschkaroff... ou plutôt de Pouschkoff, puisque c'est sous ce nom-là qu'il le connaît... qu'il ait la curiosité de visiter ce chantier, où les bois, qu'il a achetés, sont exactement tels qu'il les y a fait installer lui-même...

« Il suffit de cela pour éveiller ses soupçons...

« N'annonce-t-il pas, dans la lettre qu'il adresse au directeur du pénitencier de Nouméa, son intention de rechercher les vrais coupables?...

— Ah ça, mais tu m'épouvantes, Gérald! murmura la comtesse, se mettant soudain à trembler.

Il répliqua:

— Oh! pas de terreurs inutiles! Quand on marche à une bataille, il faut s'attendre à la défaite autant qu'à la victoire. Nous avons remporté tous les premiers avantages; il faut bien savoir supporter les revers.

« La situation peut maintenant tourner de deux manières: ou bien, Michel Thomerain et Martin Pélissier ne reviendront pas en France, ils auront peur d'être arrêtés de nouveau, et ils s'établiront dans quelque colonie étrangère, et y vivront ignorés; dans ce cas, rien n'est changé dans nos combinaisons.

« Ou bien ces deux jeunes gens rentreront à Paris, et, s'ils ont cette audace, c'est qu'ils auront découvert quelques indices de leur innocence.

— Dans ce cas, nous devons être prêts à quitter Paris à la première alarme.

Le prince riposta:

— Quitter Paris! balbutia Saint-Ermond...

— A moins que vous ne préfériez les débats toujours dangereux de la cour d'assises.

— Vous parlez de ces choses-là avec un sang-froid qui me bouleverse, dit Saint-Ermond.

— J'ajouterai même, continua le prince avec le cynisme le plus complet, que cela nous permettrait de tenter un nouveau coup, qui nous ferait gagner trois millions.

— Hein!

« Eh oui! les trois millions que vous... dans quinze jours, pour vos achats de bois...

« Si vous quittez Paris, cela vous importera, je pense, d'être déclaré en faillite?

— En... en... effet... murmura l'industriel, que cette perspective rassurait fort peu...

— Nous aurions donc, continua le prince, nos trois millions, la fortune de ma sœur, plus notre stock de Riga...

« Seulement, il faut que tout cela soit réalisé en valeurs au porteur.

« Vous, vous avez votre argent à la banque de France; retirez-le.

« Toi, ma sœur, réalises toutes les valeurs nominatives; moi, je vais télégraphier à Pouschkaroff de prendre le stock de Riga, coûte que coûte, et de venir nous trouver ici.

« De cette façon en cas de danger, nous pourrons filer, sans rien perdre, que le terrain de Saint-... et les premières constructions; et nous irons loin de la vieille Europe, où il n'y a plus de place pour de beaux aventuriers tels que nous, vivre princièrement...

« Si, au contraire, nos deux drôles ne reparaissent pas, nous continuerons de vivre ici, tranquillement avec l'estime et la considération de la société parisienne, ce qui n'a rien non plus de désagréable...

« Et surtout, ne vous troublez ni l'un ni l'autre devant Mlle Suzanne.

— Soit! partons donc pour la fabrique.

— Alors, dit la comtesse, c'est moi qui parlerai à Suzanne.

L'aventurière fit sa toilette.

Puis elle se rendit dans la chambre de la jeune fille et lui porta un journal.

— Voyez! lui cria-t-elle. Quelle heureuse nouvelle!

Suzanne eut un premier mouvement de joie, en lisant la dépêche; mais elle redevenait aussitôt très froide et parla d'autre chose.

Ce fut seulement, lorsque la comtesse l'eut quittée, qu'elle se jeta sur ce journal qui lui apportait enfin des nouvelles de Michel.

Elle pleurait, elle riait tour à tour.

— Oh! Michel! Michel!... Mon Michel!... murmurait-elle.

Et, quand elle eut lu sa lettre au directeur du pénitencier, il lui sembla que Michel allait arriver bientôt et qu'on proclamerait solennellement son innocence.

Machinalement, elle courut à sa fenêtre et regarda tous les hommes qui passaient sur le boulevard, comme si elle avait attendu celui qu'elle aimait...

Elle n'eut qu'un moment d'inquiétude.

Pourquoi, depuis trois mois qu'il était libre, Michel ne lui avait-il pas écrit?...

Puis elle devina que c'était autant par prudence que par respect.

Et elle lut et relut encore le récit de l'évasion, battant des mains avec une joie enfantine.

Le soir à table, on causa longuement de cette nouvelle qui était l'événement dont tous les Parisiens s'occupaient.

Les deux hommes et Nina en parlaient sans le moindre trouble.

Et Saint-Ermond avait fini par surmonter son émotion, en voyant la parfaite tranquillité de Gérald, et surtout en retirant les millions déposés à la Banque.

Suzanne, elle, ne disait rien, elle semblait écouter, mais sa pensée était bien loin; elle ne prononça quelques paroles que lorsque son père parla d'un grand voyage, qu'on ferait peut-être prochainement...

— Vous voulez voyager, mon père? interrogea-t-elle tout étonnée.

Car, jamais encore, il n'en avait été question.

— Ce n'est pas encore tout à fait décidé; mais, en attendant que l'usine soit entièrement rebâtie, nous pourrions aller visiter l'Amérique... Nous verrions les grandes scieries mécaniques des États-Unis...

— Qui sait! dit en riant le prince, peut-être retrouverez-vous là votre ancien ingénieur?

Suzanne.

— Moi aussi, dit tranquillement la jeune fille.

Les trois bandits se remettaient de leur alarme, maintenant qu'ils se croyaient sûrs d'échapper à tout danger.

Les ordres étaient donnés pour réaliser la fortune
convoitée; et Gérald avait télégraphié à Pouschkoff.

Aussi, quand la dépêche de ce dernier arriva, justement le lendemain, annonçant qu'il accourait avec un
acheteur, le prince eut un cri de triomphe:

— Voyez comme tout nous réussit! Plus que quelques jours d'attente! Et nous sommes maîtres de la
situation, avec un véritable trésor à notre disposition!

L'ancien précepteur télégraphia, enfin, de Berlin, le
jour et l'heure de son arrivée:

« Serons Paris mardi matin et irons immédiatement
à Saint-Denis.

« Anglais toujours bien disposé.

« D'ailleurs, je ne le quitte pas d'un instant. »

Quand Pouschkoff télégraphiait qu'il ne quittait pas
son Anglais un instant, il aurait dû ajouter: « ...lorsque
je suis éveillé. » Car, grâce aux bons dîners que Harry
Cortening, de la grande maison *Cortening and Company limited* de Glasgow, lui avait offerts depuis leur
départ de Riga, maître Pouschkoff avait passé presque
tout son voyage dans un doux état de somnolence, que
le balancement du train entretenait douillettement, ainsi
que son carafon de cognac.

Parfois même, quand on arrivait à une station, Pouschkoff était si bien endormi que Harry Cortening allait
se promener seul sur le quai.

Et alors, il s'approchait, en fumant une cigarette, du
wagon suivant où étaient installés la veuve Themerain,
Michel et Bernier.

Il leur faisait un petit signe de tête, auquel les autres
répondaient en souriant.

Et Harry Cortening prononçait gravement:

All right!

On arriva ainsi à la gare du Nord.

Quand Harry Cortening entendit crier: « Paris! Tout
le monde descend! » il eut un long tressaillement que
Pouschkoff remarqua:

— Je parie que vous aimez Paris? lui demanda-t-il.

— Moi! fit l'Anglais. Vous me croirez si vous voulez;
mais j'aime Paris comme si j'étais un vrai Parisien.

Dix minutes après, ils montèrent tous les deux en voiture; et Pouschkoff ordonnait au cocher de les conduire
à l'usine de Saint-Denis.

Mais l'Anglais dit:

— Non. Pas ce matin!

— Pourquoi donc? C'est vous-même qui m'avez prié
à Berlin de télégraphier à ces messieurs. Vous ne vouliez pas perdre de temps... Vous vouliez traiter l'affaire
en une matinée...

— C'est vrai; j'ai changé d'idée. J'ai encore quelque chose à faire... Et puis, à vous parler franchement,
je vous avouerai, quoique cela m'humilie un peu, que
je suis très fatigué... J'ai besoin d'un peu de sommeil...
Cocher, au Grand-Hôtel!

Pouschkoff eut envie de descendre pour envoyer une
dépêche prévenant le prince.

Mais il ne connaissait pas le numéro de l'usine sur
la route de Paris.

Il se disait en outre que, lorsqu'on tient un homme
qui va vous acheter trois ou quatre millions de bois,
on ne le lâche pas.

Il resta donc dans la voiture et accabla l'Anglais de
ses prévenances.

En arrivant au Grand-Hôtel, Harry Cortening se plai-
gnit d'une douleur dans la jambe...

— Allons! c'est mon rhumatisme articulaire, fit-il
d'un ton bourru. Quand ça me prend, je suis forcé de
me coucher deux ou trois jours.

se déshabilla et se coucha.

Pouschkoff, désolé, avait pris une chambre communi-
quant avec celle de son compagnon; et il se promenait
de long en large, furieux, se demandant s'il devait quitter l'Anglais, ou bien aller prévenir le prince.

Il était environ onze heures du matin.

Le Russe pénétra alors dans la chambre de son compagnon de route et vit qu'il dormait. Il l'appela: l'autre ne répondit pas.

— Voilà un homme, pensa Pouschkoff, qui en a pour
deux ou trois bonnes heures avant de se réveiller.

Il referma doucement toutes les portes.

Puis il appela le domestique qui faisait les chambres
du couloir:

— Mon ami, lui dit-il, mon compagnon de voyage
vient de s'endormir; il est fatigué, malade... Tâchez que
personne ne le réveille...

Et il lui mit une pièce d'or dans la main.

— Oh! soyez tranquille, répondit le garçon. Quand
vous reviendrez, s'il ne s'est pas réveillé de lui-même,
vous le trouverez encore endormi.

— C'est ce que je veux... Et si, par hasard, il se ré-
veillait, s'il me demandait, vous lui direz que je suis
dans l'hôtel, que je vais remonter...

Et Pouschkoff s'en alla, bien persuadé qu'il retrouverait son Anglais endormi.

Il prit une voiture et se fit conduire boulevard Malesherbes.

Il demanda le prince; on lui répondit que celui-ci
était parti pour Saint-Denis, le matin, avec M. de Saint-
Ermond.

Il monta alors au premier étage et se fit annoncer
chez la comtesse.

L'aventurière le reçut dans sa chambre, dont elle referma soigneusement les portes.

Elle demanda, tout étonnée:

— Tu es donc seul, Pouscharoff?

— Chut! fit le Russe. N'allez pas prononcer ce nom-
là... Ça me fait frissonner.

— Mon frère l'attend à Saint-Denis.

— Je sais bien; mais mon Anglais était trop fatigué.
Il s'est couché.

— Il est toujours disposé à acheter?

— Oui. Et il a ses millions déposés à la Banque de
France. Si on s'entend avec lui, on touchera l'argent
tout de suite.

— Ah! tant mieux.

— Je retourne auprès de lui; et j'attends le prince...
Nous sommes au Grand-Hôtel.

— Bien. J'y enverrai mon frère, dès qu'il rentrera de
Saint-Denis.

— Adieu, madame... Mais ne pourriez-vous me dire ce
qui se passe ici? Car je ne sais encore rien, moi, de
toutes ces fâcheuses complications...

— Tu n'as donc pas lu les journaux?

— Moi! je n'ai pas lu un seul journal depuis que j'ai
quitté Riga. J'étais bien trop occupé à surveiller mon
Anglais.

« Si je l'avais perdu! Un homme qui va vous compter
des millions, ça ne se trouve pas si facilement, madame!

— Eh bien, Michel Themerain et Martin Pélissier ont
quitté Nouméa...

— Diable!

— En annonçant qu'ils se mettaient à la recherche des
vrais coupables.

— Ils se sont échappés! s'écria le drôle avec indignation. Mais la police est donc aussi mal faite à Nouméa
qu'à Paris?

— Sans doute, répliqua Nina; et tu dois penser que si
ces gens-là rentrent à Paris...

— Oh, oh! fit Pouschkoff avec un grognement; voilà
qui deviendrait évidemment dangereux. Eh bien, madame...

Il prenait son air le plus important.

— Quoi donc?

— Il est heureux que j'aie si joliment arrangé l'affaire
du collier! Car nous nous défendrons bien comme ces
messieurs qui sont sans argent, sans relation, n'ont pas
d'autres preuves de leur innocence que leurs belles pro-

...tations, auxquelles la justice aura quelque mal à ajouter la moindre foi... D'eux, je m'en charge, allez !... Mais, sapristi, que l'histoire du collier serait mal venue au milieu de cette complication ! Voyez-vous une plainte en escroquerie déposée par Mlle Lisette Randon, contre le prince Vérénine !...

— Enfin, tu l'as mise à la raison, cette demoiselle ! répliqua la comtesse, ennuyée de l'importance que se donnait le drôle. Ces créatures-là, avec un peu d'argent...

— De l'argent ?... Ah bien ! Elle se moque joliment de tout celui que vous pourriez lui offrir. Et, d'ailleurs, quand on a un prince Maruschkine dans ses petits papiers !

La comtesse ne put dominer un tressaillement.

— Bref... qu'as-tu fait ?

— Je lui ai rapporté son collier ! prononça Pouschkoff, enchanté de se grandir.

— Allons ! Pas de plaisanteries ! Nous n'avons pas de temps à perdre. Qu'as-tu fait avec cette coquine ?

— Je vous dis que je lui ai rapporté son collier, madame, puisqu'elle refusait qu'on lui en remboursât la valeur... et avec une rage... Elle était, je crois même qu'elle est encore furieuse contre votre frère... Avec sa bonne petite âme de grisette parisienne, elle le lui avait si gentiment prêté ce collier. Elle était si fière de rendre service à un prince !... Et quand elle a compris, car ça finit toujours par comprendre, ces naïves petites grisettes de Paris, elle ne décolérait pas... Elle voulait faire déposer une plainte à Paris... Hein, vous voyez le tapage !... Et, si je ne lui rapportais pas un collier, le collier identique qu'elle avait prêté au prince, ça y était !... Et, comme je lui avais conté cette jolie blague que le prince entendait le conserver en souvenir d'elle, il n'y avait pas moyen de ne pas s'exécuter. Je suis heureusement un homme d'ordre...

— Que tu es désagréable de le perdre en détails ! Dis-moi donc tout simplement en deux mots, comment tu t'en es tiré ?

Mais, encore sous l'influence des plantureux dîners de Harry Cortening et de son carafon de cognac, Pouschkoff avait, plus que jamais, la parlotte.

— Eh, madame, il faut bien que vous sachiez comment vous n'avez plus rien à craindre, de ce côté. Mon petit carnet, toujours soigneusement tenu, m'a permis de reconstituer, immédiatement, la quantité et le poids de chacune des perles dont se composait ce collier, puisque je l'avais revendu en détail...

La comtesse eut un tressaillement fort désagréable.

— Que voulez-vous, madame ! J'ai toujours eu cette manie, ou cette qualité, d'appeler les choses par leur nom... En quittant la jolie Lisette, je suis allé chez un de nos meilleurs bijoutiers ; et il m'a bien fallu deux heures de travail ; mais, après cela, la quantité de perles était réunie, commandée. Le lendemain, le montage était fait, aussi bien, mon Dieu ! que celui de Paris. Et, dans la matinée, je rapportais son collier à Mlle Lisette Randon, en lui disant que, puisqu'elle y tenait à ce point, le prince, malgré le prix qu'il y attachait, m'avait enfin ordonné de le lui rendre. Si vous aviez vu la tête de la demoiselle !... Je ne me suis pas attardé, du reste, à la contempler. Le mal était réparé, et je n'avais plus qu'à rentrer à Riga, où allait m'arriver, le lendemain, la dépêche du prince Gérald.

La comtesse fronça les sourcils.

Toute cette histoire, malgré l'admiration que Pouschkoff éprouvait pour lui-même, ne lui inspirait que la plus médiocre confiance ; ce collier reconstitué pouvait, au premier aspect, ressembler à l'autre ; mais un bijoutier, qui l'examinerait avec soin, y trouverait bien des différences, ne fût-ce que la fraîcheur de la monture... Et puis, cet imbécile qui était allé se faire voir dans un magasin de Pétersbourg, dont le patron et les employés pourraient le reconnaître !...

Elle dit, avec mauvaise humeur :

— Tu aurais bien mieux fait d'obtenir, en y mettant le prix, le désistement de la demoiselle. Et il n'y aurait plus trace de rien du tout... Ton prodige d'habileté peut, à un moment donné, se retourner contre nous...

— Mais, madame...

— Allons ! Pas de discussion !... Et, réponds-moi sur ceci : cette demoiselle serait... l'amie du général Maruschkine !

— Il s'affiche même avec elle, à Pétersbourg, au point qu'on parle d'une façon de mariage morganatique entre eux !

— Ce serait du propre ! fit la comtesse avec le plus désolant mépris. Où allons-nous, si un général Maruschkine !... Enfin.

Elle se plongea un instant la tête dans les mains. Tout, décidément, grondait contre eux en ce moment. Personne ne pouvait mieux que le vieux général les démasquer aux yeux des Parisiens.

Et si, par-dessus le marché, il était excité par cette danseuse, qu'on avait réussi à tromper un moment, mais qui détenait ce collier, preuve absolue de l'indélicatesse de son frère, que Pouschkoff était allé, si imprudemment, lui livrer... quel désastre pourrait tomber sur eux.

— Grand maladroit ! murmura-t-elle entre ses dents. Et, à haute voix :

— Paris peut devenir décidément fort dangereux pour nous ! Aussi avons-nous tout réalisé. Moi, j'ai toute ma fortune dans mon sac de voyage.

Pouschkoff s'inclina.

— Compris, alors ! Je vais retrouver mon Anglais, et je ne le quitte plus d'une seconde... Mais avec quel plaisir j'apprendrais que ces deux Français ont été mangés par des anthropophages !

Et, sur ce souhait égoïste, Pouschkoff prit congé de la comtesse et revint au Grand-Hôtel.

Quand il arriva devant la chambre de l'Anglais, la porte en était ouverte.

Il eut une souleur, mais le domestique lui remit une lettre, en disant :

— Votre ami s'est réveillé de lui-même. Il a demandé une voiture et est parti en laissant ce petit mot pour vous.

Le gredin lut :

« Cher monsieur Pouschkoff,

« Je me trouve un peu mieux et veux en profiter pour aller immédiatement à la Banque, d'où je vais retirer mes fonds.

« Veuillez prévenir ces messieurs que je les attends vers une heure pour terminer notre affaire.

« Cordiale poignée de main.

« HARRY CORTENING,
« de la maison Cortening and C° limited, de Glasgow ».

Cette lettre rassura complètement Pouschkoff, qui redescendit dans la cour de l'hôtel pour guetter l'arrivée du prince Vérénine.

Le prince arriva un peu avant une heure, furieux contre lui.

— Est-ce que tu te moques de moi ?... Me faire attendre toute une matinée !

— Pardon, monsieur, dit tranquillement l'ancien précepteur. Si vous voulez me dire des sottises, montons dans ma chambre.

Le prince le suivit en maugréant, et ils se rendirent dans la chambre de Pouschkoff, que ce dernier ferma soigneusement, en disant :

— Il paraît donc que ça se gâte ?

— Oui et non, fit Gérald avec humeur, car nous ne savons rien de précis...

— Mais, en attendant, vous veillez au grain. Très bien, mon prince ! Je vois avec plaisir que le danger ne vous effraye pas.

— Et ton Anglais, où est-il ?

— Il va arriver. Voici le petit mot qu'il m'a laissé.

— Bon, dit Gérald, après avoir lu le billet. On prendra ce qu'il voudra donner.

— C'est que nous gagnerions un million, en attendant quelques semaines.

— J'aime mieux un peu moins d'argent que des bénéfices problématiques. Et en attendant cet animal du...

... que tu as fait avec cette drôlesse de Lisette Ran-
...

— Oh ! un coup superbe : je lui ai rendu le collier...
— Ne plaisante donc pas !
— Ou, si vous préférez, un collier si semblable au sien
qu'elle en a été stupéfaite... D'ailleurs, c'est à s'y trom-
per : je savais le nombre et la grosseur des perles...
Moi-même je me suis imaginé que je revoyais le col-
lier tel que vous me l'aviez remis à Vienne.
Et il allait encore recommencer toute son histoire.
Le prince l'interrompit.
— Sais-tu que la drôlesse me menaçait d'une plainte
en escroquerie ?
— Ce sont toujours ces petites choses qui vous gênent,
au moment où l'on tente quelque grande entreprise.
— Moi, j'ai envie de voir l'Amérique ! déclara Pousch-
koff, puisqu'on peut nous ennuyer ici, c'est le seul pays
qui convienne à des gens tels que nous.
— Nous serons peut-être forcés d'y aller, prononça mé-
lancoliquement le prince.
— Vous pourriez devenir là-bas le chef d'un petit État,
je serais votre premier ministre !... Nous lèverions des
impôts...
— Farceur !
— Dame ! C'est que ça commence à devenir fatigant de
toujours lever le pied.
Gérald haussa les épaules ; et il y eut un assez long
silence.
— Ton Anglais ne vient pas.
— Un peu de patience, mon prince ; les formalités sont
si longues en France !
— C'est vrai. Pour toucher l'argent de la compagnie
d'assurances, cela a duré des mois et des mois... Ces
gens-là ont des défiances ridicules...
— Ils ne comprennent pas les grandes affaires.
— A propos, quelle espèce d'homme c'est-il, ton An-
glais ?
— Un homme charmant, jeune... Mais vous le con-
naissez ?...
— Moi ?
— Oui, vous et M. de Saint-Ermond. Tiens ! Où est-il
donc, ce bon M. de Saint-Ermond ?
— Il est resté à Saint-Denis, pour attendre cet An-
glais tandis que je rentrais à Paris.
— Mais, que me racontes-tu là, que nous connaissons
ce... Harry Cortening ?
— Naturellement, puisque c'est de votre part à tous les
deux qu'il est venu me trouver à Riga.
— De... notre part ?
— Mais, oui ! il vous avait vus en passant à Paris. Il
avait même, c'est vous qui le lui aviez dit, que j'étais à
Saint-Pétersbourg, où je remplissais une mission dont
vous m'aviez chargé...
— Ah çà ! es-tu fou ? Je n'ai jamais vu ce Harry Cor-
tening.
— Vous... ne l'avez... jamais... vu ?
Et Pouschkoff balbutia, en se frappant la poitrine :
— Imbécile ! je me suis laissé jouer !...

<h3 align="center">VI</h3>

<h4 align="center">UN MALHEUREUX</h4>

Lorsque, ce matin-là, M. de Saint-Ermond et Gérald
étaient arrivés à l'usine, l'industriel avait dit, d'un ton
fiévreux :
— Il me tarde vraiment de voir cet Anglais !
— Il sera ici dans une heure, avait répliqué Gérald,
qui haussa les épaules.
— Mais je vous en prie, un peu de calme... Vous fris-
sonnez... Vous êtes pâle...
— J'avoue que j'admire votre sang-froid.
— Vous feriez mieux de l'imiter.
Ils parcoururent le chantier, ainsi que les autres jours.
L'ingénieur Jean Malais vint leur rendre compte de la
façon dont il avait exécuté les ordres qu'ils avaient don-
nés ; ils approuvèrent, puis se rendirent dans la petite
cabane qui servait de bureau provisoire.
Lorsque dix heures sonnèrent, Saint-Ermond pro-
nonça :
— Il va arriver... Je me souviens que c'est à ce mo-
ment que Michel Thomerain arriva le dimanche...
Gérald eut un mouvement d'impatience.
— Quel besoin de parler de ce Thomerain ?
Et cependant, Saint-Ermond, les yeux fixés dans le
vague, s'imaginait qu'il revoyait Michel, à son retour de
Russie.

Que de choses s'étaient passées depuis cette journée
maudite !

Les minutes s'écoulaient.
Gérald était allé jusqu'au bord de la route, examinant
de loin toutes les voitures qui sortaient de Paris.
Il ne comprenait rien à ce retard.
Vers onze heures, il dit :
— Il est bien possible que nos deux individus soient
fatigués, après un aussi long voyage, et que nous ne les
voyons que l'après-midi.
Cependant, il revenait vers la route, espérant quand
même les voir arriver.
Puis il perdit patience.
Il proposa :
— Si vous voulez bien, vous resterez ici ; moi, je rentre
à Paris. De cette façon, qu'ils viennent à Saint-Denis, ou
qu'ils se présentent boulevard Malesherbes, nous ne les
manquerons pas.
— Oui... oui... partez... je reste, répondit Saint-Er-
mond, toujours très nerveux.
Gérald parti, l'industriel causa un peu des travaux
avec Jean Malais. Puis il retomba dans sa rêverie.
Il songeait maintenant à sa jeunesse et voyait tout à
coup combien sa vie avait été inutile, vie d'oisif,
d'égoïste.
— Je n'ai rien fait... que du mal.
A midi, les ouvriers passèrent en bande devant le bu-
reau, Saint-Ermond tressaillit.
— Qu'est-ce donc ?
— On va déjeuner, répondit Jean Malais.
— Bien. Je n'y pensais plus. Et vous, mon ami ? vous
ne partez donc pas, vous ?
— Oh ! j'ai le temps.
— Allez donc. C'est à cause de moi que vous restez...
Il faut cependant que vous reveniez en même temps que
les ouvriers pour les surveiller. Allez donc déjeuner.
Jean Malais s'inclina et partit.
Saint-Ermond n'avait jamais aimé la solitude ; et ce-
pendant, cela lui faisait beaucoup de bien, aujourd'hui,
d'être seul ; aucun visage indifférent ne troublait ses
souvenirs.
En ce moment, par suite des émotions fébriles qui le
secouaient depuis quelques jours, un grand bouleverse-
ment se faisait en lui.
Jusqu'alors, il avait trouvé, dans son égoïsme incon-
scient, d'excellentes raisons pour excuser ses plus mauvaises actions.
Aujourd'hui il se jugeait lui-même avec sévérité,
comme s'il s'était senti près de la mort.
Il murmura lentement :
— Hélas ! pour être heureux, simplement, toute une
longue vie, je n'avais qu'à me laisser aimer par ma
fille, au lieu de tomber entre les mains de ces misérables !...
— Oh ! mon Dieu !
Il comprenait même avec une lucidité parfaite, à quel
point il avait été trompé par l'aventurière russe.
— Pour regagner l'argent que j'avais pris à ma fille,
ils m'ont fait commettre une abominable infamie.
« Et cet argent, ces deux millions, je me les étais
laissé prendre par cette coquine...
Cette femme, arrivée jadis à Paris avec quelques bijoux, et à peine quelques milliers de francs, il l'avait
vue, la veille, compter les titres de sa fortune : il y en
avait pour plus de deux millions.

— Quand ma fille apprendra tout cela, elle me maudira ! murmura-t-il douloureusement.

Il ne se disait plus que cette horrible spéculation resterait toujours secrète ; il lui semblait au contraire impossible que tout cela ne fût pas dévoilé un jour... bientôt peut-être...

Il n'éprouvait pour Suzanne aucun sentiment qui fût d'un père ; il la respectait plutôt, il la craignait.

— Que dira, que fera Suzanne, quand elle saura que Michel Thomerain était innocent?... Ciel !... Suis-je bien éveillé ?... Lui !...

Il se redressa en poussant un cri d'effroi. Puis il resta debout comme pétrifié, ne trouvant plus une parole.

Un homme avait ouvert tranquillement la porte de la cabane, était entré et avait poussé le verrou : c'était Michel Thomerain.

— Je vous demande pardon, dit-il tranquillement, de ne pas me faire annoncer ; mais j'ai dû profiter de la première occasion qui se présentait à moi de vous voir en tête-à-tête.

Saint-Ermond balbutia :

— Est-ce bien vous ?

Michel répondit, méprisant :

— Oui, ne tremblez donc pas !

« Quand on fait ce que vous avez fait, il faut montrer un peu plus de courage...

« Asseyez-vous donc et causons.

Le calme de Michel était effrayant.

Le jeune homme, très froidement, montrait un escabeau de bois à son ancien patron, qui s'assit, toujours tremblant.

Michel commença :

— Il y a près d'une heure que je suis caché, de l'autre côté de la route, derrière un vieux mur.

« J'ai vu passer votre ami et associé, le prince Gérald Vérénine, et j'ai eu la force de ne pas me jeter sur lui.

« C'est que je voulais vous voir, vous d'abord et en secret.

« J'ai attendu que vos ouvriers fussent partis, que vous fussiez seul... Et me voici !

— Que voulez-vous de moi, Michel ? demanda Saint-Ermond humblement.

— Oh ! de vous ?... Rien, répliqua simplement Michel. Vous êtes le père d'une adorable fille, que j'aime et respecte autant que je vous méprise. Car je ne vous hais point. Vous êtes un malheureux... Et, si vous n'étiez pas la cause de mes malheurs, peut-être même vous plaindrais-je !

« Je le répète, je n'ai rien à vous demander, ni rien à exiger ; car aujourd'hui j'aurais le droit d'exiger !...

« Après notre entretien, vous ferez ce que votre conscience vous indiquera...

« Si je suis venu, c'est simplement pour vous dire que je connais aujourd'hui tous vos secrets, et que, dans quelques heures, ces secrets seront dévoilés par moi à la justice de mon pays.

« Si vous n'étiez pas le père de Suzanne, je me ferais justice moi-même...

Saint-Ermond fut secoué par un long frisson.

Il voulut parler, mais aucun son ne sortit de sa bouche.

Michel Thomerain continuait :

— Quand je suis revenu ici, après le long et si inutile voyage que vous m'aviez ordonné de faire, vous avez suscité une discussion entre nous. Est-ce vrai?

— Oui, murmura l'industriel, c'est vrai.

— Ah ! vous avouez? dit Michel un peu étonné.

— Oui, parlez. Dites bien tout ce que vous avez à me dire ; et je vous affirme que je reconnaîtrai ce qui est vrai, déclara l'industriel avec une certaine grandeur.

Michel, de plus en plus étonné, reprit en hésitant :

— Cette discussion avait pour but de m'empêcher de mettre les pieds dans ces chantiers... où vous étiez censé avoir emmagasiné les bois que j'avais achetés en Russie.

— C'est vrai.

— Or, les bois que j'avais achetés n'ont jamais quitté la Russie. Ils sont toujours à Riga, dans les entrepôts d'un misérable, nommé Pouschkoff, qui n'est que l'homme de paille du prince Vérénine.

— C'est vrai, répéta Saint-Ermond, baissant la tête...

Michel, qui s'attendait à une discussion violente, hésita avant de continuer.

— Mais parlez donc, monsieur ! dit froidement l'industriel.

L'ingénieur reprit, d'une voix grave :

— Les bois qui ont brûlé étaient sans doute des bois de qualité inférieure, peut-être même détériorés...

— Pourris en grande partie.

— Achetés secrètement?...

— Oui, en Norvège, par Pouschkoff, et expédiés à Paris au lieu de ceux que vous aviez achetés...

« Je vous apprends probablement là des choses que vous ignoriez, monsieur?...

— Mais que je soupçonnais...

« C'était donc une spéculation faite en vue de tromper la compagnie d'assurances, pour gagner deux millions...

— C'est bien cela, monsieur.

— Et le feu a été mis par ce Pouschkoff.

« Et vous m'avez laissé condamner... quand vous me saviez innocent... Il est vrai que, pour me faire acquitter, il aurait fallu vous accuser vous-même...

« Bref, j'ai horriblement souffert, et ma mère a failli mourir.

« Quant à moi, je serais mort, si j'avais dû passer une année avec tous les misérables que vous m'aviez fait donner pour compagnons.

« Enfin, mon ami Martin Pélissier et moi, nous avons réussi à nous évader...

« Il paraît qu'on a jugé prudent de tenir la chose secrète ; et on a bien fait, puisque cela nous a permis de rentrer tranquillement en France...

« Mais, auparavant, nous sommes passés en Russie, à Saint-Pétersbourg, où nous avons recueilli les renseignements les plus précis sur l'homme que vous vouliez faire épouser à votre fille...

« J'aime à croire que vous aviez mal pris les vôtres avant de songer à cette monstrueuse alliance !

M. de Saint-Ermond eut un geste de désespoir, et dit :

— J'ignore tout de sa vie passée. Je sais seulement qu'il a dû quitter son pays à la suite d'une conspiration...

— Il a quitté son pays à la suite d'un vol, monsieur...

« Cet homme, auquel vous étiez prêt à confier le bonheur de votre enfant, cet homme était un voleur, un voleur vulgaire, qui, depuis qu'il a quitté la Russie, n'a vécu que de misérables escroqueries et qui, afin de vous éblouir, à son arrivée à Paris, a commis un vol... pour lequel mon pauvre ami Martin Pélissier a été envoyé aux travaux forcés...

— Ciel ! murmura M. de Saint-Ermond, en se cachant le visage dans ses deux mains.

— Quant à sa sœur, cette femme à qui vous avez confié votre fille depuis des mois, elle a quitté son pays en emportant de l'argent volé... l'argent de malheureux conspirateurs, qui avaient cru en elle...

— Assez !... assez !... s'écria l'industriel. Ne parlez pas de cette femme.

— Oh ! j'ai tout dit. J'ai voulu vous prévenir que tout ceci était découvert et que rien désormais ne saurait entraver l'action de la justice...

— Ce n'est pas moi qui l'entraverai, prononça sourdement le malheureux.

— Nos dispositions sont prises pour que, dans quelques heures, le prince Vérénine, sa sœur et ce Pouschkoff soient arrêtés.

« Nous avons eu pitié de vous, à cause de votre fille.

« Nous avons voulu vous donner le temps de... fuir.

— Fuir ? prononça M. de Saint-Ermond avec un sourire étrange ; fuir?... Oui, je fuirai...

Et, à voix basse, il ajouta :

— ... le déshonneur !

— Adieu, monsieur !

— Adieu, Michel !

L'ingénieur se leva, et il allait partir quand M. de Saint-Ermond l'arrêta fiévreusement.

— Monsieur, dit l'industriel, je vais quitter... Paris...

— Est-ce bien ce que vous exigez de moi?

— Je ne vous ai dit que je n'exigeais rien de vous. Faites ce que votre conscience vous indiquera.

— Oui, je vais partir. Je n'essaierai pas de lutter, malgré la facilité avec laquelle je pourrais le faire, étant riche et puissant... Je m'humilie devant vous, qui valez cent fois mieux que moi... Je ne vous reverrai jamais... et je ne reverrai jamais ma fille...

— Hélas! prononça tristement Michel, je connais votre fille pour savoir qu'elle fera son devoir et n'abandonnera pas son père malheureux.

— Je saurai trouver un endroit où ma fille ne viendra pas me rejoindre.

— Mlle de Saint-Ermond restera donc seule à Paris...

— Voulez-vous me promettre, monsieur, que vous ne cesserez pas de l'estimer et de l'aimer?

— Rien ne saurait changer, monsieur, les sentiments que j'ai toujours éprouvés pour Mlle Suzanne.

— Je vous remercie, monsieur, dit gravement Saint-Ermond.

— Maintenant, avant de quitter Paris, permettez-moi de vous demander une dernière faveur... comme si vous étiez mon ami.

— Ce mot vous blesse; mais, que voulez-vous, je ne resterai pas chez moi, je ne reverrai pas Mlle de Saint-Ermond; je ne puis donc demander cette faveur qu'à vous.

— Parlez, monsieur!

— Vous direz donc à ma fille que je lui demande pardon du mal que je lui ai fait... Je le veux! Je veux que ce soit vous qui lui disiez cela...

« Adieu, monsieur! Je vous demande pardon, à vous aussi!

Michel sentit des larmes couler de ses yeux.

Il fit un pas vers le malheureux.

Et, brusquement, il lui tendit la main.

— Ah! merci, merci! s'écria M. de Saint-Ermond.

Il se baissa et embrassa la main de Michel.

— C'est pour ma fille! dit-il. Adieu! adieu! Dans une heure j'aurai quitté Paris.

Michel se retira lentement, très ému, tandis que Saint-Ermond retombait accablé sur son siège.

Cette prostration dura peu.

D'ailleurs, les ouvriers revenaient, et bientôt Jean Malais entra dans le bureau.

— Qu'avez-vous donc? demanda le nouvel ingénieur en voyant les traits bouleversés de son patron.

L'industriel répondit assez tranquillement:

— Je suis un peu souffrant ce matin, mais cela va passer.

— Vous n'avez pas déjeuné?

— Ce sera pour tout à l'heure. Je veux auparavant écrire quelques lettres.

Et il se tourna vers le bureau.

— Je vous laisse, dit Jean Malais.

— Non, non, restez. Vous ne me gênez nullement, répondit M. de Saint-Ermond d'un ton aimable.

Puis il mit son porte-cigares sur la table et dit:

— Prenez donc un cigare, mon ami.

Lui-même se mit à fumer et commença d'écrire, comme si aucune préoccupation ne l'eût agité.

Sa première lettre était pour Michel Thomerain.

« Michel,

« Je vous prie de conserver auprès de vous, quand vous reprendrez la direction de cette usine, M. Jean Malais, qui a commencé de relever la fabrique en suivant aveuglément tous vos plans, et qui, d'ailleurs, malgré les accusations qui ont pesé sur vous, a toujours cru à votre innocence.

« Lui-même me l'a répété à diverses reprises.

« Je n'ai rien à ajouter aux prières que je vous ai adressées ce matin.

« Adieu pour jamais!

« GUSTAVE DE SAINT-ERMOND. »

La seconde était destinée au procureur de la République:

« Monsieur,

« Vous recevrez sans doute aujourd'hui ou demain, la visite de M. Michel Thomerain, qui revient de la Nouvelle-Calédonie, où il avait été injustement envoyé.

« Il vous apporte les preuves de son innocence.

« Je n'ai pas le temps d'entrer dans de longs détails au sujet de cette triste affaire; mais, à cette heure suprême, je tiens à déclarer solennellement que ce que Michel Thomerain vous racontera est l'exacte vérité.

« J'ai l'honneur de vous saluer:

« SAINT-ERMOND. »

Il hésita un peu, regardant devant lui, les yeux vagues. Enfin, il commença sa lettre à Suzanne:

« Ma chère enfant,

« Tu vas apprendre que l'innocence de Michel Thomerain est reconnue, et tu apprendras en même temps que c'est... ton père qu'on aurait dû condamner, au lieu de l'homme si noble, si loyal, que tu aimais et que tu aimes encore, comme tu es aimée de lui.

« C'est lui qui te demandera pardon, en mon nom, de tout le mal que je t'ai fait et de celui que je vais te faire.

« Je n'ai qu'un moyen de tout réparer, c'est de mourir.

« Mais je suis heureux de mourir; car c'est la première fois que j'accomplirai quelque chose d'utile et de bon.

« Tu vas savoir bientôt que ton père n'était digne ni de ton estime, ni de ton affection.

« J'ai été un mauvais époux, un mauvais père; j'ai vécu stupidement, ne sachant pas voir où était mon vrai bonheur.

« Et maintenant, j'arrive à la catastrophe qui devait inévitablement terminer une vie aussi mal employée.

« Adieu, je t'embrasse en te demandant encore de me pardonner, et de prier pour moi.

« Ton père aussi malheureux que coupable,

« GUSTAVE. »

Jean Malais le vit cacheter ces lettres avec le plus grand calme; et, quand cela fut terminé, l'industriel se leva en souriant.

— Adieu, mon ami, dit-il à l'ingénieur en lui tendant la main.

— Adieu, monsieur... Mais vous oubliez votre porte-cigares.

— Permettez-moi de vous l'offrir, mon ami, ainsi que cette caisse de cigares qui est sur mon bureau... Je ne reviendrai pas ici de quelques jours.

Il avait entièrement dominé son émotion et redevenait l'homme du monde correct, qui tient avant tout à sa tenue.

Sa voiture attendait toujours sur la route.

Il y monta en ordonnant de rentrer à Paris.

Et son cocher se dit:

— Tiens! Le patron semble plus gai que ces derniers jours.

À peine arrivé dans Paris, il fit arrêter sa voiture près d'une marchande de fleurs qui poussait sa charrette devant elle.

Il descendit et demanda à la marchande combien elle voulait de toutes ses fleurs.

— Trente francs, monsieur.

— En voici soixante, ma bonne femme.

Et il fit jeter les fleurs en tas dans sa voiture; puis il dit au cocher:

— Vous direz à mademoiselle que je lui envoie ces fleurs.

— Monsieur ne rentre donc pas?

— Non, j'ai encore des courses à faire dans le quarlier ; mais je les ferai à pied : j'ai besoin de me promener.

« Tenez, voici quarante francs, allez vite.

« En même temps, vous remettrez cette lettre à mademoiselle.

— Oh ! merci, monsieur.

Il poursuivit son chemin, ravi d'avoir donné un peu de joie à cette marchande, à son cocher, à Jean Malais.

— Un brave garçon, ce Jean Malais ! Celui-là du moins gardera un bon souvenir de moi... C'est moi qui l'ai tiré de la misère.

Dernière petite satisfaction d'orgueil.

Il descendit lentement le faubourg Saint-Denis et arriva à la gare du Nord. Il se promena quelques instants dans cet énorme couloir où se pressent tant de voyageurs, regardant les guichets.

Il se décida pour un train de banlieue, afin de ne pas attendre. Et un peu après une heure, il prenait place sur une impériale, après avoir jeté ses deux autres lettres à la poste.

— Allons, dit-il avec un triste sourire, voilà un suicide qui fera du tapage.

VII

LE TRIOMPHE DE LA POLICE

La nouvelle de l'évasion des deux amis avait naturellement produit une grande sensation dans tout Paris, et principalement dans le quartier de la Chapelle, où l'on avait alors remarqué que cette évasion coïncidait avec l'absence de Bernier et de la veuve Thomerein.

L'existence de la douce créature eût été atroce si elle n'avait été soutenue par son amour maternel, et surtout par l'espoir que l'honnêteté de son ami serait enfin reconnue un jour. Car elle devait vivre au milieu de ces antipathies de quartier, de ces petites méchancetés, de ces blessures d'amour-propre, de ces petits coups de poignard qu'on vous lance à travers le cœur rien qu'avec un mot, et qui avaient éclaté dès que Bernier n'avait plus été là pour la défendre.

Au début, on la plaignait assez généralement ; et quelques-uns admiraient même sa touchante fidélité ; et puis, on pouvait encore croire à l'innocence de Martin.

Mais le revirement fut très brusque, quand on eut constaté « qu'elle ne manquait vraiment de rien, la chère petite ! »

De rares personnes firent bien observer que cela n'avait rien de surprenant, puisque Bernier l'avait prise sous sa protection et que le vieux contremaître était bien libre de disposer de ses économies, même de sa petite fortune, comme il l'entendait.

Mais Juliette Morand avait le défaut commun à tant de mères : d'être coquette pour son enfant, ce qui provoqua vite l'envie, la jalousie.

Quelques voisines dirent :

— Avez-vous vu cette capeline, ma chère ? Si le père Bernier voyait l'emploi qu'on fait de son argent !

— Eh ! ma bonne, répondit-on, croyez-vous donc que ce soit seulement le sien qui danse ?

— Et que croyez-vous, vous ?

— Qu'elle a monté... qu'ils ont tous deux monté le coup au père Bernier, qu'elle a sa bonne petite réserve, son bon petit bas de laine... Mais c'est évident, ma chère, que c'est elle qui détient le magot ! Et si la police faisait une bonne perquisition !...

Cette opinion s'étendit avec une telle rapidité que Juliette ne pouvait bientôt plus sortir, ni surtout pénétrer dans un magasin, sans se croiser à des regards hostiles, presque haineux.

Et elle n'osait plus rien marchander — quelle est la femme qui ne marchande pas toujours un peu ? — depuis qu'un charcutier à qui elle se plaignait de ne pas avoir son poids, lui avait répliqué :

— Allons, allons... Pour ce que ça vous coûte, l'argent, à vous !

Et, hier, elle avait eu l'humiliation nette, cruelle, que en face.

Comme le fils de sa concierge admirait son enfant dans l'allée et voulait lui baiser les menottes, la mère l'avait retiré brusquement, en criant :

— Rentre donc dans la loge, toi ! Perds donc pas ton temps !

Et, avant que Juliette eût atteint l'escalier, elle avait entendu la concierge qui continuait la gronderie :

— Que je t'y repince, à jouer avec l'enfant de cette voleuse !

Juliette avait mis près d'un quart d'heure à regagner l'appartement de Bernier, tellement le mot odieux l'avait accablée.

Et elle avait eu une grande crise de larmes.

Et, le lendemain, elle en était encore toute bouleversée.

Elle eut presque envie de ne pas sortir ; mais, il le courage lui manquait un peu, aujourd'hui, pour elle même, elle devait se redresser et ne rien changer à ses habitudes, montrer toujours à tous par son attitude que la confiance ne l'abandonnait pas. Son visage, ses manières devaient toujours dire à tous :

« Vous pouvez l'accuser... Vous pouvez même m'accuser d'être complice... Mais lisez donc en mon regard qu'il est innocent et que j'ai toujours le ferme espoir que son innocence sera enfin reconnue ! »

Pourtant, elle n'était pas bien brave quand elle traversa la rue ; et ce regard, qu'elle voulait si fier, elle le baissait, dès que qui que ce soit la dévisageait.

Et elle était entrée dans la boutique d'une fruitière, son panier à la main, bien timide comme toujours, et attendait bien patiemment qu'on la servît, osant à peine parler, tremblant qu'on ne lui jetât ces allusions blessantes, qui la faisaient si cruellement souffrir.

— Eh ! mademoiselle, lui cria soudain la fruitière, vous n'avez pas besoin de baisser les yeux, ce matin ! La chose est connue, maintenant !

Juliette ne broncha pas.

Elle posa sa main en tremblant sur un panier de pommes ; mais la fruitière continuait :

— C'est à vous que je parle, mademoiselle Morand, vous pourriez bien me répondre !

— Quoi donc ?

— Oh ! Si vous faites des manières, tant pis pour vous ! Je vous dis qu'on sait tout...

— Quoi ?... Que sait-on ?... murmura Juliette avec anxiété.

— Vous ne le savez peut-être pas, vous, hein ?

« Je parie qu'elle va dire qu'elle ne sait pas que son Martin Pélissier s'est échappé !

Juliette s'appuya contre le comptoir et porta les deux mains à son cœur.

— Oui, oui, jouez l'émotion ! continua la femme. Comme si vous ne le saviez pas depuis longtemps !

Juliette sortit sans rien acheter ; elle revint vite chez elle, s'imaginant qu'elle allait trouver une lettre ou une dépêche. Le concierge lui dit d'un ton bourru :

— Mais non, il n'y a rien pour vous. Avec ça que votre Martin Pélissier serait assez naïf pour envoyer ses lettres ici !

Juliette ne répondit pas ; et elle ressortit, réfléchissant à ce que lui avait dit le concierge.

Évidemment, Martin Pélissier ne devait pas commettre l'imprudence de lui écrire à son domicile, que la police faisait sans doute surveiller ; mais peut-être lui avait-il écrit poste restante ! Elle aurait dû deviner cela.

Elle se rendit au premier bureau de poste et demanda si l'on n'avait rien à son nom ; et, sur la réponse négative qu'elle reçut, elle partit pour le bureau central.

Ce fut en chemin, dans le tramway, qu'elle ouvrit un journal où elle lut le récit qui avait si profondément bouleversé M. de Saint-Ermond et le prince Vérénine.

Un sourire heureux se répandait sur son visage.

Elle comprenait maintenant : c'était pour cela que la fruitière l'avait apostrophée le matin.

On s'imaginait qu'elle était prévenue depuis longtemps de l'évasion de son ami.

Elle compara la date de l'évasion à la date de la dépêche que Bernier lui avait adressée de Sidney : celle de la dépêche était postérieure.

puisque Bernier disait : « Tout va bien. Atten...

Et si, depuis, on ne lui avait donné aucune nou...

c'est qu'on avait jugé imprudent de le faire.

Elle arriva au bureau central, où naturellement elle ne trouva rien.

Et elle revint chez elle, à pied, ayant des envies de rire, de crier son bonheur.

Martin s'était échappé ; elle le verrait bientôt... Peut-être était-il déjà bien près de la France ?...

Les jours suivants, elle vécut dans une cruelle anxiété, qui avait bientôt succédé à sa joie. Chaque matin, il lui semblait impossible que la journée s'écoulât sans qu'elle reçût secrètement un message. Elle avait tout préparé pour partir promptement et aller rejoindre son ami.

Une seule chose l'inquiétait, c'est qu'elle avait toujours chez elle ces deux diamants que lui avait remis si bizarrement le prince Vérénine ; elle ne savait où les lui envoyer, et elle ne le voyait plus.

Enfin, un matin, tandis qu'elle faisait la toilette de son enfant, elle entendit soudain dans l'escalier la grosse voix de Bernier.

Elle resta immobile, devint toute pâle ; et, lorsqu'on frappa, elle ne put rien répondre.

On frappa encore ; la nourrice alla ouvrir et Bernier parut avec la veuve Thomerain.

Inconsciemment, Juliette demanda :

— Et Martin ?

— Ah ! voilà bien les femmes !, s'écria Bernier en riant. Embrasse-nous d'abord ; et, après cela, on t'en donnera des nouvelles de ton M. Pélissier.

Déjà elle était tombée dans les bras de Mme Thomerain, et les deux femmes sanglotaient...

La veuve disait :

— Nous sommes venus en avant, pour que vous n'ayez pas une trop forte émotion ; mais Martin et mon fils arriveront tout à l'heure.

— Ils sont donc à Paris ?

— Oui, et vous les verrez aujourd'hui.

— Mais quand ?

— Dès qu'ils auront terminé certaines affaires... importantes... Ils doivent nous rejoindre.

— Oui, je comprends, dit la jeune femme ; il faut que ce soit des choses graves en effet pour avoir empêché Martin de venir embrasser tout de suite son enfant...

— Et la mère de cet enfant ! cria Bernier, qui avait pris le moutard et le faisait sauter, pour cacher son émotion.

« Ah ! en voilà encore un à qui j'aurai le droit de donner des taloches, sacrebleu.

Le vieux contremaître se mit à rire, en songeant tout d'un coup à ces imbéciles qui prétendaient autrefois qu'il n'aurait personne pour le soigner dans sa vieillesse.

Le reste de la matinée fut vite passé.

Bernier se promenait de long en large dans son appartement, heureux de se retrouver chez lui.

La veuve s'occupait de l'enfant ; et, à chaque instant, Juliette allait à la porte, écoutant les moindres bruits.

Vers midi et demi, la jeune femme, qui était penchée par-dessus la balustrade, poussa un grand cri. Martin Pélissier arrivait, bondissant sur les escaliers.

— Ma Juliette !

— Mon ami !

Il la prit dans ses bras et la tint longtemps, la couvrant de caresses, balbutiant au milieu de ses larmes :

— Ma chérie... ma Juliette !

Ensuite, elle le fit entrer ; et il se mit à genoux devant l'enfant que tenait Bernier. Il lui embrassait les joues, les mains, les pieds ; et, comme l'enfant souriait bonnement, il lui dit gravement :

— Bonjour, monsieur Pélissier.

Il fut interrompu dans ses effusions paternelles par l'arrivée de Michel, qui revenait, très triste, de son entrevue avec M. de Saint-Ermond.

L'ingénieur embrassa tendrement la jeune femme et dit :

— C'est à Martin que nous devons notre évasion ; je t'aime comme un frère et je vous aimerai comme une sœur.

— Très bien dit, déclara Martin. Et maintenant, aux affaires sérieuses. — Tu as vu ce... malheureux ?

— Oui. Il m'a fait plus ! Plus tard, je vous raconterai cela... Que je vous dise simplement qu'il quitte Paris...

— Alors, nous n'avons plus à nous occuper que de ce gredin de Vérénine.

— Vérénine ! s'écria Juliette avec autant de mépris que d'indignation ; le misérable ! il a osé m'insulter... Il a osé m'envoyer ceci, mes bons amis.

Mais, au moment où Martin allait ouvrir l'écrin, que lui tendait Juliette, on frappa violemment à la porte ; et une voix rude prononça :

— Ouvrez, au nom de la loi !

Martin dit gaiement :

— Ça, je m'y attendais ; car j'ai bien vu qu'on me filait, lorsque je suis venu ici. Ne nous troublons pas, mes amis, et laissez-moi répondre... Et surtout, sois calme, mon bon Michel.

Juliette s'était mise à trembler.

— Rassure-toi, ma chérie, lui dit son ami. Nous allons nous amuser.

Puis il alla à la porte, où l'on frappait encore.

Une dizaine d'hommes étaient sur le palier, et en tête le chef de la Sûreté et le commissaire de police du quartier.

Martin les salua très poliment, et il allait leur parler quand son enfant se mit à pleurer.

Il se retourna et l'embrassa.

— Tu pleures, mon pauvre petit, et tu riais si bien tout à l'heure... C'est que tu n'aimes pas à voir des gens laids.

« Allons, on va te coucher dans ton berceau ; et, ce soir, je te rapporterai un gendarme en carton, et tu le mettras en pièces pour venger ton papa de tous les vilains tours qu'on lui a joués.

Il embrassa encore l'enfant, puis il dit sérieusement :

— Excusez-le, messieurs. Son éducation n'est pas encore complète, et il n'est pas habitué à voir des figures aussi rébarbatives que les vôtres.

Le chef de la Sûreté haussa les épaules et dit brusquement :

— Aurez-vous bientôt fini de vous fich' de nous ?

— Non, monsieur ; car, à mon grand regret, je serai forcé de me fich' encore de vous pendant quelques heures, puisque c'est la seule vengeance que je puisse exercer contre vous.

— Vous reconnaissez être le nommé Martin Pélissier ?

— Parfaitement, monsieur, ex-matricule 4062, ex-ouvrier de la transportation, spécialement détaché à l'horlogerie, de même que vous êtes le chef habile de la grande police française, l'homme qui écrit de si jolies lettres et manque si bien les assassins...

— En vertu du mandat d'amener que j'ai contre vous, je vous arrête, dit sèchement le magistrat.

Puis se retournant vers Michel :

— Vous reconnaissez être le nommé Michel Thomerain ?

— Oui, monsieur, dit Martin.

— Ce n'est pas à vous qu'on parle !

— En effet ; mais il vaut mieux pour vous que je réponde au nom de mon ami Thomerain ; car moi, je suis gracieux, je souris en vous parlant. Et lui, serait capable de se mettre en colère.

— En effet, dit sourdement Michel. J'admire la patience avec laquelle mon ami vous répond. Car, lorsque je vois la justice et la police de mon pays confiées à des mains aussi... maladroites, je suis honteux, et je ne sais pas cacher mon indignation.

— Michel Thomerain, je vous arrête, au nom de la loi. Vous répondrez, devant la justice, des insultes que vous venez d'adresser à un magistrat dans l'exercice de ses fonctions...

« Et, pour prouver que la police n'est pas si maladroite que vous voulez bien le dire, j'ajouterai que nos agents ont signalé votre passage à Saint-Pétersbourg, votre départ pour Riga et de Riga pour Berlin et Paris.

« Ce matin, pour mieux nous dépister, vous avez quitté votre mère en sortant de la gare du Nord. Vous

on l'a vu, caché derrière une muraille, [...] et venus des ouvriers qui relèvent de M. de Saint-Ermand. Est-ce exact?

— Parfaitement exact, dit Michel avec un sourire iro[nique]. Et après, qu'ai-je fait, monsieur?

— Vous vous êtes introduit dans le bureau de l'ingé[nieur], au moment où il n'y avait plus personne.

— Ah! très bien, fit Michel, en souriant. Et ensuite?

— L'inspecteur qui vous surveillait a couru au téléphone pour me prévenir de vos agissements. Enfin, on vous a rejoint au moment où vous pénétriez dans cette maison.

— J'admire l'habileté de vos agents, monsieur. J'ajou[terai] seulement, que cette habileté est souvent mise en défaut, car, lorsque je suis entré dans le bureau dont vous parlez, il y avait encore une personne que je désirais voir... et que j'ai vue.

— Et, si votre agent avait, ce qui est élémentaire, écouté à la porte, au lieu de courir au téléphone, il au[rait] appris bien des choses que vous ignorez.

— Et à moi, monsieur, dit Martin, d'un air innocent, est-ce que vous ne me direz pas aussi ce que j'ai fait depuis que je suis arrivé à Paris?

— Vous?... Vous avez voulu être encore plus malin... Je crois d'ailleurs que c'est un peu votre prétention?...

— Je l'avoue humblement.

— Vous vous étiez donc déguisé en Anglais. Je pourrais même vous dire votre nom d'emprunt, car j'ai une des cartes que vous aviez fait imprimer chez un papetier de Riga, afin de vous présenter chez un des gros négociants de cette ville.

Martin prononça gouailleusement:

— Ah bah!

Puis en s'inclinant poliment:

— Pardonnez-moi monsieur, de vous avoir interrompu, mais c'est tellement drôle, vous savez!... Enfin, je vous écouterai sans vous interrompre de nouveau.

Avec un air triomphant, le chef de la Sûreté continua:

— Vous n'avez pas voyagé avec vos amis. Vous avez voyagé avec ce négociant, que vous ne quittiez que rarement.

— Vous prépariez évidemment quelque nouvelle escroquerie.

— Enfin, vous êtes descendu au Grand-Hôtel, avec ce négociant.

— Et vous avez profité du premier moment où il vous quitté, pour vous échapper... Vous avez sauté dans une voiture, qui vous a mené ici. Seulement, en route, vous avez enlevé vos petits favoris rouges...

— Voulez-vous que je les remette? Je les ai dans ma poche.

Et Martin enleva de sa poche deux petits favoris, qu'il appliqua immédiatement sur ses joues; il dit:

— J'ai l'honneur de vous présenter Harry Cortening, de la grande maison Cortening and C° de Glasgow.

Il y eut un fou rire qui gagna tous les assistants, excepté le chef de la Sûreté, qui haussa les épaules, son geste favori, et qui dit aussitôt:

— Est-ce que vous n'auriez pas autre chose dans la poche de votre veston?

— Si, ai un petit écrin, dit tranquillement Martin. Cela ne saurait avoir rien d'étonnant, puisque je suis bijoutier.

— Voulez-vous me le donner?

— Avec plaisir. Le voici.

Juliette s'avança en disant:

— Mais, c'est à moi, ces bijoux, ou, du moins, c'est moi qu'en a remis...

Martin l'arrêta.

— Tais-toi, Juliette.

— Vous prétendez que cet écrin est à vous? interrogea le chef de la Sûreté se tournant vers elle.

Martin dit vivement:

Juliette ne réponds rien. M. le chef de la Sûreté va te dire d'où viennent ces bijoux, puisqu'il sait tout. Je te défends de prononcer un seul mot.

— Répondez-moi, mademoiselle! ordonna sévèrement le magistrat.

[...]ité moqueur.

— Eh! c'est au nom de la loi, monsieur, que je loue[...], car bientôt cette jeune femme sera ma femme. Et la femme doit obéissance à son [...]

— Eh bien! dit froidement le magistrat, puisque demoiselle refuse de nous répondre, nous al[lons] de nous suivre aussi; et elle sera bien forcée de dire alors comment ces diamants se trouvent en ses mains, car... ce sont... oui... des diamants.

Il avait ouvert l'écrin.

Il s'adressa ensuite à Martin:

— Vous les connaissez peut-être?

— Si vous vouliez me permettre de les voir une seconde fois?...

Le chef de la Sûreté plaça l'écrin à une faible distance de Martin, qui réfléchit un peu, puis dit:

— Je parie, monsieur, que vous allez me dire vous d'où viennent ces diamants?

— En effet, ils doivent provenir d'une rivière de diamants qui était exposée, il y a plus d'un an, à la devanture d'un magasin de la rue de la Paix. N'est-ce pas cela, monsieur?

— C'est tout à fait cela, répliqua Martin, avec le grand calme; pour une fois, nous voilà absolument d'accord; c'étaient des deux diamants qui formaient le centre de la rivière.

— Est-ce possible! balbutia Juliette, abasourdie.

— Oui, ma chérie, déclara Martin, je les reconnais.

La jeune femme poussa un cri de rage, et, levant bras au ciel:

— Ah! je comprends tout, maintenant. Oh! le misérable! Et il osait! Oh! c'est affreux.

— Tais-toi, Juliette. N'ajoute pas un mot. Tu ne parleras que lorsque je te le dirai.

La voix de Martin était devenue très grave. Le jeune homme dit alors:

— Vous nous arrêtez, monsieur; nous sommes prêts à vous suivre.

— Madame et monsieur, dit le magistrat à la veuve et à Bernier, veuillez ne pas bouger d'ici; le juge d'instruction vous fera appeler aujourd'hui.

— Oh! Nous vous suivons aussi, déclara la mère Michel en se levant.

Martin se plaça de lui-même entre deux agents, faisant signe à Michel d'accepter tout avec patience:

— Et maintenant, où nous mène-t-on?

— Au Grand-Hôtel, monsieur le bel esprit.

— J'allais justement vous en prier.

VIII

DÉPLORABLES ANTÉCÉDENTS

Une énorme foule s'était formée dans la rue; bruit s'était vite répandu que la police avait heureusement capturé les deux évadés de Nouméa.

Le concierge avait dû fermer sa porte, pour ne pas voir sa maison envahie.

Le chef de la Sûreté envoya chercher des voitures. Martin dit:

— J'ai la mienne à la porte. J'espère, monsieur, que vous me permettrez bien de vous y offrir une place; justement j'ai un bon cocher et un bon cheval.

— Il vous tarde donc bien d'arriver au Grand-Hôtel? fit le magistrat avec un sourire ironique.

— Beaucoup, monsieur, mais simplement dans le but de vous être agréable.

— Ah! vraiment?

— Vous me menez évidemment au Grand-Hôtel, dans l'espoir de trouver, dans ma chambre, des papiers compromettants?

— Peut-être!

— Et même d'autres traces de cette fameuse rivière de diamants!... Eh bien, voyez comme nous sommes encore d'accord, et ça ne va plus cesser: moi aussi

leur demandai... Si nous
trouver les autres... Quelle victoire !...
Il a bien fallu que vous n'en trouviez plus...
bien établies traces...

...les quelques instants, la porte s'ouvrit et on
... nombre de voitures rangées, le long du

...prisonniers fut placé avec trois agents
...Thomeraln montèrent dans la dernière

...suiva assez rapidement devant le Grand Hôtel
...descendit, Martin Pélisser, après avoir con...
...petits favoris, s'inclina et dit :
...monsieur le chef de la Sûreté, je ne vous demande
...chose, c'est de ne pas me démasquer trop brus...
...ment. Et, en échange, je vous apprendrai des cho...
...mais des choses qui vous empêcheront de dormir.
Le magistrat ne répondit pas ; il s'était précipité dans
...jeu de fusée en demandant ...
...clef de la chambre de M. Harry Cortening,
...montait rapidement les escaliers, suivi par les agents
...suivaient Martin, Michel et Juliette, tandis que la
...dernier jugèrent prudent de demeurer dans

...La Sûreté avait beau marcher vite, Martin
...autorité des agents, qui voulaient le retenir en
...arriva en même temps que lui dans le couloir, où
...dans la chambre.
...Monsieur, dit-il, je vous en prie, écoutez-moi : ne
...deux laisser ma porte devant laquelle vous
...celle-ci qui appartient à un logement commun...
...avec le mien. Par grâce, faites garder cette se...
...porte, car c'est par là qu'on a des traces de dis...
...à consulter...
...heurtait le seuil de la chambre de la chambre
...Comme les agents emplissaient le cou...
...de porte se trouva naturellement gardé.
...le chef de la Sûreté était entré dans la chambre

...jeune homme, d'un coup sec, se dégagea des deux
...qui le tenaient et se précipita vers la porte de
...derrière :
...cria brusquement et dit :
...mes bons amis !

...fut le moment où l'ancien précepteur disait à
...prince Gérald Vérenne : « Imbécile !... Je
...gouverner !

...Puis, sans dire un seul mot, le prince se
...courut à la porte de la chambre ; il allait se pré...
...La poursuite, dit Martin :
...Inutile, dit-il ; toutes les précautions sont prises
...les toutes à la porte

...Malgré cela, le prince voulut sortir.
...Quand il aperçut les agents, il devint blême et resta
...pétrifié.

...Pouschkoff n'avait pas bougé de sa chaise ; il regar...
...Martin avec effarement, supposant que ce devait être
...agent de la police secrète.

...Le chef de la Sûreté, il n'avait eu qu'à consta...
...l'attitude des deux hommes pour se dire : « Vous
...n'avez pas la conscience tranquille. »

...Michel et Juliette étaient aussi entrés ;
...dit en montrant le prince :

...Le visage de Gérald devint encore plus blême.
...Pouschkoff, lui, ne comprenait plus ; il attendait
...le philosophe qui savait que les plus grandes cala...
...mités ne sauraient étonner.

...Martin fit encore signe à Juliette de se taire ; puis il
...tourna vers le chef de la Sûreté et dit gravement :
...Monsieur, je veux maintenant me présenter car il
...que je lave mon honneur. Et c'est une chose avec
...que je ne plaisante jamais.

Vous... devant le... Pouschkoff.
Pouschkoff.
— À ce nom, le jeune homme eut une secousse, il
...nous approchions.
— Oui ?...
Puis, essayant de se raidir :
— Vous vous trompez, monsieur Cortenay ; je m'ap-
pelle Pouschkoff.
— Vous ne vous appelez pas plus Pouschkoff que je
m'appelle Cortenay, cria Martin d'une voix tonnante,
en arrachant ses favoris...
« Je m'appelle...
« Mais on vous dira cela tout à l'heure.
« M. le chef de la Sûreté me connaît ; c'est vous qui
ne connaît pas ; et je vais vous présenter à lui, avec
vos certificats de bonne conduite...
— Vous êtes le chef de la Sûreté ? dit vivement le
prince. En ce cas, monsieur, permettez-moi de vous demander comment vous êtes mêlé à de telles plaisanteries... Je ne comprends rien à toutes ces insultes...
chez monsieur, que je suis le prince Gérald Vérenne...
je vous ferai repentir...
— Vous êtes un escroc, dit tranquillement Martin.
Ah ! ne vous échauffez pas de colère, s'il vous plaît ! Vous
voyez que nous sommes en nombre.
« J'ai pris la précaution de me faire arrêter, pour arriver ici avec un nombre d'agents qui rendit toute tentative de fuite impossible.
« Sans compter que je vous glisserais de suite entre les
mains, si vous bougiez.
Tout cela était dit avec tant de calme et de mépris que
personne ne reconnaissait le joyeux Martin Pélisser.
Le chef de la Sûreté observait tout, se demandant
enfin s'il n'y avait pas sous tout ceci une chose mal
claire.
— Monsieur, dit Martin, s'adressant de nouveau à lui,
je vous dénonce d'abord ces deux hommes comme coupables d'une escroquerie commise au préjudice de Mlle
Lisette Randon.
« Voici la déclaration de Mlle Randon, à l'appui de
ce que j'avance.
Et il tendit un papier au magistrat. Juliette jugeant
le coup d'œil pour lui demander l'explication de ce
nouvel incident, elle lui fit signe de prendre patience ; et
il continua :
« Vous voyez, monsieur, que cet homme, le prince
Gérald Vérenne, s'était fait confier un collier de perles
par Lisette Randon et qu'il l'avait emporté.
Le prince et Pouschkoff échangèrent un regard d'intelligence.
Et l'ancien précepteur s'écria :
— Pardon, monsieur, mais tout ceci une erreur ; je vois
qu'il y a là quelque malentendu sur lequel on voudrait
sans doute établir des accusations calomnieuses. Je vais
vous expliquer cela, si vous le voulez bien.
— Parlez, monsieur, dit froidement le chef de la Sûreté en dévisageant le misérable.
— Il est parfaitement exact que Mlle Randon avait
confié ce collier à mon cher maître, le prince Vérenne ;
et que forcés, tous deux, pour des raisons politiques,
de quitter Vienne, nous n'avions pas eu le temps de
renvoyer le collier à Mlle Randon, devant partir
toujours, voulant absolument une occasion se présentant
à cet égard... Cette occasion s'étant présentée, je
suis allé moi-même rendre son collier de perles à
Mlle Randon, à Pétersbourg.
— Vous avez rapporté à Mlle Randon ce collier de
perles-ci, n'est-ce pas, monsieur ? dit tranquillement Martin, en prenant un petit paquet dans sa poche, et en dé-
roulant le collier.
— Oui, c'est bien celui-ci, balbutia Pouschkoff.
— Et vous prétendez que ce collier est celui de Mlle
Randon ?
— Sans doute.
— Vous mentez, vous avez fait exécuter ce collier dans
un magasin de bijouterie de la Perspective Newsky, à
Saint-Pétersbourg. Ah ! ah ! Vous vous troublez enfin.
Vous vous imaginiez que Mlle Randon serait victime
de votre ruse !... Et sans doute, elle l'aurait été, et nous

vous avez oublié un petit détail. Il est vrai qu'on ne peut pas penser à tout. Je reconnais, qu'au dernier moment, moi-même, qui avait jadis préparé ce collier, je m'y suis trompé. Seulement, le vrai collier portait la marque d'or, l'estampille française... Celui-ci ne la porte pas. Vous pouvez vous en assurer, monsieur.

Il remit le collier au magistrat, et continua, tandis que Gérald et Pouscharoff le regardaient avec hébétement:

— Si nous avons reconstitué, Michel Thomérain et moi, toute cette affaire de collier, qui n'a, évidemment, qu'une très vague connexité avec la nôtre, c'est d'abord parce que le hasard nous en a fourni les éléments, et, en second lieu, parce que nous avions décidé de ne pas rentrer à Paris sans avoir pris les plus amples renseignements sur les antécédents de ces messieurs. Nous ne pouvions pas supposer que nous trouverions, à notre arrivée ici, la preuve la plus concluante, la plus catégorique de votre infamie, monsieur le prince!

» Nous parlerons de cela tout à l'heure.

» En ce moment, je continue l'exposé de votre état civil, tel que nous le tenons de la bouche du général Maruschkine...

Pouscharoff ne put retenir un grognement sourd, tandis que Gérald laissait échapper un cri de rage.

— Cet homme, déclara sévèrement Martin, cet homme, qui se fait passer ici pour une victime de la politique, a été forcé de quitter son pays à la suite de vols et de nombreuses escroqueries.

» L'autre était son agent, son exécuteur des œuvres basses et dangereuses.

» Partout où ils ont vécu, ils ont volé, ils ont trompé les malheureux qui ont eu confiance en eux.

» Il vous suffira, monsieur le chef de la Sûreté, de vous rendre à l'ambassade de Russie, et vous y apprendrez, qu'entre autres coquineries, ce misérable a volé la caisse de son régiment, comme jadis sa sœur avait volé le trésor des pauvres conspirateurs qu'elle-même avait poussés à la révolte. Ah! la jolie famille!

Martin eut un geste de mépris:

— Et c'est ce gredin dont le témoignage m'a fait condamner aux travaux forcés!

» Monsieur le magistrat, mon intention était, en rentrant à Paris, d'aller dévoiler tout cela à la justice, de demander l'arrestation de ce drôle, de bien prouver tout ce que je viens de vous dire, puis de déclarer hautement que c'était lui, le coupable du vol de la rivière de diamants.

» De ce dernier vol, je n'avais pas de preuves; et c'était pour cela que je voulais m'entourer d'un tel luxe d'antécédents! Mais c'est ce misérable lui-même qui nous a fourni cette dernière preuve qui nous manquait.

» Ah! gredin! Si tu n'étais pas un voleur, comme je te provoquerais avec joie! Et comme je te tuerais bien!...

Martin fit un geste menaçant vers Gérald, qui recula en tremblant.

— Il ne t'avait pas suffi de me faire condamner! Par un raffinement barbare, tu aurais voulu m'enlever la femme que j'aimais... Misérable!... Ah! la colère m'étouffe, à la fin!...

» Tiens, parle maintenant, Juliette... Je ne sais plus ce qui s'est passé; mais j'ai deviné... Parle!

Juliette s'avança, le bras tendu vers Gérald, et dit:

— Depuis que j'étais seule, cet homme s'attachait à mes pas... Il essayait de devenir mon ami... Et moi, j'avais la faiblesse de l'écouter, parce qu'il me parlait sans cesse de l'innocence de Martin Pélissier... et parce qu'il trouvait mon enfant beau...

» Enfin, il y a quelques jours, j'ai compris...

» Cet homme a osé m'insulter...

» Il a osé m'envoyer ces diamants, que vous avez trouvés ce matin, chez moi...

— Et moi, reprit Martin, je jure que ces diamants faisaient partie de la rivière qui a été volée dans le magasin de la rue de la Paix!...

Gérald ferma les yeux; tout son corps se raidit dans une secousse terrible.

Jusque-là, il avait espéré qu'il pourrait se défendre, malgré les accusations de Martin.

— Mais, comment se défendre contre cette accusation si nette, si accablante?

Dans son anxiété des derniers jours, il avait [eu] ces diamants...

Et, maintenant, il se disait qu'on retrouverait facilement le magasin de bijouterie, où il les avait fait monter en dormeuses, et où il avait donné un faux nom, ce qui serait une charge de plus.

Pouscharoff n'écoutait plus rien; il proférait des grognements furieux. Il enrageait d'avoir été si bien joué depuis huit jours.

Parfois, il regardait son maître, comme pour lui demander un conseil.

— Messieurs, dit tout à coup Gérald, d'un air hautain, je ne répondrai qu'une chose, c'est qu'il est bizarre de voir un homme de mon rang et son fidèle serviteur insultés par un drôle échappé du bagne sans que personne lui impose silence. Quant à moi, je n'ajouterai pas un mot. Je vous prie simplement de me mener devant le procureur de la République!

Michel, qui avait froidement assisté à toute la scène sans prononcer un mot, s'avança et dit:

— Je crois, en effet, que c'est seulement devant le procureur de la République que cette triste affaire doit avoir son dénouement.

Le chef de la Sûreté réfléchit quelques instants, puis déclara:

— Monsieur, quelque étranges que soient toutes les accusations de Martin Pélissier, je suis forcé de reconnaître qu'elles semblent justes. En conséquence, vous allez me suivre au Palais avec votre ami.

Il fit signe à quatre agents qui vinrent se placer aux côtés de Gérald et de Pouscharoff.

À ce moment, le prince adressa quelques mots en langue russe à son ancien précepteur.

On ouvrit la porte de la chambre, et toute la bande sortit peu à peu. Le prince et Pouscharoff avaient été emmenés les premiers.

Comme il l'avait fait pour l'appartement de Bernier, le chef de la Sûreté laissa deux agents dans la chambre de Pouscharoff et de Martin. Mais, au moment où il leur donnait ses dernières instructions, il entendit le bruit d'une querelle dans le couloir.

Il y courut et aperçut quatre hommes à terre, tandis que, dans le fond, Gérald et Pouscharoff enjambaient la rampe de l'escalier.

Les deux misérables, qui semblaient soumis, s'étaient révoltés tout à coup, et, renversant leurs gardiens, avaient pu s'échapper.

En vain Michel et Martin essayaient-ils de se dégager. Eux, on les tenait solidement.

Et, d'ailleurs, à cause de Juliette, ils étaient forcés de se montrer doux.

— Mais, tonnerre! criait Martin, poursuivez-les donc!

— Poursuivez-les donc! répéta le chef de la Sûreté, en s'élançant lui-même vers l'escalier.

Gérald avait dit à Pouscharoff, au moment où les agents se plaçaient auprès d'eux:

— Tout à l'heure, échappons-nous, au risque d'être tués! Passe chez ma sœur pour la prévenir; elle a sa fortune toute prête. Nous nous rejoindrons en Angleterre.

Et dès qu'on s'était mis en marche, Gérald, se baissant soudain, avait mordu au bras un des agents, tandis qu'il envoyait un coup de pied dans le ventre de l'autre; machinalement, les deux agents de Pouscharoff avaient voulu secourir leurs camarades; et dans ce trouble, les deux bandits avaient pu facilement s'échapper. Gérald comptait filer aisément sous la colonnade de l'hôtel, sauter dans une des nombreuses voitures qui stationnent sur le boulevard, et quitter promptement Paris.

Et ce plan, si simple et si audacieux, semblait devoir réussir; car les deux misérables étaient arrivés sous la

... vant que les policiers stupéfaits se fussent
... ur poursuite.
... ils touchaient au boulevard, quand un homme
une femme se dressèrent devant eux.
C'était Bernier et la veuve Thomerain.
Ces deux vieux amis comprirent ce qui avait dû se
passer.
D'ailleurs, à ce moment, éclata le cri :
« Arrêtez-les ! »
Gérald dit sourdement :
— Livrez-moi passage, ou je vous tue !
— Non, vous ne passerez pas ! dit énergiquement la
veuve.
Gérald se jeta sur elle, tandis que Pouscharoff essayait
de bousculer Bernier.
Le contremaître, malgré sa petite taille, ne plia pas
sous l'attaque, et, se baissant, prit une des jambes de
Pouscharoff ; l'énorme Russe s'étendit sur le sol en ju-
rant. En même temps, la veuve, repoussant Gérald contre le mur, l'y tenait écrasé, avec une indomptable énergie.
Les policiers arrivaient.
Gérald, dans un dernier effort, parvint à se dégager ; mais, comme il essayait encore de fuir, Michel,
d'un seul soufflet, l'étendit à terre auprès de son complice.

IX

SPÉCULATION MANQUÉE

Ce matin-là, ainsi qu'elle le faisait tous les jours,
Suzanne, en se levant, avait lu attentivement les nou-
velles de l'étranger ; elle espérait qu'on signalerait bien-
tôt la présence de Michel dans quelque pays voisin de
la France...
— Encore rien ! murmura-t-elle.
Elle demanda à sa femme de chambre si aucune let-
tre n'était arrivée pour elle.
— Non, mademoiselle.
— Savez-vous si mon père est chez le prince ?
— Non, mademoiselle : ils sont partis tous les deux,
de bonne heure, pour l'usine.

Depuis cette dernière visite, qu'ils avaient faite en
bande à l'usine, le prince ne lui avait plus adressé la
parole, et la comtesse semblait moins affectueuse, M. de
Saint-Ermond, au contraire, n'avait jamais été aussi
doux, aussi tendre pour elle.
Et cela l'avait enhardie à tel point qu'elle lui avait
demandé :
— Mon bon père, quand Michel Thomerain rentrera
en France, vous l'accueillerez comme un ami, n'est-ce
pas ?
Il avait répondu « oui » ; puis il avait violemment em-
brassé sa fille, pour cacher son trouble.
Tout un changement se faisait en lui ; et la décision
finale, à laquelle il s'était arrêté ce matin, se présentait
déjà à son esprit.
S'il avait eu l'énergie de commettre un crime, c'est
que ce crime avait été si bien combiné, que tous les
soupçons étaient tombés sur un innocent. L'idée que,
maintenant, on pourrait l'accuser, bouleversait toutes
ses habitudes de tenue, d'indifférence élégante.
Et il trouvait beaucoup plus simple de disparaître
pour échapper à cette honte.
Avec cela, il s'abandonnait à une pensée fixe : c'est
qu'il était horriblement injuste de faire souffrir Suzanne
plus longtemps.
Aussi était-il résolu à se tuer, dès que sa situation deviendrait désespérée.
Et comme, chaque jour, il se disait que l'heure de sa
mort avait peut-être sonné, il manifestait à sa fille une
tendresse à laquelle elle n'était pas accoutumée. Il lui
montrait même plus de confiance.
Sans en rien dire à Gérald ni à la comtesse, il avait
remis tous les titres de sa fortune entre les mains de
Suzanne.
Il lui avait dit :

— Je suis absent une partie de la journée, on pourrait me voler : je te confie la garde de notre argent...
de ton argent. Et tu n'en diras rien.
Suzanne avait caché tout cela dans son secrétaire, tout
heureuse de voir le changement de M. de Saint-Ermond
et pensant :
« Pourquoi n'a-t-il pas été toujours ainsi ? Que d'années de bonheur vrai nous avons perdues ! »
Enfin, chaque jour, en rentrant de Saint-Denis, il lui
rapportait des fleurs, ce qui faisait rire la comtesse.
L'aventurière disait :
— Je vous admire ! On croirait que vous faites la cour
à votre fille !
Il souriait tristement et ne répondait pas.

Quand Suzanne se rendit, ce matin-là, au salon, elle
entendit le bruit d'une conversation dans l'antichambre.
C'était Nina qui reconduisait Pouscharoff. Un instant
après, l'aventurière entrait dans le salon et parut très
contrariée d'y voir Suzanne.
Cependant elle l'embrassa, en lui prodiguant des pa-
roles de tendresse.
Puis, elle se colla contre la fenêtre, regardant le bou-
levard.
Soudain, elle prononça avec joie :
— Ah ! le voici !
— Mon père ? dit Suzanne.
— Eh ! non, le prince ! répliqua brusquement la com-
tesse.
Suzanne se rassit, désappointée, tandis que Nina cou-
rait à la porte de son appartement, pour recevoir son
frère.
Elle entraîna Gérald dans sa chambre, où elle lui ex-
pliqua pourquoi Pouscharoff ne s'était pas rendu à Saint-
Denis.
— Bon, dit Gérald avec humeur : je vais au Grand-Hô-
tel. Ah ! ce qu'il me tarde de quitter ton Paris. Ton
Saint-Ermond finira par nous perdre. Quel triste lut-
teur !
— Il est probable, dit cyniquement la comtesse, que
s'il avait eu un peu plus d'énergie, nous ne l'aurions pas
mené où il est.
— C'est possible ; mais je t'assure que si l'Anglais de
Pouscharoff nous apporte vraiment de l'argent comptant, j'aurai quitté Paris ce soir... Il y a du danger
dans l'air, je le sens...
Et il était parti, tout inquiet, pour aller se prendre
au piège que lui avait tendu Martin Pélissier.

La comtesse rentra dans le salon et dit gracieusement
à Suzanne :
— Il faudra vous contenter de déjeuner encore avec
moi seule, mon enfant. Votre père est retenu à l'usine.
Le repas fut silencieux ; la comtesse attendait avec
une impatience fébrile le retour de son frère.
Suzanne était très préoccupée.
Lorsqu'elles quittèrent la salle à manger, les deux
femmes, instinctivement, allèrent se placer à une fenêtre du salon. Presque aussitôt elles virent arriver la
voiture de M. de Saint-Ermond, remplie de fleurs.
Suzanne appela sa femme de chambre, et elle descendit avec une joie enfantine.
Elle devinait que, ne pouvant rentrer de la journée,
son père lui envoyait des fleurs.
— Il devient fou ! murmura la comtesse avec autant
de dépit que de dédain.
La jeune fille était arrivée dans la cour, et plongeait
déjà ses bras au milieu des gerbes de fleurs.
— C'est pour moi, n'est-ce pas ?
— Oui, mademoiselle, dit le cocher.
Et il lui raconta comment son maître avait acheté
tout l'approvisionnement d'une marchande des rues. En
même temps, il l'aidait à prendre les fleurs. On porta
le tout dans le salon.
Suzanne disait :
— Je vais en mettre dans tous les vases.
Alors, seulement, le cocher s'écria :
— Ah ! à propos... monsieur m'a aussi donné une
lettre pour mademoiselle.

Donne... vite !...
... il pouvait, s'il seulement le qui... mourir... poussa un
... terrible et tomba évanouie.

La comtesse, sans songer à la secourir, voulut prendre la lettre ; mais, comme le cocher et la femme de
chambre étaient là, elle n'osa pas l'enlever des mains
de Suzanne.

Elle put seulement lire les premiers mots, comprit
que M. de Saint-Ermont s'était tué parce que l'innocence
de Michel était reconnue...

Elle eut la force de dire :

— Je vais chercher mon flacon de sels.

Et elle quitta le salon.

Les deux domestiques avaient étendu Suzanne sur le
canapé et s'efforçaient de la faire revenir à elle.

Pendant ce temps, la comtesse mettait rapidement son
chapeau et son manteau. Puis, son sac de voyage à la
main, elle quittait doucement l'appartement.

— Qu'ils s'arrangent comme ils voudront ! Moi, je
décampe... Mais Gérald !..

Elle monta dans la première voiture qui passait.

— Où faut-il mener madame ? demanda le cocher.

— A... au... Attendez !

Elle réfléchissait. Devait-elle courir au Grand-Hôtel,
pour prévenir Gérald ?

— Bah ! se dit-elle. De deux choses l'une : ou bien
il n'y a pas de danger avant demain ; et, comme Gérald va rentrer chez moi, il apprendra la mort de cet
imbécile et saura quitter Paris sans être inquiété.
Ou bien, toute cette histoire de commerçant anglais
est une farce, une ruse de la police pour pincer Gérald.
Dans ce cas, mon frère est déjà pris ; je n'y changerais
rien ! Je viendrai bien mieux à son aide en restant libre... et riche ! — Cocher, à la gare Saint-Lazare. Ce
soir, songeait-elle, j'aurai gagné le Havre et demain
l'Angleterre. Cocher, vite, vite !

Elle était très calme quand elle descendit à la gare
Saint-Lazare.

Elle prit le train de une heure cinquante, en faisant
cette remarque judicieuse :

— C'est un train omnibus ; et, si on a la malencon-
treuse idée de me suivre, on s'imaginera certainement
que j'ai pris un train express. Donc, je puis dormir
tranquille.

Et elle s'installa, sans la moindre inquiétude, dans le
coupé qu'elle avait pris.

Et tandis qu'elle s'éloignait de Paris, elle passa en
revue l'existence si bizarre qu'elle y avait menée, pour
arriver à cette conclusion :

— Quel imbécile que ce Saint-Ermond !

Ce fut la seule parole de regret qu'elle accorda à ce
malheureux ; puis, bercée par le train, elle s'endormit.

Suzanne était enfin revenue à elle ; et, tenant la
lettre de son père dans sa main crispée, elle n'osait
pas la lire. Elle interrogeait le cocher sur tout ce
qu'avait dit M. de Saint-Ermond ; et elle murmurait :

— Mais non, non, ce n'est pas possible !

Les deux domestiques la contemplaient avec stupéfaction, ne comprenant pas.

Elle eut cependant le courage de lire la lettre en entier.

— Oh ! s'écria-t-elle, j'arriverai peut-être à temps...
Je l'empêcherai de se... Mon pauvre père !

Elle demande au cocher :

— La voiture n'est pas encore dételée ?

— Non, mademoiselle.

— Alors, partons vite ! Je veux aller retrouver mon
père... tout de suite... tout de suite...

Déjà elle bondissait dans l'escalier ; le cocher la suivait en criant :

— Mais nous ne le trouverons pas, mademoiselle. Il
faudrait savoir où il est allé... Il avait l'air si gai...

— A Saint-Denis !... Vite !.. Brûlez le pavé !... Je le
veux !

On partit.

De temps en temps, la jeune fille se levait pour ordonner de presser les chevaux.

Vers trois heures et demie, elle revint à...
Malesherbes.

Elle n'avait rien appris à Saint-Denis ; ...
lui avait dit seulement que jamais son père...
paru plus heureux.

Au moment où elle rentrait dans le salon, elle
trouva en face d'un homme qui la salua gravement.

— Vous êtes bien mademoiselle de Saint-Ermond ?

— Oui, monsieur.

— Pourriez-vous me dire, mademoiselle, où est monsieur votre père ?

— Mais, monsieur, je le cherche de tous côtés... je
suis affolée...

— Il faudrait cependant le trouver, dit l'homme ; je
viens de la part de M. le procureur de la République
pour lui demander de se rendre immédiatement au Palais.

— Pourquoi donc, monsieur ? interrogea Suzanne, tandis qu'une impression douloureuse se répandait sur
son visage.

Son père ne s'était donc tué que pour échapper à la
honte qui l'attendait ?

— Je ne saurais vous répondre, mademoiselle, répondit l'homme ; je puis vous dire simplement qu'il
s'agit d'une chose très grave, et que la présence de M.
votre père est indispensable. Aussi, j'attendrai
qu'il revienne, si vous ne pouvez me dire où il se trouve
en ce moment.

Comme l'homme achevait ces paroles, on sonna à la
porte de l'appartement, et le domestique introduisit
dans le salon, un employé de chemin de fer, qui entra
d'un air extraordinairement embarrassé.

— Que voulez-vous, monsieur ? lui demanda Suzanne
en tremblant.

— Madame... mademoiselle, balbutia l'employé, c'est
bien ici qu'habitait M. de Saint-Ermond ?

— Oui... Eh bien ?

— On pense... on pense... que... ça doit être lui...
parce qu'on a trouvé... dans la poche de son paletot...
des cartes à son nom...

— Achevez... des cartes... son paletot...

— Oui. Ce malheureux est tombé de l'impériale d'un
train, au moment où un express arrivait en sens inverse...

— Oh ! mon Dieu ! murmura Suzanne, éclatant en
sanglots.

— Et il est mort ! acheva l'employé, n'ayant pas l'é-
nergie de donner de plus longs détails.

Suzanne se redressa en demandant :

— Où est-il ?

— Il est encore à la gare... On m'a envoyé pour prévenir...

— C'est bien, j'y vais, dit la jeune fille sans trembler.
Vous allez m'y mener, mon ami.

Puis, se tournant vers l'employé du procureur de la
République, elle dit simplement :

— Si, à défaut de mon père, la justice a besoin de
moi, on me trouvera auprès de lui.

Et, avec une énergie farouche, elle quitta l'appartement, remonta dans sa voiture, prenant avec elle l'employé qui était venu la prévenir, et ordonna :

— Allez à la gare du Nord.

L'employé du procureur eut un geste indifférent
comme un homme qui a vu trop de catastrophes pour
se laisser émouvoir par un suicide ; et lui aussi remonta
dans sa voiture, en prononçant :

— Voilà qui va singulièrement simplifier les choses.
Mais quel tapage ça fera dans Paris ! Cocher ! au Palais,
et rondement ! M. le procureur n'aura qu'à s'impa-
tienter !

Arrivé au Palais, l'homme traversa en courant la
salle des Pas-Perdus et pénétra dans le cabinet du procureur de la République, où étaient réunis le chef de la
Sûreté et le juge d'instruction qui avait conduit l'affaire
du vol de diamants et celle de l'incendie de l'usine de
Saint-Ermond.

...trouvé M. de Saint-Ermond ?
...le procureur avec impatience.
— ...une excellente raison : c'est qu'il s'est tué !
...même instant, on apporta une lettre au magistrat ; ...lut et dit :
— En effet, voici une lettre où ce malheureux m'an...çait sa résolution. Et vous l'avez vu... mort ?
— Non ; mais on venait, de la gare du Nord, pour pré...nir qu'il s'était jeté sous les roues d'un express.
Les trois magistrats se regardèrent quelques instants, ...un air furieux.
Au fond, chacun d'eux rendait les deux autres respon...bles de ces deux erreurs judiciaires.
Le procureur résuma leur opinion :
— Voilà une affaire bien désagréable, dit-il.
...juge d'instruction et le chef de la Sûreté approu...respectueusement.
— Tout est bien clair, maintenant, reprit le procu...
— Et si nous conservions le moindre doute, la façon ...que ces deux Russes ont essayé de nous échapper éta...rait qu'ils sont coupables... Enfin, qu'on fasse venir ...tous ces gens-là ; je n'aurai pas le temps de les voir ...chacun en particulier, et je veux que l'affaire soit entiè...ment éclaircie en une fois !

Quelques instants après, on introduisait, dans le cabi...net du procureur, Gérald, Pouscharoff, Michel, Martin et Juliette, tous les cinq sous la garde d'agents.
...mère de Michel Thomérain et Bernier venaient en ...rière, libres.
Le procureur prononça :
— Asseyez-vous, tous. Avant d'arriver à cette explica...tion finale, je désirais m'entretenir avec M. de Saint-Ermond dont le témoignage me semblait indispensable. ...apprends à l'instant que M. de Saint-Ermond s'est tué...
— O mon Dieu ! s'écria Michel.
Et, très douloureusement :
— Je comprends, à présent, le sens de ses dernières paroles.
— Vous avez donc revu M. de Saint-Ermond ?
— Oui, monsieur, ce matin. Poussé par un sentiment, que vous comprendrez sans peine, j'ai tenu à prévenir mon ancien patron qu'il allait être accusé : je voulais lui laisser le temps de fuir, car ce n'est pas lui qui me sem...ble le plus grand coupable... Hélas ! sa mort me cause ...une cruelle douleur !
...Voici la lettre qu'il m'a adressée avant de mourir.
Le procureur lut la lettre et reprit :
— Maintenant, monsieur Thomérain, je vous écoute.
Michel montra Martin et dit :
— La mort de M. de Saint-Ermond me bouleverse à ...ce point, monsieur, que je vous demanderai la permis...sion de laisser mon ami parler pour moi. Je ne pourrais pas... Je n'en aurais pas la force...
Gérald eut une seconde d'espoir.
— Comment ! s'écria-t-il, vous hésitez ? Vous étiez si triomphant, ce matin !
— Taisez-vous, dit le procureur sévèrement, — Vous ...avez absolument à ne plus rien dire, monsieur Thomé...rain ?
— Oui, monsieur, répliqua Michel. S'il ne s'agissait que ...de ce misérable, j'éprouverais une joie bien naturelle à ...démasquer ; mais il me serait trop pénible d'accuser, ...en même temps, un homme que j'aurais voulu aimer et ...estimer toute ma vie...
— Alors, parlez, monsieur Pélissier.
Martin, enchanté, allait commencer son récit par les préliminaires :
— Je dois vous dire, monsieur, que ce monsieur-là est ...tout simplement un vulgaire escroc et qu'à Vienne...
— Passez, passez, dit froidement le magistrat ; nous ...savons tout cela. Le chef de la Sûreté nous a raconté tous ...les incidents de la journée. Nous savons que vous avez ...réuni les preuves d'une escroquerie commise à Vienne ...par le prince Vérénine, que vous avez fait tout cela dans ...le but d'établir votre innocence, si qu'enfin un hasard ...heureux vous a permis d'établir réellement votre inno...cence dès votre arrivée à Paris. Nous examinerons de...main tous ces points en détail. Veuillez simplement nous ...expliquer ce qui est relatif à votre ami, puisqu'il vous ...demandé de parler en son nom.
— Soit, monsieur. Je vais donc vous prouver que mon ami est aussi innocent que vous venez de reconnaître que je le suis, moi-même.
« L'individu qui a mis le feu à l'usine de Saint-Denis est ce gros homme, qui se fait appeler Pouschkoff et qui s'appelle en réalité Pouscharoff. Il n'a d'ailleurs été, dans tout cela, que l'instrument du prince Vérénine. Je ne veux pas ajouter : et de M. de Saint-Ermond, car je crois que, dans cette triste affaire, il a été la dupe plu...tôt que le complice de ces deux gredins.
Alors, Martin commença l'exposé des faits qui éta...blissaient surabondamment l'innocence de Michel.
Gérald trépignait de rage.
Quand Michel eut bien expliqué la spéculation des bois pourris remplaçant le stock acheté par Michel, Martin ajouta :
— Vous vous souvenez sans doute de ce portefeuille marqué d'un M et de cette boîte d'allumettes, dont on s'était servi contre mon ami. Fouillez ce misérable, et vous trouverez, sur lui, un portefeuille et une boîte sem...blables.
Pouscharoff fut tellement stupéfait, qu'il n'opposa pas la moindre résistance. Et, une fois que la boîte et la portefeuille eurent été remis au procureur, Martin con...tinua :
— Comme vous ne semblez plus comprendre, monsieur le coquin, je vous dirai que l'on vous filait à Saint-Pétersbourg, tandis que vous achetiez tout cela.
Gérald prononça en russe :
— Triple crétin ! Triple idiot !
Martin devina le sens de ces paroles, aux regards fu...rieux du prince.
— Ne l'insultez donc pas ! lui dit-il. Vous ne valez pas mieux que lui ! Avec votre sœur, vous faisiez vraiment un joli trio !
Gérald sourit dédaigneusement ; puis, s'adressant avec insolence aux magistrats :
— Est-ce que cette plaisanterie va durer longtemps, messieurs ? Est-ce que vous ajoutez foi à tous les men...songes accumulés par ces deux échappés de Nouméa ?
Michel eut un mouvement d'indignation, et il allait sans doute se jeter sur le drôle, quand le procureur de la Ré...publique l'arrêta par ces mots :
— Ne frappez pas cet homme, monsieur Thomérain ; ce serait indigne de vous !
Puis, d'une voix solennelle, il ajouta :
— Messieurs, vous avez été victimes, l'un et l'autre, d'une erreur cruelle, que la justice réparera avec éclat. Allez, rentrez tranquilles chez vous. Je me charge d'ap...prendre à tous vos concitoyens que vous n'avez ja...mais cessé de mériter leur estime. Au revoir.
— Toutes ces belles phrases viennent un peu tard, prononça l'incorrigible Martin.
Le procureur eut l'air de ne pas entendre, et, se tour...nant vers Gérald et Pouscharoff :
— Je vous maintiens tous les deux en état d'arres...tation.
— Et moi, cria gaiement Martin, je vous offre, à ...deux numéros matricules de Nouméa... avec un mot de recommandation pour le directeur.

X

TOUT S'OPÈRE

Quand les trois magistrats furent seuls, ils se regar...dèrent d'une façon lugubre. Et le procureur répéta encore les mots qui traduisaient sa pensée :
— Une bien désagréable affaire !

Gérald et Pouscharoff avaient été menés au Dépôt, le prince affectant toujours le plus grand dédain et Pouscharoff grognant que tout cela allait causer un incident diplomatique.

— Maintenant, dit le procureur, nous n'avons plus qu'à nous rendre à la gare du Nord, pour constater la mort de M. de Saint-Ermond.

Lorsque les magistrats pénétrèrent dans la salle où avait été déposé le cadavre de M. de Saint-Ermond, ils virent Suzanne qui pleurait, agenouillée ; et, malgré leur indifférence de magistrats, ils éprouvèrent un grand sentiment de pitié pour cette malheureuse jeune fille qui, dans une même journée, perdait son père et allait apprendre que cette mort était causée par le déshonneur.

Le procureur s'approcha doucement de Mlle de Saint-Ermond et dit :

— Voulez-vous me permettre de vous conduire hors d'ici, mademoiselle ? Il est nécessaire que nous procédions à certaines constatations auxquelles il vous serait certainement trop pénible d'assister.

Suzanne se leva lentement et répondit d'une voix ferme :

— Faites votre devoir, monsieur ; mais permettez-moi de ne pas m'éloigner. J'ai si peu de temps désormais à passer près de lui !

Elle se retira un peu et s'assit dans un coin de la pièce, tandis que les magistrats s'approchaient du cadavre.

Le mécanicien du train, qui avait écrasé le malheureux, fit sa déposition :

— Nous arrivions en grande vitesse, quand j'ai vu un homme sauter de l'impériale d'un train qui venait en sens inverse... Je n'avais plus le temps de renverser la vapeur... Le malheureux est tombé sur notre voie... Le chasse-pierres de la machine l'a frappé si brusquement qu'il a été rejeté en dehors des rails... Je me suis penché et je l'ai vu... Il était mort sur le coup... Au moins, il n'a pas souffert.

Grâce à cela, le corps de M. de Saint-Ermond n'avait pas été broyé.

Il avait seulement une effroyable blessure au haut de la poitrine.

Et, dans la mort, son visage avait conservé cette expression de froideur qu'il avait jadis.

— Cet homme est mort bien courageusement, dit le procureur.

Suzanne regardait toujours, pleurant lentement, avec de petits sanglots qui l'agitaient tout à coup.

Les magistrats continuaient leurs constatations rapidement ; la lettre de M. de Saint-Ermond rendait toute enquête inutile.

Cependant on parla de porter le cadavre à la Morgue ; mais alors Suzanne se redressa.

— Oh ! pas cela ! s'écria-t-elle avec énergie. Mon père est mort... Il s'est tué... Il vous l'a écrit, comme il me l'a écrit à moi-même, en donnant sans doute les raisons qui le poussaient à se suicider... Maintenant, il est à moi... On n'a pas le droit de me l'enlever !

Le procureur réfléchit quelques instants, et finit par accéder à la demande de Suzanne.

On avait amené un fourgon.

Le cadavre y fut placé, et on sortit de la gare. Le procureur marchait auprès de Suzanne. Comme on tournait à droite, Suzanne demanda :

— Où le mène-t-on ?

— Mais... à son domicile, comme vous veniez d'en manifester le désir, mademoiselle : boulevard Malesherbes.

— Non, dit brusquement la jeune fille ; ce n'est pas là qu'il faut le conduire. Tournez à gauche, mes amis ; nous rentrons à l'usine. C'est là que mon père attendra qu'on le porte à sa dernière demeure.

On arriva à Saint-Denis, à la fin de la journée ; déjà les ouvriers quittaient le chantier ; le bruit de la mort du patron n'était pas encore arrivé jusque-là. Suzanne fit appeler Jean Malais, qui travaillait encore.

— Mon père est mort ! dit-elle. Veuillez transformer le bureau en chapelle ardente. C'est là qu'on le veillera.

Le procureur était très touché du courage de la jeune fille.

— Ah ! mademoiselle, lui dit-il, comme vous devez souffrir !

— Hélas ! murmura-t-elle, je souffrirai bien davantage quand je connaîtrai la vérité. Et je veux la savoir tout entière. Je compte sur vous, monsieur, pour m'expliquer dans tous leurs détails les causes de cet abominable malheur...

Une heure après, le corps était étendu sur une petite estrade que Jean Malais avait promptement élevée ; et des cierges étaient allumés tout autour.

Le juge d'instruction et le chef de la Sûreté étaient partis ; seul, le procureur était resté auprès de la jeune fille, avec l'ingénieur Jean Malais.

— Monsieur, dit Suzanne à l'ingénieur, veuillez aller vous reposer. Vous reviendrez cette nuit.

Le jeune homme s'inclina respectueusement et sortit.

— Maintenant, monsieur, dit Suzanne au procureur, racontez-moi la vérité, toute la vérité : j'aurai le courage de l'entendre.

— Mais, mademoiselle, vous apprendrez cela plus tard... En ce moment...

— Non. Je veux savoir la vérité tout de suite. J'en connais une partie, d'ailleurs ; car voici la lettre que mon père m'a écrite.

Le magistrat lut la lettre et dit :

— C'est vrai : Michel Thomerain était innocent. Et cependant, aujourd'hui, dans mon cabinet, il a refusé de prononcer une seule parole contre votre père ; et il a sangloté en apprenant sa mort. Il espérait que votre père avait fui...

Ensuite, le magistrat, comprenant qu'il valait mieux tout raconter à cette noble jeune fille, lui raconta de quelle manière Michel avait pu établir son innocence. Lorsqu'il eut terminé ce récit, Suzanne dit :

— Vous voyez bien que le corps de mon père ne devait pas être ramené chez cette misérable femme ! Je vous remercie, monsieur... Je vous demanderai maintenant de me rendre un grand service : c'est d'annoncer que mon premier soin sera de rembourser ces sommes indûment touchées par mon père... Je ne sais pas quel est l'état de ma fortune ; mais je sacrifierai tout pour laver la mémoire de mon père... Adieu, monsieur...

Le procureur se retira.

La femme de chambre de Suzanne arriva bientôt, lui apportant quelques effets. Et la jeune fille s'installa dans un fauteuil, regardant fixement le corps de M. de Saint-Ermond.

De temps en temps, elle prenait la lettre qu'elle avait reçue et la lisait.

Elle relisait surtout cette phrase :

« C'est lui qui te demandera pardon, en mon nom, de tout le mal que je t'ai fait et de celui que je vais te faire. »

— J'ai le droit de songer à Michel, puisque c'était la dernière volonté de mon père.

Et cependant des doutes la torturaient : sans doute, Michel avait bien pleuré en apprenant la mort du malheureux. Mais pouvait-il lui pardonner cette injuste accusation ?

Pouvait-il aimer toujours la jeune fille dont le père l'avait laissé condamner, déshonorer ?

Et, si Michel l'aimait encore, est-ce que la veuve Thomerain, avec son égoïsme maternel, ne se mettrait pas en travers de cet amour ?...

Et Bernier, qui aimait Michel comme son fils ?...

Vers dix heures, quand Jean Malais revint, elle lui dit :

— Vous allez me rendre un service, mon ami. Vous connaissez Michel Thomerain ? Il doit être en ce moment chez son vieil ami Bernier...

Jean Malais l'interrompit.

— Michel Thomerain et sa mère, dit-il, sont à la porte de cette cabane depuis une heure, depuis qu'ils ont appris qu'on y avait transporté votre père... Et ils n'osent pas y pénétrer...

— Comme ils sont bons ! murmura la jeune fille. Dites-leur que je serais bien, bien heureuse, s'ils voulaient venir pleurer avec moi.

Jean Malais alla les chercher.

Suzanne se jeta en sanglotant dans les bras de la veuve Thomerain.

— ...a bonne mère, dit-elle. Vous pardonnez...

Il s'était agenouillé près du mort, la tête baissée, et n'osait pas regarder Suzanne. Il fallut que la jeune fille allât à lui et le relevât.

Bernier, un peu en arrière, faisait une horrible grimace pour cacher ses larmes.

— Tenez, Michel, dit Suzanne, lisez la dernière lettre de mon pauvre père.

— Ah ! malheureux que je suis ! murmura Michel avec un nouveau sanglot. C'est moi qui ai presque causé sa mort ! Ah ! je ne me le pardonnerai jamais !

— Il vous a bien pardonné, lui ! dit Suzanne lentement.

— Mais vous, Suzanne ! vous ?...

La jeune fille lui tendit les mains et prononça :

— J'obéis de grand cœur à ses dernières volontés !

Bernier toussa bruyamment et s'en alla sur la route, maugréant contre toutes ces émotions qui lui faisaient mal au cœur et finiraient par provoquer un anévrisme. A plusieurs fois il montra le poing au ciel en disant :

— Ah ! Cette petite ! Cette petite ! quel cœur, tout de même !

Tandis que, malgré leur douleur, Michel et Suzanne retrouvaient un bonheur qu'ils avaient cru à jamais perdu, Martin Pélissier avait conduit sa chère Juliette à Saint-Ouen, devant la maison de ses parents, afin de profiter de la première émotion, pour arracher leur consentement à M. Pélissier père et à Mme Pélissier mère.

Les parents de Martin habitaient une maisonnette au fond d'un jardin.

Le brave garçon avait traversé le jardin, sans faire de bruit, traînant Juliette qui hésitait, et il s'était arrêté devant la fenêtre de la salle à manger, où les deux vieux dînaient tristement.

Alors, il prit son enfant et frappa un petit coup à la fenêtre.

Sa mère vint ouvrir et ne vit d'abord que cette tête rieuse de bébé.

Le père était arrivé à son tour et regardait Martin avec hébétement.

Martin, après avoir passé le petit à sa mère, sauta par la fenêtre, et, enlevant Juliette, la plaça dans les bras de son père, en disant :

— Tu ne comprends pas ? Ça ne fait rien. Embrasse-la comme si c'était ta fille !

Et, en même temps, lui aussi embrassait son père et sa mère, criant, bavardant, ne leur laissant pas le temps de placer une parole.

— M'expliqueras-tu ?... balbutia son père.

— Tout à l'heure, papa, dînons d'abord.

Et Juliette regardait les deux vieux avec une telle tendresse, qu'ils s'imaginèrent l'avoir toujours aimée.

Ils avaient été si malheureux, si isolés depuis un an !

La mère de Martin allait chercher toutes les friandises qu'aimait son fils : des bouteilles de vieux vin, de bonnes liqueurs faites à la maison. Enfin il entreprit le récit de ses aventures, ce qui dura une partie de la nuit, tandis que sa mère improvisait un berceau pour l'enfant.

Le bonheur était rentré dans la maison pour ne plus en sortir.

Dès le lendemain, Martin Pélissier reçut la visite de tous les reporters de Paris, qui venaient lui demander des explications sur sa miraculeuse évasion. La plupart s'étaient déjà présentés chez Michel Thomerain, qui avait refusé de les recevoir. Martin Pélissier, au contraire, fut enchanté d'exercer sa verve contre la police ; et, comme on était en train, à cette époque, de mener une campagne contre le chef de la Sûreté, tous les journalistes furent ravis d'avoir de nouvelles armes contre lui.

Plusieurs même amplifièrent les récits de Martin, ce qui le rendit très populaire.

Dans tout ce qu'il avait raconté, il avait d'ailleurs eu soin de ne parler de M. de Saint-Ermond que d'une façon très vague, laissant entendre que le père de Suzanne avait été la dupe de Gérald et de Pouscharoff, et qu'il s'était tué dès qu'il avait appris la vérité.

Aussi les Parisiens considéreront-ils toujours M. de Saint-Ermond comme une victime.

L'industriel fut enterré le surlendemain, très simplement.

Suzanne n'avait pas voulu envoyer de lettres de faire part, mais le cercueil fut suivi par tous les amis de sa famille et par les anciens ouvriers de l'usine.

En revenant du cimetière, la jeune fille prit le bras de Mme Thomerain et lui dit simplement :

— Maintenant, ma bonne mère, nous ne nous quitterons plus.

Peu de temps après, ayant atteint sa majorité, elle s'occupa elle-même de régler toutes les affaires de M. de Saint-Ermond.

Le stock de Riga lui permit de rembourser à la compagnie d'assurances les sommes que son père avait touchées ; et, avec l'argent que l'industriel lui avait confié, elle fit face à toutes les échéances.

Il ne lui resta que l'emplacement de l'usine et deux cent mille francs.

— Me trouverez-vous assez riche ? demanda-t-elle mélancoliquement à Michel.

— Je vous aime peut-être mieux ainsi, lui dit l'ingénieur, car c'est moi qui vous referai votre fortune.

Dès lors, Michel, auquel la *Gauloise* avait immédiatement restitué les cent dix mille francs dont elle l'avait injustement dépouillé, reprit la direction des travaux, en conservant à Jean Malais la situation qu'il occupait. Et, en quelques mois, l'usine fut entièrement relevée.

Bernier avait annoncé qu'il prenait ses invalides ; mais il passait ses journées à travailler comme autrefois admirant Michel, adorant Suzanne.

Au bout de six mois, ils se marièrent très simplement, n'ayant pour tous invités que Martin Pélissier et Juliette.

On apprit à cette époque que le prince Vérénine et Pouscharoff, condamnés à la transportation, allaient être expédiés à Nouméa par la *Mugissante* ; et Martin Pélissier annonça gravement qu'il allait les recommander aux bons soins de M. de Palouët.

Martin et Juliette s'étaient mariés trois semaines après le retour du bijoutier à Paris. Et, grâce aux capitaux avancés par Suzanne, ils ont fondé, rue de la Paix, à côté de l'ancien magasin de Martin, une magnifique maison de bijouterie, à cette enseigne :

A LA RIVIÈRE DE DIAMANTS !

Et, dès la première semaine de leur installation, ils ont fait d'excellentes affaires.

Toutes les Parisiennes venaient acheter leurs bijoux chez ce Martin Pélissier, que les journalistes avaient transformé en héros de roman.

Il accepte d'ailleurs sa renommée avec la philosophie d'un sage, amassant déjà des économies, profitant adroitement de la vogue et consacrant ses dimanches par moitié à ses parents et à Michel Thomerain.

Un soir qu'il faisait ses comptes, tandis que Juliette jouait avec l'enfant, un bel attelage s'arrêta devant le magasin, la porte s'ouvrit avec fracas, et une jolie femme se précipita dans le magasin, suivie d'un homme si grand qu'il dut se baisser pour passer sous la porte.

Machinalement, Martin s'écria :

— Tiens, Lisette !

Puis, avec respect :

— Que désire madame ?... Eh mais... Si je ne me trompe, c'est le célèbre général Maruschkine qui me fait l'honneur d'entrer chez moi ?

— Oui, monsieur, déclara sévèrement le général, c'est moi.

néral, asseyez-vous. A quoi dois-je l'honneur...

— Je suis furieux contre vous, monsieur l'artiste en cuillerie, furieux !...

— Contre moi ? Et pourquoi donc ? continua Martin, très respectueusement.

— Parce que vous vous êtes moqué de moi, monsieur Pélissier. Et je n'aime pas qu'on se moque de moi !

Mais, comme Lisette souriait, Martin était très tranquille.

— Oui, monsieur, continua le général, je suis furieux contre vous ; vous m'avez fait poser. Vous m'avez tiré les vers du nez ! Et, ensuite, vous n'avez profité qu'à moitié de tous les renseignements que je vous avais si sottement donnés.

— Cependant, mon général, je crois vous avoir évité la peine de démasquer ce gredin de Vérénine et son fidèle Pouscharoff ?...

— C'est vrai, monsieur ; mais vous avez oublié la sœur de ce gredin de Gérald...

— J'avoue, répliqua Martin, qu'elle nous a singulièrement brûlé de politesse ; mais j'ai jugé inutile de poursuivre... Lutter contre une femme...

— Une coquine !

— Et puis, je n'aime pas beaucoup les Anglais, je ne suis pas fâché de leur avoir fait ce cadeau...

— Ah ! Bien dit ! s'écria le général, qui était connu par sa haine des Anglais.

Et il tendit les deux mains à Martin Pélissier en riant.

Puis, il prononça :

— Maintenant, causons sérieusement. Je viens traiter une grosse affaire avec vous...

— Mon général, de quoi s'agit-il ?

— Il me faut vos plus beaux bijoux, vos plus beaux diamants... pour une corbeille de mariage !

Et il regarda amoureusement Lisette Randon. L'ancienne danseuse jugea convenable de baisser les yeux et ajouta :

— Pour ma corbeille de mariage ! Le général et moi nous venons vous faire part...

Et comme Martin se confondait en compliments, Lisette déclara :

— Vous savez, moi, j'aime bien que la vie réelle se passe comme dans les romans... par un bon mariage !

FIN

Soc. anon. des Imp. WELLHOFF et ROCHE, 16-18, rue Notre-Dame-des-Victoires, Paris. — TÉL. : Louvre 16-33. — ANCEAU, Directeur.

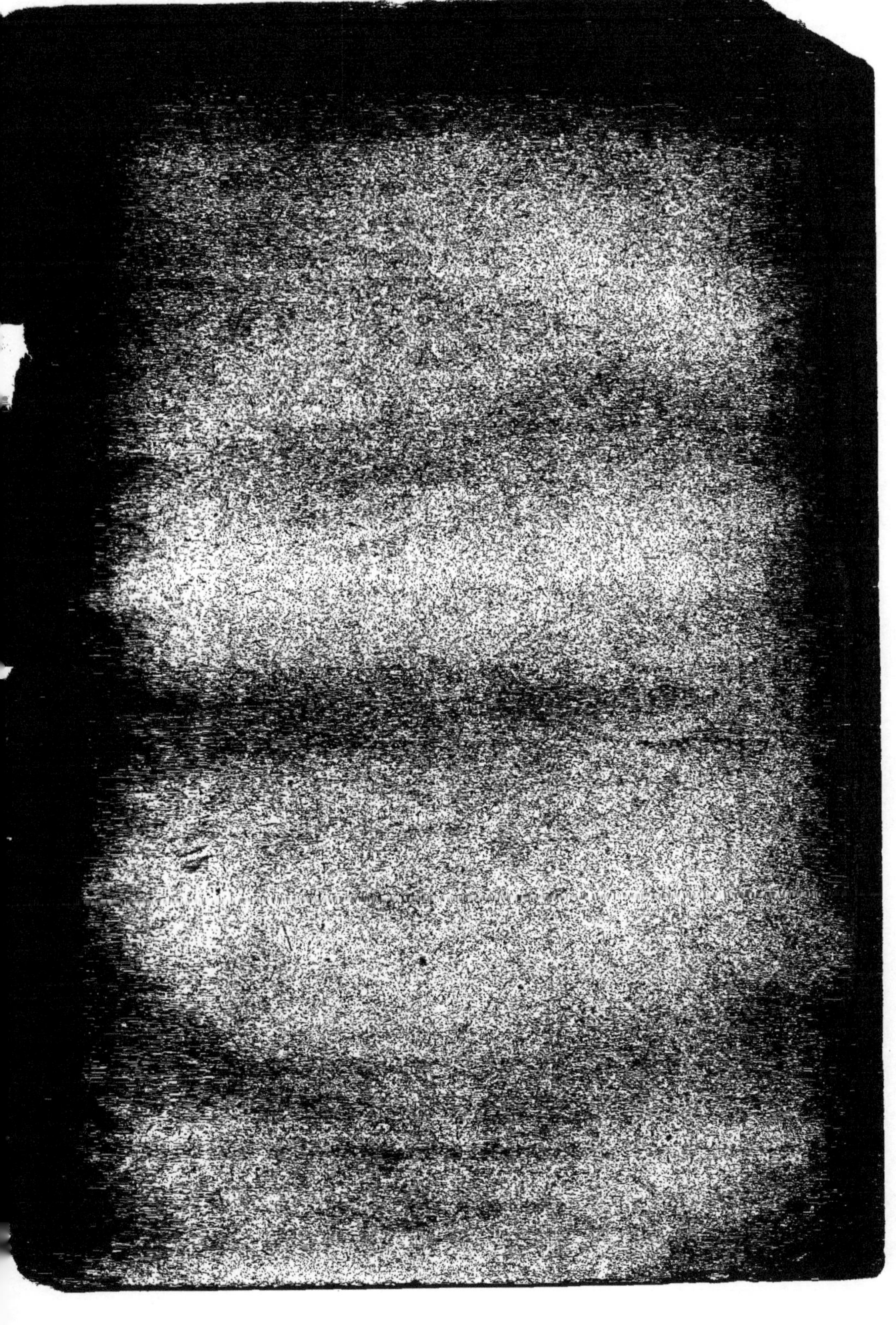